À PROPOS DE L'AUTEUR

Cédric Sire, lauréat du prix des lecteurs du Livre de Poche 2023, du prix Méditerranée Polar et du prestigieux prix Polar du Festival de Cognac, fait partie du cercle fermé des maîtres du thriller. Ses romans aux frontières du suspense et du frisson sont traduits en plusieurs langues et remportent un grand succès critique et public, comme en témoigne le formidable accueil réservé à ses thrillers *Vindicta* et *La Saignée*, qui confirment son style addictif, violent et redoutablement efficace, plébiscité par les lecteurs. Son nouveau livre, *Survivantes*, a paru aux éditions Michel Lafon en janvier 2025. Cédric Sire vit et écrit à Toulouse.

À PROPOS DE L'AUTEUR

[illegible]

De fièvre et de sang

DU MÊME AUTEUR

Déchirures, Nuit d'avril, 2005.
Angemort, Nuit d'avril, 2006.
Dreamworld, Nuit d'avril, 2007.
L'Enfant des cimetières, HarperCollins Poche, 2024.
Le Jeu de l'ombre, HarperCollins Poche, 2024.
Le Premier Sang, HarperCollins Poche, 2024.
La Mort en tête, HarperCollins Poche, 2022.
Vindicta, HarperCollins Poche, 2021.
La Saignée, Fayard, 2021 ; Le Livre de Poche, 2022.
Du feu de l'Enfer, Le Livre de Poche, 2023.
Avec tes yeux, Le Livre de Poche, 2024.
Survivantes, Michel Lafon, 2025.

CÉDRIC SIRE

DE FIÈVRE ET DE SANG

Harper
Collins
POCHE

Une première version de ce roman a été initialement publiée aux éditions Le Pré aux clercs en 2010, puis chez Pocket en 2012.
L'ouvrage cité est traduit de l'anglais par Jean-Daniel Brèque, Albin Michel, 1991.

HARPERCOLLINS FRANCE

83-85, boulevard Vincent-Auriol, 75646 PARIS CEDEX 13
Tél. : 01 42 16 63 63

www.harpercollins.fr

ISBN 979-1-0339-1675-8

NOTE DE L'AUTEUR

Chers amis lecteurs et lectrices, vous me posez régulièrement la question, je tiens donc à préciser ici que cette aventure constitue la toute première rencontre entre Alexandre Vauvert et Eva Svärta.

Il s'agit d'un roman à la fois policier et fantastique. C'est même celui que je vous recommande en priorité, si vous souhaitez découvrir ce pan de mon univers. Vous voilà donc prévenus quant au genre littéraire que vous trouverez en ces pages : du suspense, de bien horribles situations et, évidemment, une dose généreuse de surnaturel ! Cette saga a été inspirée par des auteurs tels que Stephen King, Clive Barker ou encore Graham Masterton, et je profite de cette occasion pour vous redire combien le travail de ces romanciers a accompagné mon adolescence et a sans discussion possible fait jaillir les premières flammes de ma vocation de romancier.

J'ajoute que ce roman a d'autant plus d'importance dans ma bibliographie qu'il s'agit de mon premier vrai succès en librairie. Il a été couronné par deux prix littéraires, le prix Polar de Cognac et le prix Ciné+ Frissons, et je ne rappelle pas cela uniquement pour frimer – juste un peu, d'accord, cela fait du bien de temps à autre –, mais pour souligner à quel point ce livre m'a véritablement installé dans ce métier que j'adore et dont je m'émerveille encore tant aujourd'hui.

Mais assez de préambules ! J'espère avant tout que vous aimerez, vous aussi, suivre les aventures de ces deux policiers atypiques, et je n'ai plus qu'à vous souhaiter une délicieuse lecture…

Cédric Sire

Ils diront que j'ai fait couler du sang innocent.
Mais je dis : à quoi sert le sang, sinon à couler ?

Clive Barker, « Lieux interdits »

I

LES VICTIMES

1

La fille s'appelait Éloïse Lombard, elle avait seize ans, et à présent elle savait qu'elle allait mourir. Il était évident que ses ravisseurs comptaient la tuer.

Quand ils l'avaient traînée de force ici, sans qu'elle puisse rien faire pour se défendre, quand ils lui avaient arraché ses vêtements un par un, jusqu'à ce qu'elle soit entièrement nue, et qu'ils l'avaient attachée à des sangles, solidement serrées autour de ses poignets et de ses chevilles, sur un matelas poisseux, elle avait encore cru qu'ils ne voulaient que la violer – et cette pensée était déjà *insupportable* –, mais au fond d'elle, là où l'âme ne se ment pas, elle le savait. Ses tripes le savaient. Ce qu'ils allaient lui faire quand ils reviendraient serait bien pire qu'un viol.

Elle avait vu les flaques écarlates, dans la cour de la ferme. C'était du *sang*, et il y en avait partout à cet endroit.

Ils avaient fait cela à d'autres filles avant elle.

Et bientôt – très bientôt – ce serait son tour.

Immobilisée et impuissante, Éloïse recommença à sangloter.

Pour la centième fois peut-être, elle essaya de tirer sur les sangles qui l'entravaient. Cela faisait mal, quand la texture rigide de ces liens mordait dans sa peau, un peu plus mal à chaque traction. Pourtant

Éloïse continuait, s'acharnait, s'arc-boutant sur le matelas avec l'énergie du désespoir.

Elle grelottait sous le froid, aussi. La pièce n'était pas chauffée. De la chair de poule se dressait sur ses jambes nues, sur son sexe exposé. Sur sa poitrine opulente, dont elle était si fière, et qui lui faisait subitement honte. Roman Salaville l'avait pétrie à chaque endroit de son corps, tout en lui maintenant les bras, le temps que son frère, Claude Salaville, lui attache les poignets.

La vérité, c'est qu'elle aurait préféré être déjà morte plutôt que de sentir ces doigts calleux sur sa peau.

Il y avait une fenêtre, juste en face d'elle, mais les volets étaient clos, ne diffusant que de pâles rayons de lumière. Dans cette demi-pénombre, Éloïse distinguait un plafond soutenu par d'épaisses poutres, typique des maisons rustiques. L'unique meuble était une commode en bois, avec un grand miroir au verre brisé posé dessus. Quand elle tournait la tête, elle apercevait deux portes, une de chaque côté de la pièce. Celle de droite devait mener au cœur de la maison. Ses ravisseurs l'avaient fait entrer par l'autre, située à gauche, et qui donnait sur la cour de la ferme.

Un instant de rêve fou, elle crut que les sangles se relâchaient, et elle se vit libre. Elle s'imagina en train de fuir, traversant cette cour maculée de sang, franchissant la clôture de la propriété et parvenant jusqu'à la route. Elle n'aurait qu'à attendre que passe une voiture. Elle *pourrait* être sauvée.

Malheureusement, ce rêve éveillé ne dura pas.

Éloïse Lombard n'était pas stupide. Elle savait que rien de cela ne pouvait se produire. La ferme des frères Salaville était située à flanc de montagne, dans les bois noirs, où personne ne s'aventurait. Ici, tout n'était que champs en pente, arbres immenses et rochers chaotiques. On ne rencontrait aucune autre propriété sur des kilomètres à la ronde. Sans oublier que personne ne rendait jamais visite à ces deux garçons, qui vivaient isolés comme des ours.

Personne ne lui viendrait en aide.

Était-ce une sorte de punition ? Malgré elle, une culpabilité irrationnelle avait planté ses crocs dans son cœur. Mais qu'avait-elle pu faire de mal ? C'était les vacances, elle en avait tout simplement eu assez de rester seule à la maison, où elle s'ennuyait ferme, comme toute fille de seize ans. Quand elle avait appelé Lucie Jourdain et que son amie lui avait proposé de venir chez elle regarder des films, elle avait entrevu une perspective de divertissement dans cette grise soirée d'octobre. Elle avait laissé un mot pour ses parents, sur la table de la cuisine, et moins de deux minutes plus tard elle enfourchait son vélo.

En dépit de la pluie, qui était tombée toute la matinée et une partie de l'après-midi, il ne faisait pas si froid pour la saison. Éloïse se concentrait sur les roues de son vélo qui glissaient parfois toutes seules sur le bitume encore humide.

Elle n'était qu'à un bloc de la maison de Lucie quand elle avait remarqué qu'un 4 × 4 la suivait.

Elle avait d'abord pensé qu'il s'agissait de quelqu'un qui s'était perdu. Il devait tourner en rond, roulant au ralenti à la recherche de la bonne intersection. Rien d'étonnant à cela, car toutes les résidences se ressemblaient comme des gouttes d'eau, dans le quartier.

Quand le 4 × 4 s'était approché, elle avait supposé qu'il voulait la doubler, et qu'il craignait peut-être de la renverser.

Ennuyée par ce ronronnement de moteur juste à côté d'elle, elle avait fini par poser le pied par terre, au panneau stop du bout de la rue, pour que ce maudit véhicule passe enfin.

Au lieu de cela, le 4 × 4 s'était arrêté à son tour, le moteur toujours ronflant, la portière arrière s'était ouverte et l'homme en était descendu. Il était obèse, engoncé dans une paire de jeans délavés et une épaisse chemise à carreaux qui avait du mal à contenir sa masse.

Elle le connaissait, c'était Roman Salaville. Il venait de temps à autre aider M. Ortega au rayon charcuterie de la grande surface. À ce qu'on racontait, il vivait dans la montagne avec son frère, et tout le monde s'accordait à dire qu'ils étaient un peu spéciaux, les deux Salaville. Leurs parents étaient partis s'installer en Espagne, une dizaine d'années auparavant, laissant leur maison à leurs fils, et depuis personne n'avait jamais eu la moindre nouvelle d'eux. Roman et Claude étaient âgés d'une vingtaine d'années à l'époque. Selon Lucie Jourdain, ils avaient de graves problèmes d'alcool, et avaient même séjourné en établissement psychiatrique. Ils étaient « suivis », comme on dit. C'était le père de Lucie qui lui avait expliqué ça. Le père de Lucie travaillait à l'hôpital de Couserans, il savait de quoi il parlait.

Dès le début, Éloïse avait compris que quelque chose n'allait pas, à la manière dont l'homme s'approchait d'elle, légèrement courbé en avant. À l'affût.

— Monsieur Salaville ? Je peux vous aider ?

Du coin de l'œil, elle avait jeté un regard à la rue. Le quartier était désert. Elle avait instinctivement posé son pied droit sur la pédale, prête à démarrer aussi vite que possible. Mais elle était subitement prise d'une angoisse de petit animal face à un prédateur. Tout allait trop lentement. Une partie de son cerveau remarqua que la chemise que portait Roman Salaville était déchirée. On voyait très nettement ses poils sous son bras et, au-dessus de sa ceinture, le bout de gras de son ventre qui émergeait et tressautait à chacun de ses pas.

Elle avait senti l'odeur, désagréable, sur lui. Cela rappelait le stand charcuterie de M. Ortega, en plus nauséabond. L'odeur de la viande avariée.

Mais le pire, c'était son regard. Ce qui luisait dans ses petits yeux noirs.

Comme s'il avait vu une glace et qu'il voulait l'engloutir d'une seule bouchée.

— Ne vous… Ne vous approchez pas comme ça…

Roman Salaville s'était jeté sur elle.

Éloïse avait voulu reculer. Elle avait poussé un cri. Les mains de l'homme s'étaient refermées sur elle, il l'avait arrachée à son vélo sans le moindre effort. Ainsi serrée dans ses bras puissants, elle était incapable de se débattre. L'homme l'avait empêchée de hurler en plaquant sa grosse main sur sa bouche, lui écrasant la lèvre inférieure contre ses dents. Le goût de son propre sang avait inondé sa langue.

Puis il l'avait traînée à l'arrière du 4 × 4, tandis que son frère démarrait sur les chapeaux de roues.

Ils avaient roulé longtemps, en suivant les petites routes à travers champs, sans croiser le moindre véhicule. Durant tout le voyage, Roman Salaville l'avait maintenue pressée contre lui. À un moment, il avait posé ses lèvres sales sur son cou, sur ses cheveux. Elle avait senti la main de l'homme glisser sur sa poitrine pour la pétrir. Elle n'avait rien dit. Elle avait juste pleuré, des larmes douloureuses, des larmes au goût de sang.

Et maintenant…

Éloïse entendit un bruit qui l'arracha à ses pensées.

Des pas, dans la pièce voisine.

Suivi d'un léger grincement.

Elle tourna la tête dans cette direction.

C'était la porte de droite, qui s'ouvrait tout doucement, et dont les gonds gémissaient.

Éloïse se raidit.

Pourtant, il ne s'agissait pas des frères Salaville.

C'était un animal.

Il passa la tête par l'entrebâillement de la porte, puis sa silhouette fluide se faufila par l'ouverture.

Un chien. Ou en tout cas, c'est ce que pensa tout d'abord Éloïse. Cette bête ressemblait à un chien, noir et maigre, le poil pelé, les yeux comme des braises.

Mais ce n'était pas un chien.

Pas du tout.

Le loup s'approcha d'elle à petits pas.

Elle sentit l'haleine fétide de l'animal. Elle vit ses crocs jaunes sous ses babines.

La bête l'observait de ses petits yeux rouges, brillants, qui semblaient rassembler toute la méchanceté du monde, et dans lequel elle reconnut l'étincelle de folie qui avait brûlé dans le regard de Roman Salaville.

Éloïse ferma les paupières et se raidit.

Pourtant, l'animal n'attaqua pas.

Elle rouvrit les yeux.

Il n'y avait plus la moindre trace du loup dans la pièce. La porte était entrouverte.

Une hallucination ? Était-ce ce qui venait de se produire ? Une sorte d'illusion d'optique, ou peut-être un rêve éveillé ? C'était la première fois qu'une telle chose lui arrivait, en tout cas. Elle venait de dépasser son seuil de résistance. Si la torture continuait, elle allait devenir dingue, purement et simplement.

Elle recommença à sangloter.

C'est alors que la porte de gauche, celle de la cour, s'ouvrit en grand.

L'épaisse silhouette de Roman Salaville se découpa dans l'encadrement.

Dans la gorge d'Éloïse, le sanglot se mua en cri de terreur absolue. Cette fois, le danger était bien réel. Elle tira de plus belle sur les sangles. Elle se cambra sur le matelas. En vain.

L'homme approcha sans se presser.

2

Quand son ravisseur se pencha au-dessus d'elle, Éloïse fut assaillie par son odeur suffocante. Il portait toujours la même chemise déchirée, tendue sur son énorme ventre, mais à présent ce vêtement était humide, comme s'il avait été aspergé de quelque matière visqueuse – *rouge*. Le voyant de près, Éloïse se rendit compte que le visage de Roman Salaville était, lui aussi, barbouillé de cet épais liquide. Un masque de sang.

Son sourire incompréhensible persistait, comme figé sur ses lèvres.

Ses yeux n'étaient plus que deux gouffres noirs.

— Tu es la prochaine. Tu as été choisie.

Sa voix était étonnamment douce. Il avait dit ça presque machinalement, comme s'il s'agissait de la chose la plus anodine qui soit.

Derrière lui, son frère entra à son tour dans la pièce.

Des deux, c'était celui qu'Éloïse avait croisé le plus rarement. Elle n'avait dû l'apercevoir à la grande surface qu'à deux reprises, peut-être trois. Physiquement, les deux hommes ne se ressemblaient pas. Alors que Roman était énorme, Claude se révélait maigre et efflanqué. Et puis, Roman avait l'air stupide. Claude, lui, dégageait une aura d'intense *méchanceté*.

Claude Salaville ne portait qu'une paire de jeans et des bottes militaires. Son torse était nu, on voyait ses côtes fines et apparentes qui gonflaient sa cage thoracique à chacune de ses inspirations. Lui aussi était couvert de sang. On aurait dit qu'il s'était frictionné avec. Il n'affichait pas le sourire hagard de son frère, mais ses yeux brillaient du même feu noir et implacable des ouragans et des incendies, de toute la destruction inexorable du monde.

Il leva une main luisante. D'énormes gouttes rouge vif s'écoulaient sur le sol. L'odeur qui se dégageait de lui était insoutenable.

— Détache-la.

Son frère Roman s'approcha de la fille et se pencha pour défaire les sangles qui lui emprisonnaient les chevilles.

— Bouge pas. Tout ira bien, lui promit-il.

Éloïse serra la mâchoire. Ce foutu menteur.

Roman Salaville batailla avec les liens. Sa jambe droite fut libérée. Puis ce fut le tour de sa jambe gauche.

Durant un instant, elle n'osa bouger, elle n'osa respirer. Elle sentit que ses mains étaient détachées à leur tour. Alors elle se replia en fœtus, muscles tétanisés, un brusque déferlement d'adrénaline brouillant ses pensées. Un filet de sang s'écoula de son nez, et elle fut saisie d'une quinte de toux.

— Tu vas te tenir tranquille, d'accord ? lui intima Claude.

Il la saisit par le bras pour la mettre debout.

Mais ses doigts gluants de sang glissèrent sur le bras de la jeune fille.

Et voilà que tout à coup Éloïse se retrouvait libre. Elle n'était plus attachée, plus personne ne la retenait. C'était maintenant ou jamais. Elle vivait ou elle mourait.

Elle ne réfléchit pas à ce qu'elle faisait, elle n'en avait pas le temps. Elle bondit simplement en avant. Elle poussa de toutes ses forces sur ses jambes.

Elle sentit la main de Roman qui effleurait son épaule, elle entendit son cri de rage, et tout se déroula très vite. Vacillant, priant pour ne pas perdre l'équilibre, elle abandonna des mèches blondes entre les doigts du bonhomme.

Claude Salaville hurlait à son frère de l'attraper, vite, mais Éloïse courait déjà vers la seconde porte, celle qui menait dans la maison.

Elle la poussa, faillit glisser, mais se rattrapa à l'encadrement. Puis elle claqua la porte derrière elle et s'élança dans un corridor plongé dans la pénombre.

Elle entendit les jurons et les cris de bêtes poussés par les deux frères, qui se lançaient à sa poursuite, défonçant presque la porte dans leur hâte. Un vase, renversé au passage, se brisa dans un fracas de tous les diables.

Éloïse continua de courir sans se retourner.

Au bout du couloir se trouvait une autre chambre. Elle referma la porte et faillit hurler de joie en voyant une clé dans la serrure. Elle s'empressa de la tourner.

Presque aussitôt, la porte trembla sur ses gonds.

Éloïse s'en éloigna aussi vite que possible et se précipita vers une deuxième issue, située à l'extrémité de la pièce.

Elle découvrit un autre couloir et davantage de pièces, toutes plongées dans la même pénombre tenace. Le moindre volet de cette maison semblait fermé.

Elle hésita, fouillant l'obscurité du regard.

Le cœur de la maison se trouvait là-bas. Elle distinguait une cuisine, à droite, et un salon, droit devant. Autant d'endroits où se cacher.

Mais ils finiraient par la retrouver, n'est-ce pas ?

Que ferait-elle, quand – fatalement – elle se heurterait à une pièce sans issue ?

Derrière elle, la porte s'ébranla à nouveau.

Une inspiration subite la traversa. Éloïse revint sur ses pas aussi vite qu'elle le put. Juste derrière la porte sur laquelle s'abattaient les poings de ses ravisseurs, il y avait un étroit placard encastré dans le mur.

Elle se sentait assez mince pour s'y cacher.

Quoi qu'il arrive, elle n'avait plus vraiment le choix.

Elle eut à peine le temps de se glisser dans cette alcôve avant que Roman ne se jette une nouvelle fois sur la porte et, cette fois, l'arrache littéralement de ses gonds.

Recroquevillée dans le placard, le dos meurtri par les étagères, elle n'avait que l'écran de la porte pour se dérober à leurs regards. Mais les deux frères bondirent droit devant elle et se précipitèrent à travers la chambre. Arrivés dans le salon, ils se mirent à ouvrir toutes les portes à la volée.

— Elle est où ? Où est-ce qu'elle se cache, cette petite salope ? beugla Roman.

— Elle n'ira pas loin. Je vérifie la réserve, toi tu t'occupes du séjour, fit la voix de son frère.

Éloïse passa un bras hors du placard et repoussa la porte défoncée. Les frères ne se trouvaient plus dans son champ de vision, mais elle entendait les portes claquer dans les autres pièces. Des objets étaient renversés.

Il lui fallait prendre une décision maintenant.

Elle se faufila hors de sa cachette et remonta le corridor aussi vite qu'elle put, revenant dans la chambre où ils l'avaient séquestrée.

Elle posa les yeux sur le matelas nu dont les sangles pendaient à présent. Elle remarqua que la toile était couverte de taches brunes, et frissonna. Mais ce n'était pas le moment de perdre ses moyens. Les deux psychopathes ne tarderaient pas à comprendre qu'ils étaient partis dans la mauvaise direction, ils finiraient par revenir la chercher de ce côté.

Elle traversa la pièce à la hâte. En frôlant le mur, son épaule heurta une Vierge en bois qui y était accrochée.

L'icône tinta en échouant sur le sol. Éloïse se retint de pousser un cri de terreur.

Elle se tapit dans l'entrebâillement de la porte et jeta un œil au-dehors.

D'ici, elle ne pouvait apercevoir qu'une partie de la cour de la ferme. Elle voyait surtout le sang qui y était répandu. De larges flaques luisantes.

Elle ne voulait pas chercher à savoir. Tout ce qui comptait, c'était de sortir d'ici. *S'enfuir*.

De l'autre côté de cette cour se trouvait une deuxième maison – tous volets fermés, là-bas aussi. À mi-chemin entre les deux bâtiments se dressait une grange en pierre.

Éloïse repéra la clôture de la ferme, recouverte par un enchevêtrement de fils de fer barbelés. Si elle courait assez vite, pourrait-elle l'atteindre sans qu'ils la voient ?

Dans son dos, le vacarme cessa.

Elle entendit les voix des Salaville qui se concertaient.

Puis le bruit de leurs pas.

Ils revenaient déjà dans sa direction.

Elle cessa de réfléchir et s'élança.

Elle parcourut les premiers mètres sans encombre.

Quand elle piétina les flaques de sang, ses pieds nus glissèrent.

Elle crut bel et bien qu'elle allait déraper et s'étaler.

Mais elle parvint in extremis à conserver son équilibre.

Elle continua de courir à en perdre haleine. Elle ignorait si ses bourreaux étaient proches ou pas, et cette incertitude était terrifiante.

Arrivée à mi-chemin, elle n'y tint plus et se jeta derrière un bac en pierre empli d'eau de pluie. Son cœur battait à tout rompre.

Elle risqua un regard en arrière.

Le silence le plus total régnait dans la maison.

Elle se tourna alors en direction de la clôture – de la liberté.

Et s'arrêta net.

Le loup noir était revenu. Il se tenait devant le mur d'enceinte, droit et immobile. Ses yeux brillaient d'un éclat rougeâtre.

Il dénuda ses crocs.

Un sourire vicieux.

Éloïse se força à ne pas hurler, à ne pas bouger.

Le loup lui interdisait le passage.

Elle souleva la tête. Son sang frappait à ses tempes. Elle devenait folle, ce devait être ça.

Le loup ne bougeait pas.

Il fallait qu'elle se ressaisisse. Qu'elle se dépêche de fuir avant que cette bête ne l'attaque.

Elle se retourna tout doucement et battit en retraite.

La grange. C'était l'abri le plus proche.

Elle ne voyait pas d'autre option dans l'immédiat.

Elle se faufila le long de la façade de pierre jusqu'à la porte entrouverte.

Elle se coula dans l'interstice.

Elle y était arrivée. L'animal ne l'avait pas suivie.

Elle inspira profondément.

Elle n'avait pas fait attention à l'odeur avant d'entrer ici.

La puanteur la frappa comme un poing, la fit reculer dos au mur. Elle sentit les muscles de ses jambes qui fléchissaient contre sa volonté, et se demanda si elle allait s'écrouler.

Elle ouvrit la bouche pour crier, sans y parvenir.

Ses yeux ne pouvaient se détacher du spectacle qui s'offrait à elle.

Il y avait des cadavres ici.

Pas juste quelques-uns. Des dizaines. Des corps humains dépecés. Certains avaient les chairs noircies par la décomposition. On les avait entassés les uns sur les autres, et l'espace d'un instant la vision lui parut surréaliste, elle crut se trouver face à un tas d'animaux, dans un quelconque abattoir. Il n'en était rien. Il s'agissait bien de silhouettes humaines. De personnes mortes. Leur chair ouverte et violée. Leurs membres mutilés. Leurs gorges tranchées. Leurs chevelures poisseuses.

Une des dépouilles était suspendue dans le vide, la tête en bas, au-dessus d'un seau en métal, empli aux trois quarts de son sang.

Mais ce qui horrifia le plus Éloïse, c'est que cette silhouette pendue par les pieds n'avait plus de visage.

On lui avait enlevé – arraché ? – toute parcelle de peau, depuis le sommet du front jusqu'à la base du cou.

Cette fois, l'abomination était absolue.

Éloïse sentit une main se refermer sur sa nuque.

Celle de Claude Salaville.

3

Son sang se figea. Un froid glacé l'envahit.

Mais il était hors de question de ne pas lutter, tant qu'elle en avait la possibilité.

Elle se retourna et mordit la main posée sur elle.

Poussant un juron, l'homme s'écarta. Un mince répit. Elle aperçut alors Roman. Elle ne l'avait pas vu approcher. Il se jeta sur elle et referma ses énormes bras autour d'elle. Son frère, Claude, se planta devant elle et la gifla. Une fois. Deux fois.

— Non !

— Oh si, susurra Roman dans le creux de son oreille. Il le faut.

— Non ! Non ! hurla la fille, en vain.

Tandis que Roman la serrait contre lui, Claude entreprit de lui passer une sangle autour des pieds. Il tira d'un coup, la sangle se bloqua.

Elle comprenait ce qu'ils allaient faire d'elle, maintenant. C'était pour ça qu'ils l'avaient kidnappée. Et c'était pire encore que tout ce qu'elle aurait pu imaginer.

Claude passa ensuite un S de boucher dans la sangle, meurtrissant ses chevilles, et il s'écarta pour aller actionner une poulie contre le mur. Une épaisse corde se tendit. Éloïse se sentit soulevée, le monde se renversa, et elle fut hissée, tête en bas. Ses mains griffèrent furieusement les airs tout autour d'elle, tandis que le sang affluait dans son crâne, comprimant ses tempes. Elle n'arrivait même plus à hurler. Elle s'éleva, par secousses, à chaque nouveau tour de manivelle.

Quand elle fut à bonne hauteur, Claude bloqua la corde, puis s'approcha à nouveau, un couteau à désosser dans les mains. La lame bleutée, aiguisée comme un rasoir, luisait dans la pénombre de la grange.

— Roman, apporte un autre seau. Dépêche-toi.

Éloïse essaya de se débattre. Impossible. Elle était suspendue par les pieds côte à côte avec la précédente victime. Son visage écorché presque collé contre le sien.

Elle se mit à prier. Jésus, Bouddha, et toute divinité susceptible de l'entendre. À présent, seul un miracle pouvait la sauver.

Claude s'approcha, levant le tranchant du couteau vers son ventre dénudé. Elle sentit la lame froide posée sur son sexe.

C'est alors qu'une sonnerie assourdissante retentit.

Le couteau s'écarta de sa peau.

Le volume de la sirène était si puissant que le toit de la grange vibrait, relâchant des tourbillons de poussière.

Cela dura une dizaine de secondes, puis stoppa.

Les deux frères se regardèrent. Leurs yeux s'étaient chargés d'une brusque inquiétude.

La sonnerie retentit à nouveau. Plus longtemps cette fois. Les poutres du toit recommencèrent à frémir sous l'effet des haut-parleurs.

Claude recula d'un pas.

Roman ouvrit des yeux ronds.

— Tu veux que j'aille voir ?

Claude regarda la fille pendue, puis son frère.

— Non. T'es trop con. Si ce sont les flics, tu vas te faire baiser. Je vais voir. Tiens.

Il lui remit le couteau à désosser.

Puis il marcha jusqu'à un vieux placard en bois qui croulait sous divers outils et cordages, et ouvrit le tiroir central. Il en retira un fusil de chasse. Il récupéra également un lot de cartouches, après quoi il se hâta vers la porte de la grange.

— Tu restes là, c'est bien compris ? Tu gardes un œil sur la petite salope, et tu attends que je revienne.

La sonnerie retentit une troisième fois, avec une insistance accrue. Leur visiteur perdait patience.

Claude sortit de la grange et se dirigea vers la maison. Roman se gratta le ventre, songeur. Il se tourna vers la fille suspendue et, observant son corps délié, lui offrit un sourire torve tandis que ses doigts glissaient sur ses fesses.

Éloïse ne dit rien. Elle se remit à prier.

4

La femme relâcha le bouton de la sonnette quelques secondes, puis appuya de nouveau avec opiniâtreté. Dans les tréfonds de la bâtisse, la sonnerie stridente retentit une nouvelle fois.

Impatiente, elle secoua nerveusement sa chevelure blanche, qui ondula sur l'écran noir de son blouson en cuir. En dessous, ses jambes étaient moulées dans un pantalon de tailleur strict.

Un peu en retrait, sur le chemin de terre qui menait à la ferme, le commandant Alexandre Vauvert l'observait sans rien dire. Il avait accepté d'accompagner sa collègue jusqu'ici, mais il ruminait quelque peu. Ces dernières années, il avait souvent entendu parler d'elle. Pas toujours dans les meilleurs termes. La commandante Eva Svärta s'était spécialisée en profilage. Elle travaillait tout particulièrement sur les affaires baignant dans l'occulte. On disait que ce qui l'intéressait avant tout, c'était de coincer des tueurs en série. En la matière, elle avait acquis la réputation d'être la meilleure. Quand Paris avait demandé son transfert à Toulouse, dans sa propre équipe, Vauvert n'avait pas eu son mot à dire.

De toute façon, c'était elle qui avait fait le rapprochement entre les disparitions.

Jusqu'ici, il devait l'avouer, elle n'avait pas commis la moindre erreur.

Quand, à l'aube, elle l'avait appelé pour lui expliquer qu'elle avait trouvé un lien avec les frères Salaville, il n'avait pas discuté non plus.

Elle tambourina sur la porte.

— Mais qu'est-ce qu'ils fabriquent, bon sang ?

— Ils ne sont peut-être pas là ? hasarda Vauvert.

— Ne dis pas de sottises. Tu as très bien vu que leur 4 × 4 est garé là-bas. C'est leur unique véhicule.

— En tout cas, tous les volets sont fermés.

— Et ça ne te semble pas bizarre ?

Vauvert soupira.

— Je ne dis pas le contraire. Mais que veux-tu faire ? Le juge refusera de nous signer la moindre commission rogatoire tant qu'on n'a pas de preuve tangible à lui fournir.

Eva Svärta se retourna pour lui faire face, un rictus figé au coin de ses lèvres fines. Elle portait ses éternelles lunettes noires, qu'elle n'enlevait jamais. On disait que ses yeux étaient si sensibles qu'elle serait aveugle en plein jour. Mais on racontait tellement de choses sur cette femme que Vauvert préférait ne pas se fier aux ragots.

— Nous pouvons avoir des tonnes de preuves, insista-t-elle. Il suffit d'entrer.

— Tu es sûre que ce sont eux qui ont fait le coup, hein ?

— Plus que ça encore. Je *sens* ce genre de choses.

— Je veux bien le croire. Mais ils sont peut-être allés sur leur propriété et ils n'entendent pas ?

La profileuse fulmina.

— Tu veux rire ? Tu as entendu cette sonnerie ? Elle doit retentir jusqu'au pic du Midi ! D'après toi, quel genre d'individus serait assez parano pour installer un tel système ?

Vauvert laissa échapper un grognement. Pour autant qu'il sache, cela ne prouvait pas grand-chose. Il soupçonnait la plupart des énergumènes qui vivaient dans le coin de s'équiper de ce genre de systèmes, voire de choses plus farfelues encore. Certains n'hésitaient pas à truffer leurs champs de pièges à loups pour décourager les chasseurs et les cueilleurs de champignons. Mais ils étaient chez eux, après tout, c'était leur droit le plus strict, et il avait toujours pensé que ces gens ne faisaient de mal à personne en vivant à leur guise et en évitant de se faire emmerder par les touristes. Svärta était une citadine, elle ne pouvait pas comprendre.

— Ça ne change rien à la procédure, lui rappela-t-il. On n'a pas la moindre preuve. Tu n'auras jamais de commission rogatoire sans un élément solide. Peut-être qu'on devrait d'abord essayer de…

— Ce sont *eux*.

Vauvert haussa les épaules, vaincu.

— D'accord. Je t'écoute.

Il avait compris qu'il ne servait à rien de lutter avec ce bout de femme, et il était fatigué. Qu'elle agisse comme elle le souhaitait. Il savait reconnaître les vrais flics. Eva Svärta en était une. *Une prédatrice qui traquait les prédateurs.* On ne raisonnait pas une personne de ce genre. Il en savait quelque chose. Il était exactement comme ça lui-même.

Il repensa aux maigres éléments dont ils disposaient. Éloïse Lombard avait été enlevée la veille en début de soirée, soit un peu plus de quinze heures auparavant. C'était la commandante Svärta qui avait fait le lien entre cet enlèvement et les autres disparitions sur lesquelles elle travaillait depuis plusieurs semaines. Cinq jeunes femmes en tout, âgées de dix-sept à vingt-trois ans, qui avaient été portées disparues dans trois départements : Aveyron, Ariège, Tarn. Et ce, au cours des huit derniers mois.

Avant qu'elle ne reprenne le dossier, les divers services régionaux s'étaient contentés d'archiver les rapports, faute du moindre indice suggérant des enlèvements. Les profils de ces filles étaient pourtant semblables. Toutes vivaient seules, et toutes s'étaient évaporées dans la nature, sans prévenir qui que ce soit. Devant les résidences de trois d'entre elles, on avait trouvé des traces de pneus de 4 × 4, mais cela ne voulait pas dire grand-chose, ce genre de véhicule étant largement répandu en milieu rural.

L'attention de Svärta avait été happée par un détail. Une inscription, retrouvée chez une étudiante qui venait d'emménager à Saint-Affrique, dans l'Aveyron. Chronologiquement, il s'agissait de la seconde disparition signalée. Alors que tout semblait en ordre dans son appartement, le miroir de la salle de bains avait été brisé. Sur le mur carrelé de la douche, quelqu'un s'était servi de rouge à lèvres pour écrire :

ZALMOXIS
ABBADON
ORIENS
ISTEN

Les gendarmes n'y avaient pas porté attention, le texte incompréhensible relevait de l'anecdote à leurs yeux. Ils avaient effectué leurs constats comme si de rien n'était, avaient consciencieusement pris des photos de chaque mur et avaient répertorié le miroir brisé. Leur procès-verbal s'était ajouté sur la pile des autres disparitions non résolues.

Chez la policière du quai des Orfèvres, en revanche, toutes les alarmes s'étaient déclenchées. Des noms de divinités infernales retrouvés au domicile d'une personne signalée comme disparue ? Hors de question, pour elle, d'ignorer ce genre de détails. Elle avait exigé qu'on l'informe de toute autre disparition dans la région.

Cela n'avait pas tardé. Quand Amandine Muñoz, vivant à Pamiers, à plus de deux cents kilomètres de là, avait disparu à son tour, aucune trace d'effraction n'avait été constatée. Pourtant, le miroir accroché dans le séjour de son appartement avait été retrouvé brisé.

Cette fois, c'était d'un marqueur indélébile qu'on s'était servi. L'inscription s'étalait sur la tapisserie de la chambre à coucher :

I O S U A
O R I L U
S I S I S
U L I R O
A U S O I

Eva Svärta n'avait plus le moindre doute. Quelque chose était en cours. Quelque chose de très inquiétant. En moins d'une semaine, elle avait ainsi isolé cinq cas de disparitions dans des circonstances similaires. Elle avait aussitôt demandé une extension de compétence afin d'être dépêchée au SRPJ de Midi-Pyrénées, dans l'équipe de Vauvert qui s'occupait déjà de deux des affaires.

Ce n'était qu'une intuition. Une suite de recoupements abstraits, basée sur une étude comportementale purement théorique.

Mais Vauvert devait avouer que ça tenait la route. Au stade où ils en étaient, c'était une piste.

Il jeta un œil au véhicule couvert de poussière garé plus loin. Le portail de la ferme était fermé par un cadenas, et les grilles entourées de fil de fer barbelé pour décourager les visiteurs. Cela *pouvait* tout à fait correspondre. À ses yeux, cela tiendrait du coup de chance monumental si ses soupçons se confirmaient, mais ça *pourrait* être ça.

Une chose était certaine, si un des membres de la famille Salaville se révélait impliqué dans cette histoire, il venait de commettre une erreur fatale. Il avait enlevé Éloïse Lombard de manière précipitée. L'un comme l'autre, ils étaient fichés. Tous deux avaient un passé de violence et de psychose hallucinatoire, ponctué de séjours en établissements spécialisés. Ce qui ne voulait pas dire grand-chose pour autant. Ils étaient sous traitement, il n'y avait a priori aucune raison que l'un ou l'autre perde les pédales de cette manière.

— Quoi qu'il en soit, on doit attendre les autres, rappela-t-il. Ils ne vont plus tarder maintenant.

Sa collègue se retourna dans un ondoiement de cheveux blancs. Elle écrasa son doigt sur la sonnette. L'irritante sirène retentit encore une fois.

Pendant ce temps, Vauvert jeta un regard d'ensemble, soucieux de repérer le terrain.

La chaîne des Pyrénées s'élevait en arrière-plan, couverte de sapins verdoyants.

Il devait bien avouer que cette ferme, enclavée dans la forêt, lui donnait la chair de poule. La commandante Svärta n'était pas la seule à avoir du flair. Ils se trouvaient dans le genre d'endroit idéal pour retenir des jeunes filles sans que personne s'en rende jamais compte. Celles-ci pouvaient hurler, aucun voisin ne risquait de les entendre.

Et tous ces volets clos en pleine journée. C'était quand même étrange.

Vauvert consulta son téléphone mais aucun signal ne s'affichait. Les montagnes devaient bloquer le réseau. Impossible de savoir où en était le reste de son équipe. Sans doute encore à quelques kilomètres, en train de remonter l'étroit chemin forestier qui menait jusqu'ici. Personne ne s'était jamais soucié d'entretenir cette voie d'accès, qui relevait plus du parcours hors-piste que d'une véritable route.

Du coin de l'œil, il aperçut une ombre glisser au bord du chemin.

Il se tendit, une main brusquement posée sur son arme. Mais non. Il avait dû rêver. Il observa plus attentivement la ligne d'arbres, hauts et noirs. Derrière, c'étaient les immenses forêts de la montagne ariégeoise. Pour une raison qui lui échappa, il se demanda s'il y avait des loups dans les environs.

Cette pensée déclencha un frisson sur sa nuque.

Il se reprit. *Des loups ?* Non, il n'y en avait plus depuis longtemps dans la région.

Pourquoi cette idée lui traversait-elle subitement la tête ?

— On n'arrivera à rien comme ça, dit la policière en relâchant la sonnette.

Un silence presque palpable retomba sur la ferme.

Vauvert plissa les yeux. Voilà ce qui clochait depuis le début. Il lui avait fallu tout ce temps pour mettre le doigt dessus.

— Tu ne trouves pas ça bizarre ? Écoute…

Svärta se tourna vers lui.

— Quoi ?

— Eh bien, rien, justement. On n'entend pas le moindre bruit, ici.

Il désigna les arbres qui les entouraient. En effet, on n'entendait rien du tout. Pas de chants d'oiseaux, ni le moindre son.

— Je ne suis pas un spécialiste de la campagne, mais tout de même. C'est foutrement silencieux, non ?

— Je ne te le fais pas dire.

Vauvert haussa les épaules.

— Je sais ce que tu as en tête, Eva, mais on devrait attendre le reste de l'équipe. Si tu as raison…

Svärta se fendit d'un grand sourire qui dévoila les perles de ses dents.

— J'ai toujours raison. La fille est ici. Je le *sais*. À chaque minute qu'on passe à attendre, sa vie peut être menacée.

Vauvert grommela. Cette commandante était horripilante. Pourtant, elle n'avait pas entièrement tort. Et le reste de l'équipe qui n'arrivait toujours pas…

Il remarqua qu'elle s'était immobilisée.

Tête relevée, narines dilatées, elle avait l'air d'une bête sauvage elle-même.

— Eva ? Qu'est-ce qu'il y a ?

La jeune femme tourna ses lunettes noires vers lui.

— Tu ne sens pas ? lui demanda-t-elle, à voix basse.

— Qu'est-ce que je devrais sentir ?

— L'odeur du sang.

Vauvert inspira. Il y avait un vague relent de décomposition dans l'air, mais bien sûr la forêt était pleine de ce genre d'effluves organiques.

— Je ne sais pas, je…

Il s'arrêta. Il avait cru voir passer une ombre à nouveau.

Comme… l'ombre d'un chien ?

Il avait une sainte *horreur* des chiens.

Un chien ?

Ou bien un loup ?

Il chassa ses pensées saugrenues.

— D'accord, cette baraque me donne les foies et je fais confiance à ton instinct. Qu'est-ce qu'on fait ?

Svärta fit un petit signe de tête en direction de la porte.

— On a assez perdu de temps, non ?

Et sans rien ajouter elle donna un grand coup de pied dans le bois massif.

La porte ne broncha pas d'un millimètre.

Svärta recula d'un pas et se jeta de nouveau sur la porte.

De la poussière tomba le long de l'encadrement, mais la porte tenait toujours bon.

Vauvert songea qu'en fin de compte, tous deux avaient les mêmes méthodes.

— C'est bon. Écarte-toi.

Il prit trois pas d'élan, impassible, avant de foncer. Son épaule entra en collision avec le pan de bois qui craqua et se tordit comme un matériau souple. Les planches se fendirent, la porte céda avec fracas.

— Voilà. Pour le procès-verbal, on a trouvé les lieux dans cet état-là.

Sa collègue hocha la tête, incapable de réprimer un sourire.

— On se comprend, commandant.

Vauvert dégaina son arme. L'entrée donnait sur une sorte de grand hall, où l'on distinguait un buffet en bois brut dans le coin, mais rien d'autre. Le reste était plongé dans l'ombre.

— Bon. Suis-moi.

Il fit un pas en avant.

Tout alla très vite.

Eva Svärta poussa un cri.

Il comprit trop tard ce qu'elle lui criait – de s'écarter, vite.

Il aperçut la silhouette, au bout du couloir.

En même temps que son cerveau reconnaissait le bruit caractéristique d'un mécanisme d'arme à feu.

Le policier sentit tous ses muscles se tétaniser. Une sensation de mort l'envahit. Il contracta ses muscles pour se jeter en arrière, tout en sachant qu'il ne serait jamais assez rapide pour s'écarter du passage.

La déflagration retentit dans le couloir, il fut aveuglé par l'éclat du coup de feu, comme un soleil dans le noir total. Il sentit une mitraille de plomb le frapper de plein fouet, chasser l'air de sa poitrine et le projeter en arrière dans une pluie de petites épingles de douleur rouge.

Tout était noir avant qu'il ne touche le sol.

5

Son évanouissement ne dura qu'une fraction de seconde. À l'instant où il heurtait le sol, la douleur ramena Vauvert à lui.

L'individu tira à nouveau. Il sentit les plombs qui filaient juste au-dessus de lui.

La seconde suivante, c'était la commandante Svärta qui répliquait, faisant feu à plusieurs reprises avec son Beretta.

Vauvert eut l'impression de se retrouver pris dans une fusillade entre gangs.

Il ferma les yeux jusqu'à ce que les taches lumineuses dans ses rétines s'estompent un peu.

L'échange de coups de feu ne dura pas. Une porte fut claquée dans la maison. Leur agresseur avait battu en retraite.

Durant quelques secondes, Vauvert resta allongé sur le dos, crucifié de douleur.

Puis il rouvrit précautionneusement les yeux et vit la silhouette gainée de cuir d'Eva Svärta qui s'accroupissait à côté de lui. Elle pencha son visage au-dessus du sien, dans un rideau soyeux de cheveux blancs.

— Heureusement que je t'ai forcé à enfiler ce gilet pare-balles, hein ?

Vauvert ne répondit pas. Il tâta sa poitrine. On lui avait tiré dessus avec un fusil de chasse. Le gilet lui avait en effet sauvé la vie, mais il était bien endommagé et Vauvert sentait le sang suinter sous ses vêtements, réveillant de petites sensations de rasoirs mordant sa peau, partout sur sa poitrine.

— Bordel, ça pique.

— Tu es touché ?

— Des égratignures.

C'était la vérité. Il en avait vu d'autres.

— Mais c'est toujours bizarre de se faire tirer dessus, ajouta-t-il en palpant sous ses vêtements.

Quand il retira sa main, elle était mouillée de sang.

— Merde.

Sa collègue se releva dans un craquement de cuir et se déplia comme une flamme. Elle pointa son Beretta vers la porte béante.

— J'entre. Toi, fais le tour, qu'on puisse les prendre à revers avant qu'ils ne s'organisent.

— Hors de question qu'on se sépare, objecta Vauvert.

La femme s'était déjà glissée dans la pénombre de la maison.

Il grimaça. Cette foutue profileuse ne perdait rien pour attendre. Il massa l'articulation de son épaule gauche et fit tournoyer son bras. Le sang avait cessé de suinter. Il pourrait sans problème attendre les secours.

Il se redressa.

6

De toutes les choses qu'on disait sur Eva Svärta, certaines étaient fausses, d'autres étaient entièrement fondées. Elle n'avait jamais cherché à dissuader quiconque des bêtises qu'on colportait sur son compte, ni à leur expliquer tout ce qu'ils ignoraient sur elle. Sa position au sein de la brigade criminelle était déjà assez compliquée comme ça.

Accroupie dans l'ombre, elle ôta ses lunettes. Le couloir était plongé dans les ténèbres, mais elle voyait parfaitement dans le noir. Elle savait que ses collègues la surnommaient « Terminator » pour cette raison.

Ce n'était pas le seul surnom qu'on lui donnait. Elle préférait ignorer les autres.

Les pupilles dilatées, elle avança en silence. L'odeur qu'elle avait perçue depuis l'extérieur était ici insupportable. On avait versé du sang dans cette maison. Et on l'avait laissé pourrir. Les relents de charogne lui retournaient l'estomac.

Elle commença à redouter ce qu'elle pourrait bien découvrir.

Au bout du couloir se trouvait la porte que leur agresseur avait claquée. La policière l'ouvrit, et la fit pivoter tout doucement du bout de sa botte, mais l'individu n'était plus dans les parages. Elle se glissa dans cette nouvelle pièce le plus silencieusement possible. C'était une grande salle à manger, encombrée par un capharnaüm impressionnant de canettes de bière et de sacs-poubelle empilés les uns sur les autres. Une table en bois massif trônait au centre. Sur les murs s'alignaient plusieurs têtes de biches et de cerfs, dont les yeux de verre brillaient dans l'ombre. Deux grands miroirs, encadrés de moulures dorées, étaient simplement posés dans un angle – brisés tous les deux.

Chaque centimètre carré de mur était couvert d'inscriptions, de suites de symboles plus ou moins lisibles. De noms de démons issus de toutes les religions, d'Isis à Bélial en passant par Sekhmet et Zairi.

De plus en plus inquiétant.

Eva se coula contre le mur et continua d'avancer. Le cuir de son blouson frôlait la tapisserie avec un *shhh* presque inaudible.

Il n'y avait personne ici.

Où étaient les frères Salaville ? Dans quelle partie de cette maison ?

Avec mille précautions, elle emprunta un corridor qui la mena dans un salon, où l'ombre était plus profonde. Seules quelques stries de lumière dorée filtraient par les interstices des volets, laissant deviner un canapé.

Une silhouette l'attendait, immobile.

Eva la mit en joue.

La silhouette installée sur le canapé ne bougea pas.

— Police ! Je veux voir vos mains !

Toujours pas le moindre mouvement.

Juste cette odeur insoutenable.

Eva fit un pas de plus, ses yeux scrutant la pénombre.

Elle reconnaissait les relents caractéristiques de la viande humaine.

La jeune femme allongée sur le canapé, les jambes écartées, était déjà en voie de décomposition avancée.

À l'endroit où aurait dû se trouver son visage, il n'y avait plus qu'un masque rouge aux dents grimaçantes et aux orbites vides.

La policière mit la main devant sa bouche pour ne pas suffoquer.

Maintenant qu'elle se trouvait face au cadavre, elle pouvait voir les sévices qu'on lui avait infligés.

On ne lui avait pas seulement arraché la peau du visage.

Le manche d'un couteau émergeait entre ses jambes.

La lame était enfoncée entièrement dans le vagin de cette fille.

Eva sentit une sueur glacée s'écouler le long de sa nuque.

Ressaisis-toi.

Oui, se ressaisir. *Tu es une flic. Pense en flic et rien d'autre.*

Elle était venue avec une mission, celle d'arrêter cette horreur. C'était ce qu'elle allait faire.

Elle ne se laisserait pas déstabiliser. Pas maintenant.

Elle redressa la tête.

C'est alors qu'elle repéra le dessin sur le mur, juste en face du canapé. Elle fit quelques pas pour se rapprocher. Le papier peint jaune disparaissait sous les noms cabalistiques, pourtant en plein milieu de ce mur se détachait un énorme cercle peint en brun. Il était traversé par ce qui semblait être trois barres horizontales.

Ce symbole constituait l'épicentre de toutes les inscriptions.

Eva s'approcha davantage.

Ce n'était pas de la peinture.

Elle tendit la main et toucha le cercle, portant la matière poudreuse à son nez. L'odeur caractéristique, âcre, du sang séché l'assaillit.

Depuis le début, elle avait compris que les Salaville suivaient un délire mystique. C'était le point commun entre toutes les disparitions. La seule chose à laquelle elle ne s'était pas attendue, c'était que leur psychose ait pris de telles proportions. Ce qu'elle voyait ici ne cadrait pas avec les rapports des médecins qui les suivaient.

Que représentait ce symbole ? Un cercle, trois lignes horizontales. Le sang avait coulé le long du mur, et il était difficile de distinguer les détails. Ce qui était certain, c'est que cela ne ressemblait à aucun des pentacles habituellement utilisés par les satanistes du dimanche.

Il faudrait chercher. Trouver une explication à ce qui s'était passé dans la tête de ces hommes. Il était vital pour Eva Svärta de comprendre ce genre de choses. Cela donnait un peu de sens à son propre chaos.

Mais elle s'en occuperait plus tard. Ce serait une enquête de bureau, une fois que les frères Salaville seraient hors d'état de nuire. *Hors d'état de massacrer des gamines sans défense*.

7

Vauvert s'arrêta devant le portail hérissé de barbelés. Les éraflures, sous son gilet pare-balles, le démangeaient. Il était pourtant hors de question de s'en défaire. Dans l'éventualité plus que probable d'une autre fusillade, il préférait conserver une chance de rester en vie.

Il observa la cour, derrière les grilles. Il apercevait la grange en pierre, typique des fermes ariégeoises, ainsi qu'une deuxième maison, tout au fond, volets clos.

Absorbé dans son état des lieux, il sursauta quand son mobile se mit à vibrer dans sa poche. Voilà que le réseau passait à nouveau ! N'osant plus bouger, de peur de perdre la connexion, il écrasa le téléphone contre son oreille.

— Damien ? Vous êtes où ?

— *On vient de quitter la départementale. C'est un sacré chemin de chèvres.*

— Accélère le mouvement, mon pote. On a eu un échange de feu ici.

— *Merde. Je t'assure qu'on fait aussi vite que possible.*

— Et demande une seconde équipe en renfort. J'ai un mauvais pressentiment.

— *Reçu cinq sur cinq.*

Vauvert referma son téléphone.

Le silence régnait toujours sur la propriété.

Il n'avait pas une seule seconde à perdre. Le policier avisa un endroit où les barbelés semblaient moins denses. Il se hissa sur le portail et bondit de l'autre côté. Comprenant aussitôt la nature des taches rouges qui maculaient le sol, il se figea.

Il observa attentivement la disposition de la ferme. Deux maisons face à face, une grange entre elles. Où pouvaient bien se trouver les kidnappeurs ?

Il laissa son instinct décider. *La grange*. Il se faufila jusqu'à ce bâtiment, tous les sens en alerte. Une zone de terre boueuse s'étendait du mur de pierre jusqu'à la lisière de la forêt. Au bout de quelques mètres à peine, c'était le rideau de sapins, des massifs épineux et des troncs noirs. Les Salaville avaient condamné cette voie par un épais enchevêtrement de barbelés, qu'il ne devait pas être aisé de franchir indemne.

Vauvert s'accroupit à l'angle de la grange, entendant des éclats de voix.

Les deux frères se trouvaient bien à l'intérieur, et ils étaient en train de s'engueuler copieusement.

Bien. S'ils paniquaient, cela les diviserait.

Vauvert tira doucement son arme de son holster.

Se rapprochant d'un volet rabattu, il put entendre leur discussion avec plus de netteté.

— Je te dis qu'il faut la détacher ! Elle est promise, tu comprends ? Les dieux l'ont choisie !

— Je veux rien savoir ! Les flics sont là ! On a pas le temps de l'attendre !

— Tu vas tout faire foirer, gros débile !

— Va te faire foutre, Claude !

Très, très bien.

Les interstices dans le volet de bois étaient trop minces pour lui permettre d'apercevoir quoi que ce soit, mais laissaient s'échapper une puanteur atroce. Que pouvaient-ils trafiquer là-dedans ?

Il comptait bien le découvrir.

Il longea le mur, au ralenti, vers les portes.

Si Svärta ne merdait pas de son côté, alors les deux frères étaient bel et bien cernés. Il ne restait plus qu'à espérer que l'équipe ne tarde pas. Dans leur situation, les Salaville n'auraient plus que le choix entre deux options. La première était de rester cloîtrés dans cette grange et de défendre leur vie en tirant sur tout ce qui bougeait. C'était l'option que choisissaient la grande majorité des forcenés. Le plus souvent, cela finissait dans un monumental bain de sang.

Ou alors, il leur restait la possibilité d'essayer de s'enfuir de la ferme avant que le gros des forces de police ne leur tombe dessus.

Roman Salaville choisit cette option-là.

Vauvert eut tout juste le temps de l'apercevoir : l'imposant gaillard franchit les portes à vive allure et se précipita en direction de la forêt. Un instant plus tard, il avait disparu derrière la grange. Vauvert réagit sans attendre. Tournant les talons, il fit le tour en sens inverse, espérant coincer le fuyard de l'autre côté, face à face.

Mais quand il déboucha à l'arrière, ce fut pour constater que l'individu avait emprunté le chemin boueux menant vers la forêt. Il le vit atteindre le massif de barbelés et essayer de l'escalader tant bien que mal.

Trop tard pour la discrétion.

— Police ! s'écria Vauvert. Ne bouge plus !

Salaville redoubla d'efforts. Son pantalon se déchira. Il s'était élevé d'une cinquantaine de centimètres à peine, et les barbelés s'accrochaient avec férocité à la toile de sa chemise. Il se débattit pour se dégager, les bras et les cuisses ensanglantés.

Pestant, Vauvert se mit à courir dans sa direction.

Il vit le gros bonhomme basculer par-dessus la barrière, abandonnant des lambeaux de tissu dans les griffes des barbelés. Il avait échoué dans les ronces comme une masse, derrière son champ de vision.

— Enfoiré, grogna Vauvert en pressant le pas.

Il atteignit à son tour les entrelacs de métal, et aperçut son suspect qui trottait aussi vite que possible entre les sapins.

Pas une seconde à perdre. Rengainant son arme, le policier entreprit d'escalader à son tour les barbelés. Les pointes acérées transpercèrent la peau de ses paumes. Il grinça des dents, s'efforçant de ne pas trop se blesser. Pourtant, arrivé péniblement en haut, il ne fut pas plus agile que son fugitif, se prit dans les fils de fer et tomba de l'autre côté avec un cri bref. Les ronces l'accueillirent dans leur étreinte de feu. La collision avec le sol caillouteux envoya une onde de douleur le long de sa colonne vertébrale.

Bon sang, il allait lui faire payer tout ça.

Il se releva, scrutant la forêt autour de lui. Il ne tarda pas à repérer Roman Salaville, qui s'enfonçait déjà entre les arbres, et sans chercher à réfléchir il se précipita à ses trousses.

8

Eva Svärta se hâta de traverser le salon. La puanteur était toujours aussi insupportable, mais il n'y avait personne ici.

Elle traversa un second couloir, pénétra dans une petite chambre où se trouvait un matelas couvert de souillures et sur lequel on avait fixé des sangles. La lumière du dehors tombait dans cette pièce par une porte entrouverte.

La policière s'approcha de l'entrebâillement, en remettant ses lunettes noires pour regarder à l'extérieur sans se brûler les yeux.

De l'autre côté s'étalait la cour intérieure de la ferme.

Le sol était maculé de grandes éclaboussures brunes qui ne pouvaient être que du sang.

Hormis ce détail, les lieux semblaient déserts.

Elle observa les deux autres bâtiments qui composaient la ferme.

Un cri strident s'éleva, venant de la grange.

La fille était encore en vie. Son cœur se gonfla d'espoir. Il fallait qu'elle reste concentrée.

À cet instant, un éclair déchira le ciel. La brusque luminosité l'aveugla à tel point qu'elle dut fermer les yeux.

Quand elle les rouvrit, ce fut pour apercevoir Claude Salaville quitter la grange en toute hâte. L'homme avait passé un bras autour d'Éloïse Lombard. La jeune fille était nue, une silhouette pâle, si fine qu'elle semblait prête à se briser à n'importe quel moment. Elle se débattait, mais l'homme la tenait fermement contre lui. Dans sa main libre, il brandissait un fusil de chasse.

Eva se planta dans l'encadrement de la porte.

— Police ! On ne bouge plus !

Claude Salaville lui offrit un rictus de bête sauvage et dirigea le fusil vers elle. Il tira.

Eva se jeta à l'intérieur. Les éclats de chevrotine arrachèrent des copeaux de bois à la porte. Le miroir posé sur la commode explosa en mille fragments.

Elle roula sur le sol et, allongée sur le ventre, mit l'homme en joue.

Mais celui-ci tenait toujours la gamine devant lui, comme un bouclier humain. Si elle tirait maintenant, Eva risquait de la blesser.

Claude Salaville traversa la cour et regagna la maison située en face.

Si elle s'était trompée et que les frères possédaient un véhicule de secours, à l'arrière de la propriété, il allait s'enfuir.

L'homme envoya une nouvelle volée de plombs. Puis il s'engouffra dans la maison.

Il avait choisi l'option des véritables tueurs.

Il s'était retranché à l'intérieur.

Prêt pour l'Apocalypse.

À ce stade, la policière savait qu'elle aurait dû attendre. La procédure était claire à ce sujet.

Mais le cri de la jeune fille retentit à nouveau.

Eva Svärta n'avait pas le choix. Ce métier la rendait dingue de frustration. Parfois elle arrivait trop tard, les criminels baignaient déjà joyeusement dans le sang de leurs victimes. Parfois elle parvenait à les arrêter avant qu'ils ne commettent l'irréparable. Mais, toujours, elle se souvenait de la raison qui l'avait poussée à entrer dans la police. Pour exorciser les ténèbres. Ses ténèbres bien à elle.

Elle avait été une jeune fille, elle aussi.

Personne ne lui était venu en aide.

Elle ne laisserait pas le passé se répéter.

Les autres n'avaient qu'à arriver plus vite.

Elle se redressa et traversa la cour au pas de course, son arme à bout de bras.

Malgré l'éclair qui l'avait aveuglée une minute plus tôt, le ciel ne montrait aucun signe de pluie. C'était curieux, mais elle n'avait pas le temps d'y réfléchir.

En passant devant la grange, située à mi-chemin, elle fut transpercée par un brusque pressentiment. Elle se colla contre le mur et jeta un œil à l'intérieur pour s'assurer que l'autre frère ne l'attendait pas, planqué et prêt à surgir.

Il ne semblait y avoir personne.

Pourtant l'odeur était anormale.

Elle fit un pas dans l'encadrement de la porte.

Plus personne de vivant, en tout cas.

Eva dut lutter contre un féroce haut-le-cœur.

L'air était lourd de la puanteur de chairs en décomposition.

Elle se força à respirer calmement. Elle attacha ses cheveux en arrière pour ne pas être gênée. Puis ajusta ses lunettes de soleil.

Elle hésitait à entrer dans cet abattoir. Elle s'était pourtant attendue à quelque chose d'horrible. Ces hommes étaient allés *au-delà*.

Elle déglutit, ravalant de la salive au goût de bile. Sa main tremblait légèrement. Sur les murs, elle apercevait des inscriptions tracées avec du sang, des cercles et des symboles occultes. Les Salaville avaient fait des dizaines de victimes. La grange en était jonchée. Des silhouettes cassées, déchirées. Des filles sans visage. Toutes, sans exception.

Ça recommence, lui dit une petite voix qu'elle ne connaissait que trop bien. *Tout ce sang. Tu te souviens ?*

Une voix de toute petite fille, dans sa tête. D'une fillette de six ans qu'elle avait serrée dans ses bras. D'une vie entière qu'on avait fauchée.

Elle s'efforça de l'oublier. Tout cela appartenait aux ténèbres.

Recentre-toi.

Tu es flic. Tu as une mission.

Une mission qu'elle comptait bien accomplir.

Elle ressortit et se déplaça le long du mur en pierre. Puis elle franchit le reste de la cour à toute vitesse.

Elle atteignit la deuxième maison.

La porte par laquelle était passé Claude Salaville était restée entrouverte.

Ça pouvait être un piège.

Elle n'avait pas le temps d'y réfléchir.

Et, surtout, elle n'en avait plus rien à faire.

Elle donna un coup de pied dans la porte, dévoilant un salon aux meubles recouverts de plastique.

Elle avança, braquant successivement son arme dans toutes les directions.

— Montre-toi, connard ! Je suis seule. On va régler ça maintenant.

Un rire parvint du haut de l'escalier.

Elle s'approcha jusqu'à apercevoir Claude Salaville, à l'étage.

— C'est déjà tout vu, lui annonça-t-il. Tu vas sortir d'ici tout de suite et fermer la porte. Ou la gamine meurt.

Il tenait la jeune fille contre lui, un long couteau à désosser pressé sous sa gorge.

9

Le fugitif détalait entre les arbres.

— Salaville ! hurla Vauvert en courant à sa suite.

Il était en excellente condition physique. Il lui suffisait de ne pas glisser dans la boue. L'homme obèse devant lui, en revanche, n'était pas habitué à ce genre d'effort. Il perdait du terrain à chaque seconde.

À présent, Vauvert se trouvait à une dizaine de mètres de lui.

Il accéléra encore.

Contre toute attente, le fuyard quitta le chemin et se jeta dans les ronces.

— Arrête-toi ! s'égosilla Vauvert. On ne bouge plus !

Roman Salaville se releva au sein des branchages.

Il braquait un revolver dans sa direction.

Le policier eut tout juste le temps de se cacher derrière un arbre quand l'homme fit feu.

— Salaville, fais pas le con !

Une seconde détonation claqua dans le silence surnaturel de cette forêt. L'arbre derrière lequel se tenait Vauvert résonna sous l'impact de la balle. Roman Salaville en tira plusieurs autres. Les balles sifflaient de part et d'autre du tronc et Vauvert se recroquevilla autant qu'il pouvait au sol.

Les coups de feu cessèrent. Cet âne venait de gaspiller toutes ses munitions. Vauvert entendit les buissons qui craquaient, comme le gros bonhomme se frayait un passage dans les profondeurs de la forêt.

Il se redressa aussitôt et repartit à ses trousses. Les arbres étaient touffus, masquant la visibilité. Pourtant, il distinguait parfaitement son fugitif, qui bataillait pour franchir les rideaux successifs de ronces et de fougères.

— Arrête ! C'est un ordre ! Arrête, tu entends ?

Mais l'homme continuait de jouer son va-tout, empêtré dans les fourrés. Il avait réussi à passer une jambe de l'autre côté d'un amoncellement de branches. Il se jeta en avant et Vauvert le vit disparaître dans un massif de hautes fougères.

Il n'y avait plus un instant à perdre. Le policier voulut donner une dernière accélération. Son pied droit traversa les branches. Il se sentit glisser, trop tard pour se redresser. Sa cheville se prit entre deux souches, et, emporté par son élan, il chuta sans pouvoir se retenir.

Il ne sut si la pire des douleurs venait de la piqûre des ronces ou bien de sa cheville tordue.

Le temps qu'il roule hors de l'enchevêtrement épineux et qu'il se redresse en boitillant, son fugitif avait disparu une nouvelle fois.

— Bon sang de bordel.

Rageant, il se remit à trottiner en essayant de ne pas trop appuyer sur sa jambe droite. Sa cheville lui faisait un mal de chien, mais il soupçonnait une foulure, rien de plus. Ce ne serait pas sa première, et il n'avait pas le temps de s'appesantir sur son sort.

— Salaville ! beugla-t-il.

Où était-il passé ? Sur la droite ? Des sapins noirs et épais. Sur la gauche ? Des massifs de fougères, des buissons pleins d'épines.

Et ce foutu silence qui hantait cette forêt, comme si plus aucune vie ne l'habitait.

Il avança entre les résineux, essayant de distinguer la moindre trace humaine.

Roman Salaville pouvait se tapir n'importe où, derrière n'importe quel tronc ou rocher. S'il ne lui avait pas tiré à nouveau dessus, c'est qu'il n'avait plus de munitions.

Ce qui était bon signe, mais insuffisant.

S'il perdait sa trace maintenant, il ne se le pardonnerait pas.

Son regard fouillait les branches, les fougères, les entrelacs d'énormes racines.

Partout, des ombres perverses jouaient au striptease.

Il sentit une présence entre les arbres.

Et stoppa net.

Figé sur place.

Ce n'était pas Roman Salaville.

C'était un animal.

Une sorte de chien noir. Il se tenait tapi, comme à l'affût, à seulement quelques mètres de lui. Le poil râpé, ses prunelles rouges allumées dans la pénombre.

Le chien ne bougeait pas.

Son regard était braqué sur le policier.

Il y avait peu – très peu – de choses capables d'effrayer Alexandre Vauvert.

Cette bête, et tout ce qu'elle dégageait, en était une.

Ce n'est pas un chien. Tu le vois bien. C'est un putain de loup.

Vauvert se demanda s'il pouvait s'agir d'une hallucination.

Par réflexe, il brandit son arme vers lui.

Le loup continuait de le fixer.

Devait-il lui tirer dessus ? Ou seulement lui faire peur ? Ces animaux pouvaient transmettre la rage, n'est-ce pas ?

Il ajusta son tir d'une main tremblante.

La bête resta immobile.

Vauvert n'avait pas vu venir le mouvement sur sa gauche. Chose étonnante, ce gros lourdaud de Roman Salaville n'avait fait aucun bruit en s'approchant de lui. Il ne le devina, du coin de l'œil, qu'au tout dernier moment, et c'était déjà trop tard. L'homme lui bondit dessus et noua ses mains sur les siennes, autour de l'arme qu'il tenait. Ils s'écroulèrent dans la boue, bras tendus, luttant pour la possession du Smith & Wesson.

La détente fut pressée et deux détonations s'enchaînèrent, assourdissantes. Ils roulèrent au milieu des fougères, se frappant de la tête et se rouant de coups de genou, jusqu'à ce que l'arme soit éjectée et disparaisse dans les buissons.

Salaville referma ses mains sur le cou de Vauvert et le serra.

Ses yeux étaient fixes. Illuminés.

Le même regard de haine étincelante que lui avait lancé le loup, songea Vauvert.

Puis il se concentra sur sa gorge comprimée. Déjà des taches noires dévoraient son champ de vision. Il connaissait ce symptôme, et ce qu'il signifiait. Il disposait de trente secondes pour se libérer de l'étreinte de son agresseur. Au-delà de ce délai, il sombrerait dans l'inconscience.

C'était plus qu'il ne lui en fallait.

Il lui envoya un premier coup dans le ventre. Son poing s'enfonça dans le gras du bonhomme. Les yeux de Salaville se fermèrent sous la douleur.

Puis se rouvrirent. Fiévreux. Vicieux. Son sourire s'agrandit comme il serrait davantage.

Alors Vauvert ouvrit les mains et abattit ses paumes sur les coudes de son adversaire. Il sentit les articulations craquer, et la pression sur sa gorge cessa.

Les taches noires disparurent.

L'homme tenta de battre en retraite.

Mais Vauvert n'allait pas lui laisser l'occasion de s'en tirer à si bon compte.

Son poing s'écrasa sur le visage de Salaville. Le cartilage du nez craqua net.

Il lui donna un autre coup dans le ventre, le pliant en deux.

Un dernier uppercut lui redressa le visage, tandis que deux de ses dents s'envolaient en scintillant.

Salaville tituba.

— Tu crois que ça suffira à l'arrêter ?

Vauvert le regarda sans ciller.

— Arrêter qui ? Ton frère ?

Salaville découvrit un rictus féroce. Il se courba imperceptiblement vers l'avant, et Vauvert comprit qu'il allait se jeter sur lui.

Il prit les devants. Il lui envoya son poing droit dans le visage.

D'autres dents volèrent. Salaville fut projeté en arrière.

Butant contre un rocher, il trébucha, glissa sur les fougères humides, et fut emporté à la renverse de l'autre côté.

Vauvert se précipita.

Le dénivelé était d'à peine un mètre, derrière le rocher. La chute, brève, n'aurait pas eu la moindre gravité, si Roman Salaville ne s'était pas reçu sur une branche pointue, qui l'avait proprement éventré.

Son extrémité, tel un épieu, traversait sa poitrine, libérant des flots de sang.

— Bordel de merde, fit Vauvert en se glissant à sa suite au bas du rocher.

Il déchira une partie de sa chemise et pressa le tissu sur la plaie. Mais l'hémorragie submergea ce garrot en quelques secondes. Le flux écarlate était irrépressible.

L'homme, même ainsi, n'avait pas changé d'expression. Il se contentait de le dévisager. De ses prunelles fiévreuses. De son regard de bête sauvage.

— Roman ? Tu m'entends ? Ne t'endors pas. Me fais pas ce coup-là, salopard.

La bouche de Salaville forma un cercle.

— Ohh, ça ne va pas… lui faire plaisir…

Puis sa mâchoire se détendit, resta ouverte, et sa poitrine cessa de monter et de s'affaisser. Le ruissellement de sang qui jaillissait de sa cage thoracique diminua.

— Reste avec moi, répétait Vauvert en lui donnant des tapes sur la joue. Bon sang de bordel, non !

Les yeux gardaient leur fixité. C'était fini.

Ça ne va pas lui faire plaisir…

De qui avait-il voulu parler ? Cela n'allait pas plaire à *qui* ?

Son frère ?

Non, quand il lui avait posé la question, il avait eu l'impression que cela amusait le bonhomme.

Vauvert se redressa.

Il scruta les arbres autour de lui.

Il se demanda où était passé le loup.

10

— Tu ne peux rien contre nous, grognasse ! lança Claude Salaville, en haut de l'escalier.

Sa jeune victime était terrifiée, les yeux ronds de panique, mais ne disait rien. Et pour cause, le couteau mordait dans sa gorge. Un filet de sang suinta le long de la lame.

— Laisse-la partir, intima Eva en posant un pied sur la première marche.

Salaville souleva son otage contre lui. D'un geste souple, presque doux, il fit aller et venir la lame du couteau, de long en large, contre la gorge de la fille.

Eva se figea, attentive.

L'homme dut prendre cela pour de l'hésitation, et ricana.

— C'est tendre comme du beurre, une petite comme ça. Un seul faux mouvement et je pourrais la saigner comme une truie.

La policière fit un pas de plus. Puis un autre. Elle s'élevait, marche après marche, sans se presser, mais sans ralentir non plus.

— Arrête ça immédiatement, Salaville.

Sa voix était parfaitement égale. Pas un mot plus haut que l'autre.

— Sinon quoi ? Hein ? Qu'est-ce que tu vas faire ?

Eva arriva en haut de l'escalier.

— Arrière ! cria l'homme.

— Ne fais pas de connerie. Tout est fini. Tu ne t'en sortiras pas.

— Tu crois ça ? Ni toi, ni ton collègue, ne pouvez me tirer dessus.

— Tu as tort, lui assura-t-elle.

Les yeux de Salaville se vrillèrent dans les siens. Des yeux noirs, deux gouffres glacés. Eva se raidit. C'était comme si l'air autour de cet homme s'épaississait imperceptiblement.

Mais elle n'allait pas se laisser impressionner par ce cinglé.

— On fait quoi, maintenant ?

— C'est très simple, répliqua-t-il. Tu redescends. Tu t'écartes de mon putain de passage. Tu me laisses aller jusqu'à ma voiture.

Eva se fendit d'un sourire féroce.

— Tu entends ça, Salaville ?

Elle faisait allusion aux bruits qui parvenaient tout à coup du dehors. Des portes que des mains ouvraient à la volée. Des ordres que des hommes se criaient à intervalles réguliers, à mesure que l'équipe d'intervention sécurisait le périmètre.

— Tu entends ? répéta Eva d'une voix faussement douce. C'est la brigade criminelle. Ils vont débarquer ici d'une seconde à l'autre. Si tu ne te rends pas, tu perds la vie.

— Oh, tu crois ?

Eva assura son tir.

— Je te le *promets*. Je peux très bien loger une balle dans ton cerveau dégénéré, et tu seras mort avant de penser à lui trancher la gorge. Tu veux prendre le risque ?

— Quel risque ? Il faut bien faire face à la mort si on veut la vaincre.

Le bonhomme eut un rire froid, comme s'il riait à une blague personnelle.

Alors Eva, de la main gauche, ôta lentement ses lunettes.

L'homme tressaillit pour la première fois, quand il vit son regard rouge sang. Son otage, elle, sanglotait sans oser bouger. Le couteau mordait toujours dans la peau de sa gorge.

— C'est toi qui me traites de dégénéré ? grinça Claude Salaville. Non mais sans déconner, tu t'es vue ?

— Pour arrêter un monstre, il faut parfois un autre monstre, souffla la policière.

Dans la pénombre, un éclair de doute traversa le regard de Salaville. Mais il se reprit aussitôt.

— Tu bluffes, la flic. Je vais te dire ce qu'on va faire. Tu vas me laisser le passage. Je vais m'installer dans mon 4 × 4 et je vais partir.

Eva ne bougea pas.

— Tu vas d'abord lâcher cette fille.

L'homme eut à nouveau son rire étrange.

— Tu crois que tu me fais peur, avec ta gueule d'albinos ? Tu te crois à la télé ? Tu crois que les nanas comme toi tirent sur des mecs comme moi ?

Eva ne répliqua pas.

— Alors ? T'en dis quoi, ma jolie ?

— Que tu as raison.

— Ah, tu vois !

— Oui. Très bien.

Elle pressa la détente.

La détonation claqua. La balle se logea dans la clavicule de Salaville et le projeta en arrière. Sa main s'écarta de la jeune fille, qui se jeta au sol avec un cri de terreur. Il regarda la policière, incrédule, et leva la lame crantée vers elle.

La femme fit feu une seconde fois. Cette balle-là traversa sa main, éjectant le couteau.

La troisième balle se logea dans son œil droit, pulvérisant l'arrière de son crâne contre le mur du couloir.

L'homme tomba à genoux tandis que des arcs de sang giclaient en tous sens sur la moquette et sur la fille recroquevillée en fœtus.

La policière fit feu encore deux fois avant que Claude Salaville ne s'écroule totalement par terre et cesse définitivement de bouger.

11

En moins de vingt minutes, deux équipes supplémentaires étaient arrivées sur les lieux, et une trentaine d'hommes du Service régional de la police judiciaire s'étaient répandus dans la ferme. Des projecteurs furent braqués sur chaque recoin tandis que les agents sécurisaient pièce après pièce. Pourtant, Éloïse Lombard n'avait pas quitté les bras de la commandante Svärta. Elle se cramponnait à elle comme à une bouée et restait là, muette, sans bouger. La policière avait demandé qu'on lui apporte des vêtements, que la jeune fille avait enfilés au ralenti, dans une sorte d'état second. Puis toutes deux avaient marché à l'extérieur, loin du fourmillement, loin des horreurs et de la puanteur, et elles restèrent assises à l'arrière d'un fourgon, blotties l'une contre l'autre, en attendant la psychologue.

Celle-ci arriva enfin. C'était une femme potelée, au visage rond et aux yeux pleins d'écoute. Elle s'accroupit devant Éloïse et lui parla d'une voix douce. Cela ne changea pas grand-chose. La jeune fille refusait de lâcher le bras de celle qui l'avait sauvée. Eva dut l'accompagner jusqu'au véhicule de la psychologue. Éloïse n'avait toujours pas décroché le moindre mot.

— Tout est fini, lui murmura Eva à l'oreille. Ils ne reviendront plus jamais te faire de mal. Tout va bien, d'accord ?

Éloïse secoua la tête et la pressa contre elle.

— Ta famille t'attend. Tu ne seras pas toute seule. On ne te laissera plus jamais toute seule.

Elle s'en voulait de mentir ainsi. Mais elle savait que parfois les mensonges étaient un moindre mal, pour arriver à faire un tout petit peu de bien, fût-il illusoire.

Il fallut un quart d'heure avant que la fille, les yeux vides, finisse par relâcher son étreinte. Le cœur d'Eva se ratatina dans sa poitrine, mais son visage resta de marbre. Elle se pencha sur Éloïse et posa ses lèvres sur son front.

— Tout ira bien, chérie. Je te le promets.

Un mensonge de plus. Pour son bien, se répéta-t-elle. *Pour son bien.*

Eva Svärta regarda la camionnette disparaître derrière le rideau d'arbres.

Puis elle s'appuya contre un arbre. Voilà. Le sort de cette fille n'était plus entre ses mains. À présent, elle serait livrée aux psys. Aux drogues. Aux nuits pleines de cauchemars.

Comme toi. Il y a si longtemps. Ou juste hier. C'était hier, n'est-ce pas ?

Un instant, elle ne put s'empêcher de se demander ce qu'allait devenir cette gamine. Comment elle parviendrait à se raccrocher au fil de sa vie. Éloïse Lombard pourrait-elle grandir normalement, se marier, fonder une famille, pourrait-elle seulement poser les yeux sur un homme sans se sentir en danger ?

Elle se força à se recentrer.

C'est pour ça que tu es devenue ce que tu es. C'est pour ça que tu n'as pas le droit de craquer.

Eva jeta un œil à la ferme, qui à présent évoquait une véritable caserne, pleine d'hommes en uniforme quadrillant le terrain. Une nouvelle voiture venait de se garer et davantage de techniciens en sortirent, tout de blanc vêtus, déchargeant du matériel et leurs caméras vidéo. Un peu plus loin, ce n'était pas moins de trois fourgons des services médico-légaux qui arrivaient en file indienne.

Son esprit tournait à plein régime. Elle ne voulait plus penser au passé. Plus revoir les souvenirs d'une autre vie. C'était loin. Il fallait que cela le reste. Aussi loin que possible. Pourtant la réalité semblait se fissurer, une nouvelle fois. Ses propres démons intimes affleuraient, appâtés par l'odeur du sang. Toute cette vie liquide et luisante répandue.

La commandante serra les poings, cherchant à se reprendre, à revenir au présent. Parfois son esprit décrochait. Comme ça. Comme maintenant. Comme si plus aucun son ne lui parvenait. Il y avait tant de gens qui tourbillonnaient autour d'elle, qui allaient et venaient selon une logique compliquée de fourmilière, des mains gantées de latex qui déposaient des chevalets de marquage, pour chaque trace de sang, chaque bout de viande humaine.

Ressaisis-toi.

De l'autre côté de la cour, elle aperçut un jeune officier qui se hâtait dans un coin pour aller vomir, sous le regard de ses collègues qui échangeaient un hochement de menton compréhensif, avant de relever leur masque devant leur nez et de reprendre leur danse. Car c'était une danse, n'est-ce pas ? Un ballet compliqué où elle n'était plus à sa place, elle ne connaissait plus les pas. Elle se sentait étrangère. Elle observa des hommes qui poussaient les civières hors de la grange. Des sacs fripés. Avec des morceaux de chair à l'intérieur.

Eva se mordit les lèvres. Elle avait envie de hurler. Elle finissait par ne plus faire la différence entre ce qui était réel et ce qui ne l'était pas. Ils avaient raison de dire qu'elle était fêlée. Mais elle avait d'autres soucis plus immédiats.

Elle se redressa, entendant des pas sur le gravier.

C'était Alexandre Vauvert qui descendait l'allée, s'éloignant de la chorégraphie et se rapprochant d'elle. Il avait ôté les lambeaux de son costume et son gilet pare-balles, et ne portait plus qu'un tee-shirt gris qui moulait sa poitrine musculeuse et laissait apparaître les entrelacs d'un vieux tatouage, en haut du bras droit. Son épaule gauche était bandée de frais. Il était incroyablement pâle. Son visage de boxeur, au nez cassé, revêtait un air déterminé et redoutable, pourtant ses yeux affichaient un désarroi total.

— Tu tiens le choc ? lui demanda-t-elle.

Vauvert eut un rire désabusé. Il s'assit sur une clôture en bois et jeta un regard à la ferme.

— Je crois qu'on a tous une limite. J'ai atteint la mienne.

Fouillant dans sa poche, il en sortit un paquet de Marlboro et en alluma une. Il inhala le tabac, yeux mi-clos, lèvres serrées autour de la cigarette, et laissa ressortir la fumée par les narines.

— Qu'est-ce que j'en avais besoin, de celle-là…

Il observa le paysage des montagnes, avant de reprendre, d'une voix basse :

— Des cadavres, j'en ai eu mon compte, dans ce foutu métier. J'ai été témoin de trucs tellement tordus que personne ne me croirait si je les racontais. Mais ça…

Son regard se fit lointain.

— *Ça*, Eva, ça dépasse tout. C'est au-delà de ce que je peux supporter. Il y a une vingtaine de victimes dans cette grange. Des femmes, bien sûr. Ces malades les ont saignées comme des animaux.

Ils leur ont *arraché la peau du visage*, bon sang de bordel ! Quels êtres humains peuvent faire un truc pareil ? Quand je pense à tous ces médecins qui les ont eus entre les mains et qui les ont, à chaque fois, laissés sortir…

— Ils n'iront plus nulle part, maintenant, lui répondit-elle avec un sourire équivoque.

— Ouais.

Tirant sur sa cigarette, il observa l'équipe médico-légale qui s'affairait. Les techniciens avaient commencé à enlever les corps. Le premier des camions frigorifiques repartit en cahotant entre les arbres.

Puis il se tourna à nouveau vers sa collègue.

— Au moins, tu as sauvé la vie de cette fille. Je voulais te remercier pour ça. Comment allait-elle ?

Eva haussa les épaules.

— Elle survivra. C'est le principal. Elle est partie avec la psy il y a dix minutes. Sa famille l'attend déjà à l'hôpital.

— Ce qu'elle a vécu… Je ne sais pas comment une gamine peut reprendre une vie normale après avoir traversé ça.

— Ne t'en fais pas, on y arrive, lui dit Eva.

Vauvert la scruta un moment.

— Comment tu encaisses, toi ?

— Qui te dit que j'encaisse ? Parce qu'on raconte que je suis une machine sans cœur ? Un monstre qui chasse les monstres ?

Elle enleva ses lunettes noires. Dessous, ses yeux étaient deux braises rouges, et ce fut au tour de Vauvert de sourire d'un air gêné. Il avait très bien reconnu le scintillement des larmes dans ce regard. La peau de la femme était blanche comme de la craie, pourtant ses yeux étaient soulignés de cernes gris.

Il fit un geste de la tête pour lui indiquer qu'il l'avait comprise.

— Pour ce que ça vaut, moi, je sais que tu n'es pas un monstre, Eva.

— Bien sûr que si. Mais ce n'est pas le sujet.

— Tu n'aimes pas beaucoup parler de toi, hein ?

Elle remit ses lunettes du bout de son index.

— Tu as parfaitement raison. On a tous un seuil de résistance. Cette fille dans la maison, elle avait un couteau enfoncé dans le sexe.

— Je sais, dit Vauvert.

Il hésita. Puis demanda :

— Qu'est-ce qu'on t'a fait, pour que tu deviennes comme ça ?

Elle eut un sourire sibyllin.

— Pourquoi crois-tu qu'on m'a fait quelque chose ?

— Parce que tu n'as pas simplement neutralisé ce fils de pute. Tu lui as vidé ton chargeur dans la tête. Je suis flic depuis quinze ans, tu sais. Des comportements de stress, ou de panique, j'en ai vu défiler. Mais pas dans ton cas. Tu n'as pas perdu ton sang-froid une seule seconde. Ce que tu es venue faire ici, ce n'était pas un boulot. C'était mener une croisade.

— Tu as déjà pensé à devenir profileur, Alexandre ?

Le flic se mit à rire.

— Entrer dans la tête des gens ? Non merci. Ce métier me bousille déjà bien assez les méninges.

Cette fois, Eva eut son premier rire franc de la journée.

— Merci.

Il lui fit un clin d'œil.

— Mais avec plaisir.

Il hésita, puis se tourna à nouveau vers elle.

— Il y a quand même un truc qui me chiffonne.

— Quoi ?

— Je me demandais…

Il regarda autour de lui pour être sûr que personne ne l'entende.

— Ce que je vais te demander peut sembler étrange, mais… Tu es bien certaine qu'ils n'étaient que deux, hein ?

La policière fronça les sourcils.

— Pourquoi me poses-tu cette question ?

— Parce que…

Vauvert se dandina d'un pied sur l'autre.

— J'ai eu un pressentiment bizarre, tout à l'heure.

— Bizarre comment ?

— Je ne peux pas dire. Il y a quelque chose qui me terrifie ici, c'est juste physique. L'air de cet endroit me hérisse. On sait que ces types ont vidé leurs victimes de leur sang, mais pour en faire *quoi* ? Tu crois qu'ils le buvaient ?

— Comme des vampires ?

Cela la fit sourire. De fatigue ou de curiosité, ou les deux.

— Si nos deux frères se relèvent de la table d'autopsie, tu auras ta réponse, lui dit-elle.

— Ouais, je sais, c'est stupide, admit Vauvert.

— Pas du tout. Mais tu sais très bien que nos supérieurs respectifs vont classer cette affaire aussi vite que possible. La presse va trouver un nom idiot pour ces deux tueurs en série, et dans quelques mois tout le monde aura tourné la page. Toi et moi continuerons à chasser d'autres horreurs. C'est ce qu'on fait, n'est-ce pas ?

Vauvert hocha la tête.

— Oui. Mais ce n'est pas une réponse. Tu crois que c'est fini ? Que c'est *vraiment* fini ?

Eva tourna la tête vers les montagnes des Pyrénées, songeuse.

Elle ne lui répondit pas.

12

Aucun des deux frères ne se releva de la table d'autopsie. Cela n'empêcha pas la presse de leur trouver le surnom de « vampires de la montagne Noire » et de diffuser toute une cascade de descriptions, plus ou moins discutables, au sujet de la folie meurtrière qui s'était emparée de ces deux hommes. Après tout, ils avaient tué plus de vingt jeunes femmes de manière particulièrement atroce, sur une période d'une année entière, et cela en toute impunité. Le mystère autour de ce qu'ils avaient bien pu faire de tout ce sang – et de la peau des visages, qu'on n'avait pas retrouvée – demeurait une source de spéculations quasi inépuisable. Une manne, pour les médias, de tous genres et de tous bords confondus.

La commandante Svärta n'était restée que quelques jours au SRPJ de Toulouse avant de retourner à Paris, chasser d'autres horreurs, comme elle l'avait si bien dit. Il y aurait toujours d'autres affaires, d'autres psychopathes à arrêter, d'autres cauchemars que l'espèce humaine se plaisait à faire subir à ses semblables. C'était sa croisade à elle, pour des raisons que son cœur secret devait connaître, ses blessures à elle, et qui devaient lui appartenir, derrière son regard de rubis. Vauvert resta le seul responsable officiel contraint d'affronter les assauts de la presse, les rapaces armés de micros et de caméras.

Cette période de quasi-hystérie dura un mois. Il n'y eut pas un journal, une radio ou une émission de télé qui ne sût exploiter le juteux filon des « vampires » jusqu'à la nausée. Certains allèrent jusqu'à utiliser, pour leurs reportages, des images de charniers n'ayant aucun rapport avec l'affaire.

Les premiers jours, pourtant, Vauvert s'était surpris lui-même à répondre avec autant de politesse que possible aux sollicitations de la meute. Cela ne dura pas. Quand il comprit que les journalistes ne cherchaient qu'à lui soutirer des élucubrations susceptibles de faire sensation dans leurs colonnes, il se mura dans son silence habituel. Il ignora les paparazzis qui semblaient camper sur son trottoir, se hâtant chaque matin de traverser la ville et de disparaître dans le parking de l'hôtel de police. Le soir venu, il effectuait le trajet inverse, rentrant tout droit chez lui, et il s'enfermait à double tour. Soucieux de préserver les lambeaux de sa vie privée, il occulta chacune de ses fenêtres par des filets de camouflage vert vif. Son grand loft revêtit ainsi des allures de jungle, mais la sensation n'était pas désagréable, et cette barrière découragerait les voyeurs. Il ne lui restait plus qu'à attendre que les choses se tassent. Il vivait seul, et de toute façon il restait la plupart du temps vautré sur le canapé, à regarder la télévision au fil vaporeux de nuits sans sommeil, ou bien à parcourir, dans cet état second que seuls peuvent réellement connaître les vrais insomniaques, ses copies des dossiers en cours.

Quand il reparla à Eva Svärta, ce furent des appels brefs et très professionnels, au cours desquels ils échangèrent les dernières nouvelles sur l'affaire – autant dire pas grand-chose – et finirent chaque fois par débiter des banalités affligeantes avant de raccrocher.

À chacune de ces occasions, Vauvert se retrouva à contempler son téléphone posé au creux de son énorme main, noyé dans le tourbillon de ses propres pensées. Il y avait des choses qu'il aurait aimé dire à Svärta. Des remarques sur son propre comportement, quand ils s'étaient rencontrés, et la manière dont il l'avait sous-estimée. Des détails idiots mais pour lesquels il ressentait le besoin de s'excuser. Sauf qu'il n'avait jamais été bon orateur. Surtout pas avec les femmes. Et surtout, surtout pas, avec celles qui l'intéressaient vraiment.

Il se demandait aussi pourquoi elle l'avait appelé à plusieurs reprises, au tout début, alors qu'elle n'avait qu'à consulter la procédure. Puis pourquoi elle n'appelait plus. Souvent, le soir venu, il observait l'écran de son téléphone, faisait défiler le répertoire jusqu'au numéro personnel de la policière, et là hésitait, le pouce sur la touche d'appel, l'esprit vide. Qu'aurait-il eu à lui dire ? Rien. Probablement rien.

Il laissait alors le téléphone de côté et allumait une cigarette à la place.

La solitude était une vieille amie. Au moins, avec elle, il savait à quoi s'en tenir.

Sans compter que la présence de la presse s'était déjà faite plus discrète. Il pouvait de nouveau respirer.

Restait l'affaire. Ses zones inexplicables. Son mystère le plus total.

Des Salaville, de tout ce qui touchait à leur passé et à leurs motivations, les équipes de scientifiques ne réussirent pas à leur apprendre grand-chose de plus que ce qu'ils savaient déjà. Les deux frères avaient kidnappé ces jeunes filles pour une raison qui demeurait inconnue, et les avaient torturées les unes après les autres. À toutes, ils leur avaient arraché la peau du visage, avant de les saigner comme de vulgaires cochons.

Pourquoi ils avaient commis de telles atrocités, pourquoi ils s'étaient mis en tête de dessiner des pentacles et de couvrir les murs de leur ferme d'inscriptions ésotériques, on ne le comprit jamais. Le passé des deux hommes, comme le révéla leur dossier médical, n'était qu'une triste suite de passages en maisons de correction et pas moins de trois établissements psychiatriques différents. De l'avis de tous les spécialistes qui les avaient suivis, ces deux frères étaient perturbés de longue date, c'était un syndrome congénital qui les condamnait à vivre sous psychotropes.

Qu'avaient-ils bien pu faire du sang de leurs victimes ? Le mystère demeura entier. On supposa qu'ils s'en étaient débarrassés.

L'absence des visages des victimes, de leur peau prélevée durant leur agonie, inquiéta davantage les services. Mais au bout de six mois le SRPJ fut bien obligé de passer à d'autres affaires. Les deux uniques suspects étaient décédés. Il ne restait plus grand-chose à faire.

Entre-temps, une canalisation mal entretenue s'était brisée dans une usine nucléaire, et une importante quantité de produits radioactifs s'était déversée dans plusieurs cours d'eau du Nord. La nouvelle absorba l'attention des journalistes. Ce fut au tour de l'Autorité de sûreté nucléaire et de la directrice du site de se retrouver au centre du harcèlement médiatique. Les vampires de la montagne Noire glissèrent peu à peu vers l'oubli des anciens cauchemars, et y furent enterrés.

Quand il y repensait, Vauvert ne pouvait s'empêcher d'éprouver un sentiment d'inachevé, qui lui laissait dans la gorge un goût de cendres. Aussi, la plupart du temps, il évitait de laisser ses pensées s'attarder plus que nécessaire dans les méandres nauséeux de cette histoire.

Jusqu'à ce qu'il y soit replongé bien malgré lui.

Treize mois plus tard, très exactement.

Quand les meurtres recommencèrent.

Identiques.

II

LE MASQUE

13

Paris,
Vendredi, 22 heures

Le soleil avait disparu depuis longtemps quand, derrière la baie vitrée, un éclair illumina le ciel. Les premières gouttes de pluie commencèrent à tinter contre les vitres, presque avec timidité. Puis le tintement devint rafale. La pluie se changea en orage, où il n'y avait plus aucune timidité. Juste la volonté de s'abattre, de frapper, avec une rage sans cesse accrue.

Installée dans son fauteuil, la chaleur de l'alcool montant en elle, Audrey Desiderio ferma les yeux. La salle de réunion était déserte. À cette heure-ci, tout le personnel devait avoir quitté le bâtiment. Pourtant, elle restait là. Encore un peu. Elle n'avait pas vraiment envie de s'en aller tout de suite. Elle était la patronne, elle en avait parfaitement le droit. Ces derniers temps, elle avait pris goût à s'attarder dans les locaux de la rédaction, à s'installer à sa guise dans les fauteuils de ses collaborateurs, y éprouvant un plaisir coupable mais certain.

Ce soir plus que tout autre, elle avait besoin de décompresser. Le bouclage était enfin achevé. Cette semaine lui avait paru interminable, et elle se sentait vidée, autant moralement que physiquement.

Dans de tels moments, rien ne valait le plaisir de ne plus rien avoir à faire que tenir un verre de whisky dans ses mains, sentir le froid des glaçons qui s'entrechoquaient, et la délicieuse fragrance tourbée qui s'évaporait, invisible, jusqu'à ses narines. Laisser vagabonder ses pensées sans plus se soucier des problèmes de vente des deux publications dont elle avait la responsabilité, des réunions de rédaction et des guerres d'ego puériles, des incessantes batailles pour négocier le prix de chaque image, des retards des pigistes et de leurs excuses. Oui, juste fuir pendant quelques instants toutes les responsabilités qui pesaient sur ses épaules et qui la broyaient un peu plus chaque jour. Juste ça.

Audrey se sentit soudain vieille. Comment pouvait-on se sentir vieille à seulement trente-neuf ans ? Oh, elle savait bien. Elle n'avait qu'à jeter un œil sur les murs de la salle de réunion. Toutes ces couvertures sur lesquelles s'étalaient d'improbables mannequins de quatorze ans, entièrement retouchés numériquement, destinées à vanter les mérites de produits cosmétiques dont ces filles n'avaient de toute évidence pas encore eu le moindre besoin. Elle avait passé les deux derniers jours à revoir chaque point du sommaire. *Gardez votre silhouette d'été tout l'hiver. Mode : le gothique chic. Mon homme fantasme sur des femmes plus jeunes que moi, que faire ?* Elle savait pourtant que ce n'était que de la communication, des phénomènes de mode que les médias entretenaient pour vendre davantage de produits de leurs actionnaires. Elle s'était sentie supérieure pendant des années. Quand elle tenait vraiment les rênes de sa vie. Quand elle pouvait encore donner l'illusion, aux autres comme à elle. Mais maintenant ? Dans moins de six mois, elle allait entrer dans la quarantaine. À force de relire son sommaire, de voir toutes ces photos de gamines anorexiques habillées comme des actrices de films X, une seule envie montait tout au fond d'elle. Leur ressembler. Quelques instants encore. Juste être encore un peu comme elles.

Elle avait beau connaître l'ironie de la chose, Audrey était dévorée par la frustration.

Mais il n'y avait pas de remède à la course du temps, n'est-ce pas ?

Dans le travail, elle fonçait tête baissée. Pourtant, quand le soir arrivait, qu'elle se retrouvait dans la salle de réunion vide, elle avait besoin d'être tenue dans des bras et de se sentir toute petite à nouveau. Alors, des personnes entre ses bras, elle en serrait. Des visages anonymes qui se succédaient, des parfums et des grains de peau tous si différents et si totalement semblables, au bout du compte, comme étaient semblables tous ces corps qu'elle étreignait avec rage dans les arrière-salles des clubs, sur les tables des bureaux, où les traces de cocaïne dessinaient de curieux motifs d'art moderne. Des oracles peut-être. Un grand mélange de solitudes féroces, assurément.

Cela ne changeait rien au problème. Elle avait trente-neuf ans. Elle se trouvait vieille.

Elle but lentement une nouvelle gorgée de whisky.

Elle savait qu'elle cherchait des remèdes là où il n'y en avait probablement aucun. Elle ne faisait que se créer de nouvelles addictions.

Comme Barbara.

Au final, c'était elle, l'unique raison de son angoisse.

Ah, si elle avait su ! Si elle s'était doutée qu'on puisse devenir accro à ce point. C'était tombé sur elle, comme ça, sans qu'elle le voie venir. Mais voit-on jamais venir ce genre de choses ? Au début, ce n'était qu'un jeu, bien sûr. Juste un simple foutu défi, pour se prouver qu'elle pouvait encore plaire. Qu'elle était capable de séduire une fille de la moitié de son âge. Un bain de jouvence, oui, dans les bras d'une personne du même sexe qu'elle. Le genre de pari, inutile et vital, qu'elle se lançait de plus en plus souvent. Le genre qui finit par vous étouffer, corps et âme.

Qu'importe. Dans les bras de Barbara, le temps s'arrêtait.

Audrey observa son téléphone, posé sur le bureau. Elle le prit entre ses mains. Cette semaine, elle avait laissé trois messages à Barbara. À son quatrième appel – c'était la veille au soir –, la jeune femme avait enfin décroché.

Mais elle ne lui avait pas parlé.

Pas un mot.

Audrey avait juste entendu son souffle dans l'écouteur.

Elle lui avait demandé si elle allait bien. Ce qui se passait, pourquoi elle ne voulait plus lui parler.

Elle n'avait eu aucune réponse. Juste ce souffle. Animal. Anormal.

Puis Barbara avait raccroché.

Qu'est-ce que ça voulait dire ?

Était-ce sa façon de lui faire comprendre que tout était fini ?

Elles ne s'étaient même pas disputées. Elles devaient passer le week-end ensemble, au contraire.

Les filles restaient des filles.

Était-ce un jeu ?

Devait-elle juste l'oublier ? Comme ça ?

Si seulement c'était possible.

Audrey étreignit le téléphone, observant ses phalanges devenir blanches. Elle avait déjà vécu ce genre de situation avec tant d'hommes, pourquoi cela devait-il se reproduire avec les filles ?

Qu'avaient tous ces autres de plus qu'elle ?

Elle le savait. Le nombre des années.

Ne la rappelle pas.

Audrey fit tourner le téléphone sur la table. Elle l'observa dessiner un cercle, petite toupie de plastique, avant de ralentir et de s'immobiliser face à elle.

Barbara avait envie de jouer avec ses nerfs ? C'était ça ?

Parfait. Audrey pouvait jouer. Elle avala une gorgée de whisky, sentant la délicieuse chaleur qui envahissait son corps. Même le son des glaçons s'entrechoquant semblait se moquer d'elle. Elle avait envie de hurler, de lancer son verre, de faire quelque chose de violent. Pourquoi Barbara se moquait-elle d'elle de cette manière ? Et pourquoi est-ce que cela lui faisait autant de bien ? De s'humilier ainsi ? De ramper devant cette gamine ?

Qu'elle aille au diable.

Après deux autres gorgées de whisky, elle reprit le téléphone. Son doigt pressa l'icône du répertoire sur l'écran tactile, faisant défiler la liste de noms jusqu'à celui de Barbara.

L'interphone, au bout de la pièce, émit son carillon.

Audrey sursauta, avant de froncer les sourcils. Qui pouvait bien chercher à entrer à cette heure-ci ?

L'interphone sonna une seconde fois.

Elle quitta le fauteuil et alla activer le boîtier.

— Oui ?

— *Ouvre-moi*, fit un murmure chuintant.

— Barbara ?

Il y eut un souffle.

Le même souffle étrange qu'elle avait entendu au téléphone, la veille au soir.

— Barbara ? C'est toi ? répéta-t-elle.

Mais bien sûr que c'était elle. Ça ne pouvait être qu'elle, n'est-ce pas ? Et Audrey sentit que le jeu lui échappait. Elle avait pourtant été claire à ce sujet-là. Ne jamais passer la voir au travail. Sous quelque prétexte que ce soit. C'était donc bien ce qu'elle avait pensé. Barbara voulait sa petite revanche.

Audrey tourna la situation dans sa tête. Il était tard. Hormis sa présence, l'immeuble devait être entièrement désert. Les femmes de ménage ne passeraient qu'à partir de 6 heures du matin, pas avant.

Il fallait qu'elles discutent, Barbara et elle. Autant le faire ici.

Son doigt hésita un instant. Elle eut l'impression qu'une main invisible se posait sur la sienne et la poussait. Elle pressa le bouton.

— Entre. Je suis au huitième.

Elle entendit le bruit du sas qui s'ouvrait. Puis le claquement caractéristique de la porte qui se refermait.

Elle se redressa. Elle était totalement inconsciente, cela ne faisait pas de doute. Faire monter Barbara ici, c'était de la folie. Mais, en même temps, elle ne put s'empêcher d'observer les fauteuils en cuir alignés tout autour de la table de réunion. Comment est-ce que cela serait, d'être nue sur ces fauteuils ? De les essayer les unes après les autres, toutes ces places-là, où viendraient s'asseoir ses collègues aux mines coincées, lundi matin ?

Et si cela la faisait rajeunir, de se comporter comme une lycéenne irresponsable, où était le mal ? Si elle y gagnait une année de sa vie ? Ou seulement quelques mois ? Quelques *heures* de précieuse jeunesse retrouvée ? Cela valait la peine, n'est-ce pas ?

Elle traversa la salle, et s'arrêta devant le miroir encadré d'argent étincelant.

D'abord, elle ne fit qu'observer son propre reflet de femme dynamique, droite dans son tailleur Chanel, juchée sur ses escarpins à talons hauts hors de prix. Son maquillage n'avait pas bougé. Ses cheveux étaient parfaitement permanentés, mettant en valeur son balayage couleur prune.

Puis elle eut cette curieuse hallucination.

Face à elle, dans le miroir, elle vit un loup. L'animal l'observait avec des yeux attentifs, rouge profond.

Inquiète, elle jeta un brusque regard par-dessus son épaule, pour s'assurer qu'elle se trouvait bien seule. La salle de réunion était tout à fait déserte. Les baies vitrées crépitaient sous les assauts de la pluie, au-dehors. Elle avait dû apercevoir un reflet, un éclair peut-être. Son imagination avait fait le reste.

Elle se retourna vers son reflet.

Le loup était toujours là.

Sauf qu'il n'était pas reflété par le miroir.

Il se trouvait *de l'autre côté*. À l'intérieur du miroir. Il la dévisageait de ses yeux pourpres.

C'était le bouquet. D'accord, l'alcool lui jouait des tours. Elle avait peut-être mal compté le nombre de ses verres. Qu'allait penser Barbara, quand elle serait là ? Son haleine allait-elle la faire fuir ?

Le loup, derrière l'écran de métal et de verre, restait parfaitement immobile. L'observant.

Mais Audrey Desiderio n'était pas femme à se laisser impressionner.

— Tu ne me fais pas peur, hein.

Elle fit un pas vers le miroir, pour défier cette hallucination.

Alors le loup bondit sur elle.

14

Toulouse,
Au cœur de la nuit

Vauvert se rendit à l'évidence. Il ne parviendrait pas à s'endormir.

Pas avec l'orage qui redoublait de violence.

Le tonnerre roulait sur la ville, faisant frémir les murs de son appartement. Au-dehors, l'alarme d'une voiture hurlait depuis au moins vingt minutes sans que personne vienne l'arrêter.

— Et merde…

Il était exténué, mais il savait que s'il allait se coucher maintenant il ne trouverait pas le sommeil. Il était sujet à ces insomnies depuis qu'il était enfant. Aucun médicament n'avait jamais réussi à l'aider. Il en avait essayé des dizaines. Il avait fini par abandonner le recours à la pharmacie et s'était résolu à ne plus se bourrer les oreilles de boules Quies non plus. Il s'était juste fait une raison. Deux nuits sur trois, il ne dormait pas, et voilà tout.

Ce soir comme tous les soirs de ce genre, il était donc resté installé dans son canapé. La télévision passait des séries policières allemandes particulièrement farfelues, qui avaient au moins le don de le faire sourire et de happer son attention pendant quelques heures.

Il porta sa cigarette à sa bouche et aspira une dernière bouffée, avant de glisser le mégot dans une canette de bière vide.

Avec ironie, il se souvint que pendant une période de sa vie, ses problèmes de sommeil l'avaient laissé tranquille. Cela n'avait pas duré longtemps, mais il fallait reconnaître que lorsque Virginie était à ses côtés, qu'il la serrait tout contre lui et qu'il sentait son corps doux et ses formes qui évoquaient des vallons moelleux où se perdre et tout oublier, oui, à cette époque, il était parvenu à chasser le stress qui le dévorait, et le sommeil enfin voulait bien de lui. Comme si cette simple illusion de ne pas être seul, au bout du compte, suffisait à lui faire lâcher prise.

C'était dix ans auparavant. Quand Virginie était sa femme. Quand il croyait à cette illusion.

Les insomnies étaient revenues avec le divorce.

Et elles étaient pires qu'avant.

Vauvert poussa un soupir.

À la télévision, la série policière s'acheva. Il fit défiler les chaînes et s'arrêta sur un film érotique d'un autre âge, aux couleurs fanées et à la bande-son délicieusement kitsch.

Il se leva sans se presser, étirant ses deux mètres qui jadis avaient été tout en muscles et qui commençaient à se couvrir d'une légère couche de graisse, et se dirigea vers le frigo pour y puiser une autre canette de bière. Il récupéra aussi un paquet de cigarettes dans sa veste.

En revenant, il observa son bureau – ou plutôt, la montagne de documents, de feuilles photocopiées et de classeurs qui avait remplacé son bureau. Il y avait son ordinateur portable, quelque part sur cette table, recouvert par l'entassement de dossiers, tous ces doubles qu'il conservait à la maison au cas où il aurait eu besoin de les consulter.

Depuis quand n'avait-il plus fait le tri dans cette paperasse ? Des mois ? Ou simplement une semaine ? Sa vie était tout entière représentée par cette table : submergée par le travail, dévorée par les affaires non résolues, les actes manqués et les fantômes des souvenirs, au point que plus rien n'était visible au-delà.

Machinalement, il ouvrit un des classeurs, et s'aperçut qu'il contenait ses rapports sur le médecin qui avait séquestré un enfant dans le sous-sol de sa propriété pendant trois ans. L'homme avait assassiné plusieurs personnes pour protéger son macabre secret. Il s'agissait d'une des plus étranges affaires de sa carrière, sans conteste[1]. Il n'en demeurait pas moins qu'elle était bouclée depuis des lustres. Ces documents n'avaient plus de raison de se trouver là.

Il les déplaça, entourant certains blocs de feuilles avec des élastiques et entassant le tout en équilibre plus ou moins stable sur la chaise.

Son ordinateur n'émergeait toujours pas, enfoui sous l'enchevêtrement sauvage des dossiers.

Celui des frères Salaville, notamment.

Le moins qu'on puisse dire, c'est que celui-là, Vauvert l'avait souvent compulsé. Au bureau comme à ses heures perdues. Il pouvait citer tous les indices de mémoire, ou les noms de chacune des victimes. Non pas que cela ait servi à grand-chose. On n'avait strictement rien trouvé, l'affaire s'était enlisée. Un dossier froid. De toute manière, à présent, ce n'était plus de son ressort, le juge avait bouclé son instruction.

1. Voir *L'Enfant des cimetières*.

— Déjà un an, songea-t-il à voix haute.

Il ouvrit l'épaisse chemise cartonnée, comme il l'avait déjà fait tant de fois, observant d'un œil distrait les procès-verbaux, les rapports médicaux, les innombrables coupures de presse, où il apparaissait lui-même très souvent.

Et puis il y avait la photo parue dans *Le Temps réel*, en double page. On le voyait côte à côte avec Eva Svärta, en train de discuter, à quelque distance de la ferme et du cordon policier. Le paparazzi devait se trouver très en retrait, mais le téléobjectif avait capturé leurs visages avec une grande netteté. Le vent faisait voler les cheveux de la commandante Svärta devant son visage. Elle avait une main sur ses lunettes. Elle était en train de les remettre, après lui avoir montré ses yeux brillant de larmes. Il se souvenait très bien de cet instant. Cela aurait pu se produire hier. Il avait eu envie de la prendre dans ses bras. Il se demanda si cela aurait changé quoi que ce soit s'il l'avait fait. Il savait très bien que non.

Puis il se demanda si la policière avait eu ce journal entre les mains. Et si c'était le cas, ce qu'elle avait pensé de cette photo.

En fait, il n'avait pas la moindre idée de ce que pouvait être son quotidien. Si elle avait une famille. Si elle avait des enfants à serrer dans ses bras. Ils n'avaient pas évoqué leur vie personnelle durant leurs brefs échanges téléphoniques.

Subitement, il eut envie de lui parler. De rester là, le temps que l'orage et la nuit passent, avec une personne qui pouvait le comprendre, au bout du téléphone. Une personne qui savait ce que c'était que de tirer sur quelqu'un de sang-froid, tout en se détestant pour cela, mais n'ayant tout simplement pas d'autre putain de choix. Quelqu'un qui savait ce que c'était que de se trouver impuissant face au désespoir des familles, et de prendre pour soi leur colère et leur haine. Une personne comme lui, tout simplement.

Se rendant compte de la bêtise de ses pensées, il rassembla les archives des Salaville, ainsi que plusieurs autres plus anciennes, avec un peu plus d'agressivité qu'il n'était nécessaire, et les fourra toutes à la poubelle. Là où était leur place.

— Et tout est bien qui finit bien, grommela-t-il en refermant le couvercle.

Il revint s'installer sur le canapé, devant le téléfilm érotique, où tout était également assuré de finir bien, et leva la bière vers sa bouche, tandis que le tonnerre secouait une fois de plus les vitres des fenêtres.

15

Le sang.

Tout ce sang.

Jailli de ce corps-là, désarticulé en travers de la table.

Le sang a éclaboussé les murs, la moquette, les fauteuils en cuir. Les projections ont atteint jusqu'à la baie vitrée. À la lueur des éclairs, il s'écoule, doucement, imitant la pluie au-dehors.

Tout ce sang merveilleux.

Cette éternelle source de pouvoir.

Les doigts fatigués se délient d'eux-mêmes, laissant choir la lame du scalpel. Il ne faudra pas oublier de la récupérer tout à l'heure. Ne pas abandonner le moindre élément qui risquerait de tout mettre en péril.

La silhouette se tient courbée devant la femme morte, et, comme elle, la silhouette est nue. Fluide et animale, et tout entière recouverte de rouge visqueux.

Reculant, pas à pas, sur la moquette épaisse, inondée, qui émet des bruits de succion.

Ses doigts, longs et fins, se referment sur le masque en porcelaine. Blanche, cette porcelaine. Immaculée et rayonnante, dans la pénombre bleutée de l'orage.

Le masque est levé. Il représente la partie supérieure d'un visage, laissant libres la bouche et le menton. Le sourire rouge, sous le masque blanc.

C'est un masque de soirée, un masque de magie, un masque d'un autre temps.

Placée devant ses yeux, pressée doucement sur le sang qui souille son visage, la surface de porcelaine est délicieusement froide. Délicieusement pure.

À travers les orbites du masque, c'est le monde qui réapparaît. Le monde transfiguré.

Se déplacer vers la baie vitrée, pas après pas dans les flaques gluantes. Observer le monde nocturne. En bas, si bas, les voitures défilent. Personne pour lever les yeux vers la baie vitrée du huitième étage. Personne pour apercevoir la silhouette rouge, le visage blanc, qui observe en souriant. Personne pour voir la main se presser contre les éclaboussures de sang, les étaler avec délice, provoquant le monde, avant que les doigts ne se portent à sa bouche, glissent tout doucement entre ses lèvres. Les yeux sont fermés. La langue nettoie les doigts. Le masque est impassible et serein.

Encore quelques instants d'extase, et il va lui falloir faire disparaître toutes les preuves. Ce n'est pas la première fois que cela se produit. Oh, non. Cela ne posera pas le moindre problème.

Les policiers viendront, bien sûr. Ils se mettront à la recherche de fantômes, peut-être. Et ils ne trouveront rien. Comme d'habitude. Ils n'ont jamais rien trouvé. Ils n'ont jamais rien compris. Tout est pourtant si clair, juste sous leurs yeux.

Dehors la pluie gronde de plus belle.

Célébrant les dieux.

Chaque jour ils sont plus proches.

Il a fallu attendre pour retrouver sa trace, mais c'est fait à présent, et les dieux sont à l'écoute, plus proches que jamais. Les dieux sont abreuvés.

Serrée dans sa main, il y a la peau flasque qui a été le visage de la femme. Cette femme-là, allongée, écartelée, sur l'immense bureau de cette salle de réunion.

Une offrande. Une de plus.

Avant de partir, il lui reste une ultime chose à accomplir. Pour remercier les dieux d'avoir attendu.

Sous la tête de la femme, sous sa gorge tranchée, le sang a ruisselé dans un bac en plastique. Jusqu'à ce qu'il cesse de couler.

La main plonge dans le liquide épais, qui a commencé à coaguler par paquets.

Dans le creux de sa paume, il luit, avant de se répandre sur le sol.

Commençant à dessiner le cercle.

16

Samedi

Le soleil n'était pas encore levé quand Eva Svärta se retourna dans ses draps trempés de sueur.

Au-dehors, la pluie tambourinait toujours avec férocité contre les fenêtres.

La jeune femme cligna ses yeux écarlates. Elle avait fait un cauchemar. Elle ne s'en souvenait même plus, il achevait de se dissiper en même temps que le sommeil, mais elle gardait un goût de métal dans la bouche. Les battements de son cœur l'étourdissaient, et elle sentait que les ténèbres qu'elle fuyait depuis des années cherchaient à la rattraper, en ce moment même. Comme si des tentacules étreignaient ses cuisses, essayaient de trouver une faille pour entrer en elle. Tout au fond d'elle. Les souvenirs qui guettaient leur heure pour remonter à la surface. Elle se débattit un instant dans le noir, entre les draps humides.

Calme-toi.

Se repliant sur le côté, elle écarta des boucles blanches de devant ses yeux, et elle observa le décor familier de sa chambre, plongé dans la pénombre : les murs peints en rouge opéra, sur lesquels étaient accrochés des tableaux aux lignes violentes, les grands meubles de bois sombre qu'elle avait payés une fortune, le parquet noir, laqué, impeccablement propre. La pièce s'achevait en une arche ouverte, au travers de laquelle Eva pouvait voir une partie du salon. En face de son lit, elle apercevait sa jupe soigneusement pliée sur la méridienne. Elle imagina ses tailleurs alignés dans la penderie. Ses livres rangés avec minutie sur les étagères de bois précieux. Oui, tout allait bien.

Cela l'aidait, toujours, de se dire que son univers personnel était bien en ordre.

Quelque part, son téléphone sonnait avec entêtement.

C'est toi qui m'as réveillée, hein ? Pas le cauchemar.

Elle tourna la tête vers les chiffres lumineux du réveil.

6 heures du matin.

Ne réponds pas, pensa-t-elle, en sachant qu'elle allait le faire. Déjà elle s'était tournée sur le côté. Sa main se tendit au-dessus du lit, tâtonna à la recherche de son mobile.

S'arrêta.

De l'autre côté de la pièce, installée sur la méridienne, une petite fille aux cheveux blancs était assise et l'observait.

Ses yeux étaient ceux d'un démon. Deux braises rouges consumant le noir.

— Dégage, souffla Eva à l'apparition.

Cela faisait quelque temps, pourtant, qu'elle n'avait plus été sujette à ce genre d'hallucination. Elle avait naïvement cru qu'elle en était débarrassée.

Elle n'en avait jamais parlé à la psy. La psy n'aurait rien compris, et cela aurait plus que certainement remis en question sa place au sein de la brigade.

Mais voilà. Cela recommençait. *Encore*. Il arrivait que ces maudites apparitions la laissent tranquille durant quelques mois, et puis elles revenaient. Avec plus de netteté à chaque fois.

La fillette, regard rouge, cheveux couleur de lait déployés autour d'elle, poussa un rire qui s'éleva telle une série de clochettes. Ou les crissements d'un train entrant en gare.

Eva trouva enfin le téléphone, par terre, au moment où celui-ci cessait de sonner. Elle le souleva et l'observa, interdite. Numéro masqué.

Puis elle regarda l'impossible fillette à nouveau.

Je ne te vois pas. Je ne t'entends pas. Tu n'existes pas, compris ?

— Bien sûr que si, j'existe, affirma la fillette d'une voix très sérieuse.

Ensuite, elle glissa au bas de la méridienne, fit deux pas à quelques centimètres du sol, comme si la pesanteur n'était pas un problème pour elle, et l'espace d'un instant elle ne fut plus nulle part. L'instant suivant, elle se trouvait allongée dans le lit à côté d'Eva, ses lèvres écartées en un immense sourire narquois typiquement enfantin.

Eva lui tourna le dos, serra le téléphone.

— Il faut que tu l'admettes. Les ténèbres t'ont retrouvée. Tout va recommencer.

Je ne la vois pas.

Le mobile s'illumina, reprenant sa mélodie.

— Tu sais très bien que j'ai raison…

— Va te faire foutre, grogna Eva en décrochant le téléphone portable. Allô ?

— *Eva ? C'est Rudy. Une urgence.*

Le contraire l'aurait étonnée. Pour que le commissaire divisionnaire l'appelle lui-même, après leur mémorable altercation, deux mois auparavant, c'est que ce devait être diablement important.

— Je t'écoute.

— *On a un homicide. Le procureur vient de m'appeler, nous sommes saisis de l'affaire. Erwan et Jean-Luc sont déjà en route.*

Eva s'appuya sur un coude. Un regard lui indiqua que la petite fille fantomatique avait disparu. Pour le moment.

— Jean-Luc Deveraux ? Tu veux que je bosse de nouveau avec ce misogyne ? Mais de toute façon, qu'est-ce que ça veut dire, Rudy ? Je ne suis plus en service actif. Je suis en… comment dit-on déjà ? En *disponibilité*. Tu te souviens ? C'est toi-même qui m'as virée de l'équipe.

— *Tu n'as jamais été virée.*

— Pas officiellement, non, maugréa Eva.

À l'autre bout de la ligne, le commissaire Rudy Ô soupira.

— *Il n'y aura pas de suite concernant la mort de Falgarde. L'enquête interne a été bouclée hier. C'est l'accident qui est retenu. Tu retournes sur le terrain. Je croyais que ça te ferait plaisir.*

— Pourquoi moi ?

— *La victime. Il faut que tu la voies. Je veux savoir ce que tu en penses.*

— Qu'est-ce qui s'est passé, Rudy ? Qui est la victime ?

— *Ce n'est pas son identité qui est importante. C'est ce qu'on lui a fait. On lui a enlevé la peau du visage.*

Eva resta silencieuse le temps de digérer l'information.

— D'accord. Où est-ce ?

— *22, rue de Sofia. C'est dans le 19e arrondissement.*

— J'y serai dans moins d'un quart d'heure.

— *Je suis content de t'avoir parlé, tu sais.*

Eva se contenta de raccrocher.

Machinalement, elle parcourut la pièce des yeux. La fillette imaginaire n'était pas réapparue.

Parfois, Eva se demandait comment serait sa vie sans elle. Ou plutôt elle se demandait comment serait sa vie avec elle. Si celle-ci n'avait pas été assassinée à l'âge de six ans.

Si elle-même n'avait pas continué à grandir seule.

C'était le passé. C'était si loin.

Elle s'assit au bord du lit. Dans le grand miroir sur le mur, elle contempla sa silhouette de femme svelte, la crinière blanche de ses cheveux qui cascadaient sur ses épaules. Et les deux flammes rouges de ses yeux qui perçaient l'obscurité.

Si loin. Et pourtant si près. Au plus profond de sa chair. Tout au fond de son cœur.

Elle ouvrit le tiroir de la table de nuit pour prendre ses comprimés.

17

6 h 30

Les rues de Paris étaient désertes. Pourtant, avenue de Flandre, l'installation d'un marché bloquait le trafic, la voie s'était vite emplie d'une file de véhicules immobilisés sous la pluie battante.

Face au problème, Eva Svärta opta pour une solution très simple : elle changea de file pour doubler et remonta l'avenue à contresens, sous un déluge de coups de klaxons et d'appels de phares. Elle vira ensuite à gauche, s'engageant dans une étroite rue en sens interdit, qu'elle remonta à vive allure. Tout au bout de cette ruelle se dressaient les barrières du périmètre de sécurité.

Elle stoppa net son Audi, juste avant de les heurter.

Comme elle ouvrait sa portière en déployant son parapluie, un agent en uniforme accourut vers elle, l'air furieux, pour lui ordonner de circuler. Elle agita sa carte tricolore.

— Brigade criminelle. Commandante Svärta.

— Désolé, commandante, s'excusa le policier en écartant la barrière pour qu'elle puisse passer.

Dans son dos, elle entendit une voix qui criait : « Attendez ! » et en se retournant elle aperçut Erwan Leroy, emmitouflé dans un trois-quarts en cuir beige, qui venait d'émerger d'une Peugeot blanche officielle, garée en travers de la rue et qui se hâtait vers eux, tête baissée, sous les trombes d'eau. Quelques instants plus tard, c'était au tour de Jean-Luc Deveraux de sortir du côté conducteur et de claquer la portière avec humeur.

— Erwan ! Ça fait plaisir de te revoir, lui dit Eva.

— Je savais bien que tu étais nostalgique.

Il lui lança un grand sourire équivoque. Le lieutenant Leroy avait tout juste trente ans, c'était un jeune homme robuste au visage anguleux et aux cheveux blond-roux plaqués en arrière, qui avait conscience de son pouvoir de séduction et qui ne se privait pas d'en jouer.

— Dans tes rêves, bel étalon.

Elle avait fait l'erreur de coucher avec lui une fois, et le jeune homme se sentait obligé de le lui rappeler à chaque occasion. Pour être parfaitement honnête, Eva conservait un excellent souvenir de leurs ébats, de son corps large et musclé, de ses gestes à la fois doux et d'une grande brutalité quand il le fallait – mais, ça, il ne le saurait jamais. Du reste, elle appréciait beaucoup Leroy, et surtout elle aimait travailler en équipe avec lui. C'était un de ses rares collègues qui ne la faisait pas se sentir différente.

Contrairement à Deveraux.

Celui-ci passa à son tour la barrière et lui décocha un sourire en coin. Il était mince, les joues creuses, et comme toujours tiré à quatre épingles.

— Eva, quelle surprise. Ils t'ont laissée sortir de ton cercueil, finalement ?

— Va te faire foutre, Jean-Luc, répliqua-t-elle sans le moindre sourire.

Travailler avec Deveraux était un calvaire pur et simple, tout le monde le savait. La dernière fois qu'ils avaient dû coopérer, ils avaient failli en venir aux mains.

Heureusement, Leroy anticipa la situation. Il s'interposa entre eux, comme souvent dans ces cas-là, brandissant le bouclier de sa bonne humeur naturelle.

— Est-ce que vous êtes prêts pour un peu de sport matinal ?

Il n'avait pas entièrement tort. Avant de pouvoir pénétrer dans l'immeuble proprement dit, il leur fallut se frayer un passage parmi les autres policiers, contourner le fourgon de l'équipe médico-légale garé devant les portes, et demander à deux techniciens de bien vouloir s'écarter pour leur permettre d'accéder au hall d'entrée. Le parcours d'obstacles ne s'arrêtait pas là. À l'intérieur, on entrait dans une véritable fourmilière. Les danseurs avaient déjà commencé leur ballet confus, étiquetant, prenant des photos, allant et venant en tous sens.

— Qu'est-ce que je déteste ces déploiements inutiles, grommela Eva.

— Une idée de ce qu'on va trouver, là-haut ? demanda Leroy, en secouant son trois-quarts trempé.

— Vous connaissez le patron, ironisa Deveraux. C'est à peine s'il m'a donné l'adresse.

Pour le coup, tous les trois échangèrent un sourire entendu. La brièveté d'élocution du commissaire était devenue une légende au sein de la brigade.

Puis ils atteignirent le palier du deuxième étage.

Quand ils se plantèrent devant la porte ouverte, toute trace de sourire déserta leurs visages.

L'appartement donnait l'impression d'avoir été fraîchement repeint en rouge vif par un artiste fou. Le sang avait giclé dans tous les sens, crépissant jusqu'au plafond, et n'était pas encore sec.

— Oh, grogna Leroy.

— Putain, souffla Deveraux.

Eva ne dit rien. Dans sa gorge une boule douloureuse s'était formée.

Les apercevant sur le pas de la porte, le commandant Vincent Garenne vint les accueillir. C'était le chef du commissariat du 19e. La quarantaine bien entamée, il était très grand et très sec, vêtu d'un complet gris qui, ajouté à ses cheveux poivre et sel, le vieillissait d'une bonne dizaine d'années. Le genre de type droit comme un I, à qui on ne la fait pas. Eva l'avait déjà croisé à plusieurs reprises. Il lui avait toujours donné l'impression d'être un bon flic.

Pourtant, l'homme qu'elle retrouva en face d'elle paraissait surtout avoir le cœur au bord des lèvres.

— J'espère que vous n'aviez rien prévu pour votre week-end, leur dit-il d'une voix blanche.

Derrière lui, Eva aperçut la victime. Un corps rouge allongé sur le dos, les deux jambes écartées par ce qui semblait être des chaînes. Elle respira doucement par la bouche pour oublier l'odeur pestilentielle.

— On a l'identité de cette personne ? demanda-t-elle d'une voix parfaitement maîtrisée.

— Barbara Meyer. Dix-neuf ans, étudiante. On est chez elle. Ça s'est passé durant la semaine. On n'a relevé aucune trace d'effraction.

Eva le regarda dans les yeux, pour ne pas voir le corps mutilé. Cela viendrait bien assez vite.

— Des témoins ?

— Juste la locataire de l'appartement du dessous. Anne-Lise Monbailly. C'est une étudiante, elle aussi. Elle était à Tours, chez sa famille, depuis mercredi, et elle n'est rentrée que ce matin, un peu avant 6 heures. Quand elle est arrivée sur son palier, elle a senti l'odeur. Elle est venue jeter un œil, elle a constaté que la porte n'était pas fermée, et voilà. Elle nous a appelés tout de suite, en pleine hystérie. Elle est encore sous le choc.

L'homme marqua une pause, visiblement perdu lui-même.

— On a droit à une dizaine d'homicides par an dans ce secteur. Mais une sauvagerie pareille, je n'ai jamais vu ça.

Erwan Leroy comprenait tout à fait.

— Le procureur nous a saisis de l'affaire. On s'occupe de tout à partir de maintenant, d'accord ?

— Et comment, approuva Garenne. Je n'ai jamais été aussi heureux de vous refiler les rênes.

Eva, de son côté, s'efforça de faire le vide dans sa tête. Le passage de témoin entre leurs services venait officiellement d'avoir lieu. C'était à eux d'entrer en scène.

Elle fit quelques pas dans la pièce.

La victime se trouvait sur le lit. Elle était nue et, comme Eva l'avait tout de suite remarqué, ses jambes étaient bien maintenues de part et d'autre par des chaînes accrochées à une poutre au-dessus du lit. Ses bras étaient quant à eux tirés vers le bas, poignets attachés à des sangles, de sorte que son corps était disposé en étoile, le dos cambré et la tête basculée en arrière. Même d'ici, Eva pouvait très bien voir que cette victime n'avait plus la moindre trace de peau sur le visage.

Une coïncidence ?

Eva afficha un air serein et avança plus près.

Attachée par les jambes. Renversée en arrière. La peau du visage retirée.

Une coïncidence à ce point ?

— Il faut être un sacré pervers pour faire une telle chose, quand même, marmonna Jean-Luc Deveraux.

Eva s'abstint de commentaire. Derrière ses yeux, l'image d'autres corps se superposait à la scène. D'autres victimes sans visage, pendues tête en bas. Saignées à blanc.

Un sacré pervers, oui. Ou même deux.

Cela faisait un an. Déjà un an.

Pourtant, ces meurtriers-là étaient morts, tous les deux, et une nouvelle fois elle se fit violence pour chasser ces pensées parasites. C'était tout simplement impossible qu'il y ait le moindre lien avec cette histoire. Elle se le répéta. *Ils sont morts.*

Tu en es bien certaine ? Que tout est fini ? lui avait demandé Vauvert.

Eva serra les dents. Bien sûr que non, elle ne l'avait jamais été. Elle ne lui avait rien répondu à ce moment-là, ni plus tard, au cours des quelques conversations téléphoniques qu'ils avaient eues. Elle n'aurait pas su quoi lui dire. Tout au fond de ses tripes, une partie d'elle-même était restée convaincue que le cauchemar ne s'arrêterait pas là. Qu'ils ne disposaient que d'un répit. Elle n'avait rien dit à personne. Elle avait simplement prié pour se tromper. Juste une fois, se tromper.

Les flashs crépitèrent. Elle plissa les yeux, aveuglée malgré ses lunettes noires.

— Ohé ! Faites attention à ne toucher à rien, s'il vous plaît ! s'écria la femme qui se trouvait accroupie près du cadavre.

Les trois agents de la Criminelle prirent soin de poser les pieds sur l'étroite bande de plastique qui traversait l'appartement.

— Je m'appelle Pauline Chadoutaud, se présenta la femme. Je suis le médecin légiste.

Mince et de très petite taille, elle semblait étonnamment jeune pour le poste. Son abondante chevelure blonde était retenue en chignon et recouverte d'un bonnet transparent. Elle leur offrit un grand sourire en signe de salut, et ses yeux brillèrent, d'un bleu électrique.

Eva lui rendit son sourire, quoiqu'un peu plus froidement.

— Bonjour Pauline. Je suis la commandante Eva Svärta. Voici le commandant Jean-Luc Deveraux et le lieutenant Erwan Leroy. Brigade criminelle. On prend le relais du commandant Garenne.

— Pas de problème, j'avais à peine commencé mon examen préliminaire, dit la légiste en se retournant vers la victime.

Du bout de ses doigts gantés de latex, elle fit pivoter la tête de la morte sur la droite, observant son visage écorché, et la plaie qui ouvrait sa gorge en deux.

Eva déglutit. La puanteur brouillait quelque peu ses esprits.

— Alors ? Vous en pensez quoi ? s'impatienta Jean-Luc Deveraux, visiblement très mal à l'aise.

— Que le diable existe, soupira la jeune femme en inclinant la tête sanglante de l'autre côté.

Eva posa ses poings sur ses hanches. Elle aimait bien cette fille, tout compte fait.

— Mais ça, on le savait déjà, lui répondit-elle.

— Eh bien, à part ça, je peux aussi vous dire que le décès remonte à vingt-quatre heures environ. C'est-à-dire dans la nuit de jeudi à vendredi, entre 4 et 6 heures du matin. Mais, avant cela, on a torturé cette fille, et son supplice a duré longtemps, à en juger par la multitude de lésions sur son corps. Aucune de ces blessures n'est mortelle, celui qui a fait ça voulait faire durer le plaisir. En outre, il semble que la peau de son visage a été retirée de son vivant. Selon moi, c'est la perte massive de sang qui a entraîné le décès, mais je ne pourrai vous donner les détails précis qu'après l'autopsie.

— Est-ce que son agresseur a laissé des traces qui pourraient nous être utiles ? demanda Leroy.

— Je ne crois pas. On a affaire à quelqu'un de très méticuleux. Il n'a rien abandonné sur le corps. Enfin… à part ceci…

La légiste se retourna vers la silhouette écartelée de la victime et posa le bout de ses doigts autour de sa mâchoire démesurément ouverte. Un objet émergeait entre ses dents. Eva se pencha en avant pour mieux voir. Elle reconnut l'extrémité d'un manche en plastique noir.

— Qu'est-ce que c'est ?

— Un couteau. On le lui a fourré en entier au fond de la gorge.

— Oh, dit Eva.

Dans son dos, Leroy poussa un juron, et Deveraux s'écarta. Eva le vit s'éclipser. Peut-être pour aller vomir ? Bon sang, qu'elle détestait ce pauvre type.

Elle s'efforça de rester concentrée. C'était toujours le même problème, il y avait trop de personnes autour d'elle. Cela embrouillait ses pensées, et cela faisait remonter ses angoisses de petite fille. Elle fit de son mieux pour chasser ces parasites. Se focaliser sur la victime. Son travail d'adulte. Tout ce qu'elle savait faire, et mieux que quiconque.

Et ainsi, instinctivement, le processus se déclencha. Chez elle, la technique de profilage n'avait rien d'abstrait. Elle était douée d'un véritable talent d'empathie, ce qui était un atout de poids dans son métier. En contrepartie, un tel don, qui frôlait l'irrationnel, la vouait depuis toujours à l'incompréhension et à la bile facile des types comme Deveraux.

Les flics de son espèce avaient appris à ne prendre en compte que les faits, obnubilés par l'urgence de coffrer un coupable à tout prix. Alors qu'Eva, au contraire, se mettait à la place des *victimes*. Et en cet instant même, tout au fond d'elle, une partie de son esprit qui n'était faite ni de mots, ni d'images, mais de quelque chose de plus impalpable et d'universel, tout doucement, commençait à s'immiscer dans ce corps étendu, à glisser sous sa peau. Ce fut une autre Eva, qui était à la fois Eva Svärta et Barbara Meyer, qui reposait là, attachée sur ce lit elle aussi. *Les mains liées, les jambes écartelées.* La policière déglutit le plus lentement possible, avant de demander :

— Une chance que ce soit l'arme avec laquelle la victime a été mutilée ?

— C'est possible, admit la légiste, mais je ne peux rien vous assurer avant les analyses. Celui qui a fait ça s'est acharné sur cette fille dans tous les sens. Au bas mot, il doit y avoir une quarantaine de lacérations, peut-être même davantage. Je vais devoir analyser chacune de ces entailles.

Eva observa attentivement la victime, ses jambes fines maintenues par les chaînes, ses mains ligotées, toutes les plaies béantes qui s'offraient au regard. Chaque infime détail filtrait en elle, et une partie d'elle s'écoulait dans chacun de ces détails, ses perceptions se gorgeaient de l'odeur du sang répandu, des fragrances d'encens qui s'attardaient dans l'air, des traces sanglantes sur les murs et les meubles.

Un maniaque.

Qui a pris tout son temps.

Mais qui voulait aller jusqu'au bout.

Exactement comme les frères Salaville.

Même la position, les jambes relevées, la gorge tranchée pour drainer le sang. Tout correspond à leur mode opératoire.

— J'ai remarqué des contusions qui semblent antérieures, ajouta la légiste. Elle en a sur les cuisses et les bras. C'était peut-être une fille battue.

Eva observa la décoration de l'appartement, songeuse. Beaucoup de noir, de violet et de dentelles. Elle apercevait plusieurs corsets en vinyle posés les uns sur les autres, une affiche représentant la strip-teaseuse Dita Von Teese sur un mur, et des livres de bondage japonais soigneusement alignés sur une étagère.

— Non. Je crois plutôt que cette fille aimait le fétichisme. Les menottes, les fessées et ce genre de choses. Ça peut laisser de telles marques.

— Une perverse, quoi, fit Deveraux, depuis le pas de la porte. Tu m'étonnes, que ça ait dérapé.

Eva se tourna vers lui, furieuse.

— Cette fille est *morte*, Jean-Luc. Si tu n'es pas foutu de nous donner un coup de main ni de tenir ta langue, tu peux descendre aider les hommes de Garenne à vider les poubelles.

— Tu n'es pas ma supérieure, petite, et je t'emmerde.

— Holà, holà, les interrompit Leroy. Vous pouvez arrêter s'il vous plaît ? Tous les deux ?

Deveraux souffla et repartit dans le hall.

— Pauvre… grommela-t-il dans sa barbe.

Eva ne chercha pas à comprendre la fin de sa phrase. Elle se tourna vers la légiste qui faisait des yeux ronds, n'osant intervenir.

— Désolée pour ça, Pauline. On reprend.

Elle observa les anneaux encastrés dans la poutre, et dans lesquels étaient passées les chaînes.

— Erwan, tu vois cette installation ? C'était déjà ici. Tout ce matériel appartient à la victime. Le meurtrier s'en est servi, mais ce sont ses jouets, à l'origine.

— Tu penses à quoi ? Un crime passionnel ? lui demanda le jeune homme. Une séance de domination qui aurait mal tourné ?

À quoi je pense ?

À une grange emplie de corps nus.

Des filles sans visage.

— Non. Cette sauvagerie, ce n'est pas un simple coup de folie. C'est l'œuvre d'un tueur très organisé, au contraire. Pauline, d'après vous…

Elle hésita.

— D'après vous, on a vidé la victime de son sang ? Intentionnellement ?

C'est dit.

La légiste haussa les épaules.

— On dirait bien. En tout cas, il manque une grande quantité de sang, et elle ne semble pas se trouver ici. Regardez ça.

Pauline Chadoutaud indiqua des traces écarlates qui maculaient le sol. On avait traîné quelque chose à cet endroit. Un objet qui n'était plus là.

— Il y avait un récipient, c'est ça ? demanda Eva.

— Exactement. Selon moi, l'assassin l'a rempli de sang et l'a emporté avec lui.

— C'est bien ce que je craignais, rumina Eva en se redressant. Il faut l'autopsier dans la journée.

— Ça, je l'avais bien compris, dit Chadoutaud.

Elle fit signe à son équipe de venir l'aider.

Les hommes en combinaison blanche s'occupèrent de soulever le corps et entreprirent de défaire les liens de la victime. Il leur fallut plusieurs minutes avant de libérer ses membres et de pouvoir enfermer la dépouille dans un sac, qui fut ensuite placé sur la civière.

Sur le matelas, il ne restait plus qu'un dessin abstrait, souvenir de la torture et de l'agonie de Barbara Meyer. L'équipe technique s'occupa de récupérer les chaînes et de les emporter pour leurs analyses.

Le sang de la victime s'étalait partout, en vagues brunes, noires, ou encore rouges et humides, scintillantes, comme chargées de diamants, partout sur les murs, les meubles, le sol.

Ce que le meurtrier n'avait pas emporté avec lui.

18

— Alors ? Tu en penses quoi ? lui demanda Leroy.

Eva pénétra dans la minuscule salle de bains de l'appartement.

— Que notre tueur a suivi un mode opératoire précis et déjà bien rodé.

Son regard analysait les lieux. Le matériel de maquillage sur les étagères, tous les produits cosmétiques soigneusement alignés. L'intérieur de la douche était étincelant de propreté.

— Viens voir ça, Erwan. Il a pris une douche avant de repartir. S'il a bien fait son affaire, on ne trouvera aucune trace. Mais il nous a pourtant laissé quelque chose…

Tandis que son collègue passait la tête par l'encadrement de la porte, Eva lui indiqua le miroir brisé. Un unique coup, en plein milieu, qui avait scindé le verre en milliers de fragments concentriques.

— Bien vu, fit Erwan. C'est sûr que ça rappelle quelque chose.

La policière acquiesça.

— Il y a un an, dans l'Ariège.

— Les deux frères qui ont massacré une vingtaine de filles ?

— Cela même. On a le même mode opératoire.

— Mais ces types ont été mis hors d'état de nuire, non ?

L'euphémisme employé par Leroy la fit sourire malgré elle.

— J'étais présente quand le légiste les a ouverts. Je peux t'assurer que ce ne sont pas eux qui ont pu massacrer cette gamine.

— Alors on a un copieur, suggéra Leroy.

Eva demeura songeuse.

— Peut-être.

— Tu sais, insista son collègue, les journaux ont tellement parlé de ces deux vampires de la montagne Noire qu'un nouveau déséquilibré aura pu s'en inspirer. Tu ne crois pas ?

— Les journaux n'ont jamais mentionné les miroirs brisés.

Elle pointa son index vers un mur.

— Pas plus que les inscriptions qu'on avait trouvées au domicile des victimes. Regarde.

Leroy s'avança pour jeter un œil à ce qu'elle lui indiquait.

Il y avait quelque chose d'écrit sur le papier peint.

LES FILS
SOMBRES

Elle referma la porte, révélant les deux autres mots inscrits sur le mur derrière :

SONT
REVENUS

Leroy leva son appareil photo pour prendre une série de clichés, et tandis qu'il travaillait Eva repassa dans la pièce principale. Quelqu'un avait ouvert la fenêtre, ce qui faisait pénétrer un peu d'air frais dans l'appartement. Au-dehors, un soleil rond et rouge montait doucement derrière un horizon de nuages épais. Sur les façades abruptes des immeubles, des myriades de lumières s'allumaient. La ville s'éveillait, engourdie encore. Dans quelques heures, les rues seraient pleines de Parisiens pressés.

Parmi eux, un tueur avec sur les mains le sang d'une fille de dix-neuf ans.

Elle se retourna pour jeter un regard à la scène de crime. Se recentrer, revenir au présent. L'équipe technique, heureusement réduite à trois personnes – une femme et deux hommes –, s'affairait dans l'appartement, appliquant avec attention de la poudre d'aluminium pour faire apparaître les empreintes digitales. Eva doutait que cela donne le moindre résultat, mais il ne fallait rien négliger.

Le tout était d'agir avec méthode. Ne pas se laisser déconcentrer.

— Qu'est-ce qu'on sait sur notre victime ? demanda-t-elle à la ronde.

— Pour l'instant, pas grand-chose, les informa l'un des techniciens. Elle était inscrite à la Sorbonne et elle vivait ici toute seule. Sa famille habite dans le Nord, les services de l'IJ cherchent à les joindre. Ils ont déjà interrogé la voisine qui a trouvé le corps tout à l'heure. Elle n'a rien pu nous apprendre de plus, elle ne faisait que croiser Barbara Meyer dans l'escalier. Il y a deux autres locataires à l'étage supérieur, mais ils sont absents.

Eva enregistra ces informations.

Et replongea dans l'identité de la victime.

Tout entière dans la peau de la victime.

Elle était ici chez elle. Dans son studio de vingt mètres carrés surchargé d'étagères, de vêtements et de boîtes de chaussures. Elle avait fait brûler de l'encens, du *Spiritual Guide*, très précisément. Elle reconnaissait son parfum, qui flottait encore dans l'air, derrière la puanteur des entrailles répandues. Elle caressa du bout des doigts la bibliothèque qui croulait sous les piles de livres. Des mangas, des livres d'art, beaucoup d'ouvrages érotiques. Des livres lus et relus, aux tranches brisées à force de trop nombreuses manipulations, et rangés en piles improbables.

Au milieu des livres, plusieurs photos sous verre.

— C'est elle ? fit Leroy.

Il émit un sifflement.

— Elle était jolie.

La jeune fille avait un visage rond d'enfant, rehaussé par une frange à la mode rétro. Sur l'une des photos, elle portait même un corset en vinyle très serré, qui mettait en valeur les courbes de son corps délié, à la manière des anciennes pin-up. Un tatouage était visible sur sa hanche droite. Il représentait un envol de chauve-souris.

— On sait que Barbara aimait le style gothique, dit Eva. On ne trouve pas des milliers de soirées de ce genre en ville. Si son agresseur l'a repérée dans un club, il faut qu'on ait une liste des endroits qu'elle a fréquentés dernièrement.

— Je m'en occupe, acquiesça Leroy.

Eva observa le porte-encens où avaient brûlé les bâtonnets de *Spiritual Guide*. Au-dessus, sur le mur, s'étalait le poster de Dita Von Teese, ainsi que l'affiche d'un concert de Marilyn Manson délavée et déchirée, visiblement récupérée sur un panneau dans la rue.

La télécommande était posée sur la stéréo. Elle la saisit et pressa la touche de lecture. Une mélodie s'éleva des enceintes. Des notes claires, synthétiques et répétitives, hypnotiques, que vint appuyer une basse saturée, minimaliste. Un rythme en boucle, clinique. Puis la voix arriva, d'outre-tombe, presque incompréhensible, déclamant une unique phrase : « *See you in Hell* », de manière tout aussi mécanique que le reste de la musique.

Les trois techniciens avaient cessé leur danse. Ils se mirent à l'observer.

See you in Hell.

I'm sure we'll meet again.

In Hell.

Eva ignorait ces regards braqués sur elle. Plus rien n'existait que son monde intérieur.

See you…

Le monde de Barbara Meyer.

… in Hell.

Suivant la bande de plastique sur le sol, elle s'installa au bord du lit – au désespoir de la technicienne qui essayait de lui faire comprendre qu'elle allait effacer des indices – et s'absorba dans la contemplation des piles de vêtements. Des bustiers, des résilles, des bas en latex fins comme une seconde peau, brillants comme le péché. Elle se pencha, saisit une botte à talons hauts, en vinyle noir, dont le laçage remontait jusqu'aux genoux.

See you…

Portant cette botte à son visage, tout contre elle, elle glissa plus profondément encore dans la peau de la victime.

… in Hell.

Elle jeta un œil distrait à la poubelle, un peu plus loin, presque sûre de ce qu'elle y trouverait.

En l'occurrence, pas moins de trois bouteilles de Smirnoff Ice vides.

C'est ainsi qu'elle se préparait. En musique, sirotant de la vodka tout en choisissant sa tenue. Elle avait dû essayer ce corset, maintenant posé à côté du lit et couvert de sang. Lancé une minijupe qui ne lui convenait pas sur le portant, là-bas.

Elle s'était habillée avec un soin minutieux.

Mais ce n'était pas pour sortir.

— Dites, quelqu'un peut arrêter ce vacarme ? vociféra Deveraux. On se croirait dans un putain de film d'horreur !

Comme personne ne réagissait, il traversa la pièce et appuya lui-même sur le bouton *off* de la stéréo. Le silence revint d'un coup.

— Quand même, éructa-t-il. Non mais, quel bruit ! Je ferais mieux avec mes casseroles dans ma cuisine.

Eva se redressa, le regard ailleurs.

— La victime attendait quelqu'un. Elle avait un rendez-vous.

— Qu'est-ce qui te fait dire ça ? demanda Leroy.

La policière tourna la tête vers lui, ses mèches blanches retombant devant ses lunettes.

— C'est une fille, Erwan. Elle prend soin d'elle. Elle s'est faite belle. Elle a passé des heures à s'habiller et à se maquiller, pour une nuit qu'elle avait imaginée romantique.

— Pour son agresseur ?

— Ou bien pour une autre personne. Mais elle attendait bel et bien quelqu'un. Il faut savoir si elle avait un petit ami.

Elle se retourna vers les techniciens :

— Excusez-moi, est-ce qu'on a retrouvé son téléphone ?

Ils secouèrent la tête.

— Pas encore, commandante, dit l'un d'eux.

— Mais on a un ordinateur, déclara l'autre.

— Je peux le voir ?

— Bien sûr.

L'homme lui présenta un rectangle gris extra-plat.

— Il se trouvait sous le lit. On ne l'a pas encore examiné.

— Alors c'est ce qu'on va faire tout de suite, décréta Eva en récupérant le petit objet.

S'installant à nouveau au bord du lit, elle déposa l'ordinateur sur ses genoux, le déplia doucement, l'alluma.

Tandis que Leroy, Deveraux et le technicien formaient un cercle autour d'elle, le fond d'écran s'afficha.

Cette image était une photo en noir et blanc, qui semblait avoir été prise dans un bar, ou une boîte de nuit. On y reconnaissait Barbara Meyer, toute de vinyle vêtue, en train d'embrasser sur la bouche une femme un peu plus âgée, habillée quant à elle d'une robe de soirée au décolleté mettant en valeur ses formes plantureuses.

— Bon. Notre petite Barbara aimait les filles, dit Eva.

— Et elle avait très bon goût, fit remarquer Leroy.

Deveraux était sur le point de faire une réflexion quand, au regard glacé que lui lança Leroy, il se ravisa. Il préféra reculer une nouvelle fois.

Quand il se fut écarté, l'agent qui leur avait apporté l'ordinateur se pencha à son tour. Il s'éclaircit timidement la gorge.

— Si je peux me permettre un commentaire, ce n'est pas n'importe qui, cette personne.

Eva releva le visage vers lui.

— Vous savez de qui il s'agit ?

L'homme acquiesça, quelque peu mal à l'aise face aux lunettes noires de la profileuse.

— Bien sûr. C'est Audrey Desiderio, aucun doute là-dessus. Elle a été promue rédactrice en chef du magazine *Chick* l'an dernier. Elle a fait la une de tous les journaux people.

Eva arqua ses sourcils parfaitement blancs.

— *Chick* ? Qu'est-ce que c'est ?

— Un magazine de mode rock, des trucs pour ados. Ma fille y est abonnée. Desiderio est pour ainsi dire son idole. Elle est connue pour ses éditos ravageurs. Enfin, c'est ce que prétend ma fille.

— D'accord. Il va nous falloir interroger cette personne.

À l'autre bout de la pièce, le téléphone de Deveraux joua *Allumer le feu* de Johnny Hallyday.

Il décrocha, resta silencieux un moment, expliqua qu'il transmettait, et raccrocha, le visage blême.

Eva connaissait ce genre de regard.

— Un problème ?

— Audrey Desiderio est morte elle aussi, annonça le policier. La femme de ménage vient de la trouver éventrée dans la salle de réunion de *Chick*. Elle n'a plus de visage.

Puis il se tourna vers le technicien :

— Je crois que ta fille va devoir se trouver une nouvelle idole, mon ami.

19

La clé correspond.

Elle tourne sans le moindre mal dans la serrure.

Jusqu'ici, tout se passe comme prévu.

La porte s'ouvre, dévoilant un hall somptueux que personne n'a franchi depuis un certain temps.

Exactement ce qu'il lui faut. Et mieux encore.

Un dernier regard à l'extérieur, pour s'assurer qu'aucun voisin ne traîne. Mais non. Le quartier est désert. Il pleut encore, plus timidement. Les arbres des jardins luisent de gouttes d'eau. Entre ces arbres, on aperçoit les toits des autres pavillons, des résidences secondaires et luxueuses où on vient peu, juste pour les vacances, pour se reposer ou faire l'amour loin des yeux de la ville.

L'endroit parfait.

Doucement, la porte est refermée. Le verrou est tourné.

20

7 h 30

Quand les officiers Svärta, Leroy et Deveraux pénétrèrent dans les bureaux de la rédaction de *Chick*, ils se doutaient déjà de ce qu'ils allaient y trouver.

La salle de réunion était située au bout d'un long couloir. C'était une pièce vaste, pourvue d'une longue baie vitrée qui laissait apercevoir l'avenue d'Italie, huit étages en contrebas. La vue donnait jusqu'à la place d'Italie grouillante de parapluies.

Ils firent quelques pas hésitants sur la moquette épaisse.

Le corps de la victime se trouvait étendu sur la table. Audrey Desiderio, comme Barbara Meyer, avait été entièrement déshabillée et ligotée. Son sang s'était échappé à flots de ses multiples blessures et avait éclaboussé le sol de toute la pièce. Des projections maculaient les murs aussi bien que le plafond.

— Merde, bredouilla Leroy. C'est exactement la même chose.

— Non, c'est *pire*, nuança Eva en s'approchant de la table où reposait le cadavre.

Le tueur avait placé la tête de Desiderio au bord, de sorte qu'elle pende. Sa gorge était ouverte d'une oreille à l'autre. Au-dessus de cette monstrueuse entaille, il n'y avait plus vraiment de visage. Juste un écorché vermillon, dont les orbites vides fixaient l'éternité.

Il y avait autre chose.

Une chose qu'Eva avait déjà eu l'occasion de voir l'an dernier, quand elle avait étudié la scène de crime dans l'Ariège, et qu'elle avait repérée dès qu'elle avait passé la porte de cette salle de réunion. Le cercle de sang sur le sol.

On l'avait dessiné très consciencieusement, tout autour de la table, comme pour quelque cérémonie païenne.

Sur la baie vitrée, de hautes lettres bien droites indiquaient :

MAINTENANT
FESTOYEZ
ÉCARLATES

Comme elle s'approchait de la légiste, Pauline Chadoutaud se redressa et enleva ses gants de latex.

— Œuvre du même assassin. Mais vous n'aviez pas besoin de moi pour vous l'apprendre.

— S'agit-il de la même arme ?

— Sans le moindre doute. Les incisions sont identiques à celles que j'ai relevées sur le corps de Meyer. Comme on n'a pas retrouvé cette arme sur place, je dirais qu'il l'a emportée avec lui. Il n'est pas rare qu'un tueur en série ait son propre matériel de meurtre.

Eva baissa les yeux vers la victime. On voyait plusieurs perforations sur son abdomen et ses jambes. Entre ses cuisses, le sexe n'était plus qu'un amas de viande rouge.

Eva tressaillit.

Ça a recommencé. Tu peux le nier de toutes tes forces, tu le sais bien.

C'est plus qu'une série de meurtres. C'est un rituel que tu as sous les yeux.

Mais quel genre de rituel ?

Pourquoi une telle sauvagerie ?

— Quand est-elle morte ? demanda-t-elle pour penser à autre chose.

— Cette nuit, lui indiqua la légiste. Selon moi, le décès a eu lieu vers 1 heure du matin.

— Vous voulez mon avis, avança Deveraux, notre homme a perdu son sang-froid. Il devait être grisé par ce qu'il a fait à la petite Meyer. Il est venu ici pour massacrer l'amante de sa première victime. Au moins, nous avons un lien entre les deux victimes. Il devait les connaître toutes les deux.

— Je suis d'accord, dit Eva. Mais ça ne nous éclaire pas sur son mobile.

Elle prit un peu de recul et observa la table, les fauteuils alignés tout le long.

Festoyez écarlates ?

Qu'est-ce que ça peut bien vouloir dire ?

Et toi, qu'est-ce que tu faisais ici, Audrey Desiderio, après les heures d'ouverture ?

Attendais-tu quelqu'un, toi aussi ?

Pensais-tu que Barbara allait te rejoindre ?

Bien sûr que oui.

Elle examina avec soin les fauteuils. S'installa dans celui qui se trouvait au bout. Il y avait un verre sur le sol, perdu dans la moquette moelleuse, ainsi qu'une bouteille de whisky, couchée un peu plus loin, contre le mur.

Elle ferma les yeux. La victime était assise ici, oui. Avant que le tueur ne vienne.

Pourquoi ?

Qui es-tu ?

Ouvrant les yeux, elle contempla la baie vitrée qui courait sur une grande partie du mur situé en face d'elle et sur sa droite. La mystérieuse inscription – *maintenant festoyez écarlates* – se trouvait juste en face d'elle.

Le tueur s'était-il assis à cet endroit, lui aussi ?

Oh oui, il l'avait fait. Pour contempler son œuvre. Le plus tranquillement du monde.

Eva tourna la tête. Le reste de ces murs était occupé par des alignements de couvertures de magazine, mettant toutes en avant de jeunes mannequins à l'air maussade. Sur le mur de gauche se trouvait un grand miroir, à présent brisé. Ce qui n'était pas vraiment une surprise. Eva se leva. Devant ce miroir, elle observa son propre reflet, fragmenté en dizaines de perspectives, renvoyant à l'infini le reflet inhabituel de sa chevelure et de ses lunettes noires.

Tu n'aimes pas ton image ? C'est ça ?

C'est pour cette raison que tu enlèves le visage de tes victimes ? Pour leur ôter leur beauté ? Ou simplement leur humanité ?

Ou bien y a-t-il quelque chose qui nous échappe ?

Quelque chose de moins ordinaire ?

Elle se retourna, observant le cercle de sang qui entourait la table de réunion.

Quel est le sens de ton rituel, hein ?

Cela fait un an que tu me fais tourner en rond.

Leroy s'accroupit derrière un des fauteuils pour prendre une série de photos.

— Le moins qu'on puisse dire, c'est qu'il aime jouer avec le sang.

— Il en a été recouvert, confirma la légiste. Un vrai bain de sang. Vous croyez que c'est un message qu'il nous a laissé ? Pour nous tester ?

— Il veut nous prouver qu'il est le plus fort, déclara Deveraux, mains sur les hanches. Mais fais-moi confiance, ma petite, ça va pas durer.

Eva intervint.

— Je ne pense pas qu'il ait fait quoi que ce soit en pensant à nous.

— Ah oui ? ricana Deveraux. Cette foutue mise en scène, le message de taré, c'est pour qui alors ? Les pigeons ?

— Ce qu'il fait a un sens, oui. Mais *uniquement* à ses yeux, insista Eva. C'est cela qui est important pour lui, son rituel. Il veut accomplir quelque chose de précis, qu'il s'est mis en tête d'achever à tout prix. Il suffit de découvrir de quoi il s'agit. Avant qu'il ne recommence.

Deveraux afficha un air exaspéré.

— C'est bien beau, la philosophie, mais soyons sérieux. Il n'y a rien de plus à comprendre ici. On a juste affaire à un déséquilibré. Il voulait faire couler le sang, et il a trouvé un moyen d'entrer. Je pencherais pour un fan de musique gothique. Ça collerait avec les fréquentations de la petite Meyer. Une partie de ces gosses vénèrent la mort et le diable. Il y en a un qui est allé plus loin, c'est tout.

— Est-ce que tu peux la fermer, Jean-Luc ? lança Eva.

Le policier lui décocha un regard assassin.

— J'oubliais que tu as la science infuse. Alors explique-nous, petite. Essaie juste de ne pas nous tuer un suspect, pour une fois.

Eva se crispa.

— Avant toute chose, je ne suis pas ta petite. Si ça t'écorche d'utiliser mon prénom, tu peux m'appeler par mon grade, Jean-Luc. C'est *commandante*.

— Ah ouais, désolé, je me suis trompé de terme inclusif, mais faut dire que ça devient compliqué, grinça-t-il avant d'éclater de rire.

Leroy posa une main sur l'épaule de son collègue.

— Moi aussi j'en ai assez, Jean-Luc. On est une équipe, alors laisse un peu Eva tranquille, d'accord ? On est tous là pour travailler ensemble.

— Parlons-en, d'une équipe, aboya Deveraux. J'aimerais bien pouvoir faire mon travail correctement. Sans avoir à subir ces inepties.

— Bon, dit Eva, ça suffit. Vous vous occuperez des interrogatoires du personnel. Je rentre.

— C'est ça, ajouta Deveraux. Et en plus, tu n'as qu'à déserter ton poste. Le chef va être ravi.

Eva quitta la pièce avant d'exploser.

21

Le lieutenant Leroy lui courut après dans le couloir et lui agrippa le bras pour l'arrêter.

— Laisse-moi tranquille, Erwan, lui ordonna-t-elle en se dégageant avec brutalité.

Son collègue leva les mains en signe d'apaisement.

— Eva, écoute-moi. Je suis vraiment désolé pour le comportement de ce tocard. Je ne comprends pas pourquoi le patron nous l'a encore mis dans les pattes.

Elle appuya son dos contre le mur. Elle savait *très bien* pourquoi. Mais son visage demeura impassible. Ses lunettes noires impénétrables. Seules ses mains étaient agitées d'un tremblement, presque imperceptible.

— Ce n'est pas bien grave, finit-elle par lâcher. Je commence à être habituée.

— Tous les mecs ne sont pas comme ça, tu sais.

— Au fond de vous ? Peut-être bien que si, malheureusement.

Erwan Leroy lui offrit tout de même un sourire.

— Tu nous laisses interroger le personnel, alors ? Tu ne veux pas t'en charger ?

Eva rajusta ses lunettes du bout de l'index en lançant un regard autour d'elle. Les locaux de *Chick* étaient conçus comme un petit labyrinthe : une multitude de couloirs reliant des bureaux qui semblaient tous identiques au premier abord. Un peu plus loin, au niveau des ascenseurs, se trouvait l'accueil de l'étage. Elle apercevait certains de ses collègues occupés à interroger le personnel de l'entretien. Le reste de son équipe devait déjà être en train de relever les adresses des employés afin de commencer les auditions au plus vite.

Elle haussa les épaules.

— Tout ce qu'ils vous apprendront, ce sera qu'elle était plus autoritaire qu'il n'était nécessaire avec ses collègues, qu'elle travaillait beaucoup trop, restait tard au bureau, qu'elle avait une vie un peu dissolue qui faisait jaser, mais que personne n'abordait jamais vraiment le sujet parce que c'était la patronne. Ce n'est pas là qu'il faut chercher.

Elle observa le couloir dans lequel ils se trouvaient.

— Il n'y avait plus personne dans l'immeuble, hier soir. Notre homme a pourtant pris l'ascenseur, à moins qu'il ne soit passé par l'escalier. Dans les deux cas, il faut un badge magnétique. Chaque passage est horodaté.

— J'ai déjà demandé, l'informa Leroy. Personne n'a badgé avant l'équipe d'entretien, ce matin.

— C'est donc Desiderio qui l'a fait entrer. Jean-Luc n'est qu'un pauvre type, mais il a raison sur un point. La victime connaissait son agresseur. Tout comme Meyer le connaissait, elle aussi. On aura peut-être de la chance en creusant du côté de leurs connaissances communes.

— Tu crois que notre homme est venu ici pour faire taire Desiderio ? Pour ne pas qu'elle puisse l'identifier ?

Eva prit le temps de réfléchir.

— C'est dans l'ordre du possible. Mais il y a encore trop de détails que je ne saisis pas. Ce qui est certain, c'est que notre tueur va recommencer.

Elle décolla son dos du mur et reprit son chemin. Leroy lui emboîta le pas.

— Mais alors, insista-t-il, on cherche quoi exactement ?

— Le rituel, Erwan. C'est la clé. J'en mettrais ma main à couper. Il faut qu'on comprenne ce qui se passe dans la tête de notre tueur. Pourquoi il fait ça. Pourquoi découper des filles l'excite à ce point.

Brandissant leurs cartes de police, ils se faufilèrent entre les officiers qui filtraient le passage, et Eva entra dans l'ascenseur.

— Attends, je descends avec toi, décida Leroy en la suivant.

Les portes se refermèrent. Eva pressa le bouton du rez-de-chaussée.

— Qu'est-ce que tu vas lui dire ? lui demanda-t-il alors qu'ils descendaient au ralenti les huit étages.

— De quoi tu parles ?

— Ne fais pas la naïve. Cet après-midi, on va avoir une réunion avec le patron. Tu connais déjà la question qu'il va te poser.

Bien sûr qu'Eva la connaissait. Elle n'avait simplement pas encore la moindre idée de ce qu'elle lui répondrait.

— Il voudra comprendre le lien avec l'affaire des Salaville, marmonna-t-elle. Il voudra savoir pourquoi j'ai merdé à ce point l'an dernier. Si je n'ai rien de convaincant à lui donner en pâture, il va très mal le prendre.

— On est au moins d'accord sur ce point. Cette affaire va rendre la presse dingue. On a intérêt à être efficaces, vite.

— Que veux-tu que je te dise ? Je suis passée à côté de quelque chose. Quelque chose d'énorme. Le pire, c'est que je le sentais. Tout au fond de moi. Dans ma poitrine. Et là…

Elle effleura sa tempe du bout de ses doigts pâles.

— Dans ma tête, là. C'est resté là. Ça ne voulait pas me quitter. Et pourtant, j'ai préféré fermer les yeux. J'étais obnubilée par les coupables. Au lieu de chercher à comprendre pourquoi. J'ai enquêté comme Jean-Luc l'aurait fait. Voilà le résultat. Notre homme va recommencer. Il a disposé d'un an de répit. Sa psychose doit être arrivée à un stade très avancé.

— Si c'est le cas, alors on est *tous* passés à côté, Eva. Tu n'as rien à te reprocher.

— Tu expliqueras ça à Rudy.

L'ascenseur s'immobilisa.

Les portes glissèrent.

Le visage grave, ils se frayèrent un passage dans le hall de l'immeuble, qui grouillait à présent d'officiers en uniforme, puis sur l'avenue, envahie par une foule de journalistes qui essayaient de voler une image. Ils fendirent aussi cet obstacle, mais sans échapper aux caméras et aux micros tendus vers eux, qu'Eva balaya d'un grand geste de la main.

Leurs voitures étaient garées à une centaine de mètres de là, sur le trottoir, avec le reste des véhicules officiels. Un agent les surveillait. Tout autour, les piétons défilaient, un fleuve tranquille et imperturbable, décrivant un arc autour des voitures pour se refermer et se déverser dans le centre commercial ou dans les bouches de métro. Dans ce flux humain, les gens ne se regardaient plus, personne ne se rendait compte de ce qui se passait à l'intérieur. Seules une ou deux personnes, de temps à autre, s'arrêtaient, essayant de comprendre la raison de ce rassemblement devant cette tour au demeurant bien anodine.

Eva scruta les visages qui passaient, les regards qui glissaient sur elle, fuyants, ou simplement indifférents. Il n'était pas rare que les tueurs reviennent sur les lieux de leur exploit pour revivre le flash, l'extase. Mais à quel genre de tueur avaient-ils affaire cette fois ?

Un nouveau type de tueur ?

Pourquoi est-ce que cette idée te met si mal à l'aise ?

Elle essaya de chasser ces pensées.

Et c'est là, tout à coup, au milieu de cette foule, qu'elle vit la fillette aux cheveux blancs.

Une fillette de six ans dans une robe noire.

Les yeux comme deux gouffres de sang.

Eva sentit une sueur froide sur sa nuque. Ce fut comme si une main de pierre soudain broyait son cœur et la faisait chavirer.

Tu n'es pas réelle.

La fillette se retourna. Une femme se baissa pour la moucher. Il n'y avait nul fantôme venu la terrifier sur le trottoir, en face d'elle. Ses yeux, au travers du filtre des lunettes, l'abusaient encore une fois. La robe de la fillette était bleu pâle, pas noire. Ses cheveux n'étaient pas blancs, non plus, mais blonds et frisés. Quant à son visage, il était constellé de taches de rousseur. Même de loin, elle ne ressemblait en rien à Justyna. Sa mère lui empoigna fermement la main et toutes deux franchirent les portes du centre commercial.

— Eva ? fit la voix de Leroy, à côté d'elle. Eva ? Tu vas bien ?

Elle perçut la note d'inquiétude dans l'intonation de son collègue. Elle se retourna vers lui. Le jeune homme la dévisageait, essayant de comprendre son brusque décrochage.

— Il y a un problème ?

— Non, non. J'étais ailleurs, excuse-moi.

Elle scruta les trottoirs encore quelques instants. *Arrête de rêver, ma grande.* Il n'y avait aucune petite fille aux cheveux blancs.

Il n'y en avait jamais eu.

Nulle part ailleurs que dans sa tête.

— J'ai passé deux mois loin de tout ça, Erwan. Le retour sur le terrain est un peu plus brutal que je l'aurais imaginé, c'est tout.

— Je veux bien te croire. Ces scènes de crime… je n'ai jamais vu un bain de sang pareil.

Pour la première fois, ces mots frappèrent Eva.

— Un bain de sang. C'est ce que la légiste a dit. Le tueur s'est littéralement *baigné dans le sang*.

— Oui, et alors ?

— C'est sans doute idiot, mais il faut que je vérifie quelque chose à ce sujet.

— Je peux t'aider ?

— Non, merci, tu es adorable. On se retrouve au 36 cet après-midi. Et si jamais tu as besoin de me joindre entre-temps…

— Je sais, dit Leroy. Tu es toujours joignable.

— Nuit et jour.

Le lieutenant s'en retourna vers l'immeuble.

Eva s'engouffra dans sa voiture et resta là, immobile, à réfléchir.

Un bain de sang.

Elle croyait avoir affaire à un tueur d'un genre nouveau.

Mais si elle se trompait totalement ?

S'il s'agissait d'un tueur obéissant à un rituel très ancien, au contraire ?

Pourquoi diable n'y avait-elle pas pensé avant ?

22

Toulouse,
Samedi, 7 h 50

Alexandre Vauvert se débattait dans un cauchemar quand la violente lumière du matin, qui se déversait à travers les filets de camouflage, finit par le réveiller complètement.

Il se massa les tempes. Combien de temps avait-il dormi ? Probablement pas plus d'une heure ou deux. Il était toujours allongé sur le canapé. Devant lui, la télévision était restée allumée, en sourdine. Il attrapa la télécommande, fit défiler les clips vidéo, les dessins animés, les programmes de télé-achat, jusqu'à trouver une chaîne d'information qui donnait la météo du jour. De la pluie et encore de la pluie. Génial.

Quand il voulut se redresser, ses vertèbres maltraitées diffusèrent une vive douleur dans le bas de son dos.

— Et merde, marmonna-t-il en s'étirant sur les coussins.

Les souvenirs de son cauchemar se dispersaient déjà dans le grand blanc de l'éveil, dissous par la lumière du jour. Pourtant, la désagréable sensation s'attardait à la lisière de son esprit.

Des yeux.

Qui... le regardaient ?

Était-ce ça ? Oui. C'était ça. Il avait rêvé d'yeux qui brillaient comme des flammes pourpres. Qui le surveillaient, derrière un labyrinthe de miroirs. Il avait rêvé de silhouettes sveltes aux pelages luisants.

Des loups.

Il frissonna malgré lui. Des loups, oui. Quelle foutue idée saugrenue. Ses phobies resurgissaient, une nouvelle fois, comme elles le faisaient à intervalles réguliers. Ses vieilles peurs cherchaient une faille dans son esprit. Il ne leur en laisserait aucune. Il se dit qu'au moins, avec ce cauchemar, il tenait son sujet de discussion avec Christophe, le psychologue du commissariat, quand viendrait le moment de sa consultation annuelle.

D'ici là, il éviterait d'y repenser. Il avait *vraiment* horreur de ces bestioles à quatre pattes.

Quittant le canapé, il commença par rassembler les bouteilles de bière vides, qui avaient roulé un peu partout dans le salon. Il les entassa dans un carton pour pouvoir les recycler, lança la machine à café et se dirigea vers la salle de bains.

À la télévision, une présentatrice annonçait la découverte d'un cadavre. Un meurtre particulièrement horrible s'était produit dans le 13e arrondissement de Paris.

Vauvert n'y fit pas attention, la tête sous le jet brûlant de la douche.

Quinze minutes plus tard, séché, rasé, et encore drapé dans son peignoir de bain, il était de retour sur le canapé. Posant son mug de café fumant sur la table basse, il jeta deux cachets d'aspirine dans un grand verre et se laissa absorber par la valse désordonnée des bulles.

Jusqu'à ce que l'image, sur l'écran, accroche son attention.

Il avait relevé les yeux sans même s'en rendre compte.

Et la regardait.

Eva.

C'était bien elle. La commandante Eva Svärta. À la télévision.

Elle était vêtue du même blouson de cuir noir qu'elle avait porté l'an dernier. Elle avait raccourci ses cheveux blancs, qui bouclaient à présent autour de son visage pâle comme de la porcelaine et encadraient ses lunettes noires, toujours vissées à sa peau comme si elles faisaient partie intégrante de la structure de son visage.

Elle fit un geste agacé à la caméra pour qu'on la laisse tranquille mais demeura à l'écran, s'éloignant en compagnie d'un de ses collègues sans doute, un jeune homme vêtu d'un trois-quarts en cuir beige.

Vauvert pêcha la télécommande sous un coussin et monta le son.

Le caméraman fit un travelling sur plusieurs véhicules de police garés sur le trottoir, avant de revenir sur une présentatrice blonde trop maquillée et à la dentition d'un blanc irréel, qui brandissait un énorme micro avec un indéfectible enthousiasme. Derrière elle, on devinait le hall d'un immeuble, bloqué par un cordon policier.

Sans se départir de son sourire de poupée en plastique, la présentatrice vitaminée déclarait :

— *Comme je vous l'annonçais, je me trouve en ce moment devant les locaux de* Chick Magazine, *au cœur du 13ᵉ arrondissement. C'est ici, dans un des bureaux de la rédaction, que le personnel d'entretien a découvert, il y a maintenant une heure de cela, le corps sans vie d'Audrey Desiderio, la célèbre journaliste. Son agresseur l'a mutilée avec une extrême sauvagerie…*

Vauvert écouta attentivement. À chaque mot que prononçait la présentatrice, ses yeux se cernèrent un peu plus.

— … *Alors que les enquêteurs de la brigade criminelle se refusent pour le moment à tout commentaire, une source proche de la police nous a toutefois confirmé qu'il s'agit du second homicide du même type. L'autre victime est une jeune femme de vingt ans, dont l'identité ne nous a pas encore été révélée, mais dont le corps a été retrouvé un peu plus tôt ce matin…*

Il but d'un trait ses deux grammes d'aspirine et rechercha son téléphone. Ses doigts le trouvèrent finalement sous le canapé.

Il fit défiler les numéros du répertoire.

Il n'était pas encore arrivé à la lettre S quand le téléphone se mit à vibrer dans sa main. Il sursauta malgré lui.

La commandante Svärta avait été la plus rapide. C'était son numéro qui s'affichait.

Vauvert se racla la gorge et déglutit plusieurs fois avant de décrocher.

— *Alexandre ?* fit aussitôt la voix d'Eva.

— Lui-même. Tu es charmante à la télé, lui dit-il en réprimant son rire.

— *Parce qu'ils sont déjà en direct, là ?*

— D'après toi ? Je suppose que tu dois passer sur toutes les chaînes d'info.

— *Qu'est-ce que je déteste ces charognards.*

Vauvert pensa à des tas de choses. Il voulait lui demander comment elle allait, depuis tout ce temps.

Lui dire que sa voix n'avait pas changé, un timbre de soie qui se déchire.

Au lieu de cela il lui dit :

— Besoin d'un coup de main ?

— *As-tu accès au dossier des Salaville ?*

— Le dossier…

Il tourna la tête en direction de la poubelle, dans l'angle de la cuisine.

— Tu penses bien que je l'ai, marmonna-t-il en serrant la ceinture de son peignoir. Donne-moi quelques secondes.

Il ouvrit le couvercle, fut rassuré que les feuilles froissées soient au-dessus du reste des ordures, et entreprit de les extirper du bac.

— Figure-toi que j'ai l'ensemble de la procédure…

Il grimaça quand ses doigts effleurèrent des substances poisseuses qui adhéraient aux feuilles.

— … juste devant les yeux, acheva-t-il.

Le rire de la policière flotta dans l'écouteur.

— *Je ne suis pas étonnée. Tu savais que ça n'était pas fini, n'est-ce pas ?*

— Hum… en quelque sorte…

Il pencha la tête pour caler le téléphone entre son oreille et son épaule, tandis qu'il utilisait ses deux mains pour trier les feuilles, extrayant par la même occasion une bouteille de bière. Un fond d'alcool s'était renversé. Voilà ce qui maculait les pages. Il poussa un grognement étouffé.

— *Alexandre ? Tout va bien ?*

— Je fais un peu de rangement en même temps, ne t'inquiète pas. Dis-moi plutôt… La dame de la télé vient de mentionner deux personnes assassinées et mutilées… Ça veut dire qu'elles n'ont plus de visage, c'est ça ?

— *C'est exactement ça, oui.*

— Quoi d'autre ?

— *Les miroirs étaient brisés. Chez les deux victimes.*

— Je vois. Des inscriptions ?

— *Les mêmes absurdités ésotériques que l'an dernier. L'écriture semble identique. Tout le mode opératoire rappelle celui des Salaville.*

Alexandre Vauvert ôta son café de la table basse et déposa le tas de feuilles volantes à la place. Il entreprit de classer les fiches dans leur ordre initial. Sous ses yeux défilèrent les photos des vingt-quatre victimes.

— On en a laissé filer un, dans l'Ariège, alors ?

— *Tu vois une autre explication ?*

— J'avoue que… je ne sais pas…

Il but une longue gorgée de café.

— Tu te souviens de cette question que je t'avais posée ? Et à laquelle tu n'as jamais répondu ?

Après un court silence, Svärta dit :

— *Si je pensais que tout était fini ?*

— Oui.

— *Je ne le pensais pas.*

— J'avais bien compris. En fait, il faut que je te raconte quelque chose. Un détail anodin mais que je n'ai pas réussi à caser dans mes procès-verbaux.

— *Qu'est-ce que c'est ?*

— Quand j'ai abattu Roman Salaville…

Vauvert chercha dans ses souvenirs les mots exacts.

— Quand ce fils de pute allait mourir, il m'a dit : « Ça ne va pas lui faire plaisir. » Ce sont ses dernières paroles. J'ai encore sa voix dans la tête.

— *Tu penses qu'il ne parlait pas de son frère ?*

— Sur le moment, je me suis dit que c'était possible. Sauf que ça ne colle pas. Quelque chose nous a échappé. Je n'ai pas arrêté d'y penser. Ça me rend dingue.

— *Je me pose une question à ce sujet, justement. Est-ce que dans le dossier, ou à un moment ou à un autre, quelqu'un aurait soulevé l'hypothèse que les tueurs se sont baignés dans le sang de leurs victimes ?*

Vauvert fronça les sourcils. Il ne voyait pas où elle voulait en venir.

— Baignés ? Pas en ces termes, non.

Il se dirigea vers la fenêtre et écarta l'épais tissu vert. Au-dehors, la pluie continuait de tomber, en fines lignes translucides, sur les toits de la ville.

— Écoute, je vais appeler mon supérieur tout de suite pour lui signaler que je reprends officiellement cette affaire là où je l'avais laissée. Je ne devais pas être en service ce week-end, mais comme j'ai toutes les archives chez moi, je vais en profiter pour tout relire à tête reposée. Il y a forcément une piste qu'on a négligée sur le moment. On peut faire un point lundi matin ?

— *Je n'en attendais pas moins de toi. Appelle-moi à 8 heures. C'est l'heure du débriefing quotidien avec mon équipe. On fera le point tous ensemble.*

— Le rendez-vous est pris.

— *Merci, Alexandre.*

Vauvert hésita quelques instants avant de lui dire :

— Eva…

Mais il se rendit compte qu'elle avait déjà raccroché.

23

Samedi midi

La pluie avait repris. Tout d'un coup, avec un plaisir pervers.

Les gouttes mitraillaient la chaussée du quai des Orfèvres, le vent retournait les parapluies. Les piétons se hâtaient, le dos courbé, et Eva faisait comme eux, ses talons claquant dans les flaques, à mesure que le trottoir se changeait en véritable fleuve.

Une fois franchies les immenses portes du numéro 36 et avant de traverser la cour pavée de la Direction de la police judiciaire, elle ne put s'empêcher de se retourner.

Pour s'assurer qu'*elle* n'était pas là à la surveiller.

Elle savait que c'était ridicule. Qu'elle ne devait pas céder à de telles crises d'angoisse. C'était juste plus fort qu'elle.

Un cœur malade ne guérit jamais.

Les quais étaient pleins de passants trempés. Elle les dévisagea l'un après l'autre. Tous étaient adultes. Aucun ne lui portait la moindre attention.

Pas de petite fille aux cheveux blancs. Ni parmi eux, ni ailleurs.

Alors seulement Eva se retourna et secoua son parapluie.

Elle inspira profondément.

À l'intérieur du bâtiment, elle longea le couloir étroit et défraîchi qui menait à l'escalier. Elle salua ses collègues de l'identité judiciaire au passage, d'un geste rapide de la main, et ils firent de même, l'air étonné de la revoir. Elle remarqua très bien leurs regards en coin, les interrogations muettes, mais continua son chemin sans rien dire. Elle n'avait pas remis les pieds ici depuis deux mois, presque jour pour jour. Les rumeurs devaient aller bon train. Rien de bien surprenant.

Il y en avait déjà eu avant, n'est-ce pas ? Les rumeurs avaient marché à ses côtés toute sa vie. Cela n'était pas nouveau, et cela ne s'arrêterait pas de sitôt.

Tout en gravissant les marches de linoléum noir, elle réalisa à quel point elle avait attendu ce coup de fil de Rudy Ô. Deux mois entiers. Elle avait fini par se dire que son supérieur ne la rappellerait plus. Qu'elle allait être définitivement mise à l'écart. Ni morte encore, ni totalement vivante.

Bien sûr, elle avait conscience d'avoir perdu pied. Après les événements dans le Sud, elle n'avait plus été elle-même. Au fil des mois, de vieux fantômes étaient revenus. Des choses qu'elle croyait avoir réglées, mais qui n'étaient qu'enfouies, mal dissimulées. Une partie d'elle s'était déchirée, et elle avait sombré, lentement, inexorablement. Cela ne servait à rien de se voiler la face : tout était de sa faute. Elle n'avait pas réussi à se contrôler.

Elle avait passé trois mois à traquer un de ces monstres. Un prédateur, un ogre, connu de tous et qui pourtant se dérobait systématiquement à la justice avec une arrogance sans retenue. Elle avait joué son va-tout et s'était introduite chez lui sans attendre d'obtenir la commission rogatoire. Elle avait fracturé son bureau et y avait découvert les photos d'enfants que cet homme conservait sur son ordinateur portable. Des photos sur lesquelles il figurait. Elle aurait dû prévenir sa hiérarchie, lancer une procédure qui aurait abouti à un emprisonnement peut-être. Deux ou trois ans derrière des barreaux, où il aurait pu ressasser tranquillement ses fantasmes avant qu'on ne le laisse sortir et qu'il ne recommence, avec cette même joie inextinguible. Elle n'avait prévenu personne. Elle l'avait simplement attendu. Et quand il était rentré, elle l'avait empoigné par les épaules et elle l'avait balancé par la fenêtre de son domicile. L'homme avait fait une chute de cinq étages avant d'atterrir sur un horodateur qui lui avait sectionné la colonne vertébrale en deux.

Son chef aurait dû ordonner sa garde à vue avant de la livrer en pâture à la justice. N'importe quel commissaire autre que lui l'aurait fait, ravi de se débarrasser d'un élément notoirement perturbateur. Au lieu de cela, il l'avait placée en disponibilité, le temps que l'enquête interne soit achevée. Il avait sorti le « parapluie », comme on dit. Eva avait conscience des risques qu'il avait pris pour elle.

Cela ne l'empêchait pas de lui en vouloir. Pas pour l'avoir mise à l'écart. Mais pour lui avoir collé cet âne de Deveraux aux basques – et, pour ça, elle lui en voulait *énormément*. Au travers de cette décision, le message de son supérieur était clair. Il lui montrait – et il montrait à tout le service – qu'ils avaient toujours besoin d'elle. Qu'elle était toujours une excellente flic, dont ils ne pouvaient se passer, et dont l'expérience leur serait précieuse. Mais il montrait aussi qu'il ne lui faisait pas *assez* confiance pour la laisser entièrement libre de ses mouvements.

Elle n'avait qu'à s'en prendre à elle-même. Ce qui était fait était fait. Ce n'était pas la première fois. Aussi loin qu'elle puisse se souvenir, sa vie tout entière n'avait été qu'une partie de montagnes russes. Elle avait déjà descendu cette pente. Et elle l'avait déjà remontée, à de nombreuses reprises.

Tout ce qui comptait, maintenant, c'était qu'elle pouvait se remettre au travail.

Elle était flic. Elle se *sentait* flic. Au plus profond d'elle-même. Coincer les tueurs, enrayer ce cancer qui rongeait l'humanité, cela constituait toute sa vie, rien de moins. Lambeau par lambeau, elle avait renoncé au reste de son existence.

En seulement huit ans de carrière dans la police, elle était devenue la meilleure. Tout simplement parce que ce dévouement constant l'empêchait de réfléchir.

Cela l'empêchait de se souvenir.

Troisième étage. Le labyrinthe des bureaux de la Criminelle. Et le sien, au détour de l'étroit couloir, tout au fond du bâtiment. Elle salua d'un air absent deux lieutenants qui prenaient leur café, accoudés à la rambarde.

— Eva, ça fait un bail, lui lança Florian Benavente.

— Pas jolie, cette affaire de découpeur, hein ? enchaîna Chris Mangin.

Elle les dépassa avec un sourire carnassier, son blouson en cuir jeté sur l'épaule.

— Ne m'en parle pas, Chris. Dites donc, tous les deux, vous ne devriez pas être en train de classer les enquêtes de voisinage ? Qu'on puisse se mettre au travail ?

— On y retourne, bougonna le lieutenant Benavente en froissant son gobelet vide.

— Vous feriez mieux. Je passe vous voir tout à l'heure pour tout récupérer.

Elle sentit leurs regards dans son dos, alors qu'elle traversait le couloir.

Elle poussa la porte de son bureau avec une certaine nervosité.

Deux mois d'absence. Une éternité. Pourtant, rien n'avait changé. Son bureau était tel qu'elle l'avait laissé, minutieusement rangé, les dossiers classés avec soin sur l'armoire. Personne ne s'y était installé en son absence. Personne ne semblait même y avoir pénétré.

Sur le mur, une myriade de photos – sa précédente affaire, celle qui avait causé sa chute – étaient encore punaisées, l'attendant en silence. Le pédophile Ugo Falgarde figurait sur la moitié de ces clichés. Les autres photos représentaient des enfants dont il avait abusé. À présent, la colonne vertébrale en kit, cet homme n'abuserait plus de personne.

Comme elle refermait doucement la porte, le bureau replongea dans sa pénombre habituelle. Et pour cause, cette pièce ne possédait ni fenêtre ni vasistas. Le seul éclairage parvenait de la grille du conduit d'aération, qui projetait de minces rayons de lumière. Il y avait bien une lampe, posée sur le bureau, mais elle l'allumait rarement. Peu de ses collègues passaient la voir car cette obscurité constante les mettait mal à l'aise. Eva, au contraire, s'en délectait. Elle s'installa sur son fauteuil et enleva ses lunettes, goûtant le plaisir d'être de retour dans son cocon. Elle huma l'éternelle fragrance de renfermé qui baignait cet endroit. Ce navire, dans lequel elle avait passé tellement de jours, et encore davantage de nuits.

Puis elle ouvrit les yeux et fit craquer ses jointures.

Elle avait assez rêvé.

— Au travail, ma grande, murmura-t-elle d'un ton décidé.

Tandis que son ordinateur démarrait, elle décrocha une par une les photos de Falgarde, pour les remplacer par celles prises le matin même.

Les corps sans visages de Barbara Meyer et d'Audrey Desiderio s'étalaient à présent devant elle.

Au-dessus de ces clichés, les photos des inscriptions retrouvées sur les lieux.

LES FILS SOMBRES SONT REVENUS

MAINTENANT FESTOYEZ ÉCARLATES

Cela sonnait comme une centurie de Nostradamus.

Une bien sinistre prophétie, en l'occurrence.

Eva accrocha ensuite la photo du cercle.

Le même cercle traversé de trois barres que les frères Salaville avaient peint dans leur salon.

Elle avait travaillé sur ces meurtres durant des mois, essayant de comprendre le sens des visages arrachés. Une telle mise en scène n'était pas sans rappeler les pratiques des Aztèques, qui sacrifiaient leurs prisonniers de guerre au Seigneur des écorchés. Comme le nom l'indiquait, la peau de ces sacrifiés était en effet retirée, leur cœur arraché et leur tête tranchée. Mais on n'était pas au Mexique précolombien, et par ailleurs les Aztèques consommaient la chair de ces victimes. Cela ne collait pas non plus avec les rites celtes d'écorchage et de décapitation. L'horreur perpétrée par les vampires de la montagne Noire relevait d'une autre nature. Laquelle exactement ? La question – et la frustration de la policière – demeuraient intactes.

Eva ne s'était peut-être pas intéressée à l'essentiel.

Le folklore du sang.

Ouvrant son sac, elle en sortit le livre qu'elle était allée récupérer dans sa collection. L'ouvrage était sobrement intitulé *La Comtesse sanglante*.

Une des premières pages représentait le blason de la comtesse hongroise Erzsébet Bathory.

Un dragon se mordant la queue, avec trois dents de loup, l'une au-dessus de l'autre, à l'intérieur.

Elle arracha cette feuille du livre et la punaisa à côté de la photo.

Un cercle entourant trois lignes horizontales.

Un dragon enroulé autour de trois dents de loup.

De nouveau installée dans son fauteuil, elle croisa les mains sous son menton et demeura pensive, comparant les deux images. Identiques. Évidentes. À la signification terrifiante, si ce qu'elle imaginait était vrai.

Elle se demanda comment elle allait l'expliquer à son supérieur.

24

— Autopsies ?

Le commissaire Rudy Ô, à l'instar de son nom de famille, était un homme de concision. Il savait toujours précisément ce qu'il voulait et, s'il y avait une chose qu'il détestait par-dessus tout, c'était bien perdre la moindre miette de son temps. À son poste, c'était un formidable atout.

Installé face à lui dans le bureau qui faisait également office de salle de réunion une fois par jour, le commandant Jean-Luc Deveraux se pencha au-dessus de la table et lui fit passer un tas de feuillets.

— Première victime : Barbara Meyer. Dix-neuf ans, étudiante. Elle a été attachée sur son lit et a reçu soixante-deux coups de couteau au total. La plupart de ces lacérations sont superficielles. Il est clair que son agresseur l'a torturée en faisant bien attention à la garder en vie le plus longtemps possible.

— Combien de temps ?

— Trois jours entiers, précisa Deveraux. On pense qu'elle était consciente jusqu'au bout. Le tueur disposait de l'immeuble à sa guise, vu que la seule voisine était partie chez ses parents pour la semaine. Il a pris tout son temps sans être dérangé. Il s'est servi d'une lame très tranchante, peut-être un outil chirurgical. Pas le moindre coup désordonné. Sauf ceux qu'il a donnés dans le sexe. Là, il semble qu'il se soit emporté, la lame a été enfoncée avec une telle brutalité qu'elle a fait éclater le pelvis. La peau du visage a été ôtée en tout dernier, mais du *vivant* de la victime. Juste avant de lui trancher la carotide. En outre, elle a perdu une grande quantité de sang, plus de trois litres, alors que moins d'un litre a été retrouvé sur la scène de crime. On suppose que le meurtrier a emporté le reste avec lui. Ça, et puis le visage de la fille, bien sûr.

Rudy Ô était attentif à chaque mot de son agent.

— Comme dans l'affaire des Salaville, l'an dernier.

— Exactement.

Assise également à la table, Eva Svärta restait silencieuse, impassible derrière l'écran de ses lunettes noires. Elle ne perdait pas un mot du rapport de Deveraux.

— Violée ?

— Peut-être, mais le vagin était dans un tel état que c'est impossible à établir. Ce qui est certain, c'est qu'il n'y avait pas de sperme sur la victime, ni la moindre trace d'ADN. Le tueur s'est douché et a tout nettoyé avec soin. Tout ce qu'on a pu relever, ce sont quelques empreintes partielles sur le couteau de cuisine enfoncé dans la gorge de la fille. Malheureusement, aucune n'est vraiment exploitable. Pour info, ce couteau appartenait à Barbara Meyer, mais ce n'est pas l'arme utilisée pour la torturer.

Deveraux déposa une autre pile de feuillets devant lui.

— Deuxième victime : Audrey Desiderio, journaliste, trente-neuf ans, petite amie supposée de la première victime. Même mode opératoire, même arme. Le tueur l'a ligotée avec de la corde avant de la poignarder à quarante reprises. Plusieurs organes perforés. Là aussi, la peau du visage a été intégralement pelée du vivant de la victime, et sa gorge tranchée ensuite. La mort a été plus rapide, mais l'assassin a mis le même soin à recueillir une quantité de sang, environ un litre, qu'on n'a pas retrouvée sur les lieux. Dans les deux cas, c'est le sang des victimes qui a servi à tracer les inscriptions.

— Les inscriptions. Oui.

Le commissaire observa les photos que venait de lui passer Deveraux.

Cette fois, c'est vers la policière qu'il se tourna.

— Alors ?

La fameuse question. Il fallait bien en arriver là.

Eva s'éclaircit la voix.

— Alors, la similitude avec le mode opératoire des frères Salaville est flagrante.

— Ce n'est pas ce que je te demande.

— Je sais, chef.

— Un copieur ?

Eva hésita un instant.

— Non. Ça nous arrangerait, mais je n'y crois pas. C'est justement ce qui m'inquiète.

Jean-Luc Deveraux poussa un sifflement d'exaspération.

— Voyons, Eva. La presse a parlé en long et en large des vampires de la montagne Noire. Il suffit de chercher cinq minutes sur Internet pour avoir accès à tous les détails. On peut même acheter des saloperies de tee-shirts à l'effigie des Salaville. N'importe lequel de ces admirateurs peut s'être mis en tête de les imiter.

— Je suis désolée, ce n'est pas aussi simple. Ces inscriptions faisaient partie des éléments qui n'ont pas été divulgués à la presse, j'y avais personnellement veillé. Les journalistes n'ont eu accès qu'à des clichés soigneusement sélectionnés. Même chose pour les miroirs brisés. Ce détail n'a jamais été rendu public.

— Tu sais très bien que les flics parlent si on leur file assez de liquide, rétorqua Deveraux.

— Toi, peut-être. Ne fais pas de ton manque d'éthique une généralité.

— Eva, tu t'arrêtes tout de suite, intervint le commissaire avant que Deveraux ne puisse poursuivre les hostilités.

Un silence nerveux s'installa autour de la table. Ô, le visage grave, ajouta à l'attention de Deveraux :

— Jean-Luc, tu peux fouiller dans cette voie si tu le souhaites. Les Salaville doivent avoir divers clubs d'admirateurs. Ce n'est pas une piste plus idiote qu'une autre.

Les pommettes d'Eva se crispèrent, mais le reste de son visage demeura parfaitement impassible.

Ô lui fit un signe de la tête.

— On t'écoute toujours, Eva.

Elle prit une longue inspiration, avant d'expliquer :

— Ce dont je suis certaine, c'est qu'on a affaire à un vrai sadique. Il est intelligent, et bien plus organisé que les Salaville. Chez lui, rien n'est laissé au hasard. Tout est prémédité, soigneusement préparé. Il n'a pas tué ces femmes avec la première arme à portée de main, il est en possession de son propre équipement. Il s'est également arrangé pour que ses victimes ne puissent pas se défendre. Il est capable de charcuter une fille pendant des heures, de crépir une pièce entière de sang, et ensuite d'aller prendre une douche pour ne laisser aucune trace. Je ne sais pas si vous vous rendez tous bien compte du *calme* qu'il faut pour pouvoir faire une telle chose. Une psychose pareille en est déjà à un stade très développé. Elle n'est pas arrivée comme ça, du jour au lendemain. C'est tout simplement impossible. Il lui a fallu une période d'incubation, qui prend en général plus de dix ans. Je suis à peu près certaine que notre tueur a un passé psychiatrique. Et qu'il a déjà fait ça avant. Plus d'une fois. Il faut absolument chercher les disparitions non résolues dans l'année qui s'est écoulée, en partant de l'Ariège.

Eva marqua un temps d'arrêt. Ses collègues l'observaient sans rien dire. Deveraux braquait un regard noir sur elle. C'était idiot mais cela l'amusa. Elle reprit :

— Il y a pourtant un point sur lequel nous sommes tous d'accord, c'est que ces deux meurtres ont un lien avec ce qu'ont fait les Salaville. Oui ?

Ses collègues firent un geste unanime du menton.

— Si j'insiste sur ce point, poursuivit-elle, c'est que le mode opératoire de ces massacres n'est pas juste similaire. C'est *exactement* le même. Je peux vous assurer que j'ai passé des centaines d'heures sur le dossier des Salaville. Qui étaient-ils ? Deux déséquilibrés classiques tuant en famille. Ce ne sont pas les premiers cas du genre, et, bien malheureusement, il y a peu de chances pour que ce soient les derniers que nous voyions au cours de notre carrière. Pourtant, le sentiment que j'en retire, c'est la certitude qu'on n'a jamais eu en notre possession la totalité des éléments. Il nous a toujours manqué une pièce capitale. Bien sûr, on connaît tout de leur mode opératoire, on sait parfaitement comment ils procédaient pour kidnapper leurs victimes. Mais ce qui est resté inexpliqué, c'est *pourquoi* ils découpaient les visages de leurs victimes. Et ce qu'ils ont bien pu faire de ces trophées. En ce qui me concerne, j'ai toujours pensé qu'ils suivaient un rituel minutieux. Je n'ai pas changé d'avis.

— Comme une sorte de secte ? suggéra Leroy.

— Exactement. Ce genre de rituel peut avoir une origine diabolique, comme de voler l'âme de ces filles. Un exemple bien connu est celui des découpeurs des bas-fonds, à Los Angeles. Il y a eu au moins deux tueurs successivement, Maxwell et Greenwood. Ils pensaient collecter des âmes pour le diable en assassinant des sans-abri. Maxwell laissait des inscriptions avec les différents noms de Satan, tout juste comme les Salaville l'ont fait. Quant à Greenwood, il buvait le sang de ses victimes directement à leur gorge tranchée, mais il lui arrivait de le recueillir dans des coupelles, et aussi de tracer des cercles de sel autour des cadavres.

Rudy Ô resta songeur.

Il étala les photos du grand cercle de sang.

— Tu crois que c'est ce que fait notre tueur ? Qu'il collectionne des âmes ?

— Ce n'est pas impossible. Les psychopathes qui tuent de manière rituelle ont souvent comme idée de plaire à une divinité quelconque. Dans le cas présent, tout ce qu'on sait, c'est que notre meurtrier est obsédé par le sang. Et, à ce sujet… Je crois que c'est le moment de vous montrer ce que j'ai trouvé…

Elle ouvrit une chemise et en retira l'ouvrage à la couverture blanche, qui portait le titre *La Comtesse sanglante*. À côté du livre, elle déposa l'image du dragon se mordant la queue.

— Qu'est-ce que vous pensez de ce symbole ?

Leroy fit pivoter la feuille dans sa direction.

— Ça ressemble aux dessins retrouvés chez les Salaville. Sans le moindre doute.

— Il s'agit des armoiries de la comtesse Erzsébet Bathory. Ou Élisabeth Bathory, si on préfère la forme moderne de son prénom.

Il y eut un bref silence.

Les trois hommes la dévisagèrent.

— C'est dans la Bible ? finit par interroger Leroy.

— On ne doit pas avoir eu le même catéchisme, Erwan. La comtesse Bathory était une aristocrate hongroise du XVIe siècle, et surtout une psychopathe sadique. Elle s'était entourée de quatre serviteurs qu'on disait sorciers, avec qui elle torturait ses servantes de toutes les manières possibles. Elle leur enfonçait des aiguilles sous la peau, par exemple, et elle criblait leur peau de blessures pour faire couler leur sang à flots, jusqu'à ce que mort s'ensuive. Le chiffre officiel est de trois cent cinquante victimes, ce qui fait d'elle la tueuse en série la plus prolifique que l'histoire ait jamais connue. Elle est restée dans les mémoires et dans le folklore hongrois sous le surnom de « Comtesse sanglante ».

— *Trois cent cinquante* victimes ? laissa échapper Deveraux. C'est une blague ?

— Tout cela est bel et bien arrivé. La Comtesse sanglante a inspiré la plupart des légendes de vampires modernes, au même titre que le prince Vlad Dracula. Elle était convaincue que le sang de jeunes filles effaçait les marques de l'âge. Elle s'en badigeonnait le corps, allant jusqu'à se baigner dans une baignoire remplie de sang dans le but de devenir immortelle.

— Et ça a marché ? gloussa Deveraux, de mauvaise grâce.

Eva ne releva pas le sarcasme.

— L'affaire a surtout pris de telles proportions que c'est sa propre famille qui a fini par lui faire un procès. La comtesse Bathory a été condamnée à être emmurée vive dans sa chambre. Elle est morte trois ans plus tard, en 1614 pour être précis.

Ses collègues fixèrent Eva. Leroy feuilleta le livre en silence, puis le passa à Deveraux. Celui-ci l'ouvrit à son tour, sourcils froncés, mais le referma presque aussitôt.

— Je pige pas. Quel est le rapport entre une Roumaine lesbienne morte depuis des siècles et notre affaire ?

— Hongroise, soupira Eva.

— Tu crois que notre tueur reproduit ces meurtres ? intervint Ô. Qu'il s'inspire du personnage de Bathory ?

— Je ne le crois pas, j'en suis certaine, chef. L'an dernier, quand j'ai étudié ces motifs et ces inscriptions, je me suis laissé perdre par le charabia que les Salaville avaient écrit sur les murs. Comme tous les noms de divinités possibles et imaginables y figuraient, je me suis retrouvée la tête surchargée de cérémonies sataniques, de rituels vaudous et africains. Pendant tout ce temps, je regardais du mauvais côté. La personne qui a commis ces actes barbares ne s'inspire pas de rituels occultes tels qu'on les connaît aujourd'hui, mais de ce qu'a fait la comtesse Bathory. Elle torture et tue exactement comme elle.

Elle fit une pause, pour ménager son effet.

Puis ajouta :

— Il se peut également que cette personne croie *être* Élisabeth Bathory.

Ses trois collègues continuaient de la regarder, perplexes.

— Tu veux dire que le tueur pourrait être une femme ? avança Ô.

— C'est ridicule, ne put s'empêcher de commenter Deveraux. Une femme !

— Pourquoi pas ? dit Leroy.

— Parce qu'une femme se sert pas d'arme blanche ! aboya Deveraux. On a *jamais* vu ça !

— C'est tout le problème, Jean-Luc. Je crois que nous sommes en face d'un tueur d'un genre que nous n'avons *jamais* rencontré jusqu'ici. Si les choses se présentent comme elles l'ont fait l'an dernier, alors ce tueur va continuer à sévir.

Deveraux marqua sa désapprobation en haussant les épaules.

Eva l'ignora et continua :

— Comme je le disais, la comtesse Bathory s'était entourée de serviteurs qui se chargeaient des basses besognes pour elle, comme faire disparaître les corps. On se trouve dans une relation typique de maître à esclave. Il est possible que les Salaville aient été ce genre de serviteurs au service du tueur. Ou de la tueuse.

— D'où la disparition des visages ?

— Je le pense. Le seul point commun entre ces filles, c'est qu'elles étaient toutes très belles. Élisabeth Bathory était totalement narcissique. La beauté des autres femmes la rendait jalouse.

— Comme la Reine maléfique avec Blanche-Neige ? hasarda Leroy.

— Tu as saisi l'idée.

— Ça ne peut pas être de la simple cruauté ?

— Pas avec autant de férocité. Il y a une volonté de déshumaniser ces filles au dernier degré. Enlever leur visage, c'est nier leur statut d'être humain. Je vous rappelle qu'on n'a jamais retrouvé ces trophées…

— Que le tueur a gardés en sa possession, conclut Ô.

— C'est ce que je crois. Qu'en pensez-vous ? demanda Eva.

Ô soupira.

— Que nous sommes dans la merde.

III

LES LOUPS

25

Dimanche,
8 heures

L'aube se levait à peine quand le 4 × 4 quitta l'A61 et continua à vive allure sur la départementale 119 qui s'enfonçait au cœur de l'Ariège. Le cercle du soleil montait lentement dans un ciel anthracite, au-dessus de la ligne pâle des Pyrénées.

Vauvert roulait, tout droit, sur l'asphalte humide.

L'esprit ailleurs.

Il venait de passer une nouvelle nuit sans sommeil. Il avait essayé, bien sûr, il était resté des heures allongé, fixant le plafond, à l'écoute des bruits de la ville, des soupirs des voisins dans leur chambre, des éclats de rires alcoolisés qui montaient de la rue. Mais dormir lui était tout simplement impossible. À 4 heures du matin, il s'était levé, il avait rallumé la télévision, et il s'était remis à éplucher le dossier. Immergé, submergé dans les flots de sang que les Salaville avaient fait jaillir.

Vingt-quatre filles assassinées en moins d'un an.

Enlevées à leur propre domicile. Dans trois départements.

Mais on n'avait jamais compris comment ils les sélectionnaient.

Pas plus qu'on n'avait jamais pu expliquer pourquoi ils s'étaient mis à tuer du jour au lendemain.

La clé était là. Il savait que la clé était là. Juste à portée de main, bon sang.

Peut-être encore dans leur ferme. Un détail qu'on aurait négligé l'an dernier. Quelque chose de nouveau, n'importe quoi pourvu que ce soit un début de piste.

Arrivant à une intersection, il vira sur la droite. Le 4 × 4 bondit hors de la route, s'engageant dans l'étroite bretelle.

En guise de chemin, il suivait une piste boueuse – en raison des pluies diluviennes qui s'y étaient déversées – et toute en lacets, bordée de hauts sapins et de clôtures surmontées de barbelés. Vauvert eut l'impression étrange de l'avoir empruntée quelques heures auparavant. Une année entière s'était écoulée. Un an déjà. Et rien n'avait changé.

La route était la même cicatrice rougeâtre au milieu des champs. Elle semblait fuir le monde de la réalité, s'enfonçant dans les terres brumeuses des montagnes hérissées de conifères noirs.

L'année dernière, il avait ralenti en arrivant ici, plus très certain de la direction à prendre. La commandante Svärta était assise sur le siège du passager. Ils avaient fait halte à une intersection, face à deux nouvelles pistes de terre qui partaient à droite comme à gauche dans les profondeurs des forêts ariégeoises. Vauvert s'était demandé s'il n'avait pas manqué une sortie.

Il savait à présent que non.

Il était dans la bonne direction.

Il ne ralentit pas. Il n'hésita pas la moindre seconde, cette fois, pour braquer à droite. Le 4 × 4 dérapa, laissant un éboulement de pierres dans son sillage, et poursuivit sa course à vive allure sur le chemin de chèvres.

Les lacets montaient à présent en côte abrupte.

Il enclencha les quatre roues motrices, exactement comme il l'avait fait l'année précédente.

Cette fois, le siège du passager était vide. Il n'y avait nulle jeune fille à sauver. Il s'agissait juste d'une expédition de routine. Pour poser un regard neuf sur une vieille scène de crime.

Alors pourquoi cette sensation de *déjà-vu* ne voulait-elle pas le quitter ? Comme si le passé et le présent se rejoignaient, se mélangeaient, de manière étrange et complexe. Tout au fond de lui, une petite voix semblait lui hurler : *Fais demi-tour. Tout de suite.*

Tout a été dit ici.

Fais demi-tour avant qu'il ne soit trop tard.

Bien sûr, il savait ce qu'était cette voix.

C'était son flair. La voix de ses sens les plus ancestraux. Son collègue et ami, le commandant Damien Mira, lui avait un jour dit que, selon lui, chacun avait un don spécial. Et que le sien, c'était celui-ci. L'instinct.

Damien avait sans doute raison. Il aurait fallu être idiot pour ne pas comprendre que, si ses sens étaient en alerte à ce point, c'est bien qu'il cheminait dans la bonne direction. Qu'il le veuille ou non.

Il fallait bien qu'il continue.

Tout à coup, la ferme apparut.

Elle se dressait au bout du chemin. Seule et grise. Un bloc de pierre rectangulaire, ceint d'un balcon décrépit au premier étage. Toutes les fenêtres étaient fermées.

Vauvert stoppa son véhicule dans l'allée. Au même endroit qu'un an auparavant.

Il posa un pied au sol, écoutant, humant l'air.

La ferme était parfaitement silencieuse, à l'image du paysage alentour. Pas un chant d'oiseau, ni le moindre coassement de grenouille. Même aujourd'hui, après tout ce temps, les animaux se tenaient toujours à l'écart de cet endroit.

Tu devrais en faire autant, susurrait la petite voix.

Il claqua la portière et fit quelques pas dans l'allée.

La pluie avait laissé le sol gluant. Ses rangers émettaient des bruits de succion.

Il atteignit la porte d'entrée. Cette même porte à travers laquelle Claude Salaville lui avait tiré dessus. Il constata que les scellés étaient intacts. Les éventuels héritiers n'avaient pas jugé bon de récupérer leur bien. On ne pouvait pas les en blâmer.

Vauvert fut d'abord tenté d'arracher les cachets de cire pour pénétrer dans la maison, mais se ravisa. Il entreprit de contourner la bâtisse, songeant de manière confuse qu'il continuait de reproduire son parcours.

Le portail couvert de barbelés se tenait toujours là. Il était fermé, mais personne n'avait remplacé le cadenas sectionné par l'équipe d'intervention. Vauvert poussa de tout son poids contre les grilles de fer, qui grincèrent et craquèrent, s'ouvrant à moitié.

Il se faufila entre les deux battants.

26

Comme tout le reste, la cour de la ferme était inchangée. Déserte et boueuse, plongée dans ce même silence irréel.

Avec, pourtant, une différence notable : les intempéries avaient lavé le sol. De tout le sang répandu, il ne demeurait que des zones brunes. Ou peut-être juste un vague souvenir dans sa mémoire.

Un souvenir qu'Alexandre Vauvert revivait avec une désagréable netteté.

Il s'efforça de chasser ces pensées.

Si l'endroit était resté intact, alors peut-être que des indices demeuraient, tout aussi préservés, quelque part. C'était tout ce qu'il fallait garder en tête.

Il traversa la cour, lentement, en direction de la grange.

On avait brisé les scellés sur la porte.

Ce qui constituait une première anomalie.

Par ailleurs, cette porte était entrouverte. Une invitation.

Le cœur du policier s'accéléra.

Il était trop tard pour faire machine arrière. Il fallait qu'il sache.

Il tira sur le pan de bois.

(*Envahi par une sensation*)

Qui s'écarta en grinçant.

(*de déjà-vu.*)

L'odeur suffocante le prit à la gorge.

Vauvert dégaina son arme.

Rien ne bougeait dans la grange.

Il n'entendait rien. Que le souffle du vent dans les arbres. Peut-être s'agissait-il uniquement de son imagination.

Vauvert empoigna de nouveau le premier battant et l'ouvrit en grand, avant de faire de même avec le deuxième.

À présent, un flot de lumière pénétrait dans la grange, illuminant ses moindres recoins.

Son arme au poing, Vauvert se positionna dans l'ouverture, essayant de déterminer la cause de la puanteur.

Les lieux semblaient tout à fait déserts. Les étagères étaient désormais vides. Il n'y avait plus aucune chaîne pendue aux poutres, plus aucun croc de boucher ni aucun bac ensanglanté. Tout cela avait été emporté, étiqueté et classé comme pièces à conviction.

Ne restait qu'un vaste espace au sol de paille moisie et aux murs de pierres lépreuses.

Alors d'où venait cette odeur pestilentielle ?

S'avançant dans la grange, Vauvert remarqua de petits monticules noirs qui jonchaient le sol. Il s'agissait de la source de la puanteur. *Des déjections*, voilà ce que c'était. Juste des excréments. Des animaux avaient élu domicile dans cette grange et y avaient fait leurs besoins.

Quelles que soient ces bêtes, elles étaient reparties.

Alexandre Vauvert observa attentivement les lieux, sans baisser son arme pour autant.

Les murs étaient toujours couverts d'inscriptions sans queue ni tête, vieux souvenirs délavés que le temps achevait de déliter sur les pierres.

Sauf sur le mur du fond.

Là, les mots étaient parfaitement lisibles.

Le sang qui avait servi à tracer les lettres était encore rouge et humide.

Vauvert se figea.

Il pouvait lire, en grandes majuscules :

SEIGNEURS DE LA MORT
ET DE LA RÉSURRECTION
ABANDONNEZ VOTRE HABITATION
FESTOYEZ ÉCARLATES

Son arme toujours brandie de la main droite, il sortit son portable du revers de son blouson.

Sur l'écran du téléphone défilait une suite de lettres.

```
D I S E E B E H
I S A R T R I E
S A R G E I R B
E R B O N E T E
E T O N O G R E
B A R O B R A S
E R A T R A S I
H E B E E S I D
```

— Qu'est-ce que c'est que ce délire ?

Il éteignit et ralluma le téléphone, qui cette fois s'afficha correctement.

Mais ne captait toujours pas de réseau.

— Merde.

Il s'en servit tout de même pour photographier l'inscription. Puis il se retourna et prit plusieurs autres clichés des excréments épars. C'était tout ce qu'il pouvait faire pour le moment.

Son estomac continuait de se tordre.

Il se dirigea vers la sortie, toujours aux aguets.

À l'extérieur, la lumière baissait. D'épais nuages noirs s'amoncelaient dans le ciel.

L'orage n'allait pas tarder à éclater, et s'il se révélait aussi violent que celui de la veille, Vauvert se trouverait pris sous un véritable déluge.

Il traversa la cour à la hâte, en direction de la maison.

Et s'arrêta devant la porte de derrière.

Elle aussi était entrouverte. Les bandes des scellés semblaient avoir été arrachées depuis longtemps.

Le policier leva son arme.

Il poussa la porte du pied.

L'intérieur de la bâtisse était plongé dans la pénombre.

Un éclair traversa le ciel. Quelques instants plus tard, le tonnerre grondait, lourd, menaçant.

Vauvert pénétra dans la maison.

Ici aussi, l'odeur l'assaillit. La puanteur d'excréments avait tout imprégné.

Ce détail mis à part, les lieux semblaient déserts.

Fais demi-tour. Maintenant, avant qu'il ne soit trop tard.

Décrochant la Maglite de sa ceinture, il fit jaillir un rayon de lumière qu'il braqua sur le sol. Le carrelage était couvert de déjections noires.

Il y avait autre chose, derrière ces relents.

Tu ne sens pas ? L'odeur du sang.

C'était ce que lui avait dit Eva, l'an dernier.

Mais à présent ? Pouvait-il vraiment percevoir cette odeur ? Ou bien était-ce son esprit qui lui jouait des tours ?

Il ne savait plus.

Il n'était plus certain de rien.

Au-dehors, le tonnerre déroula de nouveau son grognement sauvage, bien plus proche.

Vauvert orienta la torche vers les murs. Les inscriptions étaient toujours là, se chevauchant. Il reconnaissait certains des noms inscrits avec frénésie sur le papier peint. *Sekhmet, Adonaï…* Des noms empruntés à toutes les religions. Et en leur centre, le grand cercle tracé avec du sang. Il le devinait, brun et défraîchi à présent, dans le faisceau de la Maglite.

Il balaya les murs, à la recherche de marques plus récentes.

Il n'en trouva aucune.

À intervalles réguliers, il jetait un œil à son téléphone.

Celui-ci ne captait toujours aucun réseau.

Arrivé sur le seuil de la porte, il observa le salon derrière. Tout y était immobile. Des particules de poussière dansaient dans le rayon de lumière. Il se souvint que c'était ici qu'Eva avait découvert le corps de la fille avec le couteau enfoncé dans le sexe.

Dans le canapé, qui était resté là-bas, au centre de la pièce.

Vauvert l'illumina. Il avança avec précaution.

Et s'arrêta net.

Il y avait une silhouette recroquevillée sur le canapé.

Une forme maigre, recouverte d'une sorte de plaid en fourrure.

— Holà, police, s'identifia Vauvert en braquant la Maglite d'une main, et son arme de l'autre.

La silhouette bougea.

— Police ! Je veux voir vos mains !

La silhouette se retourna et se déplia.

Sur ses quatre pattes.

La fourrure n'était pas un plaid.

C'était un loup, qui se tenait sur le canapé.

Un grand loup noir, aux yeux étincelants comme des miroirs.

— Oh, bordel, grogna Vauvert en faisant un pas en arrière.

Il vit l'autre porte s'entrouvrir.

Un deuxième animal, oreilles dressées et poils hérissés, pénétra dans la pièce.

Vauvert les jaugea à tour de rôle. Il devait transpirer la peur. Cela faisait-il de lui une proie pour ces bêtes ? S'il tirait sur l'une, l'autre aurait-elle le temps de lui sauter dessus ?

Il ne tenait pas à tenter l'expérience. Il voulait juste sortir de cet endroit. Vite.

Il fit un pas de plus en arrière.

Il éteignit sa torche. Pourtant, devant lui, il voyait toujours les yeux des animaux. Quatre petites flammes rouges brûlant dans l'ombre. Les yeux des loups étaient-ils censés luire comme ça ?

Non. Ils ne le peuvent pas. Tout comme les loups n'ont pas les yeux rouges. Pas en dehors des cauchemars.

Il prit conscience, non sans une vive terreur, que c'était ça, sa sensation de déjà-vu.

Il se trouvait face aux loups de ses rêves récurrents.

Il était en train de chavirer dans ses putains de cauchemars.

Il sentit enfin la porte contre son dos.

Les deux loups bondirent sur lui.

Il se jeta dans l'interstice et claqua la porte.

27

Alexandre Vauvert traversa la cour en courant.

Quoi qu'il se passe ici, ce n'était pas normal.

Il devait appeler des renforts.

Il atteignit le portail et jeta un regard à son téléphone. L'écran était, une fois de plus, occupé par le même message hermétique.

```
D I S E E B E H
I S A R T R I E
S A R G E I R B
E R B O N E T E
E T O N O G R E
B A R O B R A S
E R A T R A S I
H E B E E S I D
```

Il n'eut pas le temps de se poser de question sur sa signification. Les volets s'ouvrirent sous une brusque poussée et un des loups bondit à l'extérieur. Yeux rouge sang braqués sur lui.

Le deuxième le suivit quelques instants plus tard.

Les deux bêtes noires s'écartèrent et prirent position de part et d'autre du portail. Lui coupant toute retraite de ce côté-là.

Vauvert se dressa, les deux mains nouées sur son arme brandie à bout de bras. Hésitant à presser la détente. Pourquoi ces maudits animaux ne fuyaient-ils donc pas ?

Il ajusta son tir sur le loup le plus proche – et il aurait juré que celui-ci l'avait compris. L'animal se ramassa et bondit sur le côté au moment où il faisait feu. La balle frappa la boue, soulevant un jet de matière sombre.

Les deux bêtes se mirent en mouvement ensemble, comme si elles s'étaient concertées.

Elles accoururent vers lui.

Vauvert tira de nouveau.

Frôlant un des loups. Qui avait esquivé, il en était certain.

Il tira encore.

Plusieurs fois.

En rafale.

À son sixième ou septième coup, il toucha enfin l'animal en plein poitrail. Le loup fit un bond et poussa un hurlement qui était comme le cri de dizaines de bébés, du sang s'échappant de sa gueule.

Mais il se releva tout de même. Pour tuer. Ses yeux brillaient, d'une lueur rouge de haine à l'état pur.

Il bondit sur le policier, gueule ensanglantée ouverte en grand, crocs comme des rasoirs.

Vauvert tira une ultime fois. Il l'atteignit en pleine tête. Le loup se plia en deux, comme électrocuté, et s'écrasa à ses pieds, l'éclaboussant d'un jet de boue.

Il leva son arme vers l'autre bête.

Celle-ci n'était plus en vue.

Vauvert se plaqua contre le mur de la maison. Il tourna sur lui-même, braquant son arme dans toutes les directions. Le deuxième loup avait quand même fini par détaler.

Mais Vauvert ne l'avait pas vu s'éloigner.

C'était anormal.

L'animal s'était trouvé à une dizaine de mètres du portail.

Il l'aurait aperçu, s'il était reparti dans cette direction.

Alors, par *où* avait-il bien pu s'enfuir ?

Vauvert cligna des yeux. Il se demanda s'il pouvait se fier à ses sens. Jamais chose pareille ne lui était arrivée.

Il se tourna vers l'animal qu'il avait abattu.

Il le chercha des yeux, tout autour de lui.

Il n'y avait plus la moindre trace de cette bête non plus.

Aucun cadavre, là où le loup était tombé, où sa dépouille aurait dû se trouver, une balle dans la tête.

En d'autres circonstances, Vauvert aurait pensé devenir dingue.

Au fil du temps, il avait appris ce que cela signifiait, d'être un flic. D'être celui qu'on payait pour plonger la tête dans les zones bourbeuses, dans le sang et les crises de haine, afin de les épargner au reste de la société. Et il y avait plongé, chaque fois, et il en était sorti toujours un peu plus sali. Mais toujours debout.

C'est donc debout qu'il observa cette cour de ferme, cherchant à calmer l'afflux de sang dans sa poitrine.

Cela ne sert à rien de paniquer.

Il ne comprenait pas ce qui venait de se passer, certes.

Cela n'en était pas moins une affaire qu'il devait résoudre.

En quinze ans, il avait vu son lot de choses étranges. Des choses qui ne se racontent pas dans les rapports.

L'instinct du flic.

Il baissa les yeux. Son pantalon de treillis était maculé de boue. C'était le loup, en s'effondrant, qui l'avait éclaboussé. Il n'avait donc pas rêvé.

S'approchant du mur, il observa les impacts de ses balles sur les pierres. Un des projectiles avait fendu en deux le bois du volet.

Il avait pourtant cru toucher cet animal. À deux reprises.

Il s'accroupit, scrutant le sol.

Les douilles que son arme avait éjectées étaient éparpillées dans la boue.

Il aperçut également deux objets de plomb mat.

Il sortit une paire de gants en latex, ainsi qu'un sachet, de sa poche.

Avec mille précautions, il recueillit les balles, entre le pouce et l'index.

Il n'était pas expert en balistique, mais il voyait bien qu'elles étaient écrasées. Elles portaient des signes de fragmentation, qu'on trouve habituellement sur les projectiles ayant traversé un corps et brisé des os.

Toutes les deux étaient couvertes de sang.

28

Dimanche midi

Vêtue de son tee-shirt bleu azur à l'effigie de Corto Maltese (pour lequel elle éprouvait une profonde affection) et confortablement installée dans son canapé, Leïla Amari prenait son petit déjeuner en regardant *Drôle de frimousse* sur son immense écran. Elle possédait toute une collection de comédies musicales, qu'elle connaissait par cœur, mais qu'elle ne se lassait pas de revoir. D'une certaine manière, ces films colorés la ramenaient dans ce temps lointain et sublimé, empli de joyeuse insouciance, où on pouvait chanter et danser sous la pluie sans se faire interner.

C'était son petit plaisir secret, en quelque sorte. Sa bulle intime, dont elle avait un besoin vital. Elle passait tous les autres jours de la semaine à arpenter des scènes de crime déprimantes, les pieds dans le sang, à relever des traces de poudre ou d'ADN, ou bien penchée sur ses écrans, dans les bureaux, où les analyses de ces mêmes indices dévoilaient chaque jour davantage de secrets macabres. Leïla avait beau aimer son travail, elle avait beau être parfaitement heureuse de diriger sa propre équipe, le dimanche, juste l'espace d'un après-midi, elle tenait à pouvoir ne rien faire du tout.

Elle se versa une nouvelle tasse de thé aux fruits rouges, les yeux rivés sur son film. Fred Astaire dansait et chantait en duo avec Audrey Hepburn dans un décor champêtre et pastel totalement artificiel, entre des allées et venues de tourterelles blanches et de cygnes endormis. L'instant n'aurait pu être meilleur.

Jusqu'à ce que la sonnerie ne la dérange dans sa rêverie, sonnant le glas de son dimanche.

Elle n'attendait personne. En maugréant, elle mit la vidéo en pause et se dirigea jusqu'à l'interphone de la porte d'entrée.

— Oui ?

— *Leïla, c'est Alexandre. Une urgence.*

Elle actionna l'ouverture de la porte et attendit que son collègue gravisse l'escalier. Sa silhouette massive ne tarda pas à apparaître en haut des marches. Il s'arrêta sur son palier, et observa la scientifique, qui n'était vêtue que de son tee-shirt, d'un caleçon visiblement trop grand pour elle et d'épaisses chaussettes rose pâle.

— Oui ? lui demanda-t-elle à nouveau.

— Ton téléphone est éteint.

— Parce que je ne suis pas en service.

— Maintenant, tu l'es.

Exactement ce qu'elle redoutait. Elle lui fit signe de la suivre à l'intérieur. Sur le téléviseur, Fred Astaire restait figé en plein entrechat. Adieu, le monde imaginaire où les gens étaient toujours heureux. La jeune femme coupa l'image. L'écran vira au noir.

— Je suis désolé de te déranger ainsi, s'excusa Vauvert.

— Si tu me disais plutôt ce que tu veux ?

— Oui. Voilà.

Il sortit un sachet transparent de sa poche. À l'intérieur, elle aperçut deux bouts de métal ensanglanté. Leïla fronça les sourcils.

— Des balles ?

— Oui.

Elle récupéra le sachet et le contempla attentivement.

— Je peux savoir d'où elles proviennent ?

— Ce sont les miennes.

D'accord. Elle commençait à comprendre.

— Tu t'es encore mis dans de beaux draps, c'est ça ?

— Pas encore. Mais j'ai besoin que tu analyses ce sang aussi vite que possible.

— Sur qui est-ce que tu as tiré ?

— Ne t'en fais pas, ce n'était qu'un animal.

La jeune femme soupira.

— Un animal, hein ?

— Oui.

— Et tu veux me faire croire que tu es allé extraire tes propres balles du corps d'une bestiole ? Tu me prends pour qui ?

— À vrai dire, je ne les ai pas vraiment extraites, bredouilla Vauvert. C'est…

Il fit un geste vague.

— Ce serait trop compliqué à expliquer. Mais je dois absolument savoir de quel animal il s'agit.

La jeune femme inclina la tête.

— Parce que tu ne le sais pas ?

Elle ne put s'empêcher de ricaner.

— Je pense que tu me prends *vraiment* pour une blonde, Alex. Mais je ne vais pas te forcer à me dire la vérité, je suppose que tu as tes raisons. En revanche, le labo est fermé aujourd'hui, on est dimanche.

— Tu es chef d'équipe, Leïla. Tu y entres et tu en sors quand tu veux.

Comme d'habitude, cela ne servait à rien d'essayer de discuter avec Vauvert, le bonhomme était une tête de mule. Mais c'était aussi un ami, et elle savait que si c'était *elle* qui avait eu le moindre problème, elle n'aurait pas eu à se justifier. Vauvert aurait envoyé au diable toute excuse procédurière pour lui porter secours.

— Cela ne peut vraiment pas attendre demain, hein ?

Il cala son regard dans le sien.

— Est-ce que je serais ici, si ce n'était pas d'une urgence capitale ?

— C'est bien ça qui m'inquiète.

Elle baissa les yeux sur ses jambes nues.

— Mon petit clou, est-ce que tu me laisses enfiler quelque chose avant d'y aller, ou tu veux aussi que je me rende au bureau à moitié à poil ?

29

Comme l'avait dit Amari, les locaux de la police scientifique étaient effectivement déserts.

Vauvert s'était installé dans le fauteuil de son bureau tandis que la jeune femme fouillait dans l'armoire, y récupérant une fiole de sérum.

— Tu ne veux toujours pas me dire de quel animal cela provient ? insista-t-elle en ouvrant sa boîte à prélèvement. Ça nous ferait économiser du temps.

Vauvert se racla la gorge.

— Je préfère que tu le détermines, toi.

— Comme tu veux. Je vais effectuer les analyses étape après étape, de toute manière.

Elle s'était munie d'un coton-tige avec lequel elle préleva une petite quantité de sang sur une des balles, qu'elle plongea ensuite dans une goutte de sérum.

Quand le précipité vira au rouge fluorescent, Leïla Amari fit la moue.

— Quoi ? demanda Vauvert.

Elle se tourna vers lui, le visage empreint d'inquiétude, et de colère qui montait.

— Arrête de te moquer de moi, maintenant. Dis-moi ce qui est arrivé.

— Pourquoi ? Que se passe-t-il ?

— Il se passe que ce n'est pas du sang animal, Alex.

Vauvert afficha un air stupéfié.

— Pas du sang animal ?

Elle le fusilla du regard.

— Je ne sais pas ce que tu as fait, mais c'est grave. C'est du sang humain, sur cette balle. Je ne peux pas te couvrir sur un truc comme ça. Sur *qui* as-tu tiré ?

— Je l'ignore, Leïla. Je te jure que c'est la vérité.

— Tu ne me feras pas avaler ça. Tu as extrait ces balles. Tu as bien vu le corps dans lequel elles étaient.

Il baissa la tête.

— Tu ne me croirais pas.

Il se pinça le nez entre le pouce et l'index. Puis il leva les yeux vers la scientifique, qui le dévisageait toujours.

Il lui montra du doigt les machines alignées sur le plan de travail.

— Combien de temps te faut-il pour effectuer un séquençage ADN et comparer le résultat à la base générale ?

— Avec le nouveau matériel, je peux le faire en moins d'une demi-heure. Tu crois que la personne sur qui tu as tiré est fichée ?

— On peut tenter le coup, non ?

Au fond de lui, il ne savait pas vraiment ce qu'il espérait, ni même ce qu'il redoutait.

Ce qui se produisait était tellement fou, de toute manière.

Il s'en alla fumer à la fenêtre du couloir pendant qu'Amari se chargeait d'isoler un brin d'ADN et de lancer le séquenceur.

Il avait fumé six cigarettes et s'en allumait une septième quand elle revint le voir, le visage blême, pour lui donner le résultat.

Vauvert sentit le monde appuyer très lourdement sur ses épaules.

Il resta un moment à la fenêtre, observant le canal en contrebas, le ciel lourd au-dessus des immeubles, avant de finalement se décider, sachant que tout ce qu'il ferait à présent allait entraîner la chute d'une série de dominos, et que tout ne tarderait pas à lui glisser des mains comme du sable. Il poussa la porte des escaliers. Un étage plus bas, il déboucha dans les locaux de la PJ.

Ce que venait de lui annoncer Leïla Amari l'ébranlait jusqu'au vertige.

La comparaison de séquences ADN.

Impossible.

Inexplicable.

Il lui faudrait bien trouver une façon d'en informer ses supérieurs. Ou alors, il devrait leur mentir. Ce genre de choses n'était pas envisageable sur un procès-verbal, c'était aussi simple que ça. Quoi qu'il puisse se passer à partir de maintenant, Vauvert savait que cela se retournerait contre lui à un moment ou à un autre. Ou, en d'autres termes, il se trouvait bel et bien enlisé dans les emmerdes jusqu'au cou.

Il ne pouvait plus reculer, pourtant.

Poussant la porte de la salle de repos, il y trouva l'équipe d'astreinte au complet. C'est-à-dire deux lieutenants et un commandant, Sébastien, Nicolas et Christophe. Les hommes étaient en train de jouer aux cartes, et levèrent un regard intrigué en l'apercevant.

— Écoutez, les gars, je ne vais pas y aller par quatre chemins. Je reprends le dossier des frères Salaville depuis le début.

— Les vampires de la montagne Noire ?

— Précisément. Je sais que le cas est froid, mais de nouveaux éléments me poussent à croire qu'on a loupé un troisième homme.

— Tu as besoin de quoi ?

— Que vous retourniez dans leur ferme. Vous partez armés.

Les trois hommes échangèrent un regard inquiet.

— Que se passe-t-il au juste ?

— J'y suis allé ce matin. J'ai pu constater qu'il y avait eu du mouvement. Peut-être leur complice, peut-être pas. À vous de me rapporter un état des lieux complet. Quelqu'un a laissé de nouvelles inscriptions sur les murs de la grange. C'est écrit avec du sang, et c'est tout frais. Vous me faites des prélèvements de tout ce qui vous semble suspect. Vous me ramenez aussi tout ce que vous pouvez comme traces animales. Il y a des excréments un peu partout, dans la baraque comme dans la grange.

— Des excréments ? grinça Nicolas. C'est quoi, cette histoire ? Des excréments de quel animal ?

— Je n'en sais encore rien à ce stade. Il est *possible* qu'il s'agisse d'excréments de canidés.

— Hein ?

— De loups, précisa Vauvert. Ou d'autre chose, je ne sais pas. Je veux juste en être sûr. Vous comprendrez par vous-mêmes, une fois que vous serez sur place, croyez-moi.

— Tout de suite ? insista Sébastien. Pour aller chercher des merdes de loups ? On est les seuls d'astreinte…

— Et moi je suis votre supérieur, déclara Vauvert d'un ton sans équivoque.

Les trois hommes se levèrent en râlant et partirent se préparer.

Vauvert se retrouva seul dans la salle de repos.

Il y demeura une minute, inspirant doucement par le nez, observant les cartes que ses collègues avaient laissées sur la table en plastique.

Quand il fut assez calme, il poussa la porte et remonta le couloir.

Il toqua à la porte de la seule personne qui pourrait l'écouter sans le juger.

30

Quand il eut fini son récit, Vauvert porta à sa bouche sa canette de bière et l'acheva d'une gorgée.

Il se trouvait dans le bureau du commandant Damien Mira. Son collègue était assis face à lui. Il se fendit d'une expression pensive, ce qui fit remonter ses joues grasses. Chaque année qui passait, Mira prenait un peu de poids. À cinquante ans, un sacré paquet d'années était passé.

— Dis-moi, tu ne comptes pas écrire ce genre de choses dans ton rapport ?

Vauvert eut un gloussement nerveux.

— Tu plaisantes ? Bien sûr que non, je ne peux pas écrire ça, Damien !

— C'est déjà ça.

Mira observa la feuille, sur le bureau, contenant la comparaison d'empreintes génétiques qu'avait effectuée Amari. Pour la dixième fois au moins, il relut le nom qui y figurait. Et pour la dixième fois fronça les sourcils.

— Soyons clairs. Il n'y a aucune possibilité que ce soit une erreur ?

— Aucune, assura Vauvert. La comparaison est fiable à cent pour cent.

— D'accord. Il s'agit donc du sang d'un des frères Salaville.

— De Roman Salaville, oui.
— Un homme qui est mort, dit Mira.
— C'est ce que je croyais, murmura Vauvert.

Il eut un geste vague, puis ouvrit une nouvelle canette de bière et en but une lampée avant de continuer :

— Sérieusement, j'ai vu ce fumier ouvert en deux sur la table d'autopsie, l'an dernier, et il avait l'air tout ce qu'il y a de plus mort. Je n'y comprends plus rien.

Mira afficha un air pensif. Il ôta ses énormes lunettes d'écaille et entreprit de les essuyer avec un chiffon.

— Mais la chose sur laquelle tu as tiré, elle ne ressemblait pas à ce type.
— Je t'ai déjà tout expliqué.
— Oui. Tu m'as dit que ça avait l'apparence d'un loup.
— *Deux* putains de loups. Avec des yeux comme des lasers. Je n'avais jamais rien vu de semblable, je te jure.
— Tu n'as pas la moindre idée pour une explication plausible ?
— Que veux-tu que je te dise ? Il n'y en a aucune. C'est tout simplement impossible.
— Eh bien, si tu me le demandes… oui, avoua son collègue. C'est impossible.

Il remit ses lunettes sur son nez.

— Il y a une chose amusante dans ton récit, pourtant.

Vauvert leva un regard cerné.

— Amuse-moi, alors.
— Ces deux types, la presse les a surnommés « les vampires de la montagne Noire ».

— Ils leur trouvent toujours des surnoms débiles. Qu'est-ce qu'il y a de si drôle ?

— Eh bien, toute ton histoire, telle que tu me l'as racontée en tout cas, elle me fait penser à l'histoire de Dracula.

— Dracula ? Je ne te suis pas.

— Tu n'as jamais vu les films ? Le scénario est toujours un peu le même. Le vampire est entouré de loups qui gardent son château. Il choisit des serviteurs dans les couches les plus basses de la population, des esprits faibles, faciles à contrôler. Une fois soumis à sa volonté, ces malfrats se chargent de lui trouver les victimes dont il a besoin pour se nourrir. Dans l'histoire du comte Dracula, son serviteur se nommait Renfield, si je me souviens bien.

Vauvert acquiesça.

— D'accord. Tu es en train de me dire que les Salaville auraient été des sortes de Renfield ? Des serviteurs d'un prince des ténèbres, qui effectueraient les sales besognes pour lui, lui permettant de rester invisible ?

— Voilà, gloussa Mira. Métaphoriquement parlant, hein.

Alexandre Vauvert ne fit aucun commentaire.

Métaphoriquement ou pas, lui ne trouvait pas ça drôle du tout.

Cela faisait déjà plus d'une heure et demie que ses hommes étaient partis, et il n'avait toujours pas de nouvelles d'eux.

Il commençait à s'inquiéter.

Quand le téléphone se mit enfin à vibrer sur la table, il se jeta dessus.

— *C'est Sébastien. Ça fait dix minutes que j'essaie de t'appeler. Ça capte très mal ici.*

— Comment ça se passe ?

— *Tu te moques de nous ? C'est quoi, la blague ?*

Vauvert sentit son estomac se serrer.

— Pourquoi ? Il y a eu un problème ?

— *Mais non. Il n'y a rien du tout à signaler, justement. La seule chose qu'on a notée, ce sont des impacts de balles, au niveau du portail. Il y a eu une fusillade ici.*

— Ce sont mes balles. Je ferai un rapport. Mais les excréments…

— *Il n'y a aucun excrément, Alex.*

— Il n'y en a pas ?

— *Bien sûr que non. Tout est parfaitement propre. Je trouve même que c'est flippant, cette absence d'animaux autour de cette ferme. Je n'ai pas encore entendu un seul oiseau dans le coin.*

— Les inscriptions, insista-t-il, le sang affluant dans ses tempes, lui donnant le vertige. Tu as bien vu les inscriptions, au fond de la grange. On s'est servi de sang frais.

— *Rien qui ne date de l'an dernier. On a tout vérifié plusieurs fois.*

— Tu es certain ?

Il y eut un silence de plusieurs secondes.

— *Je ne comprends pas où tu veux en venir, mais ce n'est pas drôle.*

Vauvert ne sut quoi lui dire.

— *On rentre. On compte sur toi pour t'occuper de la paperasse. Le chef va nous tanner pour qu'on justifie notre déplacement en Ariège.*

— Alors ? demanda Mira.

Vauvert émit une onomatopée. La situation s'emballait. Il observa son téléphone, minuscule dans son énorme main. Faisant coulisser le clapet, il chercha le dossier où étaient enregistrés ses fichiers images. Plusieurs miniatures indiquaient les photos qu'il avait prises dans la ferme.

Il les fit défiler, une par une.

Il ne retrouvait plus la moindre trace des boules noires qui avaient maculé le sol de la grange. Les excréments avaient disparu des images.

— Ce n'est pas possible.

Il avait également pris trois photos du mur. *SEIGNEURS DE LA MORT ET DE LA RÉSURRECTION*. Il ne pouvait pas avoir imaginé ça aussi.

Il fit défiler les photos et les afficha en grand.

Observant le mur nu.

Sur lequel il n'y avait plus la moindre trace de sang.

Sur aucune de ces trois photos.

Alors seulement Alexandre Vauvert éteignit son téléphone, et il le repoussa sur le bureau, où il l'observa longtemps. Puis il se prit la tête dans les mains, fermant les yeux.

— Damien, je crois que je deviens dingue.

31

Paris,
Dimanche soir

Il faisait nuit quand Eva rentra chez elle à bord de son Audi. La pluie tombait à verse, en lignes droites et épaisses, marquant sur les trottoirs des milliers d'impacts rageurs. Les caniveaux s'étaient chargés de fleuves noirs qui descendaient la rue en folles cascades, et Eva devait faire attention car elle n'y voyait pas grand-chose à travers son pare-brise.

Ce n'est qu'au tout dernier moment qu'elle aperçut la silhouette. La personne était drapée dans un grand manteau qui n'avait pas réfléchi l'éclat des phares. Elle se tenait au bord du trottoir, légèrement courbée en avant, la capuche de son vêtement abaissée, et la voiture passa dangereusement près d'elle.

— Abruti ! pesta Eva en donnant un brusque coup de volant.

Elle chercha à apercevoir l'individu dans son rétroviseur, mais ne distingua que la forme de son manteau, et l'éclat d'un visage étonnamment blanc tourné vers elle.

Elle se dit que cet imbécile allait finir au tapis s'il s'amusait à traverser ainsi sans regarder.

La seconde d'après, elle n'y pensait déjà plus. Elle se sentait physiquement exténuée. Elle venait de passer plus de quinze heures enfermée dans son bureau, à parcourir les dossiers informatisés, et ressentait une intense brûlure dans ses pupilles. Tout ce qu'elle voulait à présent, c'était retrouver le cocon de son appartement. Disposer d'un break, une heure ou deux. Rien d'autre n'avait d'importance.

Elle stoppa sa voiture devant le portail du parking et tendit le bras par la vitre pour plaquer sa clé magnétique contre le support. Le portail pivota. Eva avança à l'intérieur, puis le portail se referma au ralenti derrière la voiture. Ce n'est qu'ensuite que le second portail pouvait s'ouvrir, permettant d'accéder aux parkings souterrains. Cette disposition était censée empêcher les cambriolages. Pourtant, il y avait déjà eu deux vols de véhicules cette année. Il fallait croire que les malfrats auraient toujours leur parade aux divers systèmes de sécurité.

Eva emprunta le tunnel tout en courbes, descendant jusqu'au troisième sous-sol où se trouvait son emplacement. Elle manœuvra souplement pour garer son Audi et éteignit les phares.

Le parking était silencieux, comme d'habitude, de ces silences vides qui l'avaient toujours perturbée. Cette fois ne faisait pas exception. Aussi, elle se hâta de traverser la dizaine de mètres qui la séparait de la sortie, ses talons résonnant sur le sol de béton jaune vif. Elle plaqua de nouveau sa clé contre le socle magnétique et poussa les deux portes coupe-feu successives. L'ascenseur se trouvait derrière la seconde, au bas de l'escalier. Il fallait, là encore, le débloquer avec la clé magnétique. La porte de l'ascenseur coulissa et Eva pénétra à l'intérieur.

La porte se referma derrière elle en chuintant.

— Allez, dépêche-toi, grinça-t-elle en pressant nerveusement le bouton.

L'ascenseur s'éleva enfin, avec son habituelle lenteur. Il lui avait toujours semblé mettre des heures à atteindre le neuvième étage.

Pendant ce temps, Eva appuya son dos contre le miroir et ferma les yeux pour reposer ses globes oculaires. Les informations s'accumulaient dans sa tête. Toutes les listes de noms, de boîtes de nuit, de pistes potentielles et d'explications évanescentes. Avant de quitter le 36, elle avait fait un dernier point avec ses collègues. Ni l'enquête de voisinage, ni la téléphonie n'avaient pu leur fournir la moindre piste, et il n'y avait rien non plus de la part de la dactylotechnie. Leroy était encore plongé dans les archives des asiles psychiatriques, s'alimentant de litres de café. Il avait repéré quelques adolescents perturbés qui fantasmaient sur la comtesse Bathory, Gilles de Rais et le satanisme en général, mais aucun ne semblait bien méchant. Quant à Deveraux, il s'était mis en tête de dresser une liste de jeunes déjà condamnés pour profanations de sépulture, afin de les interpeller et de les coller en garde à vue. Il espérait sans doute leur soutirer des aveux forcés, en les menaçant de les envoyer directement en détention préventive s'ils ne lui confessaient pas quelque chose. Il s'agissait d'un abus de pouvoir manifeste, mais Eva avait préféré s'abstenir de tout commentaire et l'avait laissé continuer à sa guise. Au moins, pendant ce temps, il n'était pas sur son dos et *elle* pouvait travailler correctement.

Non pas qu'elle ait vraiment progressé de son côté, mais elle avait au moins pu retracer les habitudes des victimes. En ce qui concernait Desiderio, rien de bien surprenant. La journaliste était une de ces boulimiques de travail, un cas malheureusement classique, qui avait sacrifié sa vie personnelle à sa carrière. Elle passait le plus clair de son temps au bureau ou pendue à son téléphone, et les heures du petit matin à noyer sa solitude en compagnie légère. Sa récente aventure avec Barbara Meyer, étonnante au premier abord, semblait pourtant avoir été sérieuse. Les deux femmes auraient dû passer le week-end ensemble si leurs existences n'avaient pas été fauchées si abruptement.

Ce détail l'avait fait réfléchir.

Quand on se plongeait dans l'étude des comportements et des relations humaines, une des premières choses qu'on constatait, c'est que rien n'arrivait par hasard. Il n'y avait pas de coïncidences. Uniquement des choix.

Tuer ces deux jeunes femmes faisait partie de ces choix.

Pourquoi le meurtrier avait-il jeté son dévolu sur elles, précisément ?

Était-ce parce qu'il – ou elle – les connaissait déjà ? Qu'elles auraient pu le – ou la – reconnaître ?

À moins que ce ne soit pour une tout autre raison ?

De son côté, l'ordinateur de Meyer était plein à craquer de musique gothique et de vieux films d'horreur en noir et blanc. Ce qui, là encore, n'était pas bien surprenant. Cette fille dépensait des fortunes en chaussures, en corsets, en places de concerts et en entrées de soirées. Selon toute logique, c'était dans les marges exaltées et bruyantes de cette vie nocturne qu'elle avait rencontré Desiderio et que leur histoire avait commencé.

Ce qui faisait, au moins, un premier lieu de convergence.

Il y avait de nombreux passionnés d'occultisme au cœur de cette faune. Des personnes qui devaient connaître sur le bout des doigts la vie et l'œuvre de la comtesse Bathory, sans le moindre doute. De là à supposer qu'un de ces individus avait pu passer à l'acte, c'était une autre affaire. Mais c'était le seul début de piste tangible qu'Eva avait pu isoler. Et qu'elle comptait bien suivre.

D'où ses projets pour ce soir.

L'ascenseur atteignit le neuvième étage.

Elle poussa la porte de son appartement.

Il était presque 21 heures.

Cela lui laissait le temps de se reposer un peu avant de retourner sur le terrain.

Un répit dont elle avait sérieusement besoin.

Une fois débarrassée de son blouson, ses chaussures déposées dans leur boîte, bien rangées dans le meuble de l'entrée, elle se rendit dans sa chambre et s'allongea sur son lit. Elle étendit ses bras et ses jambes, fit pivoter sa nuque à droite et à gauche, jusqu'au délicieux craquement qui indiquait que ses vertèbres se remettaient en place, et resta ainsi, sur le dos, fixant le plafond.

Elle ne dormait jamais longtemps. Cela risquait de faire remonter trop de cauchemars. Elle ne voudrait pas prendre ce risque. Pourtant, le séduisant murmure de la fatigue soufflait dans sa tête, se propageant dans ses membres, ralentissant sa respiration, et elle sentit ses paupières qui se fermaient malgré elle.

Autant donner à son corps ce qu'il lui demandait. Elle se laissa somnoler, s'abandonna pour quelques instants.

Instants qui devinrent des minutes.

Et du sommeil profond.

C'est dans un état second, encore de ce monde mais plus totalement, qu'elle prit conscience de la présence dans sa chambre.

De pieds nus qui marchaient sur le parquet.

S'approchant du lit où elle était étendue.

Elle sentit le matelas qui s'affaissait, tandis qu'une main s'y appuyait, tout doucement, comme pour ne pas la réveiller.

Eva attendit.

La silhouette se hissa sur le lit, posant un genou sur le matelas, puis le deuxième.

Eva n'avait pas envie de bouger. Elle n'en avait pas la force.

La présence se rapprocha encore.

Plus près d'elle.

Elle sentit des cheveux effleurer les siens, et une respiration chaude contre la peau de son visage.

Elle reconnaissait cette sensation.

Elle entrouvrit les yeux, découvrant le visage de la petite fille albinos penchée sur elle.

Elle ne réagit pas. Elle ne dit rien. Elle patienta, pour que l'hallucination s'estompe.

Car elle était en train de rêver. Il n'y avait pas d'autre explication.

Les pilules qu'elle prenait étaient censées effacer ce genre de rêves. La plupart du temps, cela fonctionnait.

La plupart du temps, mais pas tout le temps.

La fillette aux cheveux blancs se blottit contre elle. Eva sentit son corps contre le sien. Ses mains contre ses épaules.

Eva essaya de bouger. De tourner la tête.

Elle en était incapable.

La fillette approcha ses lèvres de son oreille.

— *Attention*, lui dit-elle d'une voix faite de souffle. *Elle arrive.*

Ce fut comme une décharge qui secoua son corps de la tête aux pieds.

Cette fois, Eva se redressa d'un bond, entièrement réveillée.

Elle observa la pièce autour d'elle. Celle-ci était déserte.

Mais sa peau était recouverte de chair de poule. Elle examina le lit, encore tiré à quatre épingles, sauf aux endroits où elle avait cru voir la fillette fantôme ramper vers elle.

Les draps conservaient des traces d'enfoncement, là où la fillette avait posé ses mains et ses genoux.

Il était 22 h 15. Elle avait passé plus d'une heure assoupie. Pas étonnant qu'elle ait rêvé.

— Merde.

Elle s'assit au bord du lit, l'esprit encore flou. Elle songea à la respiration de la petite fille fantôme contre son oreille et frissonna.

Elle arrive ?

Tu parles. Un rêve. C'était juste un putain de rêve. Comme à chaque fois.

Rien d'autre. Absolument rien d'autre.

Eva essaya de calmer son pouls. Elle était malheureusement habituée à ce genre de crise d'angoisse. Et il était déjà plus de 22 heures. Il était plus que temps de se préparer. Elle avait encore du travail cette nuit.

Si le tueur avait bien trouvé ses victimes dans un club, alors c'était le premier endroit où chercher.

Le magazine *Chick* avait publié un article dithyrambique sur un de ces établissements, le mois dernier.

Il s'agissait du lieu où, comme l'avait confirmé leur correspondance, les deux victimes s'étaient rencontrées pour la première fois, et où leur aventure avait débuté.

Eva se leva, ôta ses vêtements, les plia soigneusement sur la méridienne et se dirigea vers le placard du salon. Son reflet, nu et filiforme, apparut un instant dans le grand miroir, avant qu'elle ouvre la porte pour choisir une tenue appropriée.

Quand elle revint dans la chambre, elle avait enfilé des bas noirs qui marquaient un contraste presque irréel sur sa peau ivoirine. Elle passa les paumes de ses mains sur la texture de la parure avec un certain plaisir. Cela faisait des mois qu'elle ne l'avait pas portée. Quand elle ajusta le porte-jarretelles, elle admira son image dans la glace, et se fit la réflexion qu'elle devrait s'habiller ainsi plus souvent.

Elle passa une courte jupe noire, qui laissait apparaître le haut des bas, avant de récupérer une paire de bottes en vinyle éclatant à talons hauts. Elle les enfila et les laça jusqu'aux genoux.

Au-dehors, le tonnerre gronda.

Elle serra un corset en vinyle qu'elle n'avait pas mis depuis quelques années, retrouvant le frisson du contact avec la matière plastique. Ses reflets noirs, comme humides, comme fiévreux. Sa texture lisse qu'on avait envie de caresser, en sachant qu'elle serait délicieusement froide.

Elle récupéra ses médicaments sur la table de nuit et les avala avec un verre d'eau. Ensuite, elle sortit le petit sachet contenant ses amphétamines. Elle déposa deux comprimés roses sur sa langue. Un relent piquant aux faux airs de vanille envahit ses papilles. Elle porta le verre à ses lèvres une nouvelle fois pour les engloutir.

Quand elle s'installa dans sa voiture, il était 23 h 20.

Le parking souterrain était toujours aussi désert, toujours aussi plein de ce silence glacé qui l'angoissait sans qu'elle puisse rien y faire. Les phares illuminèrent les colonnes carrées de béton tandis qu'elle traversait les niveaux, remontant vers la sortie. Elle tendit la main pour plaquer sa clé magnétique contre le socle. Le premier portail commença à se soulever avec son infatigable grincement mécanique.

Eva piocha dans sa boîte à gants un sachet de pastilles à la menthe et en glissa une entre ses lèvres.

La journée avait été longue. La nuit le serait encore plus.

Le portail ouvert, l'Audi déboucha dans la rue. La pluie semblait avoir enfin cessé. Eva écrasa l'accélérateur.

Une fois le portail refermé, la silhouette attendit que la lumière soit de nouveau éteinte avant de décoller son dos de la colonne contre laquelle elle s'était tenue adossée.

Son manteau noir frôlait le sol. Seules ses mains gantées de cuir dépassaient de ses manches.

La silhouette resta immobile encore quelques instants, goûtant le silence absolu des sous-sols. Puis elle avança, invisible dans le noir, vers la porte de sortie. Sous la capuche de son manteau, le masque faisait une tache blanche plus claire.

Elle posa une main sur la poignée. La porte demeura close. Seule une clé magnétique permettait de l'ouvrir.

Qu'à cela ne tienne. La silhouette fit un pas de côté et attendit. Elle avait tout son temps.

32

0 h 30

À Paris, le plus long n'est jamais de traverser la ville en voiture, mais de parvenir à se garer quelque part. Eva avait manœuvré dans les rues du quartier pendant presque quarante minutes avant de dénicher une place libre, tout au fond d'une impasse taguée, entre le 17e et le 18e arrondissement. Elle se trouvait à plus de cinq cents mètres de la boîte de nuit, mais il lui était arrivé de marcher davantage, un dimanche soir.

La pluie avait presque totalement cessé. Les trottoirs luisaient de reflets multicolores, et dans les halos de l'éclairage artificiel la bruine dessinait comme une brume légère.

La vibration se fit sentir à une vingtaine de mètres des portes, et elle augmenta à mesure qu'Eva approchait de la boîte. À une dizaine de mètres, la policière fit une halte, et observa ses bottes en vinyle à talons hauts, qui dépassaient de son long manteau soigneusement boutonné. Elle sentait le bourdonnement sous ses semelles. Les flaques d'eau étaient agitées de petites vaguelettes.

Il y avait la queue, devant les portes. Une bonne trentaine de jeunes gens aux tenues déchirées et incrustées d'artéfacts en métal attendaient en file disciplinée. Eva avança à leur suite.

Le Hells Bells était le dernier endroit *underground*, comme le disaient avec fierté ses aficionados. Et, souterrain, il l'était, bel et bien. Passé les portes, sous le regard inquisiteur d'un immense Noir, Eva descendit les marches de l'escalier qui menait à cette antichambre autoproclamée de l'Enfer, en essayant de ne pas piétiner les couples qui s'y trouvaient enlacés.

Au niveau des vestiaires, le bourdonnement s'était amplifié. C'était maintenant une lame de fond, indistincte et grandissante, qui secouait les murs.

Il restait une porte à double battant à franchir pour pénétrer dans l'arène.

Elle la poussa.

Le mur de son déferla sur elle. Une déflagration atomique. Elle fut frappée de plein fouet, broyée d'un coup, brisée en mille morceaux, et elle s'arrêta à la frontière du maelstrom sonore, dans l'encadrement des portes, pantelante.

Un instant plus tard, ses sens s'adaptèrent, ses tympans se dilatèrent, et elle se sentit happée, tout son rythme interne se cala sur le flux et le reflux de saturation. La musique s'infiltra en elle, et c'était comme si, subitement, ce déferlement brûlant et fragile la ramenait au cœur de ses nuits d'angoisse, à toute sa colère qu'elle n'avait jamais laissée s'échapper et qui trouvait ici un écho. Tout à coup, elle était submergée, chaque impact de grosse caisse explosait au fond de sa cage thoracique, se fragmentait dans son cœur, la faisant frissonner jusque dans le creux de ses reins.

On la bouscula, des silhouettes entraient et sortaient, charriant des odeurs de sueur, de sexe, de fumigènes. Filles ou garçons, elle aurait eu du mal à le dire.

Certains avaient badigeonné leur peau de peinture fluorescente, avec des crêtes roses et vertes, tous habillés de noir, de plastique, de résilles, de matières qu'elle n'identifiait pas vraiment avec les lumières noires, l'épaisse fumée et les cascades de stroboscopes qui noyaient tout dans un état quasi hallucinatoire. Elle essaya de se frayer un chemin au milieu de la foule entassée et vibrante, bien trop de personnes présentes pour la capacité de l'endroit. Elle vit que la scène, l'épicentre de cette apocalypse sonore, disparaissait derrière le parterre de jeunes gens en transe qui se pressaient devant, les bras hérissés de clous, secouant de longues chevelures humides, tandis que certains d'entre eux entreprenaient d'escalader les grilles installées contre les murs. Les plus résistants parvenaient à y rester quelques minutes, accrochés à plus de deux mètres du sol par une main et une cheville, brandissant leurs poings vainqueurs, leurs bouches ouvertes démesurément, gorges gonflées par leurs hurlements de guerre impossibles à percevoir sous le déluge de feu de la musique, avant de se jeter sur la foule, sur les dizaines de mains tendues pour les retenir, sur lesquelles ils dérivaient brièvement avant de se faire avaler par le ressac furieux de cette mer humaine en pleine exaltation.

Et Eva poussa elle aussi, se faufila comme elle le put entre les corps mouillés, pour enfin apercevoir la scène. Elle vit d'abord un bassiste aux longs cheveux frisés, vêtu d'un tee-shirt qui clamait : « SODOM », plié en deux vers le public, collé à son instrument, un pied sur le caisson de retour, des mains anonymes lui ayant saisi le pantalon et refusant de le lâcher. Il devait y avoir un guitariste, juste derrière lui, mais son corps disparaissait dans la brume colorée des fumigènes et les arcs soyeux de ses cheveux qui tournoyaient. Sa présence n'était vraiment palpable qu'à travers la mélodie tempétueuse de son instrument, et de ses harmoniques qui déchiraient les tympans.

Le chanteur était bien visible, lui. Grand et mince, et mortellement imposant, sous son maquillage de chaman, des colifichets en os passés autour de son cou. Sa voix – ou plutôt sa plainte – s'envolait pour chevaucher le chaos de saturation. Tête basculée en arrière, les yeux révulsés, il avait posé son pied sur son caisson de retour lui aussi, et semblait tout entier retenu à son pied de micro, par une main, l'autre levée vers le ciel où peut-être essayait-il de s'accrocher. Et peut-être y arrivait-il aussi.

Quand il baissa la tête à nouveau, ses yeux derrière le voile de ses cheveux se mirent à luire, et Eva tressaillit, d'une ancienne peur atavique, de toutes les choses qui étaient possibles et de celles qui ne l'étaient pas. La peur des énergies inexplicables et puissantes qui parfois se glissent derrière les yeux des fous et des saints.

Sous l'éclairage surpuissant, elle eut l'impression que cet homme la dévisageait, et que son regard transperçait son âme. Durant une seconde, les cheveux du chanteur avaient été blancs comme neige. Un soleil aveuglant, en auréole autour de son visage.

Puis ils étaient devenus noirs à nouveau, collés par la sueur à son visage creusé et hanté. Ses yeux lourdement maquillés ne jetaient aucune lumière, ils l'absorbaient, au contraire, comme des gouffres.

— *What the soul hides*, hurlait-il dans le micro, *blood tells !*

Eva décida de battre en retraite, se frayant un passage dans la foule en sens inverse, en direction du bar. Elle avait besoin de tenir un verre dans ses mains.

Sa première pensée, quand elle aperçut le serveur derrière le comptoir, fut qu'il était sacrément beau gosse. La petite vingtaine dans toute sa superbe arrogance, aussi mince et lisse qu'un ange préraphaélite, les yeux cernés de crayon noir et les cheveux comme des serpents soyeux.

Tout en se faufilant jusque devant lui, Eva ouvrit son manteau. Les yeux du serveur glissèrent aussitôt sur son corset et son soutien-gorge pigeonnant.

— Super chouette, tes cheveux ! cria-t-il pour couvrir la musique.

Eva sourit et baissa ses lunettes, plongeant son regard rouge dans les yeux du garçon.

— Vodka ! cria-t-elle en retour.

— La première est pour moi ! lui répondit-il avec un clin d'œil.

Quand il déposa le verre devant elle, il ajouta, en se penchant :

— Au fait, je suis Anthony !

— Et moi je suis la police, répondit Eva au creux de son oreille.

Sur le bar, entre ses doigts, elle agita discrètement sa carte tricolore. Ce fut un délice de voir les yeux du garçon s'écarquiller, et ses lèvres ne plus savoir comment maintenir son sourire.

Ce fut au tour d'Eva de s'appuyer sur le bar pour s'approcher de lui.

— Tu travailles ici tous les soirs, Anthony ?

— Euh, oui, pourquoi ?

Elle fit glisser le portrait d'Audrey Desiderio à côté de son verre.

— Est-ce que par hasard tu aurais déjà vu cette fille ?

Il observa la photo.

— Je crois pas, non.

— Et celle-là ? enchaîna Eva en lui montrant la photo de Barbara Meyer.

Cette fois, il hocha la tête, provoquant l'ondoiement de ses tresses.

— Elle, bien sûr. C'est Barbie. Elle est tout le temps ici. Mais tu vas devoir attendre, elle n'est pas encore arrivée ce soir.

Eva réprima une expression amère. La pauvre Barbara ne risquait plus de se montrer en soirées.

— Est-ce que tu te rappelles quand tu l'as vue ici pour la dernière fois ?

Le garçon réfléchit assez vite.

— La semaine dernière. Enfin, cette semaine, mardi dernier. On avait une soirée électro. Je m'en souviens très bien, elle dansait sur la scène.

Mardi soir, donc.

La même nuit où le tueur l'avait séquestrée chez elle.

Eva se dit qu'elle avait bien fait de venir ici, en fin de compte.

Elle voulut lui poser une autre question mais plusieurs clients faisaient de grands signes impatients, de l'autre côté du bar.

— Je reviens, OK ? lui cria-t-il en allant prendre leurs commandes.

Eva en profita pour se retourner et jeter un regard d'ensemble à la foule. Tout au bout de la salle, la scène était à présent éclairée en rouge, et sur la grande toile tendue derrière le groupe défilaient des images de synthèse représentant des flots de sang en train de se déverser. Une atmosphère oppressante de claviers noya la salle, sous une ovation hystérique du public. Des tee-shirts trempés tourbillonnèrent à bout de bras, avant d'être lancés au hasard. La batterie et la basse se joignirent aux synthétiseurs, martelant un rythme lancinant. La mer de silhouettes vêtues de noir et de métal afflua de plus belle contre les barrières sommairement installées devant la scène, des bras vêtus de brassards cloutés se dressaient, présentant des index et des auriculaires dressés en symbole de cornes, et des centaines de gorges déployées firent jaillir des cris de bêtes, d'extase, d'anticipation.

— *We are Moonspell from Portugal !* déclama le chanteur d'une voix si grave qu'elle semblait animale ou divine. *And this next song is dedicated to all the possible vampires out there tonight !*

Son timbre devint tonnerre, quand il annonça :

— *Vampiria…*

Aussitôt repris en chœur par les centaines de timbres éraillés :

— *You're a beast, evil one !*

La rythmique, syncopée, envoûtante, reprit de plus belle et le vocaliste se lança dans une narration gutturale, jusqu'à ce que la crépitation de guitare resurgisse et s'envole de nouveau avec les violons synthétiques. Eva se sentit emportée par cette musique d'outre-tombe. C'était une main invisible et brûlante qui entrait en elle, se répandait dans sa chair, pour envelopper son cœur, et elle se surprit à souhaiter que cette étrange sensation ne s'arrête pas.

Elle avala son verre de vodka d'un trait, puis fit signe à Anthony pour qu'il revienne lui en servir un autre.

— *In a city once named Desire*, scandait le chanteur, les yeux révulsés, les deux mains levées au-dessus de lui. *Dreaming with the entombed dear !*

Et la foule continuait de hurler en chœur avec lui, dans une étrange et puissante communion.

À un moment, il y eut une accalmie, des centaines de mains se dressèrent. Des cris extatiques s'élevèrent.

Avant que l'avalanche de son et d'énergie ne se réveille, presque aussitôt, pour l'hallali.

Eva, fascinée, observa le public. Les yeux qui brillaient. Les bouches qui hurlaient. Les mains qui évoquaient des marteaux et des oiseaux impossibles et mécaniques, et la vision de cette foule en transe était hypnotique. Elle aurait aimé pouvoir se joindre à eux, oublier son enquête, juste se fondre dans cette immense vague de son, sentir son corps onduler et pouvoir danser avec les spectres.

Mais elle n'était pas venue pour ça.

Qu'elle le veuille ou non, pour quelques heures encore, elle était en service.

Elle était ici pour obtenir des informations. Elle ne repartirait pas sans en savoir plus sur Barbara Meyer.

Alors que le serveur posait un nouveau verre devant elle, elle glissa un billet sur le bar et se pencha vers le garçon. Ses lèvres effleurèrent les serpents soyeux, près de son oreille :

— Tu dois connaître tout le monde, ici ?

— Une grande partie.

— Tu pourrais répondre à quelques questions, un peu plus tard ?

— Barbie a des problèmes ?

— J'en ai bien peur, dit Eva.

Le garçon s'en alla servir une jeune fille à l'imposante crête verte.

Eva saisit le verre. Elle but une gorgée de vodka délicieusement fraîche.

33

— Non, vraiment désolé, beauté, lui répondit l'homme vêtu d'un tee-shirt en latex noir qui comprimait sa musculature. Je ne suis pas d'ici. Je ne connais personne.

Son visage luisait de sueur. Il essuya sa pommette du revers du poignet, étalant quelque peu les coulures de son mascara. Adressant un dernier sourire à Eva – dévoilant des crocs proéminents – il replongea au cœur de la foule, dans la frénésie de musique et de corps en mouvement.

Le dernier groupe avait fini de jouer depuis longtemps, pourtant la sono n'avait pas baissé de volume, et le Hells Bells ne désemplissait pas. Un DJ invisible avait pris le relais, enchaînant tube après tube, des morceaux lourds et répétitifs, et à présent les spectres dansaient, les yeux fermés, le centre de gravité très bas, de droite à gauche, comme des zombies étranges et sensuels, absorbés dans leur monde intérieur, dans leur propre inertie au sein du désordre.

Eva s'installa sur un canapé inoccupé et porta sa vodka à ses lèvres. Elle avait perdu le compte du nombre de verres. Pourtant, elle ne se sentait pas vraiment fatiguée. Elle était surtout frustrée. Toute la soirée, elle avait observé la population hétéroclite qui faisait la fête ici. Elle s'était projetée dans la peau de ces filles et de ces garçons, au sein de leurs poitrines gonflées de folle magie et de jeunesse inconsciente, où les conséquences n'existaient pas. Et plus elle les profilait, plus elle se sentait intruse. Même ici, au sein des marginaux, c'était elle la plus marginale. Ce n'était même pas ironique, c'était un constat, et il avait un goût de désespoir.

Elle repensa aux cadavres abandonnés par les Salaville, cherchant à trouver un quelconque lien avec les profils de toutes ces personnes. Elle n'en trouva aucun. Les deux frères avaient enlevé leurs victimes dans tous les milieux. Sur vingt-quatre, onze d'entre elles écoutaient du rock ou du metal, mais c'était simplement la représentation de la population dans son ensemble. Le tueur qu'elle recherchait à l'heure actuelle, s'il procédait comme eux, ne choisirait peut-être pas deux fois ses victimes dans le même milieu.

Elle avait espéré trouver un indice qui puisse la faire remonter jusqu'à lui, ou tout au moins la mettre sur la voie, mais elle commençait à se dire qu'elle n'aurait peut-être pas cette chance. Il lui faudrait tout reprendre à zéro. Une nouvelle fois.

Absorbée dans ses réflexions, elle n'avait pas vu approcher les deux filles. Celles-ci se tenaient par la main, comme un couple, et toutes deux auraient pu être des clones de Barbara Meyer. Ou de Betty Page. Elles étaient minces et jeunes, pas plus de vingt ans, avec des franges rétro et des maquillages de pin-up. Toutes les deux portaient des corsets à pois, et la première était vêtue d'une jupe si courte qu'on voyait distinctement sa petite culotte – celle-ci était rose et imprimée d'un portrait de la Vierge.

Eva, amusée, releva les yeux de la culotte de cette fille. Elle comprit que c'était elle qui tirait par la main sa copine, une adolescente encore, à l'air terriblement maussade, et qui la suivait visiblement à contrecœur.

— Hey, dit la fille à la culotte rose.

— Hey, dit Eva en levant son verre. Bonsoir.

— Je m'appelle Marian, et voici Alice, dit-elle en indiquant sa copine à l'air maussade. On peut s'asseoir avec vous ?

— Bien sûr.

Elle attendit que les deux filles s'installent dans le fauteuil et leur dit :

— Je m'appelle Eva.

— Lobo nous a dit que vous êtes flic. Vous ressemblez pas à une flic.

— Lobo ?

— Le type baraqué, coupe militaire, avec un tee-shirt *FRONT 242*. Vous lui avez posé des questions sur Barbie, tout à l'heure. Elle a des problèmes ?

Eva fit oui de la tête. Tous ces pseudonymes qui bâtissaient la mythologie des cultures alternatives, c'était assez fascinant, quand on y réfléchissait.

— Vous la connaissez bien ? Barbie ? leur demanda-t-elle.

— Bien sûr, répondit Marian. Elle vient tout le temps ici, et on est ensemble à la fac. Qu'est-ce qui s'est passé ?

— Elle est décédée.

Les deux filles ouvrirent des yeux ronds.

— Mon Dieu, souffla Marian. Comment c'est arrivé ?

— Elle a été agressée chez elle, mardi dernier.

Son amie, la dénommée Alice, fit battre ses longs cils factices pendant quelques secondes, puis dit :

— Putain…

Sa voix était tout aussi maussade que son visage.

— Mais on était avec elle, mardi dernier ! s'exclama Marian. On est venues ensemble à la soirée électro, et…

Elle se prit la tête dans les mains.

— C'est *vraiment* arrivé ? Je veux dire… Merde, je n'arrive pas à le croire.

Eva posa son verre de vodka sur la table basse à côté d'elle.

— Je suis sincèrement désolée. Est-ce que vous êtes restées ensemble toute la soirée ?

— Oui, confirma Marian. Enfin, le temps où elle est restée, en tout cas. Elle est partie tôt, avec le dernier métro.

— Tout s'est déroulé comme d'habitude ? Aucun détail ne vous a semblé anormal ? Comme quelqu'un en particulier qui aurait pu aborder Barbie, par exemple ?

— Il y a *toujours* des gros lourds qui nous abordent. C'est une *soirée*, dit Marian.

— Il y avait cette fille bizarre, releva alors Alice en faisant la moue. La fille avec le masque, tu te souviens ?

— C'est vrai, dit Marian. Elle avait l'air louche, c'est sûr. Elle a passé la soirée dans un coin à nous observer. Je crois qu'elle est partie en même temps que Barbie.

— Vous dites qu'elle portait un masque ?

— Exactement, reprit Alice. Un truc kitsch en porcelaine blanche, juste la moitié supérieure du visage.

— Cette personne, vous ne l'aviez jamais vue ici ?

— Jamais, dit Alice.

— Non, jamais, dit également Marian.

— Et vous ne l'avez pas revue depuis ? Elle n'est pas là ce soir ? insista Eva.

Les deux filles secouèrent la tête.

— Très bien. Mis à part son masque, cette fille, elle était comment ?

— Mince, de taille normale, cheveux noirs, dit Marian.

— C'était une perruque, dit Alice. Et elle portait une robe longue.

— Oui, une robe à l'ancienne, renchérit Marian. Je m'étais dit que ça ressemblait à un vrai costume d'époque, comme dans les films.

Eva intégra l'information. Celle-ci collait au profil. S'il y avait une psychopathe qui se prenait réellement pour la comtesse Bathory, était-elle à ce point atteinte pour sortir déguisée comme elle ? Il ne fallait pas s'emballer pour autant. Ce n'était peut-être qu'une coïncidence.

— Je vous remercie beaucoup, les filles. Vos témoignages pourraient m'être précieux. Je vous donne ma carte. Je vais vous demander de réfléchir à cette personne. Si un détail vous revient, si vous vous rappelez la *moindre* chose qui vous ait semblé curieuse, ou si jamais vous la recroisiez, appelez-moi immédiatement.

— Vous croyez qu'elle aurait pu s'attaquer à Barbie ? demanda Marian.

— Je n'en sais encore rien. Mais, d'après ce que vous me dites, elles sont parties d'ici au même moment. Cette personne est donc un témoin. D'où l'intérêt pour moi de savoir qui elle est. Vous comprenez ?

Marian hocha la tête. Elle attrapa la carte qu'Eva avait posée sur la table et la glissa dans son décolleté

– provoquant un regard de biais d'Alice et un éclat couleur de jalousie dans ses yeux gris.

Puis la jeune fille se redressa et dit :

— J'ai besoin d'un verre. Je vous promets de vous appeler si je me souviens de quelque chose.

Eva regarda s'éloigner les deux filles, Marian tirant toujours par la main sa petite amie. À moins que ce ne soit sa petite sœur, qui pouvait savoir ?

Elle était songeuse. *Un masque en porcelaine ?* L'idée aurait semblé grotesque, dans tout autre endroit. Il n'y avait que dans les films que les tueurs s'affublaient de masques, n'est-ce pas ? Dans tout autre endroit, oui. Mais ici ? Sous les stroboscopes qui décomposaient leurs mouvements en transe hypnotique, elle pouvait apercevoir plusieurs garçons et filles portant des masques à gaz ou des respirateurs bardés de tuyaux en plastique, et ils semblaient tous bel et bien surgis d'un film de science-fiction.

Un tueur masqué, ici, se serait parfaitement fondu dans le décor.

Et l'avait peut-être fait. Pour épier sa proie.

Eva se dit qu'elle avait envie d'un nouveau verre, elle aussi, quand un ange filiforme apparut devant elle et exauça son vœu : il déposa deux pintes débordantes de mousse sur la table.

— Une petite bière pour couper la vodka ?

Il souffla sur ses tresses qui étaient retombées devant son visage, et celles-ci s'animèrent.

— Je t'avais promis que je serais à ta disposition, lui rappela le serveur.

— Je me souviens, acquiesça Eva. Anthony, c'est ça ?

— Et toi, tu es la police.

Eva lui offrit un sourire radieux, tandis qu'il se glissait à ses côtés.

— Je m'appelle Eva.

— Eh bien, Eva de la police, je viens de finir mon service. Je suis donc tout à toi.

— Voilà qui est intéressant.

Elle saisit une pinte, tandis qu'il prenait l'autre. Ils trinquèrent et le garçon descendit la moitié de sa bière d'une gorgée.

— Alors dis-moi, Anthony, je me demandais si tu avais souvent vu une fille portant un masque, ici. Un masque en porcelaine.

Le garçon se gratta la tempe.

— Mardi dernier, il y en avait une, oui. Elle était habillée en cueilleuse de pâquerettes.

Eva sourit.

— En habits anciens ?

— Voilà. Elle est restée un moment, mais elle ne dansait pas. Je me souviens qu'elle a attendu près du bar pendant plus d'une heure, à regarder les gens. Elle n'a pas commandé un seul verre.

— Elle a parlé avec quelqu'un ?

— Je crois pas. En tout cas, elle est repartie tôt.

— Tu penses que tu pourrais la reconnaître, si tu la revoyais ?

— Difficile à dire. Il y avait plus de cinq cents personnes à cette soirée, et pas mal de nouvelles têtes. C'est la nouvelle année scolaire.

— Je vois ça.

Elle observa la salle, les gens qui dansaient, certains avec une bouteille à la main. La vie d'Anthony devait être simple. Juste faite de nuits succédant à d'autres nuits, de déferlements de musique succédant à davantage de déferlements…

Puis elle l'observa, lui, et une nouvelle fois se dit qu'il était très beau. De cette beauté simple et déliée des animaux. Le genre de garçon qui devait savoir faire l'amour, comme tous les jeunes garçons de sa trempe qui rentraient chaque soir avec une fille différente pour oublier son nom avant l'aube, confondre les visages dans un magma de souvenirs blasés.

— Anthony ?

— Oui ?

— Tu as envie d'aller discuter ailleurs ?

— Comme par exemple ?

— Pourquoi pas chez moi ? proposa la policière avec un sourire explicite.

34

5 heures

Eva se retourna dans son lit et observa le corps nu du garçon allongé à côté d'elle. Ses cheveux étaient répandus sur l'oreiller, en torsades, tout autour de son visage encore juvénile. Son bras droit était replié, gonflant le biceps, rond et ferme. Eva sourit pour elle-même.

Elle suivit du bout des doigts ce biceps bandé, puis le dos d'Anthony, sentant ses muscles fins sous sa peau. Elle longea l'arrondi de ses fesses, jusqu'à ce que le jeune garçon tressaille sous la caresse.

Il gémit une onomatopée.

Les ongles d'Eva remontèrent alors doucement sur son dos. Elle passa la main dans ses tresses, savourant leur texture rugueuse, et en se penchant vers lui se délecta de son odeur de musc et de cannelle.

Grognant, le garçon finit par se retourner. Eva caressa ses pectoraux imberbes et dessinés. Son téton gauche était percé. Elle pinça le petit anneau de métal, qu'elle tira doucement, provoquant davantage de soupirs. Sa main s'aventura plus bas, sur ses abdominaux proéminents qui s'ornaient d'un tatouage de scorpion. Puis plus bas encore, observant son sexe au repos.

Elle souffla dessus et elle le regarda grossir, tout doucement. Puis, comme il atteignait une proportion acceptable, elle se pencha pour le prendre dans sa bouche, le sentant gonfler encore contre son palais. Elle le lécha doucement. Puis le suça encore plus doucement.

Anthony gémit, tout à fait réveillé à présent, et contracta ses abdominaux, se cambrant pour qu'elle l'avale plus profondément.

Au lieu de cela, Eva se redressa, enfourcha le garçon et l'introduisit dans son sexe humide. Il était délicieusement dur et vibrant, et elle le sentit qui s'enfonçait tout au fond de son ventre. Elle l'enserra de ses cuisses, pressant ses hanches contre lui, le projetant au fond d'elle à chaque poussée. Le garçon accompagnait chacun de ses mouvements d'un coup de bassin, en gémissant. Il agrippa ses hanches pour la tirer vers lui, et Eva se cambra en arrière, yeux fermés, comme la longue verge glissait en elle, tout au fond d'elle et en dehors, et très vite elle sentit des vagues chaudes monter dans sa nuque et dans le bas de son dos, comme deux flux opposés qui parcouraient son corps l'un vers l'autre et, se croisant au milieu de sa colonne vertébrale, se fondaient en un immense soleil.

Elle finit par s'abattre sur lui, secouée par son orgasme, tandis que le sexe enfoncé en elle lui aussi pulsait de plaisir.

Le garçon murmura quelque chose qu'elle ne comprit pas. Sans doute un compliment, ou un remerciement, quelque chose d'inutile. Elle roula sur le côté, se leva et alla s'installer sur la méridienne, face au lit. Tendant la main, elle récupéra son verre, qu'elle avait posé sur la tablette une heure plus tôt et qui était encore à moitié plein de vodka. Elle le porta nonchalamment à ses lèvres.

— Qu'est-ce que tu fais ?

— Eh bien, j'attends que tu t'en ailles, lui répondit Eva d'une voix calme.

— Que je…

Anthony se redressa, le regard dans le vague.

— Mais…

— Tu ne comptais quand même pas dormir ici ?

Il réfléchit un instant.

— Non. Enfin, peut-être. Je ne sais pas. Je ne comprends pas.

— Qu'est-ce que tu ne comprends pas ? Je dois être au travail dans moins de quatre heures. Je n'ai pas que ça à faire, tu sais.

Le garçon lui adressa un regard perdu.

— Vraiment ?

Elle leva son verre.

— Ne me force pas à te mettre dehors, s'il te plaît.

Anthony se frotta les yeux et finit par se lever en titubant. Il chercha ses vêtements sur le sol, commença à se rhabiller. Pendant ce temps, Eva se rendit dans la salle de bains. Elle entra dans le bac, referma la porte vitrée et laissa le flot de la douche nettoyer son corps.

Alors qu'elle refermait l'arrivée d'eau, elle entendit le bruit de la porte, de l'autre côté de l'appartement. Le garçon avait quand même compris.

Cela ne lui plaisait pas outre mesure d'être si directive, mais elle avait depuis longtemps compris que c'était la seule et unique manière de procéder pour éviter les ennuis. Au moins, ainsi, elle était certaine de ne jamais le revoir.

Elle ralluma le jet pour se rincer les cheveux.

Elle passa encore quelques minutes penchée sur le lavabo à se brosser les dents. Puis elle se rinça la bouche et se sécha le visage avec une serviette.

Quand elle revint dans la chambre, elle vit une feuille de papier déposée sur le lit. Elle se rendit compte, quelque peu amusée, que le garçon lui avait laissé son numéro de téléphone.

C'était touchant. Elle froissa le papier et le jeta dans la corbeille, à l'autre bout de la pièce.

Elle sentit un brusque courant d'air sur ses jambes nues.

Quelque part au fond d'elle, une alarme se déclencha.

Elle se tourna vers l'arcade qui donnait sur le salon. La pièce était illuminée par la fenêtre, qui laissait filtrer l'éclairage mouvant de la ville.

— Anthony ? Tu es encore là ?

Elle ne reçut aucune réponse.

Elle traversa la chambre. Non, son salon était bel et bien désert. De l'autre côté, l'entrée était restée allumée.

La porte d'entrée était entrouverte. Le courant d'air provenait de là.

Eva se détendit. Ce nigaud l'avait sans doute mal refermée, et celle-ci s'était rouverte derrière lui.

Elle traversa le salon en grommelant jusqu'à l'entrée. Elle repoussa la porte et donna deux tours de clé.

C'est alors qu'elle perçut le parfum.

Une très légère odeur métallique, qu'elle ne reconnut pas tout de suite.

Elle n'eut pas le temps d'y réfléchir, car elle sentit un mouvement dans son dos.

Elle se retourna vivement.

— Qui est là ?

Personne ne lui répondit. Elle semblait être seule dans l'appartement.

Elle serra son peignoir autour de son corps, cherchant à comprendre d'où lui venait cette impression de danger.

Percevait-elle un bruit, à la limite de ses sens ? Comme une respiration ?

Non, ce n'était pas cela. C'était plus menaçant qu'une simple respiration, et maintenant tous ses sens étaient en alerte. L'agent de la Criminelle, conditionnée et habituée au danger, prit aussitôt les commandes.

Elle fit un pas de côté, pour se positionner à l'abri du canapé.

Les seules sources de lumière étaient des lampes posées au ras du sol. Trois en tout, qui diffusaient un halo doré dans la pièce.

Il y avait quelqu'un chez elle. Elle en était persuadée.

Quelqu'un qui attendait.

Elle ne voyait pas l'intrus, mais elle ressentait sa présence. Au plus profond de ses fibres.

Le parfum. Elle le reconnut.

C'était une odeur à laquelle elle était pourtant habituée. Depuis son enfance.

Celle du sang.

Ses pensées se mirent à aller très vite.

Son arme de service se trouvait dans la chambre.

Il fallait qu'elle s'en saisisse. Tout de suite.

Eva traversa le salon.

Quand elle passa devant l'armoire en bois précieux, à la porte ornée d'un grand miroir, le reflet accrocha son regard.

La silhouette d'un animal.

Un loup.

Eva stoppa net, cherchant à comprendre.

Elle n'avait pas rêvé. Dans le miroir était bien apparue l'image d'un loup. La bête était noire et maigre, son poil râpé. Découvrant des crocs acérés, elle pencha la tête, tout doucement, l'observant. Ses yeux brillaient d'une lumière rouge impossible.

Eva ne se retourna pas. Il ne s'agissait pas d'un reflet. Cette bête – quoi que ce soit – se trouvait bien *de l'autre côté* de la surface de verre.

Elle demeura debout, sans quitter l'animal des yeux. Elle ne pouvait s'empêcher de songer aux démons des mythes anciens, qu'on disait capables de voyager dans les miroirs. Elle essaya de trouver une raison logique à cette apparition. Elle n'en trouva aucune.

De son côté, le loup se ramassa. Eva n'entendait pas le moindre son, mais elle le voyait grogner, retrousser ses babines sur ses affreuses dents jaunes. Ses yeux semblèrent s'embraser avec plus de férocité encore.

Sa main se referma sur le premier objet qu'elle rencontra. Le vase posé sur le guéridon, qui lui avait coûté une petite fortune.

Eva le lança sur le miroir.

Le verre éclata sous l'impact, en même temps qu'explosait un cri qui était comme des centaines de hurlements.

Eva recula d'un pas, cherchant à recouvrer ses esprits. Était-ce une hallucination ? Un nouvel effet secondaire inattendu de tous ces médicaments dont elle abusait ? Ou peut-être s'agissait-il d'autre chose, de bien plus dangereux. Tant qu'elle n'aurait pas compris ce qui se passait *exactement*, elle ne laisserait s'approcher aucune chimère.

Le parquet était à présent couvert de débris scintillants. Elle se remémora les miroirs brisés qu'on avait retrouvés sur les scènes de crime, et un sentiment d'urgence déferla en elle.

Quoi qu'il soit en train de se produire, c'était arrivé à toutes ces victimes.

Et aucune d'entre elles n'y avait survécu.

Eva fit un tour sur elle-même pour s'assurer qu'elle était bien seule.

Elle l'était.

Du moins en apparence.

La sensation d'être épiée refusait de la quitter.

Elle se précipita dans la chambre. Son Beretta se trouvait dans le tiroir. Elle s'en saisit et ôta la sécurité. Elle braqua l'arme devant elle, consciente que cette défense était bien dérisoire contre un ennemi invisible, mais pourtant rassurée par le contact de l'acier massif serré dans sa main.

Le réveil indiquait à présent 5 h 30.

L'appartement était silencieux.

— Qui est là ? demanda-t-elle à nouveau.

Seul un tonnerre lointain, au-dehors, lui répondit.

— Montrez-vous, insista-t-elle. Je sais que vous êtes là.

Son visiteur, s'il y en avait bien un, demeurait invisible.

Ses mouvements précipités avaient ouvert son peignoir. Elle se sentait horriblement vulnérable, et il était hors de question qu'elle reste à demi nue. Elle ôta le peignoir et s'empressa de passer un jean ainsi qu'un tee-shirt.

Puis elle se redressa, aux aguets, cherchant une paire de chaussettes qu'elle finit par lâcher avant de les avoir enfilées.

Il lui semblait entendre un…

… jappement ?

Ridicule. C'était ridicule, n'est-ce pas ? Il fallait pourtant qu'elle comprenne ce qui se produisait. Qu'elle le comprenne très vite, avant que tout ne bascule.

Elle sentit un mouvement derrière elle.

Il provenait du miroir accroché sur le mur, à la hauteur de son visage.

Elle se retourna et eut à peine le temps d'entrevoir la présence du loup, tout au fond du reflet.

Elle n'hésita pas. Bras tendu, elle effectua un arc de cercle. La crosse de son Beretta s'abattit contre le miroir, qui à son tour se fractura avec un cri déchirant.

Eva recula, haletante, arme braquée devant elle.

Il y avait du sang sur les éclats de verre.

Un rapide regard sur son poignet ainsi que sur sa main lui indiqua qu'elle ne s'était pas coupée.

Le sang qui avait éclaboussé le sol n'était pas le sien.

Pourtant, en relevant les yeux, elle vit le liquide rouge qui suintait du miroir – de l'intérieur du miroir –, tombant goutte à goutte sur le parquet.

Un dernier fragment se détacha, s'émiettant en heurtant le sol. Cette fois Eva vit distinctement le sang jaillir de l'intérieur du verre et se répandre sur le parquet en une petite flaque rouge.

Elle récupéra son téléphone, sur la table de nuit, et pressa sans réfléchir la première touche préenregistrée.

Son appel sonna dans le vide.

— Erwan, décroche, chuchota-t-elle.

— *Bonjour, vous êtes bien sur le répondeur d'Erwan Leroy*, annonça la voix enjouée de son collègue. *Je ne suis pas disponible mais…*

Elle raccrocha.

Elle entendit du bruit, dans l'autre pièce.

Cette fois ce n'était pas un jappement.

C'étaient des pas.

La porte s'ouvrit, puis se referma.

Quelqu'un venait d'entrer.

Ou alors, quelqu'un venait de partir.

Eva se colla au mur.

— QUI EST LÀ ? s'écria-t-elle.

Le silence.

Elle releva le téléphone et composa le numéro du central.

Une première sonnerie retentit.

Elle risqua un regard à l'extérieur.

Ne distinguant toujours rien, elle finit par ouvrir la porte en grand, le téléphone pressé contre son oreille. La seconde sonnerie retentissait.

Bien que le salon soit très peu éclairé, ses yeux y voyaient parfaitement.

Une silhouette se profilait dans l'entrée.

Un loup noir aux yeux de feu.

— *Police, je vous écoute*, fit la voix d'une hôtesse au central.

Eva ouvrit la bouche mais ne parvint pas à prononcer le moindre mot.

Elle était tétanisée par la vision du loup dans son appartement. Il n'était plus de l'autre côté du miroir. L'animal se trouvait bel et bien là. Chez elle. Dans le monde réel. Elle ne put s'empêcher de se demander de quel miroir il avait pu jaillir, celui-là, avant de se dire que c'était ridicule, les loups ne voyageaient pas à travers les miroirs.

— *Allô ? Vous êtes en communication avec la police, je vous écoute*, répéta la voix.

Eva laissa tomber le téléphone pour saisir son arme à deux mains. Elle ajusta son tir et fit feu, une fois, deux fois, trois. Le grand miroir accroché au mur fut pulvérisé.

La bête avait disparu.

— *Que se passe-t-il ? Est-ce que vous m'entendez ?* s'inquiétait la voix au bout du fil.

Eva se pencha pour ramasser le téléphone.

Elle ne vit pas l'attaque arriver.

La silhouette s'était tenue tapie dans l'angle mort. Elle lui assena un coup au visage. L'espace d'une seconde, Eva ne vit plus qu'une déflagration de lumières. Son arme lui échappa.

Elle voulut se tourner, lever les bras pour se défendre, mais un second coup de matraque retomba sur sa clavicule. Une nouvelle explosion dans tout son corps.

Ses forces l'abandonnèrent. Elle se sentit tomber en arrière, s'écroula sur le parquet.

Elle se retourna aussitôt, mue par son instinct de survie.

Elle aperçut son agresseur. Ou tout au moins sa silhouette, drapée dans un long manteau, la capuche rabattue sur son visage.

Le visage dans cette capuche était un masque.

Un masque vénitien blanc, qui couvrait la partie supérieure du visage, comme l'avaient décrit les témoins au Hells Bells.

— Bon sang, mais *qui* es-tu ? murmura Eva, alors que les formes devenaient floues autour d'elle.

— Tu ne le sais pas encore, petit fauve ? Après toutes les recherches que tu as faites sur moi ? Tu es décevante.

C'était une voix de femme.

La silhouette fit un pas vers elle, serrant la matraque télescopique dans sa main droite, et Eva s'aperçut avec une angoisse diffuse que c'était la sienne. Cette folle avait fouillé dans ses affaires sans qu'elle s'en rende compte.

La policière essaya de reculer en prenant appui sur ses bras.

Sa contorsion ne fut pas très concluante. Elle glissa et retomba sur le dos. Son crâne heurta le parquet.

La femme masquée se pencha au-dessus d'elle.

Sa tête s'inclina sur le côté. Un sourire se dessina sur la bouche luisante, sous le masque en porcelaine.

— Mais tu comprendras. Ne t'en fais pas. Très bientôt.

Eva était incapable d'articuler le moindre mot.

Elle vit la silhouette se pencher et ramasser le Beretta, qui avait échoué sur le sol. Son corps se tétanisa sous l'effet de la panique.

Le loup était réapparu. Elle le voyait très distinctement. Il avançait au ralenti, par saccades, comme un mirage impossible et pourtant réel. Son pelage était plus noir que le noir, ce n'était pas un pelage fait de poils, mais d'ombres ayant pris l'apparence de poils, et se modelant à chaque seconde. Cette chose n'était pas un loup. Eva ne comprenait pas sa nature, mais ce n'était rien de vivant.

La créature braquait ses yeux vers elle, sans cesser de se rapprocher, et les flammes dans son regard étaient bien plus rouges que ses propres yeux d'albinos.

— Ne le laissez pas… commença Eva.

Le loup bondit sur elle avant qu'elle ne puisse finir sa phrase.

IV

CAPTIVE

35

Toulouse,
Lundi, 8 heures

Installé à son bureau devant un mug de café, Vauvert composa le numéro d'Eva Svärta. Il ignorait encore comment lui exposer les faits, mais il *devait* lui raconter ce qui s'était produit la veille.

Il lui faudrait pourtant patienter, car le téléphone de la policière était sur boîte vocale. Sa voix enregistrée, grave et posée, lui annonça, le plus simplement du monde :

— *Svärta, police criminelle. Laissez un message après le signal.*

Vauvert raccrocha et souffla au-dessus de son mug en râlant.

Cinq minutes plus tard, à sa deuxième tentative, il tomba de nouveau sur le répondeur.

— *Svärta, police criminelle. Laissez un message après le signal.*

Cette fois, il prit une grande inspiration, et dit :

— Bonjour, Eva, c'est Alexandre Vauvert à l'appareil. Je te rappelais comme promis, pour faire le point sur l'affaire. Il s'est produit certaines choses plutôt étranges, hier, dont je dois te parler au plus vite. Rappelle-moi dès que possible, d'accord ?

Il posa son téléphone devant lui, acheva son café et s'en remplit un autre à la machine qui tenait en équilibre sur de vieux dossiers.

Puis il se cala dans son fauteuil et posa ses rangers sur le bureau, sirotant sa boisson à petites gorgées.

Une demi-heure plus tard, il refit le numéro d'Eva, sans plus de résultat. Elle n'avait toujours pas rallumé son téléphone.

— Mais qu'est-ce qu'elle fiche ?

Il observa le téléphone dans sa main. Un début d'angoisse irrationnelle monta en lui. Car il n'y avait aucune raison de s'inquiéter, n'est-ce pas ? Rien de grave ne pouvait être arrivé. Il devait s'agir d'une coïncidence…

Il fallait quand même qu'il se rassure. Il se décida à appeler le quai des Orfèvres. Quand il fut mis en relation avec le standard, il demanda à parler à la commandante Svärta.

Au ton de la voix de son interlocutrice, il comprit qu'il y *avait* un problème. Elle l'informa que c'était impossible, que la commandante Svärta ne serait pas joignable. Il déclina son identité et sa fonction, il expliqua que son appel était très urgent, et la personne au bout du fil finit par lui dire que ce n'était pas si simple, qu'il s'était produit des « événements » durant la nuit.

Des « *événements* » ? Qui impliquaient la commandante Svärta ?

L'angoisse, dans son ventre, se transforma en début de panique. Il insista, il exigeait qu'on lui donne des explications, tout de suite. Dans ce cas, il valait mieux qu'il parle directement à ses collègues, lui suggéra la femme. Elle lui demanda de patienter, le temps de le mettre en relation avec l'équipe de la brigade criminelle, et c'est ce qu'il fit, il patienta, sentant sa gorge se nouer un peu plus à chaque sonnerie qui retentissait dans le vide. Enfin, on décrocha. C'était une voix d'homme, un certain commandant Deveraux, qui s'empressa de prétexter qu'il était occupé sur une urgence et qu'il faudrait rappeler. Vauvert expliqua une nouvelle fois qui il était, et pourquoi il essayait de joindre Eva – sentant son calme tout comme sa diplomatie peu à peu s'étioler. L'homme au bout du fil finit par soupirer et lui dévoiler ce qui s'était produit au cours de la nuit. La commandante Svärta avait disparu. Tous les services étaient à sa recherche depuis ce matin.

Ce fut un tel choc que, tout d'abord, Vauvert ne comprit pas vraiment ce que l'homme lui expliquait. Il y avait des choses qui n'étaient pas concevables.

Il déglutit douloureusement.

— Vous ne savez absolument pas où elle est ?

— *Eh bien, c'est le sens du mot « disparue », non ? Tout ce qu'on sait, c'est qu'elle a été agressée à son domicile. Les détails sont sur le réseau depuis trois bonnes heures. Vous n'avez pas le haut débit, en province ?*

— Je vais le consulter, marmonna Vauvert. Ce n'est vraiment pas la peine de le prendre sur ce ton ! Il se trouve que j'enquêtais…

— *Écoutez, mon ami*, le coupa son interlocuteur. *Je suis vraiment désolé, mais je n'ai pas que ça à faire, d'accord ? Tous les effectifs sont sur l'affaire. Si vous voulez bien m'excuser, on fera un point quand nous aurons progressé.*

— Attendez. Il faut absolument que je…

L'homme lui raccrocha au nez.

— Mais quel connard ! s'écria Vauvert.

De rage, il abattit son téléphone sur son bureau. Il y eut un bruit de casse très net. Une partie de l'écran se détacha.

— Ah, merde ! *Merde !*

Vauvert se redressa de ses deux mètres et tourna sur lui-même, ne sachant plus comment ordonner la masse de son corps dans le bureau encombré de dossiers. Il finit par poser la paume de sa main contre le mur, et tapa, une fois, deux fois. À la troisième fois, la vibration fit s'écrouler une pile de feuilles sur une des étagères.

— Quel connard ! continuait-il de hurler à pleins poumons. Mais quel connard de fonctionnaire de merde !

Il sortit de son bureau et claqua la porte. À quelques mètres de là, ses collègues installés en open space levèrent des yeux curieux vers lui, mais aucun d'entre eux n'osa lui poser de question.

Il leur fit un rapide geste de la main pour leur signifier que tout allait bien et marcha le long du couloir. Il ne voulait pas se donner en spectacle, mais il avait besoin de respirer un peu d'air. Il se posta à la fenêtre, faisant de son mieux pour se calmer. C'était tout simplement impossible. Le sang battait à ses tempes. *Eva avait été agressée à son domicile. Elle avait été enlevée. Bordel de bordel, c'était le même mode opératoire, c'était le tueur qu'ils recherchaient qui l'avait attaquée. Et qu'allaient-ils faire, à présent ? Ils n'avaient pas été foutus de sauver la moindre de ces filles. Comment espérer qu'elle en réchappe ?*

Il agrippa le rebord de la fenêtre jusqu'à ce que ses phalanges blanchissent.

Avaient-ils au moins la moindre piste ?

Il ne chercha pas à réfléchir. Il rebroussa chemin jusqu'à son bureau, toujours sous les regards en biais de ses collègues, et claqua une nouvelle fois la porte de son bureau.

Son téléphone brisé l'attendait à côté de son ordinateur. Le verre était fendu, une moitié entièrement détachée. Vauvert se saisit du petit bout de plastique transparent et le remit à sa place, pressant avec son pouce pour réunir les deux parties de l'appareil. Cela semblait tenir. Il essaya de rallumer le téléphone. L'écran s'illumina. Les icônes du menu s'affichèrent. Le mobile semblait toujours en état. Vauvert fit défiler les numéros et sélectionna celui de l'aéroport.

— *Billetterie de Toulouse-Blagnac, je vous écoute*, fit la voix de l'hôtesse.

— Je voudrais un billet pour Paris. Départ aussi vite que possible.

[illegible]

[illegible] de l'histoire [illegible]

[illegible] les hommes et [illegible] l'esprit.

— [illegible]

— [illegible]

36

noirs
des flots noirs
des flots de ténèbres glacées
où elle sombre

Dans le noir et le froid. Elle sent bien qu'on la pousse, qu'on la tire. Qu'on la déplace, en la jetant dans une voiture. Elle reconnaît sa propre Audi. Mais elle continue de sombrer.

Elle a déjà vécu cela. Une fois. Une unique fois, enfouie au plus profond de ses souvenirs. Protégée par les épées des drogues et de l'oubli.

Il y a longtemps. Si longtemps, en vérité.

Elle a envie de hurler, de se débattre. Surtout, surtout, ne pas se souvenir. Lors d'une fraction de seconde, elle croit qu'elle va réussir, qu'elle va émerger, elle jaillit hors des flots de ténèbres de l'inconscience, comme une noyée cherchant la surface. Elle est portée, poussée à nouveau, et elle roule en bas d'un escalier. Son visage s'écrase dans la poussière. Dans les flots obscurs à nouveau.

Elle ne voit rien, au cœur de ces flots. Au fond de cet océan noir qui l'a engloutie. Et pourtant elle sent le sol, sous son dos. Elle sent la pierre contre sa tête. Elle sent qu'on la redresse. Qu'on la hisse, sans ménagement, sur une surface rugueuse. On la traîne par les bras pour qu'elle y soit entièrement allongée. Sur une table, peut-être. Une énorme table en bois ?

Elle essaie de reprendre le contrôle de son corps.

Elle lutte de toutes ses forces.

Mais elle demeure sous la surface. Un corps vide. Un esprit anesthésié.

Son tee-shirt est soulevé. On le fait passer par-dessus son visage. Des doigts font sauter les boutons de sa braguette. On lui soulève les hanches, on tire sur son jean, par secousses, jusqu'à pouvoir le faire glisser le long de ses jambes. Et elle ne peut toujours pas bouger. Toujours pas se défendre.

Juste être ce corps impuissant. Cette chair nue et offerte, sur l'autel du sacrifice.

Elle a l'impression de parvenir à prononcer un mot. « *Non.* » Comme une formule magique. Mais elle a peut-être rêvé. Elle ne sait plus ce qui est réel et ce qui ne l'est pas.

Elle a conscience qu'on lui passe des cordes autour des chevilles, pourtant. Et à nouveau elle se démène, elle essaie de lutter, de donner des coups de pied, au hasard, tout en sachant que ce n'est qu'une sorte de rêve éveillé, que ses membres refusent de lui obéir. Les liens se resserrent. Ses deux jambes s'écartent, tirées de part et d'autre, sans qu'elle puisse se défendre. Sans qu'elle puisse même ouvrir les yeux.

La corde est nouée.

Ensuite, c'est au tour de ses poignets.

Elle refuse de se laisser faire. La panique la submerge. Elle se cambre, bande tous ses muscles. Ou croit qu'elle le fait. Elle a l'impression de lever une main. Le bout de ses doigts effleure un visage froid. Un masque en porcelaine. Une main lui saisit le poignet, le rabat en arrière. La douleur se diffuse, tandis que ses bras sont levés, plaqués de part et d'autre de la table.

L'impuissance. Encore et toujours. C'est tout ce qu'elle peut ressentir. C'est tout ce à quoi on l'a reléguée. Condamnée à se laisser manipuler. Se laisser modeler.

Les cordes glissent autour de ses poignets sans qu'elle puisse opposer la moindre résistance.

Ses bras sont tirés en croix.

Elle est allongée, aveuglée, sur cette planche de bois, dans les ténèbres.

Comme lorsqu'elle avait six ans.

Exactement comme lorsqu'elle avait six ans.

Les ténèbres étaient autour d'elle, quand elle étreignait sa sœur dans ses bras en lui disant que tout irait bien, qu'elles ne se quitteraient jamais. Que, si elles restaient ensemble, le monstre ne viendrait pas les prendre.

Elle a envie de hurler, de se débattre, de tordre ces souvenirs et de les briser, de les réduire à néant. Elle a fait cela toute sa vie. Elle a nié les ténèbres. Elle a banni les souvenirs, et les cauchemars qui les accompagnent. Elle a chassé toute trace d'enfance de sa mémoire. Elle a cru que cela la tiendrait éloignée des flots noirs. Mais ils l'ont finalement rattrapée, comme elle a toujours su qu'ils le feraient. On n'échappe pas éternellement aux ténèbres. Elles nous laissent juste un répit, parfois.

Subitement, elle sent qu'elle retrouve l'usage de ses sens.

Enfin, elle parvient à ouvrir les yeux.

Elle tire sur ses membres, contracte chacun de ses muscles. Il n'y a rien à faire. Les cordes l'immobilisent. Ses bras et ses jambes sont maintenus écartés.

— Non, murmure-t-elle. *Non…*

Une silhouette se tient devant elle.

Cette femme au visage masqué.

Quand elle constate qu'Eva est revenue à elle, la femme s'approche.

Son masque de porcelaine, lisse, est un éclat de blancheur, encadré par de longs cheveux soyeux.

La bouche, sous ce masque, lui sourit.

Barbouillée de sang.

La langue passe sur les lèvres, une fois, puis une seconde. Étalant le sang.

Eva comprend qu'il s'agit du sien. De son propre sang. Sur cette bouche souriante.

Ce n'est qu'à cet instant qu'elle prend vraiment conscience de la douleur qui lui dévore la cuisse.

Là où jaillissent les flots noirs.

Les flots de son propre sang.

37

Paris,
13 h 30

L'affaire avait pris des proportions hors normes. La réaction de la police s'organisa en conséquence.

Quand la brigade d'intervention avait défoncé la porte de son appartement et que des hommes en gilets pare-balles l'avaient tiré de son lit pour le plaquer sur le sol et lui attacher des menottes dans le dos, Anthony Rivera n'avait absolument pas compris ce qui lui arrivait. Il leur hurla pourtant, de toute la force de ses poumons, que c'était une erreur, c'était forcément une erreur, une bavure monumentale.

Une heure et demie plus tard, après qu'on l'eut transporté en fourgon jusqu'au 36 quai des Orfèvres, qu'on l'eut enfermé dans un bureau de la police criminelle et que trois inspecteurs l'eurent successivement assommé de questions, sans lui laisser le moindre répit qui lui aurait permis de se réveiller, de rassembler ses pensées, il n'était toujours pas certain d'avoir saisi ce qu'on lui voulait, ni de ce qu'il était censé dire pour sa défense. La seule chose qu'il comprenait, c'est que la femme flic avec qui il avait passé la nuit avait disparu, que tous les services de police étaient sur le pied de guerre, et que maintenant, quoi qu'il arrive, il était dans de sérieuses emmerdes. Aussi innocent qu'il soit, rien de ce qu'il pourrait leur raconter ne semblait susceptible d'arranger ses perspectives de rentrer chez lui.

— Je ne sais rien du tout, répéta-t-il, en désespoir de cause. Je suis parti de chez elle vers 5 heures et je suis rentré directement chez moi. Et puis vous avez débarqué comme si j'étais un putain de terroriste.

Face à lui, le commandant Deveraux, courbé comme une hyène maigre lorgnant sa proie à terre, remua la cuillère dans sa tasse de café. Le métal cognant contre la céramique produisait un cliquetis entêtant.

— Mon petit, pour commencer, je te conseille de faire attention à ton langage.

Rivera baissa les yeux.

— Je vous le jure, je ne sais pas ce qui s'est passé ensuite.

— Ouais. Ça commence à me plaire, tout ça, grinça Deveraux. La commandante Svärta s'est fait agresser à son domicile à 5 h 36 précisément. Elle a appelé à l'aide, et tout a été enregistré, tu vois ? On sait que c'était toi, petit. Tout ce qu'on veut, c'est que tu nous expliques où tu l'as emmenée.

— Je n'ai rien fait. Je n'étais plus chez elle à cette heure-là !

— Ah, ouais. Parce qu'elle t'a mis dehors, c'est bien ce que tu nous as dit ?

— Oui, c'est exactement ça.

— Sauf que tu ne nous as pas expliqué la raison.

— Je…

— La soirée ne s'est pas déroulée comme tu l'espérais ?

Deveraux se pencha sur la table, approchant son visage en lame de couteau du jeune homme.

— Vous vous êtes querellés ? Tu peux me le dire.

— Mais non…

— Tu ne t'étais pas rendu compte à quel point c'était une salope imbue d'elle-même, hein ? Comment elle s'y est prise, pour te rabaisser ? Elle s'est moquée de toi ? Tu n'en avais pas une assez grosse ? C'est ça, qui t'a fait sortir de tes gonds ?

— On ne s'est pas disputés ! Elle voulait juste que je m'en aille. Ça arrive, d'accord ? J'ai fait le coup à des tas de filles. Je m'étais juste jamais rendu compte à quel point c'était humiliant. C'est tout. J'ai fait comme elle m'a demandé. C'est pas un crime.

Devant lui, le policier but le fond de café, faisant claquer sa langue de satisfaction. Après avoir reposé la tasse sur le bureau, il réajusta son nœud de cravate.

— Délicieux. C'est dommage que tu n'aies pas le droit d'y goûter.

Le garçon déglutit.

— Je ne sais rien d'autre, monsieur. Je n'étais plus chez elle.

— Mais tu viens de me dire qu'elle t'a humilié.

— Je… non… ce n'est pas…

— Ça ne doit pas arriver souvent, qu'une nana te prenne de haut, hein ?

— Mais…

— C'est pour ça que tu l'as frappée ? Tu as voulu lui donner une leçon qu'elle n'oublierait pas, c'est ça ?

— Je l'ai jamais frappée, putain ! s'emporta le garçon.

La porte s'ouvrit et le commissaire Ô pénétra dans le bureau.

— On s'énerve ? demanda-t-il en prenant place à son tour face à Rivera. Il ne faut pas te mettre dans tous ces états, jeune homme.

— Je n'arrive à rien, chef, lui dit Deveraux. Ce gosse est une foutue tête de mule.

Le garçon regarda les deux policiers tour à tour, puis se prit la tête dans les mains.

— Je ne l'ai jamais touchée, répéta-t-il d'une voix brisée. Quoi que ce soit que vous me reprochiez, je suis innocent. J'ai couché avec cette fille et je suis parti. C'est la vérité.

— « Cette fille », c'est notre collègue, et elle a été enlevée, le reprit le commissaire d'une voix sèche. On sait qu'elle a été battue. On a retrouvé son sang sur le sol, tu comprends ? Son sang, et tes empreintes.

— On a *baisé*, monsieur, déclara le garçon. C'est un peu normal que mes empreintes et mes fluides corporels se retrouvent partout ! Putain, je ne sais pas quoi vous dire de plus ! Si on l'a attaquée, comme vous le dites, alors c'est forcément après mon départ. Peut-être que votre type était déjà sur place ? Vous n'y avez pas pensé, à ça ?

Le commissaire le dévisagea, l'air grave, et le garçon eut l'impression qu'il regardait à l'intérieur de sa tête.

— Imaginons que ce soit le cas, Anthony. Est-ce que tu aurais croisé quelqu'un d'autre sur les lieux ? Dans le couloir, ou dans le hall ?

Rivera chercha dans ses souvenirs. Peine perdue.

— Je sais pas trop, monsieur. J'ai pris l'ascenseur. Il n'y avait personne.

— Dans la rue, alors ?

— Je ne crois pas.

— Quand tu as ouvert la porte pour sortir, tu es bien sûr de n'avoir laissé passer personne ?

— Oui. Ça j'en suis certain. La rue était déserte.

Ô croisa ses mains devant lui. Sous les cernes, son regard était immobile, empreint d'une grande détermination.

— Alors on a un problème, tu ne trouves pas ?

Anthony Rivera baissa la tête, ses cheveux serpentins retombant sur son visage comme un rideau de tresses noires.

— Oh putain, murmura-t-il. Putain de merde.

Sortant du bureau, Ô fit un geste vers le lieutenant Benavente.

— Florian, il est à toi. Tu lui fais tout reprendre à zéro.

Le policier acquiesça et poussa la porte pour aller retrouver le prisonnier. Puis Ô s'éloigna à grands pas, Deveraux sur ses talons.

— Crénom de merde ! finit par exploser le commissaire, s'arrêtant en haut de l'escalier. Elle a disparu depuis *sept* heures ! On est trop lents !

Il indiqua du menton la porte du bureau, au bout du couloir.

— C'est lui ?

— Non, chef. J'aimerais bien, tout aussi sûrement que je lui raserais bien la tête, à ce drogué. Mais il a vraiment l'air perdu. Je crois qu'il nous dit la vérité. On a pas le bon type.

Deveraux baissa la voix pour ajouter :

— C'est le même mode opératoire. Qu'on le veuille ou pas, c'est bien notre assassin qui l'a enlevée. Et s'il procède comme d'habitude…

Ô empoigna la rambarde de l'escalier et observa le va-et-vient des policiers à l'étage en dessous.

— Alors, l'enquête de voisinage n'a rien donné ? demanda Deveraux.

— Rien. On piétine.

Ils aperçurent le lieutenant Leroy qui remontait l'escalier quatre à quatre.

— Ah, vous êtes là ! J'ai les résultats de l'hématologie. Le sang sur le sol est bien celui d'Eva.

Il arriva à leur niveau, une liasse de feuilles à la main.

— En revanche, celui retrouvé sur les éclats de miroirs appartient à une autre personne. C'est une femme, et elle est de type AB négatif. C'est, de très loin, le groupe sanguin le plus rare. Il concerne moins de un pour cent de la population. On a au moins cet élément.

— On a *rien du tout*, l'interrompit Ô.

Son visage était crayeux. Ainsi cramponné à l'escalier, il ressemblait à une statue.

— Homme ou femme, c'est notre assassin qui a fait ça, d'accord ? Que ce soit pour nous donner une leçon ou simplement pour se choisir un gibier haut de gamme, ce coup-ci. Dans un cas comme dans l'autre, si on ne retrouve pas Eva dans les vingt-quatre heures, elle est morte. On n'a pas le temps de spéculer dans le vide.

Ni Deveraux ni Leroy ne trouvèrent rien à répondre.

Soudain, une altercation éclata juste en dessous. Ils se penchèrent tous les trois au-dessus de la rambarde, et ne tardèrent pas à voir le lieutenant Mangin gravir les marches, derrière un colosse mal rasé, engoncé dans un costume sombre qui contenait à grand-peine sa musculature.

— Arrêtez-vous ! Maintenant ! C'est un ordre ! répétait Mangin.

— Vous êtes complètement crétin ou quoi ? Je dois voir le commissaire ! Et je vais le voir *tout de suite* !

Il arriva au troisième étage et se planta devant les trois policiers médusés. Cet homme les dépassait tous d'une bonne tête. Il avait le nez de travers, signe d'une ancienne fracture mal soignée, et des traits épais sculptés sur une peau très mate. Ses yeux, noir profond, brillaient d'un éclat fiévreux.

— Je cherche le commissaire divisionnaire Ô, leur annonça-t-il. C'est très important.

Le lieutenant Mangin écarta les bras en signe d'impuissance.

— Je suis désolé, chef ! Impossible de le raisonner. Il a refusé de se faire badger.

— Je n'ai pas de temps pour ces conneries ! s'exclama l'homme. Je suis de la maison, merde !

Ô avança d'un pas, en se passant la main sur la bouche. Il reconnaissait très bien cet homme. Il avait eu l'occasion de voir de nombreuses photos de lui dans les journaux.

— Je sais que vous l'êtes, commandant Vauvert. Cela ne vous dispense pas de la procédure. Je suis Rudy Ô. Mais qu'est-ce que vous fichez ici, nom de Dieu ?

38

Dans son bureau, Ô écouta Vauvert sans l'interrompre. Puis, une fois son récit achevé, le commissaire se massa les tempes. Cette maudite journée promettait d'être *très* longue.

— Bien. Vous avez donc décidé de quitter votre poste ? Comme ça ?

— Je n'ai pas quitté mon poste, commissaire. Je suis ici dans le strict cadre de mon affaire. J'ai essayé de joindre votre équipe mais un tocard m'a raccroché au nez. Un certain Dévot…

— Deveraux.

— Oui, peu importe. Il y a un an, vous avez envoyé la commandante Eva Svärta pour nous aider, c'est elle qui nous a mis sur la piste des Salaville. Il est normal que je fasse tout mon possible pour elle, à présent.

Ô, impénétrable, le dévisagea comme s'il cherchait à percer son esprit. Vauvert *sentit* qu'il le scrutait tout au fond de son être. Pourtant, il ne cilla pas non plus.

— Sauf votre respect, commissaire, nous perdons un temps précieux. Vous savez comme moi ce qui se passe dans ce genre de cas. Passé les vingt-quatre premières heures…

— Je sais, dit Ô.

Il hésita. Puis ajouta :

— Elle est peut-être déjà morte, en avez-vous conscience ? Si le psychopathe a voulu se venger…

— Alors laissez-moi vous aider ! le coupa Vauvert. Où est le problème ? Nous travaillons pour le même service, non ?

Il posa ses mains sur le bureau, et même penché ainsi il surplombait le commissaire d'une bonne tête. Et toujours sans que son regard vacille, il lui dit, d'une voix grave :

— Je vous en *supplie*.

— Soit, souffla le commissaire.

Mais l'expression sur son visage restait lourde d'inquiétude.

39

Eva serre les dents.

La douleur est insupportable.

Au-delà de tout ce qu'elle a jamais connu.

Elle a l'impression d'avoir des centaines d'hameçons plantés dans la chair de sa cuisse.

Pourtant, elle ne sait pas ce qui est le pire. Cette douleur-là, ou la perspective de ce qui suivra – ce qui suivra immanquablement.

Les cordes meurtrissent ses poignets. Ses bras tendus sont parcourus de crampes. Elle n'ose tirer sur ses liens, de peur de comprimer davantage ses veines.

Les yeux embués de larmes, elle laisse échapper une plainte de petit animal.

Comment lutter ? Comment revivre ça une nouvelle fois, sans perdre la raison ? Elle ne le peut pas, n'est-ce pas ? *Personne* ne le pourrait. Elle sent déjà la panique qui déferle dans son esprit, lui ôtant toute capacité de réflexion, et elle serre les dents plus fort, jusqu'à sentir le goût de son propre sang dans sa gorge.

— Pitié.

La femme masquée émet un rire étrangement doux.

— Te débattre ne sert à rien.

Sa voix, comme son rire, est suave et un peu grave. Celle d'une femme mûre qui sait ce qu'elle désire.

Elle poursuit :

— Tu es entièrement à ma merci. Mon petit fauve qui a besoin d'être dressé. Oh, oui…

Eva penche la tête d'un côté, puis de l'autre. Non. Non. *NON*.

Mais la femme s'approche, sa robe de satin noir coulant sur ses formes pleines. Sa chevelure cascade sur ses épaules, des boucles noires qui retombent jusque sur ses fesses, encadrant le masque blanc. Quand elle incline la tête de côté, les longs cheveux se déroulent et se redressent, avec un infime décalage. Comme un film ne passant pas à la bonne vitesse de lecture. Eva comprend qu'il s'agit de cheveux synthétiques. Cette foutue psychopathe porte une perruque.

Les yeux, dans le masque de porcelaine, l'observent avec une immense attention. Deux fêtes consumant l'obscurité. La femme porte la main à sa bouche et promène sa langue sur ses doigts rouges, humides du sang d'Eva.

— Tu te rends compte de tous les soucis que tu m'as causés ? Non, bien sûr, tu ne peux pas t'en douter. Tu ne peux pas réaliser l'importance de ce que tu as essayé d'entraver.

Eva ne comprend rien à ce que raconte cette femme, cette démente, ce monstre déguisé en être humain. Elle aimerait reprendre le dessus. Ne pas réagir en victime. Mais c'est impossible, bien sûr. Ses pensées sont devenues incontrôlables, elles tournent de plus en plus vite dans sa tête, et elle a six ans à nouveau. Qu'elle le veuille ou non, elle a toujours eu six ans, au fond d'elle. Toutes les bêtises qu'elle a pu raconter en thérapie sont oubliées, envolées.

Toute trace de confiance en elle est balayée, tel un frêle dessin dans le sable que la marée efface, et rien de plus. Elle a six ans et elle n'a jamais eu de vie de femme, jamais connu le bonheur rassurant de contrôler chaque détail de sa vie. Elle a six ans et, *ohh oui*, elle est toujours dans cette cave enténébrée. Dans les griffes d'un monstre déguisé en être humain, celui-là ou un autre.

Elle a toujours su que cet instant viendrait.

La première fois, il n'a pris que Justyna.

À présent, il est revenu pour elle.

Le monstre se penche.

Sa bouche immense.

Ses yeux emplis d'étoiles, dans son masque marmoréen.

— Alors ? Tu ne cries pas ? Tu ne pleures pas ? demande le monstre qui a l'apparence d'une femme.

Envie de crier ? Envie de hurler, oui.

Et de pleurer.

Tellement envie.

Eva ferme les yeux. Son corps est agité de tremblements. Ses biceps se tendent comme des câbles. Mais ses poignets demeurent entravés. Son corps reste crucifié, offert pour sa destruction. Il faut qu'elle résiste, pourtant. Si elle veut vivre encore un peu. Gagner quelques heures, peut-être.

— Tu vas devoir verser des larmes. Tu vas devoir supplier. C'est ainsi que le rituel doit se dérouler. C'est la douleur qui les attire. La douleur et les larmes.

Eva déglutit, et c'est comme si elle avalait des rasoirs. Le martèlement de son cœur, dans ses tempes, est assourdissant.

— *Non*, parvient-elle à murmurer, dans un ultime défi.

— Tu y viendras. Il n'y a pas d'autre option pour toi.

La femme se penche vers elle, approchant le scalpel, et Eva tire à nouveau sur ses liens, sachant qu'elle ne pourra éviter l'inévitable.

Elle contracte ses mâchoires. Le plus fort possible.

La pointe acérée presse contre son ventre.

Juste en dessous de son nombril.

Son épiderme cède avec un clac. La lame s'enfonce dans sa chair, un centimètre peut-être. Peut-être plus.

Cette fois, Eva *hurle*.

— Ahh, tu vois ? dit la femme en retirant la lame.

Elle approche sa bouche du tranchant. Le bout de sa langue se détend et vient recueillir une goutte de sang sur le fil du scalpel.

Le sourire rayonne, sous le masque de porcelaine.

Eva hoquette. Le monde tangue, le monde tournoie, tout autour d'elle. Elle devine les flots noirs qui reviennent, la marée de ténèbres qui attend pour la recouvrir et la noyer, une fois pour toutes. La sensation de brûlure dévore son ventre. Tout son corps hurle de douleur. De cette douleur si intense. Son sang s'écoule le long de ses flancs. Sa vie devient un fleuve qui dessine son lit sur sa peau nue et couverte de chair de poule, suivant l'arrondi de sa hanche, formant une flaque sous ses fesses. Elle entend le bruit caractéristique des gouttes s'échouant dans un récipient en métal.

Comme pour les autres.

Le récipient qui a recueilli leur sang.

C'est ce que cette folle fait. Elle va la saigner comme les autres.

— Tu sais que cela va durer, n'est-ce pas ? C'est important. Le rituel doit être accompli correctement.

Eva essaie de reprendre sa respiration. Elle a du sang plein la gorge. Elle le crache, projetant une éclaboussure de rubis sur la blancheur immaculée du masque devant elle.

Dans son esprit défilent les détails de tout ce que cette femme a fait aux victimes précédentes. Elle a étudié les photos de leurs corps, mutilés au-delà de l'imaginable, elle a lu et appris par cœur les rapports des spécialistes. Elle connaît avec précision chacune des étapes de tout ce qu'elles ont subi. Trente coups de couteau pour certaines. Plus de soixante pour d'autres. Le visage découpé. Les yeux crevés. Leur peau arrachée. *De leur vivant.*

C'est cette dernière pensée qui est comme un déclic, et tout d'un coup Eva ne perçoit plus que cette douleur qui pulse dans ses plaies, à la cuisse et au ventre, elle ne sent plus que son sang qui suinte quand elle se contorsionne, et ses nerfs lâchent. La panique la plus absolue la submerge. Son esprit devient une bulle de terreur pure. Elle pousse un cri, qui monte et devient un hurlement plus aigu et plus puissant encore, et même cela n'étouffe pas le son du sang s'écoulant dans le récipient. Elle se cambre, tire sur les cordes.

Jusqu'à ce que la main de la femme, au-dessus d'elle, ne s'élève.

Eva voit la lame scintillante, elle voit l'arc de cercle qu'effectue le scalpel vers sa hanche, et elle voit des éclaboussures rouges, à l'intérieur de ses rétines, ou à l'extérieur, elle ne sait plus.

Elle continue de hurler.

À s'en déchirer les cordes vocales. Sous la douleur qui la dévore, la mastique dans ses crocs de feu rouge.

La main se redresse, au-dessus du sourire ardent.

La lame replonge.

Ses yeux se révulsent.

Elle ne voit même plus la femme qui relève la lame, projetant de nouveaux arcs de sang.

Mais elle sent la déflagration de souffrance quand la lame s'abat une nouvelle fois.

Et encore une autre.

Jusqu'à ce qu'Eva, sombrant enfin dans l'inconscience, cesse de hurler.

40

14 heures

Erwan Leroy les attendait dans le couloir, auréolé d'un nuage de fumée. Quand la porte du bureau s'ouvrit, il écrasa sa cigarette dans son gobelet de café et jeta le tout dans la corbeille.

Le commissaire désigna Vauvert.

— Il est avec nous, j'attends une totale coopération. Reçu ?

— Cinq sur cinq, chef. Je pensais retourner à l'appartement d'Eva. Au cas où quelque chose nous aurait échappé.

— Alors allez-y tous les deux, dit Ô en s'éloignant vers la salle d'interrogatoire. Apportez-moi *quelque chose*.

Vauvert serra la main du jeune lieutenant.

— Merci, Erwan.

— Il n'y a pas de quoi, lui dit Leroy. On a vraiment besoin de toute l'aide possible sur ce coup-là. Et puis, Eva m'a souvent parlé de toi.

— Vraiment ?

Vauvert attendit qu'il lui en dise plus. Il n'en fut rien. Leroy se contenta de se diriger vers l'escalier, et Vauvert lui emboîta le pas, consumé par l'envie de lui demander pourquoi, *pourquoi est-ce qu'elle l'avait mentionné ? En quels termes est-ce qu'elle avait parlé de lui ?* Il n'en fit rien, se mordant les lèvres et descendant à sa suite les marches de lino noir.

Ils traversèrent la cour et s'engouffrèrent dans une Peugeot blanche. À l'intérieur flottait un mélange d'odeur de tabac et de parfum très sucré.

Vauvert en profita pour détailler le lieutenant à la dérobée : sa veste dernier cri sous son trois-quarts en cuir, son tee-shirt Hugo Boss gris pâle. Le genre de séducteur tout juste trentenaire, avec des mèches blondes coiffées en pétard qui lui retombaient sur les coins du visage, des épaules de catcheur et un sourire Ultra Brite. Le plus souvent, Vauvert éprouvait une antipathie immédiate pour ce type d'individus. Mais pas cette fois. Il remarqua que les mains du jeune homme tremblaient imperceptiblement, sur le volant. Il y avait une vieille blessure, soigneusement dissimulée sous les allures de beau gosse de Leroy.

Ils longèrent les quais de Seine jusqu'à Bastille, s'engagèrent dans l'avenue Ledru-Rollin. Pour un lundi, il y avait peu de circulation. Leroy conduisait en conservant les mains rivées sur le volant. Il fit un rapide topo sur les événements des deux derniers jours et lui révéla les maigres éléments dont ils disposaient pour le moment. Des miroirs brisés. Du sang appartenant à une femme inconnue, du groupe AB négatif. Il lui expliqua aussi le rapprochement qu'Eva avait fait avec les crimes de la comtesse Bathory, qui avait pour habitude de torturer ses dames de compagnie jusqu'à ce que mort s'ensuive.

— Aussi sordide que soit cette histoire, elle est véridique, ajouta-t-il. J'ai passé une grande partie de la nuit à effectuer des recherches sur le personnage. Bathory mutilait ces pauvres filles avec une perversité extrême. *Exactement* comme notre tueur s'y prend avec ses victimes. Elle leur enfonçait des aiguilles dans toutes les parties du corps et elle découpait leur peau avec des lames de rasoir.

— Pour boire leur sang ? interrogea Vauvert. Comme une sorte de vampire ?

Il repensa à ce que lui avait dit Mira. Le parallèle entre les frères Salaville et les serviteurs de Dracula. Mais il préféra écarter ces pensées. Pour le moment.

— En effet, elle en buvait une certaine partie, expliqua Leroy. Les sorcières qui l'entouraient l'avaient convaincue que le sang était une sorte d'élixir de jeunesse éternelle. Alors elle le prenait à des jeunes filles. Elle s'en enduisait le corps, elle se baignait dedans. Surtout à la fin. Elle prenait des bains dans une immense baignoire remplie de sang.

— C'est absolument dégueulasse, grogna Vauvert.

— Je n'ai pas dit le contraire.

— Et tu penses qu'Eva a raison ? Que notre tueur serait en fait une tueuse ?

S'arrêtant à un feu rouge, Leroy tourna la tête vers Vauvert, sans lâcher son volant.

— Ce que je pense ? C'est qu'à chaque fois qu'Eva a établi le profil de quelqu'un, elle a mis dans le mille. Alors si *elle* croit que notre assassin est une femme se prenant pour la réincarnation d'Élisabeth Bathory, je crois exactement la même chose. Sans oublier le sang qu'on a retrouvé à son domicile. Le sang d'une femme. Ça pourrait très bien être celui de la meurtrière.

Vauvert était songeur, tandis que Leroy redémarrait et remontait à vive allure la rue de Charonne battue par la pluie.

Il se demanda s'il devait lui parler des deux loups qu'il avait vus dans la ferme des Salaville. Il y avait eu du sang, là aussi. Le sang d'un homme décédé depuis un an. Il préféra s'abstenir. De toute façon, ils étaient arrivés. Leroy se gara sur le trottoir.

De l'autre côté de la rue se trouvait un parc qui devait être radieux en été, mais qui prenait un air sinistre sous la pluie battante. L'eau continuait de tomber du ciel en grandes hachures grises, avec une infatigable rage. Le caniveau débordait.

— C'est cet immeuble. Au neuvième, indiqua Leroy.

Ils sortirent de la voiture et se hâtèrent à l'intérieur. Les deux officiers qui buvaient du café dans le hall les saluèrent et les laissèrent passer.

Alors que l'ascenseur s'élevait, le lieutenant Leroy lui demanda subitement :

— Tu tiens vraiment à elle, hein ?

Vauvert le regarda de biais, ne sachant que répondre.

Leroy baissa les yeux.

— Je suis désolé. Je n'ai pas à te poser ce genre de question. Je veux juste te dire qu'à ta place… eh bien, je n'aurais pas hésité à traverser le pays pour aller l'aider, moi aussi.

Ils atteignirent le neuvième étage.

41

Des gouttes de sang étaient répandues sur le parquet de l'entrée. Juste derrière s'étendait un vaste salon aux murs rouges, meublé avec goût. Là encore, il y avait du sang. Celui-ci maculait les miroirs brisés. Des chevalets de marquage en plastique jaune indiquaient les impacts de balles sur le plancher.

Il ne fallut qu'un regard à Vauvert pour analyser tous ces détails. Il connaissait bien ce genre de lieux. Les *scènes de crime*. Bon sang, qu'il détestait ce nom-là et tout ce que cela impliquait. Elles semblaient toujours nouvelles, ces scènes, et pourtant elles restaient toujours terriblement semblables dans leur répétition. Des théâtres de tragédie. Vauvert ne savait que trop bien ce qui arrivait aux personnes impliquées dans de pareilles disparitions. On finissait par les retrouver, oui. Le plus souvent, en petits morceaux dans des sacs en plastique.

Il se crispa. Il n'y avait pas de temps à perdre, voilà tout.

— Qu'est-ce qu'on a ? demanda-t-il d'une voix grave, en avançant au centre du salon.

— À part le sang ? Pas grand-chose, avoua Leroy. Juste un numéro de téléphone sur une feuille de papier, c'est ce qui nous a permis de remonter jusqu'au garçon avec qui elle a passé la nuit. On l'a déjà interrogé, il prétend avoir quitté Eva un peu avant qu'elle ne se fasse agresser.

— Ils se fréquentent depuis longtemps, tous les deux ?

Leroy lui lança un drôle de regard.

— Il n'y a pas de « tous les deux ». Elle ne connaissait pas ce garçon. Eva est…

Il chercha un terme approprié. Et ne le trouva visiblement pas.

— Eva peut avoir un comportement assez particulier, parfois.

Vauvert ne releva pas. Il se contenta d'observer les lieux, en se disant que l'ordre qui régnait ici était bien plus que méthodique, on pouvait le qualifier de maniaque. Tout en lignes droites. En surfaces lisses. Un imposant canapé carré, couleur anthracite, trônait en plein centre de la pièce. Des lithographies abstraites étaient méticuleusement alignées sur les murs. Nulle part la moindre trace de poussière. Chaque objet était minutieusement positionné à sa place. Il trouva cet ordre très déstabilisant, lui qui s'était toujours entouré de chaos comme d'une armure. Faisant quelques pas, il observa les meubles avec précaution. Une vitrine exposait des livres anciens, reliés de cuir, tous en parfait état. Tous exactement du même format. L'appartement était peu meublé, mais avec un goût manifeste pour la beauté froide et le luxe. Posé sur un petit secrétaire en bois précieux se trouvait un ordinateur portable couleur ivoire.

Se penchant au-dessus, Vauvert vit qu'il y avait une image glissée sous une plaque de verre, en guise de sous-main. Il s'agissait d'une photo découpée dans un journal, qu'il reconnut aussitôt. C'était l'article paru dans *Le Temps réel*. La photographie où on le voyait en train de discuter avec la commandante Svärta, à l'écart de la ferme des Salaville, l'année précédente.

Son estomac se noua d'un cran supplémentaire.

Il se redressa et s'éloigna du secrétaire, observant les impacts sur les murs, réfléchissant aussi vite qu'il le pouvait.

— C'est elle qui a tiré, là ?

— Oui. La Balistique a confirmé que les balles provenaient de son Beretta. D'autre part, notre assassin ne s'est encore jamais servi d'arme à feu. Cela n'entre pas dans son mode opératoire.

Leroy se dirigea vers le fond de la pièce, à côté de l'alcôve qui menait à la chambre. Il se tint derrière une série de chevalets jaunes numérotés.

— Elle devait être juste à cet endroit quand elle a été attaquée. Il y a des traces de son sang sur le sol. Et puis…

Levant le bras, le jeune lieutenant tendit son index et releva le pouce pour simuler un pistolet.

— C'est aussi d'ici qu'elle a fait feu. Dans cette direction-là, vers l'entrée de l'appartement, tu vois ? C'est là que devait se trouver son agresseur. Sauf qu'on ne comprend toujours pas comment cette personne a pu passer la porte.

— Comme chez les autres victimes, songea Vauvert à voix haute.

— Oui.

Vauvert observa la disposition des impacts. Trois sur le mur, au moins autant ayant pulvérisé le grand miroir, et un ou deux autres dans le parquet laqué. Il repensa à son étrange aventure dans la ferme des Salaville. À la panique qui l'avait submergé face à ces loups qui n'étaient peut-être pas des loups. À la façon dont il s'était mis à tirer au hasard, incapable de gérer la situation.

— Elle a eu peur de *quelque chose*, Erwan. Et une sacrée peur, pour qu'elle vide son chargeur.

Il fit une pause, avant de demander :

— Il n'y avait pas de sang, sur ces balles ?

— Aucun, indiqua Leroy. Les seules projections de sang se trouvent sur les débris des miroirs. Les experts n'ont pas pu expliquer comment elles sont arrivées là. Ni comment tout ce sang a pu se répandre sans qu'on retrouve la moindre trace de cellule épithéliale, du moindre cheveu, rien. C'est juste incompréhensible.

— Ce qui me semble vraiment incompréhensible, à moi, c'est comment une personne qui n'utilise pas de flingue a pu neutraliser aussi facilement quelqu'un de la trempe d'Eva. J'ai été sur le terrain avec elle, je l'ai vue à l'action. Je peux jurer que, moi-même, j'aurais sacrément hésité avant de m'en prendre à elle !

Il scruta de nouveau la pièce.

— D'autre part, Erwan, il faut comprendre ce qui s'est passé avec les miroirs. Eva ne peut pas les avoir visés par hasard. Dans tout ce que tu as lu sur cette fameuse Comtesse sanglante, il n'y a rien qui ressemble à ce genre de chose ?

— Pas dans les biographies que j'ai épluchées. Bathory était obsédée par sa beauté, à en devenir malade. Elle avait donc des miroirs partout chez elle. Mais, hormis ce détail, je ne vois aucun rapport avec ce qu'on a sur les scènes de crime.

— D'accord. Je tiens juste à n'écarter aucune idée.

Vauvert s'humecta les lèvres.

Un flot de pensées le submergeait.

Des images de bêtes aux yeux rouges qui avaient traversé ses cauchemars pour bondir dans la réalité.

— Et les loups ?

— Comment ça, les loups ? fit Leroy.

— Est-ce qu'il y aurait le moindre lien entre l'histoire d'Élisabeth Bathory et des apparitions de loups ?

Le lieutenant le regarda de biais.

— Eh bien, oui. On la comparait souvent à une louve. Sans compter que de nombreux témoignages l'ont décrite errant la nuit accompagnée d'un loup noir.

Le regard de Vauvert se plissa, barrant son visage couturé d'un air terrible.

— Vraiment ?

— C'est ce que j'ai lu, en tout cas, dit Leroy. Pour être plus précis, il faut bien comprendre que cela fait partie de l'histoire de la Hongrie, qui descend du peuple dace. C'était la première civilisation à occuper l'Europe, toute la région des Carpates et du Danube. Les Daces étaient de redoutables guerriers qui vouaient un culte au sang et vénéraient un dieu de la mort. On les surnommait « les loups » car leur symbole était un dragon à tête de loup.

— Comme Dracula ?

— Tout à fait. Vlad Tepes représente l'héritage typique des Daces. Lui aussi entretenait ce goût pour le sang et la torture de ses ennemis. D'ailleurs, le supplice du pal, qui l'a rendu si célèbre, était à l'origine une forme de sacrifice rituel. Enfin, ce ne sont que de vieilles légendes. En quoi est-ce que ça pourrait nous être utile, de savoir ça ?

— Je ne sais pas encore, avoua Vauvert, en observant les miroirs brisés. Mais j'ai l'impression qu'on tient quelque chose. Quelque chose de très important. Je ne comprends juste pas encore quoi…

Il se retourna vers Leroy.

— Dis-m'en plus sur le lien entre la comtesse Bathory et les loups.

— Je ne vois pas ce que je pourrais ajouter. Elle aussi, elle avait conservé les symboles daces dans son blason familial. Ses armoiries étaient formées par trois dents de loup et un dragon enroulé tout autour, ce qui forme grossièrement la lettre B. Attends.

Leroy attrapa un carnet Moleskine dans la poche de son manteau.

— Souvent, je fais des croquis. Ça m'aide à réfléchir. Ici, j'ai dessiné le sceau d'Élisabeth Bathory. Regarde.

Vauvert prit le carnet que le lieutenant lui tendait, et observa le dessin griffonné sur la page de droite. Le dragon ressemblait davantage à un serpent se mordant la queue, encerclant trois barres horizontales qui devaient symboliser les trois dents de loup. Il reconnaissait cette forme géométrique.

— C'est le dessin que les Salaville avaient tracé sur le mur de leur salon, ça.

Leroy approuva d'un signe de tête.

— C'est troublant, hein ? Le problème c'est que, pour le moment, cela ne fait qu'une succession d'éléments sans le moindre sens.

Vauvert ne répliqua pas. Il franchit l'arcade qui séparait le salon de la chambre. Celle-ci était très vaste, contrairement à ce que l'on trouve dans la plupart des appartements parisiens. Le lit était à son échelle, immense. Là aussi, un miroir était brisé.

Et, là aussi, il y avait des projections de sang sur les débris de verre. Juste là. Nulle part ailleurs. Comme si c'était le miroir lui-même qui avait saigné.

De… l'intérieur ?

Au travers de la fenêtre, le policier pouvait apercevoir le petit parc gris noyé sous l'averse. Il prit son temps, observant avec une grande attention la pièce, la méridienne, la table de nuit sur laquelle était posée une lampe Starck translucide. Puis il fit quelques pas et se pencha dans l'encadrement de la salle de bains pour y jeter un rapide coup d'œil. Tout y était étincelant, d'une propreté irréprochable. Il songea à sa propre salle de bains, avec son rideau de douche maculé de calcaire, les piles de serviettes sales qu'il laissait parfois s'entasser, jusqu'à ce qu'elles débordent du bac à linge.

— Si, finit-il par déclarer d'une voix lente. Je suis persuadé que tous ces éléments ont une signification très claire. On ne la comprend pas encore, c'est tout. Par ailleurs, il s'est produit un événement qui remet tout en perspective.

— Lequel ?

Vauvert écarta les bras.

— Mais ça, voyons. L'enlèvement d'Eva. Jusqu'ici, notre mystérieuse psychopathe, en admettant qu'il s'agisse d'une femme, ne semblait pas accorder d'importance au choix de ses victimes. Ce qu'elle vient de faire est totalement nouveau. Elle s'est introduite ici, pour kidnapper une commandante de police criminelle. S'il y a une chose que je sais, c'est que personne ne ferait ça par hasard. On ne maîtrise pas une femme comme Eva sans préparation, sur le coup d'une simple impulsion. Ce qui signifie que notre suspecte doit l'avoir surveillée. Elle l'a sans doute suivie. Elle a préparé minutieusement cet enlèvement, comme elle a planifié tous les autres.

— Admettons, fit Leroy. Et alors ?

— Cela ne peut signifier que deux choses. La première, ce serait que la meurtrière a changé de mode opératoire. Or, on sait que ce genre de personne ne s'écarte pas d'un tel rituel. À aucun prix. Ce qui ne nous laisse que l'autre supposition…

Il repassa dans le salon, songeur.

— La seconde supposition ? dit Leroy en lui emboîtant le pas.

— Que ce qu'elle vient de faire est lié au reste.

— Ce qui signifie ?

— Qu'on se trompe depuis le début. Et que la piste que suivait Eva était la bonne. Il faut reprendre ses notes. On n'a pas beaucoup de temps pour découvrir où celles-ci nous mèneront. Vraiment pas beaucoup de temps. Cela fait déjà neuf heures qu'elle a été enlevée.

Il observa à nouveau le sous-verre. Eva et lui, dans une bulle de calme au cœur de la fourmilière.

— Tu as raison.

— Sur quoi ? demanda Leroy.

— Je suis attaché à elle. Je suis extrêmement attaché à elle.

Sa voix était brisée.

42

Lundi, 16 h 30

De retour quai des Orfèvres, Leroy poussa la porte du bureau d'Eva, et Vauvert jeta un œil étonné à la pièce minuscule.

— C'est *ici* qu'elle travaille ?

— Elle apprécie l'absence de lumière, dit Leroy. À cause de ses yeux.

Pour une raison idiote, Vauvert s'était attendu à trouver un bureau digne du FBI. Certainement pas un tel placard sans fenêtre. Une lampe de bureau Banker verte conférait à l'endroit un faux air de bibliothèque. Bien entendu, tout était soigneusement aligné et ordonné. Les dossiers rangés par piles de la même hauteur. Sur le mur étaient accrochées deux grandes cartes, l'une représentant la France dans son ensemble et l'autre un plan de Paris. Des punaises à grosse tête rouge indiquaient les lieux où les victimes avaient été retrouvées. À la droite de ces cartes, sur un autre panneau en liège, s'étalaient des photos de Barbara Meyer et d'Audrey Desiderio. Vauvert reconnut le blason d'Élisabeth Bathory affiché en bonne place parmi les photos des inscriptions ésotériques relevées sur les scènes de crime.

— Tous les dossiers d'Eva sont là, indiqua Leroy. Essaie juste de ne pas mettre de désordre, d'accord ?

— Ouais, murmura Vauvert.

Il avança vers le bureau et y déposa les livres qu'ils avaient achetés sur le chemin du retour. *La Mythologie indo-européenne*, *Le Folklore du loup en Europe* et *De Zalmoxis à Gengis Khan*.

Au coin du bureau se trouvait un tas de photos.

— Ce type, je le connais. C'est ce pédophile…

— Ugo Falgarde, grimaça Leroy. C'est bien lui. Eva l'a… enfin, elle l'a balancé par une fenêtre, il y a deux mois. Ça a mis un terme un peu brutal à l'affaire.

— J'ai entendu parler de cette histoire. Je ne savais pas que c'était elle qui était en cause.

— Elle a bien failli perdre son emploi.

Seulement failli ? C'était un vrai miracle qu'elle ait conservé son poste.

Vauvert se tourna vers le lieutenant pour lui poser la question qui lui brûlait les lèvres :

— Qu'est-ce qu'on lui a fait de si grave, Erwan ?

— Tu ne le sais donc pas ?

— Puisque je te le demande.

Leroy s'appuya au coin du bureau. Après un instant de réflexion, il lui révéla :

— Quand elle était enfant, Eva a été séquestrée par un tueur en série. Je pensais que tu étais au courant.

Vauvert fronça les sourcils. Ses yeux devinrent deux fentes.

— Je ne l'étais pas du tout. Que s'est-il passé ?

— Est-ce que tu te souviens de ce tueur qu'on avait surnommé « le Fléau de la nuit » ?

— Vaguement. C'est une vieille affaire.

— Vingt-quatre ans, reconnut Leroy. À l'époque, le Fléau a fait quinze victimes. Toutes étaient des jeunes femmes de moins de trente ans, célibataires. De plus, toutes avaient les cheveux blond platine. La mère d'Eva correspondait au schéma.

— Elle a fait partie des victimes ?

— Oui. Il l'a suivie chez elle alors qu'elle rentrait du travail, comme il l'avait fait pour les autres, et il l'a égorgée. Victoria Svärta avait deux jumelles.

— Eva a une sœur ?

— Elle en *avait* une. Ce fut la quinzième et dernière victime du Fléau de la nuit.

— Oh.

Leroy fit un geste vague.

— Je ne connais pas les détails, bien sûr. Eva n'est pas du genre à se confier, tu imagines bien qu'elle n'aborde jamais ce sujet. Tout ce que je sais, c'est que, le soir où sa mère s'est fait tuer, alors que la scène de crime grouillait de flics, personne ne s'est douté que le tueur était toujours là…

— Sur les lieux du crime ? s'étonna Vauvert.

— Exactement. Il était revenu dans le quartier, à moins qu'il n'en soit jamais parti. On n'a pas compris pourquoi il a fait ça, c'était la première fois qu'il se comportait de cette manière. Les filles de Victoria Svärta étaient chez une voisine qui leur servait de nounou, et à qui on avait demandé de les garder en attendant les services sociaux. Le tueur s'est introduit dans sa maison et l'a égorgée, puis il a séquestré les deux enfants dans la cave. Ce monstre a fait ça à une centaine de mètres des forces de police qui relevaient les indices. Seule Eva a survécu.

— Alors, elle a assisté à…

— Tu as compris. Sa sœur jumelle s'est fait assassiner sous ses yeux. Eva n'avait que six ans.

— Je n'aurais jamais imaginé…

Vauvert s'affaissa dans le fauteuil.

— C'est horrible.

— En tout cas, maintenant, tu sais, lui dit Leroy.

— Oui.

Vauvert garda le regard dans le vague.

— On l'a attrapé ? Le Fléau de la nuit ?

— On n'a jamais pu le coincer. Il est passé entre toutes les mailles, et il a cessé de tuer après ça. Peut-être a-t-il fini par mourir, d'une manière ou d'une autre, qui sait ? Ou alors il a été arrêté pour autre chose, ça arrive. On ne saura probablement jamais qui c'était.

— Bon sang…

Vauvert se perdit dans ses pensées.

— Merci de me l'avoir dit, Erwan.

— Pas de quoi. Tu l'aurais appris d'une façon ou d'une autre. En tout cas, cela explique…

Il indiqua la photo d'Ugo Falgarde sur le bureau.

— … pourquoi elle agit comme ça, parfois. Quand la vie d'enfants est impliquée.

— Ouais. Ça l'explique, grommela Vauvert.

Laissé seul, il se saisit des photos de Falgarde et les retourna. Il ne tenait pas à garder le visage de ce pédophile dans son champ de vision.

Victime d'un tueur en série…

L'âme humaine était un foutu puzzle sordide. Ce qu'il venait d'apprendre ne cessait de tourner dans sa tête.

Eva était en train de revivre la même situation.

Pour la seconde fois. Bon sang. Il n'y avait pas de justice.

Il alluma l'ordinateur, et pendant quelques instants il resta sans bouger, installé dans le fauteuil, yeux fermés. Il sentait avec une déroutante netteté l'odeur d'Eva qui flottait dans la pièce. Il n'aurait su dire s'il aimait cette sensation ou s'il se sentait terriblement gêné.

Passait-elle ses nuits ici, comme il lui arrivait de passer les siennes à son propre bureau ? À fouiller sur la Toile à la recherche d'indices, de nouvelles pièces pour le casse-tête sans cesse renouvelé de la cruauté humaine ?

Il ne pouvait s'empêcher de songer à ce qu'elle avait dû endurer. À ce qu'elle devait ressentir, chaque fois qu'elle se trouvait face à un monstre déguisé en homme.

Puis il ouvrit les yeux.

Conscient que le temps s'écoulait.

Terriblement vite.

Il se promit de ne pas laisser ses émotions prendre le dessus.

Et il se promit aussi qu'il ne dormirait pas avant de l'avoir retrouvée.

D'une manière ou d'une autre.

43

Quand Eva revient à elle, elle est toujours allongée sur l'établi.

Elle hoquette, s'étouffe, déglutit un long filet de sang.

Devant elle, elle ne voit plus personne, et un fol instant de fantasme elle s'imagine que son bourreau l'a laissée, comme jadis un autre bourreau l'avait épargnée.

Ce sont des cauchemars qui ne l'ont jamais quittée.

Les souvenirs d'une autre cave. D'un autre monstre.

— Te revoilà, fait la voix de la femme.

Eva tressaille. Elle essaie de tourner la tête, mais sa nuque la fait souffrir.

Elle cligne des yeux, essayant d'accommoder sa vision.

Elle voit que sa tortionnaire se tient toujours là. Dans cette cave. Elle est assise dans un fauteuil, jambes croisées, le visage toujours masqué. D'une main, elle caresse une énorme bête noire assise à ses pieds.

Eva reconnaît un loup.

L'animal relève la tête et ses yeux jettent des rayons rouges dans sa direction.

Un clignement d'œil plus tard, il n'est plus là.

La femme se redresse.

L'étrangeté de sa silhouette frappe Eva pour la première fois. Il y a quelque chose d'anormal dans la posture de cette femme. Ou bien est-ce la manière dont sa robe noire tombe sur ses courbes ? Eva n'arrive pas à le déterminer. Ses larmes brouillent les détails.

La femme s'approche. La sensation de décalage persiste. Ses mouvements sont saccadés.

Dans les flots de sa chevelure, son masque blanc étincelle, maculé de gouttes de sang.

Ses lèvres sont encadrées de traces brunes.

— Ce n'est que le début, dit-elle, un plaisir pervers dans la voix. Nous allons reprendre là où nous avions arrêté.

Eva se tétanise. L'odeur violente de son propre sang l'étouffe.

— *Pourquoi ?* parvient-elle à murmurer.

Puis elle est prise d'une quinte de toux, qui avive des douleurs dans tout son corps.

— *POURQUOI ?* répète-t-elle. *Foutue… tarée…*

— Pourquoi ?

La femme se penche sur elle, si près cette fois qu'Eva sent son souffle sur son visage. Les cheveux se déroulent et frôlent sa poitrine nue. Elle sent le contact de la matière synthétique. Il s'agit bien d'une perruque.

— Parce qu'il le faut.

Les mèches de la perruque glissent sur ses plaies.

— Tu es ici parce que tu l'as voulu. Tu t'es désignée. Ce qui t'arrive à présent est entièrement ta faute.

— N… Non…

La femme sourit.

— Ils ne t'avaient pas choisie, pourtant. Ils sont très précis lorsqu'ils désignent leurs sacrifiées. Je t'assure que tu ne les as jamais intéressés. Mais voilà, tu as voulu te mêler de leurs affaires. Tu as interrompu le banquet écarlate. Les dieux étaient furieux.

Eva pousse un gémissement. Elle cligne péniblement les paupières.

— Oh, bien sûr, tu n'es pas assez intelligente pour comprendre, murmure la bouche sous le masque. Pour toi, ce ne sont que des meurtres, n'est-ce pas ? Tu ne vois que la chair des petites salopes. Mais l'enjeu ? Il reste invisible à tes yeux. Il faut vivre avec la mort en soi pour le comprendre.

Le scalpel est apparu dans la main de la femme.

Elle le promène devant le visage d'Eva.

La policière tressaille. Elle n'ose plus respirer, tandis que le fil de la lame frôle ses globes oculaires.

— De si beaux yeux. On dit que les albinos ont un don de double vue. Est-ce vrai ?

Son cœur devient un tambour. Elle se mord la langue pour rester calme. Rester immobile à tout prix.

La femme masquée poursuit inlassablement son monologue :

— Tu n'as jamais eu envie de parler aux dieux ? Pour leur demander ce qu'aucun mortel ne pourrait jamais nous offrir ?

Eva inspire, le plus lentement possible. Une goutte de sang s'échappe de la pointe acérée et tombe dans son œil droit.

Elle ne cille pas.

Le scalpel hésite au-dessus de cet œil. Sa pupille la brûle. Elle sent les larmes venir. Si près. Il suffirait d'une minuscule secousse pour que le terrible tranchant entre en contact avec sa cornée.

Elle se surprend à prier.

Que le monstre s'en aille. Par pitié.

Elle contracte ses muscles. S'interdit de gémir.

Quand la lame s'écarte de son visage, pourtant, Eva ne peut s'en empêcher et pousse une longue plainte, de soulagement, de gratitude ou bien de terreur. Ou de tout cela mêlé. Ses pensées se brouillent. Les flots noirs se rapprochent. La marée de ténèbres qui vient l'enlacer.

— Je vais te laisser tes yeux, décide la femme. Pour le moment, en tout cas.

Subitement, derrière la femme masquée, Eva aperçoit une silhouette noire et indistincte. Un animal aux yeux rouges. Puis un deuxième, un troisième.

Elle ferme une seconde les yeux et les bêtes ont disparu.

— Tu peux les voir ? C'est bon signe.

Eva ne dit rien.

— Ils sont venus pour toi. Ils t'emporteront, quand le moment sera venu.

Eva sent que ses dernières forces la quittent, et elle fait la seule chose dont elle est encore capable. Elle crache au visage de la femme.

Celle-ci émet un rire doux.

— Tu es encore combative, petit fauve. C'est bien.

— Qu'est-ce que tu veux ? articule Eva.

— Ton sang. Ta vie. Ton âme. Quoi d'autre ? Je vais te reprendre ce que tu m'as volé, tu comprends ? Cela fait un an que le rituel a été interrompu par ta faute. Une année entière de perdue. J'ai bien cru ne pas retrouver sa trace. Heureusement, les dieux m'aident. Grâce à toi, la cérémonie peut reprendre. Plus rien ne l'empêchera.

Elle lève le scalpel.

44

Nous les avons conquis, ces peuples de l'autre côté du Danube, et jusqu'aux Daces, la plus guerrière des nations qui ait jamais existé, non seulement en raison de leur force physique, mais surtout grâce aux maximes de Zalmoxis qu'ils vénèrent par-dessus tout. Au fond de leur cœur, ne croyant pas qu'ils meurent, mais qu'ils changent seulement d'habitation, les Daces sont les plus heureux du monde devant la mort.

Vauvert reposa le livre.

Les Daces sont les plus heureux du monde devant la mort.

— Foutus barbares, murmura-t-il.

Il avait lu tellement de pages – et en avait parcouru tellement d'autres en diagonale – que sa tête commençait à tourner sérieusement. Il se massa les tempes, les pensées encore emmêlées.

Ne croyant pas qu'ils meurent…

Mais qu'ils changent seulement d'habitation…

Il n'était pas certain de bien comprendre ce que cela voulait dire.

Mais c'était bien ce qu'il avait lu – ou ce qu'il avait cru lire – inscrit dans la grange des Salaville. Il se souvenait parfaitement du texte. *Seigneurs de la mort et de la résurrection. Abandonnez votre habitation.*

Il jeta un œil aux photos sur le mur. Sur l'une d'elles, l'inscription écrite au rouge à lèvres sur un mur carrelé le défiait de ses grandes lettres droites :

ZALMOXIS
ABBADON
ORIENS
ISTEN

Les livres qu'il venait d'achever confirmaient tout ce dont lui avait parlé Leroy. Les premiers peuples européens vénéraient bien un dieu de la mort. Il s'appelait Zalmoxis, ce qui signifiait « le très ancien », et les loups étaient considérés comme ses envoyés dans le monde de mortalité. Des hérauts de la mort, en quelque sorte.

Seigneurs de la mort et de la résurrection.

Les pensées défilaient dans sa tête.

Au cœur de toutes les religions primitives, on retrouvait l'adoration des esprits-animaux, mais chez les Daces cette vénération était fondamentale. Ils avaient fait du loup leur idéal, le symbole de toute leur nation.

Leur rêve était de devenir comme des loups eux-mêmes, pour triompher de la mort. Pour « changer d'habitation », comme l'avait écrit l'empereur Trajan. Les Daces étaient prêts à arracher la vie des autres dans l'espoir de prolonger la leur au-delà de la mort.

Et aujourd'hui ? Que se passerait-il, si des tueurs en série pouvaient s'affranchir de la vie et de la mort ?

Des êtres comme les frères Salaville, par exemple ?

C'était idiot, bien sûr. Ce genre de chose était impossible. Vauvert se le répétait, *impossible*. Il ne s'agissait que de folklore.

Festoyez écarlates.

Il réfléchissait, en silence dans le bureau exigu. Et plus il réfléchissait, plus il était convaincu que leur meurtrière mystérieuse s'inspirait de cette tradition. Ça, c'était un fait. Que l'on croie ou non à ces mythes, *elle* y croyait. Au point d'essayer de reproduire un de ces rituels.

Il lui restait encore à comprendre lequel. Les cérémonies des Daces étaient nombreuses et, comme il le découvrait avec horreur, toutes plus sanglantes les unes que les autres. À certaines occasions, ces hommes crevaient les yeux de leurs ennemis et leur lacéraient le visage. Il leur arrivait également de les décapiter pour exposer leurs crânes au bout de piques. Tous les cinq ans, ils en appelaient aux dieux de la mort eux-mêmes. Les divinités étaient censées choisir des jeunes garçons, qui étaient ensuite jetés vivants sur des épieux, en leur honneur.

Devant un tel catalogue d'horreurs, un psychopathe n'avait que l'embarras du choix.

Des pièces du puzzle. Tant de pièces. Et toutes rouges, oui.

Vauvert eut l'impression que sa vue se brouillait.

Il avait envie d'une cigarette.

On frappa à la porte. Le lieutenant Leroy se tenait sur le seuil. Il entra dans le bureau, le visage assombri.

— Que se passe-t-il ?

— Je ne sais pas trop, expliqua Leroy. C'est au sujet du sang AB négatif qu'on a retrouvé chez Eva. Le labo a effectué une comparaison d'ADN.

Vauvert inspira doucement. Il avait déjà vécu cette scène.

— C'est une personne qu'on connaît ?

— Si on veut. Ce sang est celui de Barbara Meyer.

Vauvert le dévisagea, interdit.

— La victime gothique ?

— C'est ça. Sauf qu'elle est morte depuis plus de trois jours.

Leroy agita les bras.

— C'est complètement dingue, non ? Que ce soit le sang de cette fille qui a éclaboussé les murs d'Eva… C'est impossible !

Ça l'était. Mais c'était aussi la deuxième fois que ce genre de chose se produisait. Une nouvelle pièce du puzzle se mettait en place.

Vauvert garda ses pensées pour lui.

— Rien d'autre ?

Leroy se calma un peu.

— Si, justement. J'ai épluché à nouveau le dossier des Salaville. J'ai découvert une chose troublante.

— Laquelle ?

— La liste des établissements psychiatriques qu'ils ont fréquentés.

— Oui ? Ils en ont fait trois en quinze ans.

Leroy leva son index.

— Quatre. Tout le monde en a oublié un, semble-t-il.

— Il ne figure pas dans le dossier ?

— Si, bien sûr. Mais seulement en annexe. Il s'agit de leur cure de désintoxication. Elle n'a pas été comptée comme suivi psy. Ils étaient à Rodez, au centre hospitalier Raynal, très exactement. Les archives ne mentionnaient rien de plus, alors j'ai cherché sur la base générale tous les faits divers qu'on aurait pu garder en mémoire au sujet de cet établissement. Figure-toi qu'il y a eu une vague d'hallucinations collectives.

— Ne me dis pas que les patients voyaient des loups ?

— Pas *uniquement* les patients. Plusieurs membres du personnel ont fini par avouer avoir aperçu des animaux rôder dans les couloirs, eux aussi. Le département a envoyé des spécialistes pour vérifier qu'il n'y avait pas d'émanations de gaz toxiques, ou d'autres sources hallucinogènes possibles.

— Ils en ont trouvé ?

— Rien du tout. Là où ça devient très étrange, c'est qu'à la même période l'hôpital a déclaré pas moins de quatre désertions de patients. Des jeunes femmes qui étaient sorties pour leur permission du week-end et qui ne sont jamais revenues. Évanouies dans la nature. Enfin, sauf la quatrième. Christine Garnier, vingt et un ans, sans emploi. Elle, on l'a bien retrouvée. Elle avait été ligotée et égorgée à son propre domicile.

Vauvert posa son énorme main sur le bureau.

— Comment se fait-il qu'il n'y ait eu aucune enquête ?

— Il y en a eu une, dit Leroy. Elle a juste été réglée très vite. Tous les indices accusaient le petit ami, Mario Dupuy, alors les collègues l'ont coffré.

— Il a avoué le meurtre ?

— Ils n'ont pas eu le temps de lui soutirer le moindre aveu. Le suspect s'est suicidé dans sa cellule au cours de sa garde à vue. Ça a fait un sacré scandale. Dès le lendemain, le commissaire s'est fait remercier par le préfet, comme tu peux l'imaginer. C'est également le préfet qui a, disons, encouragé les collègues à classer cette affaire au plus vite.

— Tu veux dire qu'ils l'ont enterrée, grogna Vauvert. Bordel, pourquoi ils font *toujours* ça ?

Leroy haussa les épaules.

— Pour eux, Dupuy était le coupable, et j'avoue que j'aurais pensé la même chose, à leur place. Le couple avait déjà un lourd passé de toxicomanes. Leur appartement avait été saccagé, les murs aspergés par le sang de la fille. On avait tracé des inscriptions ainsi que des sortes de pentacles un peu partout. Les agents ne sont pas allés chercher plus loin. Pour eux, le garçon avait simplement massacré sa copine sous l'emprise de la drogue. Et, de fait, après cet incident, il n'y a plus eu la moindre disparition.

— Plus la moindre disparition *signalée*. Il y a des centaines de filles qui s'évanouissent dans la nature, chaque année. Des étudiantes qui s'inscrivent en cours et qui ne reviennent pas après la première semaine. Des fugues dont personne ne se soucie. Des déménagements auxquels on ne prête pas attention.

— On est bien d'accord là-dessus, soupira Leroy.

— Donc tu me dis qu'il se trouve à Rodez, cet hôpital ?

— C'est dans l'Aveyron.

— Je sais très bien où c'est, le rassura Vauvert. Il se dirigea vers la carte de France, criblée de la nuée de punaises, et en enfonça quatre nouvelles à l'emplacement de la ville de Rodez. Puis il recula de plusieurs pas.

Vue sous cet angle, la ville se trouvait très nettement au centre de la nuée de têtes rouges.

— Tu sais ce que je crois, Erwan ? Les Salaville ont peut-être bien commencé à tuer là-bas.

Leroy secoua la tête.

— Pas eux. Ces disparitions ont commencé avant qu'ils soient admis à Raynal.

Vauvert observa le jeune lieutenant. Maintenant, il comprenait.

— Tu penses que c'est notre meurtrière qui se trouvait dans cet hôpital ?

— Eva est persuadée qu'on a affaire à une personne dérangée. Quelqu'un ayant déjà été suivi. Si on suppose que cette personne était bien internée à Raynal à l'époque, et qu'on suppose également qu'elle a réussi à y commettre ses premiers meurtres sans être inquiétée…

— Les Salaville auraient pu faire sa connaissance lors de leur cure de désintoxication, acheva Vauvert. Cette personne aurait pu leur apprendre à tuer. Comme une sorte de gourou ?

— Voilà.

Vauvert gratta sa barbe de deux jours.

Il conclut :

— Je dois admettre que j'ai rencontré des cas plus tordus que ça. Tu as contacté l'hôpital pour demander leurs dossiers ?

— Eh bien, oui, mais il y a un léger problème, indiqua Leroy. L'établissement a été fermé. Pas assez rentable. Réforme des hôpitaux. Tu connais la rengaine.

— Quand est-ce qu'a eu lieu la fermeture ?

— Il y a plus de six mois. Le terrain a déjà été rasé pour construire une grande surface. J'ai demandé une copie de leurs archives, mais le temps que les services concernés accèdent à ma requête, on peut compter une bonne semaine.

— On n'a *pas* une semaine ! éclata Vauvert. Eva est…

Il eut un geste d'humeur.

— On perd trop de temps !

— Je sais bien, Alexandre. Mais écoute, j'ai effectué une recherche sur le personnel de l'hôpital. J'ai retrouvé l'ancien directeur, Jacques Fabre-Renault. Il a été muté à Millau. Je l'ai appelé, mais je n'ai eu que sa boîte vocale. Je vais chercher son numéro personnel et je vais le contacter, d'accord ?

— Parfait, dit Vauvert.

Il piocha ensuite une photo de Barbara Meyer toute en vinyle et résilles. Une fille morte dont le sang avait jailli de miroirs.

Comme le sang de Roman Salaville avait jailli du corps d'une créature infernale.

Il fallait qu'il le dise à Leroy. Maintenant.

Il ouvrit la bouche, quand une voix aiguë retentit dans le couloir.

— *Où il est ? Putain, où est-ce qu'il EST ?*

Leroy se tourna vers la porte, les sourcils froncés.

— Ça, c'est Deveraux. Quelqu'un a réussi à le faire sortir de ses gonds, on dirait.

— *Où ?* continuait-il de vociférer.

L'instant suivant, il jaillit dans le bureau. Il devait avoir remonté l'escalier quatre à quatre car il haletait, et un coin de sa chemise était sorti de son pantalon. Ses joues étaient empourprées, et son front barré d'un pli incontrôlable. Il n'était pas simplement hors de ses gonds. Il semblait véritablement ivre de rage.

— *Toi !* aboya-t-il à l'attention de Vauvert. Qu'est-ce que c'est que ces *CONNERIES* ?

Vauvert se raidit. Il avait prévu que ce genre de chose finirait par arriver. Il avait simplement espéré que cela prendrait plus de temps.

— Il y a un problème ?

— Le problème, hurla Deveraux, c'est que j'ai appelé ton supérieur, espèce de foutu mythomane. Le commissaire divisionnaire Kiowski n'a jamais entendu parler de ta venue chez nous, et encore moins donné le moindre accord en ce sens. En fait, il se demandait où tu étais passé depuis ce matin. Tu as déserté ton poste sans en rendre compte à qui que ce soit !

Leroy le dévisagea d'un air atterré.

— C'est vrai, ça ?

— Quelle importance ? Je suis là, d'accord ? Votre chef m'a assuré de votre coopération, et Erwan vient de mettre le doigt sur…

— Tu ne comprends pas, mon gars, grinça Deveraux en s'approchant de lui. Non seulement tu as menti au commissaire, ce qui annule tout ordre qu'il aurait pu donner, mais tu es hors la loi. Compte sur moi pour arranger ton rapport.

— Je te dis qu'on progresse, insista Vauvert.

— Eh bien, tu vas retourner progresser en province. Et nous laisser faire notre boulot.

Vauvert s'approcha, surplombant de sa masse l'homme en costume. Il lui dit, en détachant chacun de ses mots :

— Je ne sais pas ce qui se passe dans ta tête, mec. On n'est pas en concurrence ici. J'essaie d'aider à sauver une collègue, et on n'a que très peu de temps pour y parvenir. Chaque minute qui passe…

— J'en ai *rien à foutre* si cette conne s'est fourrée dans le pétrin, s'emporta Deveraux. Si elle avait suivi la procédure, on n'en serait pas là. Toutes les équipes n'auraient pas été obligées de stopper leurs recherches dans le cadre de cette affaire pour sauver son cul parce qu'elle s'est fait sauter une fois de trop par le premier venu !

Vauvert ouvrit la bouche, et la maintint ainsi deux secondes très exactement.

Jusque-là, il avait mis un point d'honneur à se contenir. Il était fier de sa maîtrise. Il avait rarement fait autant d'efforts pour aider quelqu'un.

Mais il en arrivait à une limite où les civilités ne feraient que ralentir les choses.

Jean-Luc Deveraux ne vit pas venir le coup de tête. Le front de Vauvert fondit vers le sien, trop vite pour qu'il puisse esquiver de toute façon, et entra en collision brutale avec son nez.

45

— Vous avez fait QUOI ? répéta Ô en toisant Vauvert installé sur une chaise dans le couloir, tandis que tout le service s'attroupait autour d'eux.

— Il m'a brisé le nez ! Ce bouseux m'a brisé le nez ! beuglait Deveraux. Je veux l'Inspection des services ! Tout de suite !

Ô leva la main.

— Ils arrivent, Jean-Luc. Maintenant, ferme-la.

Deveraux se mura dans le silence, pressant le coton sur son nez en grimaçant, tandis que le sang continuait de s'étaler sur les manches de sa chemise.

— Vous autres, appela sèchement Ô, escortez-le à l'infirmerie.

Les policiers ne se le firent pas dire deux fois et aidèrent leur camarade à se redresser. Quand Deveraux passa devant Vauvert, il lui lança un regard chargé d'une haine intense, le genre de regard que le commandant toulousain avait souvent vu chez les malfrats qu'il coffrait. Vauvert se contenta de baisser les yeux vers l'écran de son téléphone pour consulter l'heure. Il entendit vaguement le bonhomme réclamer à parler à l'Inspection des services, avant d'être réconforté par ses collègues.

Le commissaire Ô attendit qu'ils aient tous atteint l'étage inférieur pour se tourner vers lui, dramatiquement sérieux.

— Sans déconner, pour qui vous vous PRENEZ ?

— Je suis sincèrement désolé, commissaire. Ce tocard…

— Je ne veux rien entendre ! fulmina Ô. Vous m'avez raconté des craques ! Je vous aurais aidé de toute manière. Je vous aurais peut-être même couvert si vous aviez eu le cran de jouer cartes sur table. Je peux vous assurer que je ne pleurerai pas sur votre sort. On ne plaisante pas avec les coups et blessures sur les collègues, ici !

— C'est amusant, vous parlez comme Kiowski, grimaça Vauvert.

Ô fit un signe exaspéré à ses hommes encore présents.

— Chris, Florian, je vous laisse signifier à cet homme le début de sa garde à vue. Il ne bouge pas d'ici, même pour aller pisser. L'Inspection générale des services ne devrait pas tarder, ils tireront ça au clair. Quant aux autres, je veux vous voir circuler. *Plus vite que ça.*

Il jeta un regard torve à Vauvert.

— J'espère que vous êtes fier de vous ? Comme si on avait besoin d'une enquête interne en ce moment !

Vauvert ne chercha pas à répondre. À ce stade, chaque mot était une perte de temps.

Il attendit juste que le commissaire furieux reparte vers son bureau. Il observa les deux policiers qui affichaient des mines consternées.

Leroy se glissa entre ses deux collègues. Il était livide.

— Est-ce que t'es débile, mec ? Ou t'es juste venu pour tout saboter ?

— C'est moi qui devrais te le demander. Comment tu fais, pour bosser avec un type pareil ?

— Ce n'est pas le sujet ! aboya Leroy. Eva est en danger, on n'a pas un instant à perdre, et toi, tout ce que tu trouves à faire, c'est te fourrer dans les emmerdes administratives ! Deveraux est un sale con, mais c'est un bon flic. Depuis ce matin, il remue ciel et terre pour la retrouver, comme nous tous ici !

— Ne me fais pas rigoler, grinça Vauvert. Bon flic ou pas, un con reste un con. Et à un poste comme le sien, c'est excessivement dangereux. Ça fait toujours tout foirer.

Il se leva.

— Cela étant dit, tu as parfaitement raison. On a déjà perdu assez de temps.

Quand il s'approcha de l'escalier, les deux autres policiers se précipitèrent pour s'interposer.

— Désolé, l'avertit l'un d'eux en lui saisissant le bras. On peut pas te laisser faire ça.

Vauvert se tourna vers lui, glacial. L'homme retira sa main.

— Tu es officiellement en garde à vue, tu comprends ?

— Il a raison, dit Leroy. N'aggrave pas ton cas.

— Nom de Dieu, les gars, gronda Vauvert. Eva va se faire découper comme un morceau de viande si on ne bouge pas. Vous voulez avoir sa mort sur la conscience ? C'est ça, dont vous avez envie ? Je suis désolé, mais moi, non.

Et il s'engagea dans l'escalier sans rien ajouter, tandis que les deux policiers médusés, mains posées sur la rambarde, le regardaient descendre les marches.

— Alors ? On ne l'arrête pas ? murmura Benavente. On va se prendre un sacré tir du chef.

— Eh bien… hésita Mangin.

Leroy, quant à lui, s'élança dans le bureau de Svärta pour y récupérer les ouvrages sur les Daces, avant de se précipiter dans l'escalier à la suite du colosse toulousain.

— Attends ! Mais attends-moi, enfin !

46

Quand elle ouvre les yeux, Eva a six ans.

Maman est en train d'expliquer à quel point c'est important de toujours verrouiller les portes. Et les fenêtres, aussi. On ne sait jamais qui pourrait se faufiler dans la maison. Il y a des méchants hommes qui n'attendent que ça, qu'une maman et ses deux petites filles aient oublié de fermer la moindre ouverture, pour s'introduire chez elles à leur insu. C'est aussi pour cela qu'il ne faut jamais parler aux inconnus, dans la rue. Ne surtout jamais dire où on habite.

Elle leur a répété cette litanie tous les jours. C'est difficile à comprendre pour des enfants, mais si maman le leur explique avec autant de conviction, c'est bien que ça doit être *très* important. Toutes les petites filles doivent faire pareil, après tout. Toujours fermer leur chambre à clé. Quand elles sont dans la rue, toujours regarder par-dessus leur épaule, afin de vérifier qu'elles ne sont pas suivies.

— Dis, maman, on va devoir changer de maison, encore une fois ? demande Justyna, assise à côté d'Eva, sur la banquette arrière.

— Non, ma chérie, la rassure maman. On va rester ici un peu. Madame Rieux s'occupe bien de vous quand je ne suis pas là.

— Mais on ne va pas rester ici tout le temps, hein ? murmure Eva.

Maman ne répond pas.

Elle se gare devant la maison de Madame Rieux. Celle-ci habite juste au bout de leur rue – de leur nouvelle rue, puisque cela ne fait que six mois qu'elles vivent ici. Madame Rieux, c'est leur nounou. Elle vient de ces îles, à l'autre bout du monde, où les gens ont la peau couleur miel et les yeux pleins de rires. Quand elle ne garde pas Eva et Justyna, elle fait le ménage chez les gens. Madame Rieux est gentille. Son visage tanné, tout creusé de rides, en a vu défiler, des enfants, elle sait ce que c'est que de s'occuper des plus faibles que soi. Maman et elle sont devenues amies tout de suite. Encore aujourd'hui, c'est la seule personne en qui maman a confiance. La seule personne à qui les deux jumelles ont le droit d'adresser la parole.

— Maman doit aller travailler, maintenant, leur dit-elle en les embrassant à tour de rôle. Vous serez sages, n'est-ce pas ?

Les deux fillettes hochent la tête. Elles sont *toujours* sages. Madame Rieux pose ses vieilles mains ridées sur leurs épaules et elle regarde la voiture s'éloigner.

— Allez, mes petites merveilles, on va dessiner ?

Elles rentrent dans la maison, et Eva se retourne une dernière fois pour regarder la voiture de maman disparaître au bout de la rue.

C'est la dernière fois qu'elle la verra.

Car les flots noirs
arrivent

ces flots qui la dévorent
allumant des rivières de douleur dans sa jambe

47

Réveille-toi.
Eva. Il faut que tu sois forte.
Réveille
toi.

C'est la douleur qui la tire de l'inconscience.

Ou une voix de fillette dans le creux de son oreille, peut-être.

Mais la douleur efface tout le reste. Ce brasier qui couve, dans la chair de sa cuisse, dans ses hanches mutilées, au creux de ses plaies à vif.

Il lui faut quelques instants pour émerger des souvenirs. Se dire qu'elle n'a plus six ans, non. Elle ne veut plus avoir six ans.

Elle essaie de respirer par le nez.

Elle se souvient de l'endroit où elle se trouve.

Allongée, attachée, impuissante.

Elle est presque surprise d'être encore en vie. Cela signifie que la psychopathe qui la séquestre n'a sectionné aucune artère. D'ailleurs, il lui semble que son sang a cessé de couler.

Pour le moment.

Tout au fond d'elle, elle est terrorisée par ce que cela laisse présager.

Calme-toi. Ne panique pas.

Facile à dire. Son cœur continue de s'emballer. Dès qu'elle essaie de rassembler ses pensées, c'est l'angoisse qui la submerge. Et la douleur, qui suit comme une flamme le long d'une traînée de poudre.

Ses larmes ont maculé ses yeux de substances pâteuses. Elle a du mal à discerner quoi que ce soit autour d'elle.

En tout cas, elle a l'impression d'être seule.

Elle cesse de respirer pendant quelques secondes.

Aucun bruit.

Sa geôlière est bien repartie.

Pour combien de temps ?

Reprenant une longue – et douloureuse – inspiration, elle tente de pencher la tête sur le côté. Bouger le cou déclenche des éclairs dans ses rétines. Elle ne peut voir l'état de son corps. En tout cas, elle sent très distinctement le contact de l'air sur ses plaies.

Reste lucide.

Il faut qu'elle trouve un moyen de sortir de là. Faux espoir ou pas, il lui faut essayer.

Maintenant.

Ses yeux se sont ajustés à l'obscurité ambiante. Elle aperçoit la voûte du plafond, au-dessus d'elle. Elle est retenue dans le sous-sol d'une maison. Sans doute une résidence moderne.

De l'autre côté de cette cave, en soulevant la tête, elle distingue un escalier qui remonte dans les ténèbres. Mais sur aucun mur elle ne voit la moindre trace d'un quelconque soupirail. D'une ouverture qui donnerait sur l'extérieur et par laquelle on pourrait l'entendre, si elle appelait.

— *À l'aide !* hurle-t-elle quand même. *Est-ce que quelqu'un m'entend ? À l'aide !*

48

Aéroport d'Orly,
19 h 40

Aucun policier ne les avait interceptés, que ce soit à l'enregistrement comme au contrôle des passagers. L'avion allait décoller dans moins de dix minutes. Alors que Vauvert s'installait sur une banquette, dans la zone d'embarquement, son téléphone se mit à sonner. Il le sortit de sa poche et l'éteignit sans même chercher à savoir qui appelait.

Assis en face de lui, le lieutenant Leroy affichait un visage grave.

— Je n'arrive pas à croire ce que je suis en train de faire.

— Je ne t'oblige pas à me suivre, lui rappela Vauvert.

Le jeune homme eut un rire amer.

— Ne dis pas de bêtises. Je ne vais pas te laisser tomber maintenant. La manière dont tu as réagi, eh bien…

Il fit un geste vague.

— C'est exactement ce qu'aurait fait Eva. Je pense qu'on lui doit bien…

Il dut s'interrompre, car son téléphone jouait un air de Metallica.

À son tour, il le sortit de sa poche. Il observa l'affichage de l'appel entrant. Il hésita, le pouce au-dessus de l'icône « Accepter », se mordant la lèvre inférieure.

— C'est le chef. Je vais me faire crucifier en bonne et due forme.

Il abaissa pourtant la main, les yeux rivés sur le téléphone entre ses genoux, attendant que la guitare électrique se taise.

— Tu vois, ce n'est pas si difficile, lui dit Vauvert.

— Ouais, pour toi, sans doute. Mais…

À nouveau, la sonnerie de son mobile interpréta la mélodie de *Master of Puppets*.

La femme assise à côté de Leroy, une petite vieille chenue aux mains chargées de bagues et portant un énorme chapeau vert, lui adressa un regard de reproche et soupira un peu plus fort que nécessaire, pour être certaine qu'il comprenne le message.

Leroy, lui, regardait toujours son téléphone posé sur ses genoux, comme s'il s'agissait d'une bête dangereuse et fascinante à la fois.

— Je fais quoi, moi ?

— Absolument ce que tu veux, jugea Vauvert. Je ne suis pas ta nounou.

— Quel que soit votre problème, grinça la femme au chapeau vert, vous dérangez tout le monde, monsieur.

— Euh oui, lui dit Leroy, le regard fuyant. Je suis désolé, je…

Son pouce parcourut l'écran, s'arrêta sur l'icône « Accepter », et glissa sur le côté pour éteindre le téléphone.

— Enfin, dit la vieille.

Elle poussa un autre soupir.

Face à lui, Vauvert lui adressa son premier vrai sourire de la journée.

— Eh bien, voilà.

Mais son sourire ne dura pas.

Cela faisait déjà quatorze heures qu'Eva était prisonnière, quelque part.

Ils ne savaient même pas de combien de temps ils disposaient encore pour la sauver.

49

Eva a cessé de hurler.

Ses cordes vocales brisées.

Son corps un océan de souffrance et de crampes.

Cela ne sert à rien. Crier, comme se démener, n'aura pas le moindre effet.

Elle doit réunir ses forces. Après tout, elle n'est attachée que par de la corde. Il lui est impossible de bouger les chevilles. En revanche, elle peut déplacer ses bras de quelques centimètres, quand elle les tend ou les détend.

Elle tente de faire coulisser la corde sur le bord de l'établi.

Juste un peu, vers le haut.

Puis vers le bas.

Les fibres de la corde râpent contre le coin de bois. L'espoir renaît.

Elle répète son geste. Son poignet glisse vers le haut, puis vers le bas à nouveau.

Si elle l'use assez longtemps, elle sait qu'elle pourra rompre la corde. Elle ignore si elle disposera d'assez de temps pour y parvenir, mais il faut essayer, il faut faire quelque chose, et subitement plus rien d'autre n'a d'importance. Que ce mouvement de haut vers le bas, de bas vers le haut.

La corde frotte avec insistance. Les fibres s'éliment, une à une.

Rapidement épuisée par l'effort, Eva se demande à quel point elle a entamé ses liens. Un tout petit peu ? Ou peut-être pas du tout ?

Elle cesse de gigoter. Elle essaie d'ignorer le froid qui s'installe et les volutes de sa respiration dans les airs. Les muscles tétanisés de terreur, elle attend. Immobile.

C'est bien tout ce qu'elle peut faire, n'est-ce pas ? Attendre que les flots noirs reviennent la prendre, oui. Que les ténèbres l'arrachent à ce monde et l'engloutissent une fois pour toutes.

Non. Ne pense pas ça.

Tu dois lutter.

Une minute plus tard, elle recommence, attentive à bien appuyer la corde contre le bord, cherchant à la limer, lentement, tout doucement, fil après fil.

Elle ne sait même plus depuis combien de temps elle imprime ce mouvement de va-et-vient à la corde.

Mais elle se rend bien compte que ses sens sont perturbés.

Elle sait que, sans ses pilules, le phénomène va s'amplifier.

Les hallucinations vont revenir.

Bien sûr, les médicaments n'ont jamais fait que les tenir à distance – la plupart du temps – mais ils lui sont nécessaires. Plus que cela, même, ils lui sont vitaux. Elle n'a jamais pu vivre sans drogues. Elle n'a jamais *imaginé* pouvoir vivre sans elles. Son médecin lui a toujours soutenu que ce n'est qu'une dépendance psychologique. Qu'elle n'a pas vraiment besoin de toutes ces substances chimiques dans son système. Que la réponse est dans sa tête. Le médecin n'y comprend rien. Le médecin n'a pas serré sa sœur dans ses bras. Il ne lui a pas promis que le monstre ne viendrait pas.

Elle, elle l'a fait.

Et le monstre est venu quand même.

Il lui a arraché Justyna des bras. Il l'a déshabillée devant elle. Pour qu'elle la voie. Pour qu'elle regarde. Et Justyna a hurlé. Justyna a pleuré. *Eva lui avait promis qu'il ne leur arriverait rien, elle lui avait juré.*

Elle ferme les yeux. Elle refuse de se souvenir. Elle ne veut plus jamais revivre ça.

Mais elle sait que cela recommence, comme à chaque fois. Avant même de regarder.

Elle rouvre les yeux. Elle baisse lentement le regard.

À l'autre bout de la cave, dans l'escalier, elle est là. Elle savait qu'elle serait là.

La silhouette de la fillette aux cheveux blancs.

Justyna, sa sœur jumelle. Sa sœur morte depuis vingt-quatre ans, et toujours là, bloquée quelque part dans le puzzle de son esprit.

Elle attend, assise sur les marches.

— *Non*, murmure Eva, sans même savoir si le moindre son a franchi ses lèvres.

Elle se raidit. Bande tous ses muscles, ravivant les fleuves de lave dans sa cuisse droite.

— Je ne disjoncterai pas.

Mais pour une fois la fillette fantôme ne semble pas vouloir la narguer. Elle a les yeux tristes de celle qui ne peut rien faire.

Eva ferme les paupières et respire tout doucement. Ses hallucinations, en règle générale, sont très brèves. Il lui suffit de ne pas craquer. Elle va s'en sortir. Il *faut* qu'elle s'en sorte. Elle ne laissera pas son imagination lui faire perdre les pédales.

Elle ouvre à nouveau les yeux.

La fillette ne se trouve plus au bout de la pièce, non.

À présent, elle se tient juste devant elle.

Justyna la dévisage d'un air grave, de ses petits yeux rouges.

— Va-t'en, murmure à nouveau Eva, un sanglot dans la voix.

La fillette s'avance. Elle ouvre ses bras et elle se love contre elle, contre son corps nu. Et Eva a beau savoir que c'est une illusion, un simple mirage, elle sent très distinctement la chaleur de cette enfant, de sa sœur jumelle, tout contre elle, vestige de son passé et de tout ce qui se répète, pour quelque raison étrange, quelque amère farce des étoiles.

— *N'aie pas peur. Je suis là*, dit la fillette.

Et tout d'un coup, et pour la première fois, Eva sait qu'elle a raison. Justyna n'est pas venue pour l'importuner. Peut-être même n'a-t-elle jamais été là pour ça. Elle est juste venue par affection, pour lui tenir compagnie, pour lui offrir le réconfort de ses petits bras autour de son corps frigorifié. Et l'étreinte de la fillette, rassurante et aimante, semble la réchauffer bel et bien.

— *Tout ira bien. Si on reste ensemble, le monstre ne viendra pas*.

— Non, pas du tout. Ça n'a pas marché. Il est venu, tu te souviens ? On croyait que cela suffirait, mais non. Il t'a prise, Justyna. Et maintenant, il est revenu. Le monstre est revenu et cette fois c'est pour moi, tu sais. Cette fois je ne m'en sortirai pas.

— *Chut*, souffle la fillette. *N'y pense pas. Pas encore*.

Eva ne se rend même pas compte que les larmes roulent sur ses joues, et que sa poitrine se soulève, agitée par des sanglots incontrôlables.

Elle sait qu'il ne lui reste plus beaucoup de temps à vivre.

50

Toulouse,
21 h 30

Si peu de temps. Et un peu moins encore, à chaque minute qui s'écoulait.

Une fois leur avion posé sur le tarmac de l'aéroport international de Toulouse-Blagnac, ils récupérèrent le 4 × 4 au parking. Vauvert s'engagea sur le périphérique toulousain et appuya sur l'accélérateur.

Leroy en profita pour rallumer son téléphone. Cette fois, il parvint à joindre le docteur Fabre-Renault sur son numéro personnel. Il lui annonça qu'il était officier de police criminelle et qu'il allait venir lui rendre visite. Le docteur lui demanda pourquoi, Leroy lui expliqua que c'était une question de vie ou de mort. Ils avaient besoin de sa coopération tout de suite.

— *C'est au sujet de Raynal, n'est-ce pas ?*

— Oui. C'est au sujet des événements qui se sont produits au centre Raynal. Les disparitions.

— *C'est une longue histoire. Mais je ne vois pas ce que je pourrai vous dire de plus que ce qui a été noté dans les rapports.*

— Pouvez-vous tout de même nous recevoir ? Nous sommes déjà en route.

— *Bien sûr. Je suis chez moi, je ne bouge pas. Vous avez mon adresse ?*

— Oui.

— *Dans ce cas, je vous attends.*

— Merci beaucoup, docteur.

Un vent glacé s'engouffra dans l'habitacle, comme Vauvert abaissait sa vitre. Il jeta des pièces dans le panier du péage et la barrière s'ouvrit devant le 4 × 4. Un instant plus tard, ils étaient lancés sur l'autoroute. Le panneau indiquait :

ALBI 66

— On est à Millau dans deux heures, jaugea Vauvert.

Il dépassa un radar automatique dont le flash les éblouit.

— Bordel, grogna-t-il.

Leroy, quant à lui, en profita pour consulter sa boîte vocale. Il avait plusieurs messages qu'il écouta, l'air concentré, le regard soucieux. Quand il referma son téléphone, son visage avait perdu ses couleurs.

— Des soucis ?

— À quoi est-ce que tu t'attendais ? Deveraux est en train de secouer les enfers pour avoir ta peau. Et la mienne, par la même occasion. Mon chef va me suspendre par les testicules si je ne lui rapporte pas une sacrée putain de justification à ce qui s'est passé ce soir. C'est de la désertion qualifiée, pour moi comme pour toi. On aurait au moins pu essayer de leur expliquer ce qu'on a découvert.

— On aurait pu, c'est sûr, fit Vauvert. Et on serait encore en garde à vue, en ce moment même, le temps que les guignols des services internes recoupent nos dépositions.

À court d'arguments, Leroy garda le silence et sortit plutôt les deux livres qu'il avait emportés. Le premier était une étude universitaire sur les crimes de la comtesse Bathory, qu'il n'avait pas encore eu le temps de compulser. Quant au second, il s'agissait d'un essai sur les religions des Daces et leur héritage dans l'Europe médiévale. D'une manière ou d'une autre, les deux devaient être liés. Il suffisait de trouver en *quoi*. Leroy alluma le plafonnier et ouvrit le livre sur les Daces.

Si peu de temps…

51

23 heures

Leroy était toujours penché sur le livre, tournant les pages une à une, tandis qu'ils roulaient sur une étroite départementale qui n'en finissait pas de tournoyer à flanc de montagne.

Il allait être malade, à force de lire dans le faible éclairage du plafonnier et secoué de droite à gauche sans relâche, à mesure que Vauvert négociait les virages en épingle.

À l'extérieur, la nuit était noire. La température chutait. Les phares du 4 × 4 illuminaient de grands sapins, de chaque côté de la route. Les Aveyronnais ne semblaient pas connaître l'existence des poteaux réfléchissants ni du marquage au sol, de sorte que le véhicule fendait une obscurité d'encre, et il arrivait que Vauvert soit obligé de piler, juste avant un virage abrupt et nullement indiqué. De temps en temps, ils traversaient de minuscules bourgades aux rues désertes et aux volets clos, avant de retrouver les sapins et les ténèbres.

Les minutes s'envolaient, l'une après l'autre.

Ils avaient dépassé Villefranche-d'Albigeois quand le téléphone de Vauvert se mit à sonner. Le numéro de Mira était affiché.

— Ouais, Damien.

— *Bon Dieu, mais qu'est-ce que tu FOUS ?* s'écria la voix anxieuse de son collègue et ami. *On ne parle plus que de toi, ici !*

— Tu sais ce que c'est. Laisse-les parler. Je m'arrangerai avec la paperasse plus tard.

— *T'es bien sûr de ton coup ? Je ne suis pas certain que tu réalises dans quelle merde tu t'es fourré. Tu fais l'objet d'un mandat d'arrêt. Selon le quai des Orfèvres, tu aurais agressé un collègue. C'est vrai ?*

— C'est un tocard et j'aurai ma version des faits à donner, quand il le faudra.

— *T'as intérêt. Le chef est dans une de ces rages ! S'il apprend que je t'ai parlé, il est capable de me coller en garde à vue avec toi. Tu te rends compte que tu es recherché comme un vulgaire criminel ?*

— Je t'assure que je n'avais pas le choix, on n'a pas le temps pour ces conneries. Eva est en danger de mort.

— *J'entends bien. Je me doute que j'aurais réagi comme toi. Je voulais juste te prévenir. Sans parler du fait que Leïla est passée me voir, elle aussi. La recherche d'ADN que tu lui as fait faire l'a mise dans tous ses états.*

— Ne me dis pas qu'elle en a parlé au chef ?

— *Pas encore. Mais il va bien falloir qu'elle le fasse à un moment ou à un autre.*

— Demande-lui d'attendre un peu, s'il te plaît.

— *Je vais le faire. Est-ce que tu as besoin d'un coup de main ?*

— Je dois d'abord vérifier quelque chose. Je te rappelle ensuite. Je te le promets.

Vauvert fit une pause, puis reprit, d'une voix plus posée :

— Ne t'en fais pas pour moi, d'accord ?

— *Je t'ai formé à ce boulot. Tu seras toujours mon bleu, alors laisse-moi m'en faire. T'es où, en ce moment ?*

— Où je suis ? Eh bien…

Vauvert marqua une brève pause. Éclairé par les phares, un panneau indiquait :

MILLAU 70

— Je suis toujours à Paris. Mais je suis dans le métro. Je vais devoir te rappeler.

Il raccrocha, un air de profonde détermination sur le visage.

— Intéressant, dit Leroy.

— Quoi ?

— Est-ce que tu mens toujours à tes collègues de cette manière ?

Vauvert se fendit d'un sourire las.

— Seulement quand je n'ai pas le choix, Erwan. Je t'assure que dans la situation où on se trouve, on ne peut pas faire autrement.

Leroy eut un sourire entendu, lui aussi, et se replongea dans sa lecture.

Il siffla entre ses dents.

— Écoute ça. Un des rituels que pratiquaient les Daces s'appelait le banquet écarlate, ou le festin de sang. Ça te parle ?

Vauvert eut un rictus. Bien sûr, que ça lui parlait.

— L'inscription sur la vitre, dans les bureaux de *Chick Magazine*.

— Exactement. D'après ce que je lis, les Daces croyaient qu'on pouvait invoquer les âmes des morts grâce à cette cérémonie. Elle servait à obtenir certaines choses de la part des divinités.

— Quel genre de choses ?

— De toutes sortes, je suppose. L'argent, le pouvoir.

— La jeunesse éternelle ?

— Pourquoi pas. Ce n'était pourtant pas un rituel simple à mettre en œuvre. Les dieux étaient exigeants. Pour leur plaire, il fallait leur sacrifier de la chair fraîche. Et pas qu'un peu. Soixante-dix jeunes filles en tout.

— Soixante-dix ? C'est un vrai charnier.

— En tout cas, c'est un rituel que seule une sorcière peut accomplir dans les règles. Elle doit d'abord vider ses victimes de leur sang et lacérer leur visage. Le but est de les soustraire à l'emprise de la vie comme de la mort. Les esprits-loups viennent alors emporter les âmes pour les offrir aux dieux. Ça ressemble à ce que fait notre meurtrière, non ?

— Et comment, soupira Vauvert. C'est ce rituel-là qu'elle est en train de reproduire dans les détails.

Il marqua une hésitation.

— Erwan…

— Oui ?

Les sapins noirs défilaient. L'encre de la nuit avalait le 4 × 4. Dans peu de temps ils seraient à Millau. Il fallait bien qu'il lui dise. Bon sang, il ne pouvait plus attendre.

— Je les ai vus.

— Quoi ?

— Les loups, grogna Vauvert. Je suis retourné à la ferme des Salaville, hier. J'ai vécu une expérience étrange. Une sorte d'hallucination. J'ai vu deux loups. J'ai même tiré sur l'un des deux. Sauf que ce n'était pas un loup du tout.

— Euh, désolé, mais je ne te suis pas.

— Je sais bien. C'est impossible à croire. Pourtant, je me suis bien fait attaquer par *quelque chose*. Et cette chose avait dans ses veines du sang humain.

— Parce que tu l'as tuée ?

— Non. Elle a disparu dans les airs. Un instant la bête était là, et l'instant suivant elle s'était évaporée. Je n'ai toujours pas la moindre explication rationnelle pour ça. Tout ce que je sais, c'est que c'est bien arrivé. Il y avait du sang sur mes balles. Je l'ai fait analyser. Il est apparu que… c'était le sang d'un des frères Salaville.

Leroy digéra l'information. Vauvert continuait de conduire, le visage impénétrable.

— Le sang d'un homme décédé depuis un an, hein ?

— Oui, dit Vauvert.

— Et, chez Eva, il y avait le sang d'une fille déjà morte…

Le jeune homme comprenait bien où le menait ce raisonnement.

— Tu crois que ce rituel fonctionne vraiment ? Que c'est possible, des choses pareilles ? De s'affranchir de la mort, comme le croyaient les Daces ?

— Que veux-tu que je te dise ? Je n'en ai pas la moindre idée. Tout ce que je sais, c'est qu'une personne est en train de suivre un rituel vieux de plusieurs millénaires. Et cette personne, elle, est persuadée de son efficacité. Elle va continuer de tuer jusqu'à obtenir ses soixante-dix victimes. Que ce soit réel ou pas, elle va aller jusqu'au bout. Elle va les massacrer, une par une. Et la prochaine sur la liste, c'est Eva.

Leroy fit un rapide calcul.

— Elle en est à vingt-six, si on compte les vingt-quatre filles dans l'Ariège et les deux que nous avons retrouvées à Paris. Peut-être même trente, si les quatre disparues de Raynal étaient bien ses premières victimes.

— Trente, c'est le *minimum*, répliqua Vauvert. Si les meurtres ont bien commencé à Rodez, et si elle a réussi à les cacher tout ce temps, alors il est possible que la liste soit bien plus longue.

Un nouveau panneau leur indiqua qu'ils pénétraient à Saint-Affrique. Le 4 × 4 traversa un pont, puis s'engouffra dans des rues étroites et totalement désertes.

Sur le tableau de bord, l'horloge indiquait 23 h 47. Le temps continuait de s'évaporer.

52

— J'ai peur, murmure Eva.

Elle a fermé les yeux et elle tremble.

Contre elle, contre son corps crucifié, elle sent la présence rassurante de sa sœur. Qu'elle existe ou pas, cela n'a plus aucune importance. Elle est là. Avec elle. C'est tout ce qui compte.

— Il ne faut pas avoir peur, chuchote Justyna, d'une toute petite voix, dans le creux de son oreille.

— Tu sais très bien qu'elle va revenir. Elle va me torturer. Je ne peux pas le supporter.

— Il va falloir que tu tiennes le coup, pourtant.

Eva serre les paupières. Des larmes roulent sur ses joues.

— Je ne pourrai pas. Je sais que je ne pourrai pas.

Sa sœur se love contre elle, rassurante. Les larmes d'Eva redoublent. Gouttes salées, brûlantes, sous ses yeux clos.

— Je suis tellement désolée, Justyna. Je ne sais pas pourquoi il t'a prise, et pas moi.

— C'est du passé, souffle la fillette.

Eva secoue la tête.

— Je t'avais promis qu'il ne nous arriverait rien.

Elle laisse échapper un hoquet, crache du sang.

— Je t'avais dit que, tant qu'on resterait ensemble, il ne nous arriverait rien du tout. C'était un mensonge.

Tu es morte à cause de moi. Et moi, le monstre n'a même pas voulu de moi…

— Cela n'a jamais été ta faute. Tu ne pouvais pas savoir.

— J'aurais *dû*. Comme j'aurais dû savoir qu'un jour ou l'autre le monstre allait revenir. Que ce serait pour moi. Ce moment est venu, tu sais. Le monstre a changé. Il porte un masque, maintenant, mais, au fond, c'est le même. Il est venu pour achever son travail.

Justyna ne dit rien.

Elle tourne la tête et dépose un baiser affectueux sur les paupières d'Eva.

Elle n'avait que six ans.

Elle ne veut pas se souvenir de tout ça.

Elle a déployé tellement d'efforts pour sortir ces événements de son esprit.

Mais voilà. Cela n'a jamais marché. Chaque fois qu'elle ferme les yeux, c'est comme si elle revivait cette journée-là.

La journée où tout a basculé.

La toute dernière fois où maman les a embrassées, avant de se rendre au travail, les laissant chez la gentille Madame Rieux, qui a toujours une variété impressionnante de jus de fruits, et tellement de chaînes sur sa télévision. Eva et Justyna ont passé une partie de l'après-midi à regarder des épisodes d'*Albator*. Ensuite, elles ont joué au voleur et au policier, aussi. Eva a insisté pour être le policier, comme toujours. D'ailleurs, c'est ce qu'elle sera, quand elle sera grande. Une super flic. Celle qui peut arrêter tous les hommes méchants, pour que les mamans n'aient plus à avoir peur. Pour qu'elles n'aient pas à changer de maison tout le temps.

Maman leur a bien expliqué. Il est très difficile de reconnaître les hommes méchants. On ne peut jamais se fier aux apparences. Parfois, quelqu'un qu'on croyait très gentil peut se révéler être un homme méchant déguisé, qui n'a qu'une envie, vous attraper et vous faire des choses très vilaines. C'est pour cela qu'il faut rester vigilante, faire très attention, toujours. Le concept est quelque peu difficile à saisir pour des petites filles, forcément, mais ce qu'elles ont bien compris, et depuis longtemps, c'est que maman a *très peur* des hommes méchants. Cela vaut toutes les explications du monde, et elles suivent à la lettre toutes ses consignes. Jamais elles n'adressent la parole aux inconnus. Quand un monsieur a l'air de les regarder dans la rue, elles tirent aussitôt sur la manche de maman pour le lui montrer.

Ce jour-là, pourtant, maman n'a rien vu venir.

Elle n'avait même pas l'air inquiète du tout.

C'est peut-être ce qui a été fatal ? Juste ça. La tentation de baisser la garde. L'erreur de croire, l'espace d'un instant, que les monstres ne sont plus à vos trousses. Et c'est comme si vous présentiez directement votre gorge devant leurs crocs.

Quoi qu'il en soit, maman est en retard, et elles en ont assez de jouer. Madame Rieux regarde à de nombreuses reprises par la fenêtre. Elle dissimule sa nervosité, pourtant cela se voit bien qu'elle n'est pas tranquille.

Et les fillettes, qui ne sont pas plus bêtes que d'autres, finissent par comprendre la raison de ce stress : la voiture de maman est déjà garée devant leur maison. Alors, pourquoi n'est-elle pas encore venue les chercher ?

Le temps continue de passer.

Madame Rieux passe des coups de téléphone.

La lueur d'inquiétude grandit au fond de ses yeux.

Elle effectue des allers et retours pour discuter dans la cuisine, loin de leurs oreilles.

Puis arrivent les sirènes.

Les voitures de la police se garent le long de la rue. *Tout autour de leur maison*. Eva et Justyna les observent, depuis la fenêtre du salon de Madame Rieux. Elles ne voient pas grand-chose, mais il y a plein d'hommes en uniforme qui ont commencé à installer des barrières. Et d'autres hommes, habillés tout en blanc, qui descendent d'un camion, avec une civière.

Quelque chose est arrivé. Quelque chose de terrible.

— Qu'est-ce qui se passe ? gémit Eva.

— Pourquoi maman n'est pas encore là ? ajoute Justyna avec une subite angoisse dans la voix.

Madame Rieux leur offre un grand sourire et leur dit que tout va bien, que maman va arriver très bientôt.

Puis elle va parler à un policier.

L'homme lui explique des choses, à voix basse. Il fait un geste très embêté pour indiquer leur maison, au bout de la rue. Madame Rieux se signe plusieurs fois en l'écoutant. Les fillettes, curieuses, s'approchent. L'air de rien.

— Mais comment pourrai-je leur annoncer une chose pareille ? murmure Madame Rieux.

— Ce n'est pas à vous de le faire, lui dit le policier. Les services sociaux sont prévenus. Ils vont envoyer une assistante sociale pour s'occuper d'elles, et elle se chargera de tout, ne vous inquiétez pas. Il faut simplement que vous les gardiez ici, le temps que cette personne arrive. Pour ne pas que les gosses voient… enfin… ce qui se passe, vous comprenez ?

Les fillettes ne comprennent plus tout à fait ce qui se passe. Mais, quoi que ce soit, c'est très grave, et cela implique maman, forcément. Elles retournent se coller à la fenêtre, pour essayer d'apercevoir quelque chose. Des gens ont commencé à s'attrouper dans la rue. Les policiers font des signes pour ne pas les laisser s'approcher. Tout le monde dans le quartier semble soudain très intéressé par leur maison.

— Il est arrivé quelque chose à maman ? interroge Eva.

— Je veux maman ! s'écrie Justyna.

L'agent leur lance un regard gêné. Il essaie de leur sourire. Son expression sonne faux. Ses yeux sont empreints d'une profonde tristesse. Maman leur a dit de ne jamais faire confiance aux hommes qu'elles ne connaissent pas. Même s'ils sont souriants. *Surtout* s'ils sont souriants.

Puis Madame Rieux referme la porte et revient vers les deux enfants. Son visage à elle aussi est triste. Tellement triste.

— Je crois qu'il va falloir attendre un peu, mes petites merveilles. Votre maman…

Une boule semble s'être formée dans sa gorge. Les fillettes voient très bien les larmes qui brillent dans ses yeux. Elles ne comprennent simplement pas pourquoi.

— *Je veux maman*, se plaint à nouveau Justyna. Pourquoi est-ce qu'elle n'est pas encore venue nous chercher ? Je veux rentrer à la maison !

— Maman va venir plus tard, lui promet Madame Rieux, et elles entendent toutes les deux le mensonge dans sa voix brisée. Vous allez rester avec moi. J'ai du jus de goyave tout frais. Venez…

Les deux sœurs échangent un regard désemparé.

Dans la rue, les sirènes ont repris.

53

0 h 15

— Alors, vous travaillez ensemble depuis combien de temps ? demanda tout à coup Vauvert.

La route plongeait, dans une série de lacets abrupts, vers le fond de la vallée, et le 4 × 4 faisait de grandes embardées, frôlant la rambarde de sécurité à chaque courbe.

Leroy se cramponna à la poignée située au-dessus de sa vitre.

— Avec Eva ? Je ne sais pas. Deux ans. Non, ça fait déjà trois ans, à présent. Dis, tu es sûr que ce véhicule tient la route ?

— Parfaitement. Alors, vous n'avez jamais évoqué son passé entre vous ? insista Vauvert. Ce qui est arrivé quand elle était enfant et que ce tueur l'a kidnappée ? Le Fléau de la nuit ?

— Je te l'ai expliqué, elle ne parle jamais d'elle. Je pense qu'elle a tiré un trait sur cette période de sa vie.

Ça, Vauvert était incapable de le croire. Il était impossible d'écarter une chose pareille de son existence. On pouvait bien faire semblant, affirmer tant qu'on voulait que l'horreur appartenait au passé, cela continuait de vous plier et de vous modeler. Il en savait quelque chose.

— Tu t'imagines qu'elle n'a jamais profité de son poste pour effectuer sa propre enquête, ni cherché à percer à jour l'identité du meurtrier de sa mère et de sa sœur ? Me fais pas rigoler, Erwan.

S'engouffrant dans un petit village, pleins phares, il prit deux ronds-points successifs à contresens pour ne pas perdre de temps.

— Tu devrais *vraiment* faire attention, répéta Leroy. Tu vas nous tuer.

— Ne t'en fais pas. Il n'y a personne.

— Ce n'est pas une raison.

Leroy finit par refermer le livre qui attendait sur ses genoux, et il le rangea soigneusement dans sa sacoche. Il ne risquait pas de lire dans ces conditions. Il se cramponna de nouveau à la poignée.

— Bon, écoute. Je ne sais vraiment rien de plus que ce qu'on raconte. Quand je suis arrivé à la brigade et qu'on m'a parlé de cette histoire, j'ai essayé de me renseigner, tu t'en doutes bien. Ce n'est pas tous les jours qu'on travaille avec une victime d'un tueur en série. Je cherchais aussi à en apprendre un peu plus sur Eva, je dois bien l'avouer. On racontait tellement de trucs sur elle.

— Et alors ?

— Et alors, rien de plus. Personne n'a jamais connu les détails. Tout ce qu'on sait, c'est que le Fléau de la nuit a séquestré les deux fillettes dans une cave, et qu'il a égorgé la sœur d'Eva, probablement sous ses yeux. Elle s'appelait Justyna.

— La pauvre, murmura Vauvert.

Il fit une moue songeuse.

— On n'a jamais découvert qui c'était ? Même pas une vague présomption ?

— Pas la moindre, assura Leroy. Il a cessé de tuer du jour au lendemain.

— Après cette nuit-là ? Juste comme ça ?

— Exactement. Ce sont ses derniers meurtres connus. Il est possible que le bonhomme se soit fait sauter la tête. Ça arrive. Ou qu'il ait été victime d'un accident. On ne le saura jamais, malheureusement.

— Tu ne trouves pas ça un peu étrange ? Qu'un tueur prenne autant de risques pour attaquer deux gosses, allant jusqu'à rester sur un périmètre infesté de flics, et qu'à la fin il en laisse vivre une ? Alors qu'il la tenait en son pouvoir ?

— C'était un psychopathe. Qui peut comprendre les motivations de ce genre de type ? En tout cas, on n'a jamais découvert pourquoi il a attaqué toutes ces femmes.

— Ouais, répéta Vauvert dans sa barbe.

Face à eux, la falaise fut inondée par la lumière de puissants projecteurs qui dessinaient la roche comme en plein jour, et un viaduc titanesque apparut, enjambant les deux versants. C'était une construction toute en lignes simples et massives, ponctuée d'une multitude de spots rouges et bleus, presque une image de science-fiction au cœur de ces montagnes nues.

— On arrive.

Le 4 × 4 dépassa le panneau à vive allure, emprunta un nouveau rond-point en sens inverse et déboucha dans une rue décorée par de grandes guirlandes multicolores.

— Par pitié, ralentis, on est en ville, supplia Leroy.

La maison du docteur Fabre-Renault était située sur une avenue grise. Juste en face se trouvait un concessionnaire automobile. Vauvert gara sa voiture devant la vitrine éteinte. La fatigue commençait à lui faire tourner la tête.

— Ça va ? lui demanda Leroy en débouclant sa ceinture.

— Bien sûr que ça va, grogna Vauvert en sortant de sa torpeur.

Ils poussèrent les portières et sortirent du véhicule, immédiatement happés par le froid. Des décorations de Noël fleurissaient tout le long de l'avenue, bien qu'on soit encore en novembre. Hormis ces signes manifestes de présence humaine, et comme cela avait été le cas pour tous les villages qu'ils venaient de traverser, pas une seule voiture ne circulait. Un moteur de moto pétarada dans une rue adjacente, puis le silence revint, ponctué par le souffle du vent glacé et la sonnerie stridente du feu de signalisation, à quelques mètres de là, qui indiquait que le passage était libre pour les piétons.

Ils se hâtèrent de traverser la rue, serrant leurs manteaux pour se protéger du froid. Leurs respirations dessinaient des volutes blanches. Levant les yeux, Vauvert enregistra que de la lumière dorée filtrait par les fenêtres à l'étage. Il pressa la sonnette sous la plaque :

DR J. FABRE-RENAULT
PSYCHIATRE

Le rez-de-chaussée s'éclaira à son tour, et la porte ne tarda pas à s'ouvrir. L'homme qui se tenait devant eux était un quinquagénaire à l'air fatigué, les cheveux poivre et sel, le visage couvert de taches de rousseur et portant des lunettes à énormes montures en plastique jaune. Ces lunettes ressemblaient plus à un gadget qu'à quelque chose qu'on pouvait décemment arborer dans la vie de tous les jours. Mais, après tout, cet homme portait aussi un épais pull rouge, et un pantalon de velours gris dont la coupe était passée de mode depuis une bonne trentaine d'années.

— Docteur Fabre-Renault ? Je suis le commandant Vauvert, de la police criminelle, et voici le lieutenant Leroy.

— C'est moi que vous avez eu au téléphone, ajouta Leroy. Je vous ai expliqué la situation.

— En effet, répondit le docteur d'une voix grave. Je me doutais que vous finiriez par venir, un jour ou l'autre.

Il recula d'un pas pour les convier à l'intérieur.

— Venez. Nous serons mieux dans mon bureau pour discuter. Je viens de faire du café. À voir vos têtes, je me dis qu'une tasse vous fera du bien.

V

JUDITH SAINT-CLAIR

54

0 h 25

Il les conduisit à l'étage, en haut d'un escalier en pierre. La maison était vaste, constituée d'une succession de pièces encombrées de meubles d'époque dépareillés, qui semblaient avoir été amassés à l'occasion de multiples vide-greniers. Les murs étaient quant à eux couverts de tapisseries aux couleurs vives – radicalement différentes d'une pièce à l'autre. La première moitié du couloir était ornée de fleurs de lys jaunes sur fond bleu roi, puis le papier peint devenait brutalement pourpre et noir.

Le bureau se trouvait à l'arrière de la maison. Poussant la porte, Fabre-Renault les pria d'entrer. Vauvert, cependant, eut une seconde d'hésitation, au seuil de cette pièce.

Il dut cligner les yeux plusieurs fois pour être certain que sa vision ne lui jouait pas un tour. Le « bureau » du docteur était bel et bien *rose*, imprimé de motifs floraux. Le traditionnel divan de psychanalyste était bien présent, mais rose pâle. Le bureau était rose. Le fauteuil en cuir, derrière ce bureau, était rose lui aussi. Tout comme l'épaisse moquette. Sur les murs, des sous-verres exposaient des photos anciennes, couleur sépia, d'hommes et de femmes d'un autre temps, des souvenirs familiaux peut-être. L'ensemble perturbait totalement sa perception des couleurs. Vauvert se dit qu'on devait ressentir ce genre de choses, quand on prenait ces nouvelles drogues synthétiques.

— C'est ici que je reçois mes patients, déclara le docteur. J'ai essayé de créer une ambiance.

— Ouais, fut tout ce que trouva à dire Vauvert, circonspect. Une ambiance.

— Mettez-vous à l'aise. Je reviens tout de suite.

Leroy ne se fit pas prier et accrocha son trois-quarts au portemanteau avant de s'installer sur le divan rose, où il ferma les yeux pour se reposer quelques instants. Vauvert, quant à lui, fit un pas sur la moquette. Il avait l'impression de marcher sur un improbable tapis de marshmallow. Il se campa derrière un des fauteuils du bureau et empoigna le dossier de ses deux énormes mains. La fatigue altérait ses facultés de concentration. Cela n'allait pas tarder à devenir un vrai problème.

Le docteur revint très vite avec un plateau sur lequel se trouvaient un ancien pichet en porcelaine et trois tasses. Il posa le tout sur le bureau et servit Vauvert.

— Sucre ?

— Non merci, lui dit le policier en se décidant à prendre place dans le fauteuil.

Il porta le café à ses lèvres et en but une gorgée. Il était corsé, comme il l'aimait. Sentir cet arôme dans sa gorge lui fit un bien immense.

— Nous sommes sincèrement désolés de vous déranger à une heure pareille, docteur. Nous enquêtons sur une série de meurtres, et nous pensons que vous pouvez nous aider à faire la lumière sur certains faits.

— Je l'ai bien compris. Je vous reconnais, vous savez. C'est vous qui avez arrêté les frères Salaville, l'an dernier. Vous étiez partout à la télé.

— Pas uniquement moi, marmonna Vauvert tout en soufflant sur la boisson fumante. C'est une collègue qui a résolu cette affaire.

— Cette jeune femme aux cheveux blancs ?

— La commandante Eva Svärta, acquiesça Vauvert.

Il dévisagea le docteur.

— Écoutez, nous n'avons pas beaucoup de temps. Les Salaville ont commis des atrocités, mais nous pensons qu'ils n'étaient pas les seules personnes impliquées. Nous avons des raisons de croire qu'il s'est produit quelque chose, dans votre ancien hôpital, qui les a poussés à cette folie meurtrière. Nous devons absolument comprendre quoi.

Fabre-Renault hocha la tête. Il s'installa dans son fauteuil en cuir rose, de l'autre côté du bureau, et jeta quatre morceaux de sucre roux dans son café. Il remua sa cuillère, l'air absorbé par ses pensées.

— Des choses étranges, il s'en est produit, à Raynal.

— Des apparitions ? l'encouragea Vauvert.

— Des *hallucinations*, précisa le docteur, en opinant de la tête. Tout a commencé par ça, oui. On aurait dit que les patients se passaient le mot. Un aide-soignant a même démissionné. Tout le monde nous a pris pour des dingos, quand nous en avons référé au niveau régional. Et regardez ce qu'ils ont fait, à la fin. Ils se sont débarrassés de l'hôpital, aussi simple que ça ! Le conseil régional a déclaré que nous n'étions pas assez rentables. Une belle connerie, comme excuse, si vous me permettez cette expression. Ils en avaient assez de la réputation de Raynal, c'est tout. Comme ils ne pouvaient pas me blâmer personnellement, ils m'ont muté ici, à la gestion d'un hôpital psychiatrique. Ma hiérarchie a un sens de l'humour que je trouve plutôt saumâtre. Les plus fous de tous, ce sont eux, vous savez.

Il fit une pause pour porter la tasse à ses lèvres, mais l'écarta presque aussitôt et souffla dessus tout doucement. Une pellicule de transpiration se devinait sur ses tempes.

— Je peux vous assurer qu'on en entend des vertes et des pas mûres, dans ce genre d'établissement. Nous avons tout fait pour que les choses rentrent dans l'ordre. Les infirmiers augmentaient les doses de calmant, le soir, l'air de rien. Une piqûre dans les fesses pour que les jeunes énervés se tiennent tranquilles. Ça a fonctionné. Du moins pendant un temps. Et ensuite…

Il prit une longue inspiration.

— Ce qui est fait est fait. Ça nous est tombé dessus. Ni moi ni personne n'aurait pu changer ce qui est arrivé. Je ne serais même pas capable de vous expliquer ce qui s'est produit en réalité. Je peux juste vous assurer une chose, c'est que les bizarreries de Raynal avaient commencé bien avant que les Salaville ne soient admis chez nous.

— Ça, nous le savons, intervint Leroy.

Il quitta le divan rose et s'approcha du bureau pour y prendre sa tasse. Puis il prit place sur le deuxième fauteuil, à côté de Vauvert.

— J'ai bien lu le dossier de cette affaire, docteur. Il y a eu bien plus que de simples hallucinations, ou *bizarreries*, comme vous le dites. C'est quatre de vos patientes qui ont disparu, en l'espace de seulement trois mois. Ces disparitions sont en tout point semblables aux enlèvements qu'ont commis les Salaville.

Fabre-Renault grimaça.

— Vous avez lu le dossier, hein ? Et vous croyez tout savoir ? Vous n'étiez pas là. Très sincèrement, je doute que vous compreniez ce qui est en train de se produire, messieurs.

Il toisa Leroy et Vauvert à tour de rôle. Ses traits étaient tirés, derrière ses énormes lunettes jaunes, et une veine saillait sur son front marqué de taches de rousseur.

— Alors, dites-le-moi, murmura-t-il, d'une voix où perçait une fatigue insondable. Ça a *recommencé*, n'est-ce pas ? Les Salaville sont morts, et pourtant il y a eu de nouvelles disparitions ? C'est bien ça ?

— Oui, avoua Vauvert. C'est exactement ça. Sauf que ce ne sont pas de simples disparitions. Deux femmes sont déjà mortes, et une troisième a été enlevée. Ses heures sont comptées. Comprenez bien que tout ce que vous pourrez nous dire nous sera d'un inestimable secours. Nous savons qu'il y a un lien entre le séjour des Salaville dans votre hôpital et ce qu'ils ont commis par la suite. Nous avons besoin de comprendre quel est ce lien, c'est très important. Nous avons besoin de savoir à *qui* nous avons affaire, docteur.

— Je vois. Vous vous rendez compte que j'avais personnellement signalé chacune des disparitions à la police ? J'ai rédigé des rapports très précis pour faire part de mes inquiétudes. Mais – et désolé si je manque de respect à vos collègues – j'ai eu affaire à de sacrés idiots. Pour eux, il s'agissait de simples fugues. Les personnes qui ont disparu étaient toutes en fin de traitement. Quand ils en sont à ce stade, les patients ont la possibilité de rentrer chez eux pour le week-end, et habituellement il n'y a pas le moindre problème. Sauf dans le cas de ces filles. Elles ne se sont jamais présentées le lundi suivant. Nous avons essayé de les recontacter immédiatement, comme vous devez vous en douter, mais leurs téléphones ne fonctionnaient plus. Comme si elles avaient toutes quitté leur domicile sans prévenir qui que ce soit. Les familles étaient folles d'inquiétude. Elles aussi, elles ont fait des dépositions. Malgré cela, la police n'a *rien* entrepris pour élucider ces disparitions, vous entendez ? Pour ces ânes, il n'y avait aucun signe d'effraction, donc pas la moindre raison de s'alarmer. Mais, la vraie raison, vous voulez savoir ce que c'était ? C'est qu'il s'agissait de cas sociaux, qui ne comptaient pas à leurs yeux. Voilà pourquoi ils n'ont rien fait. Ils n'ont pas levé le petit doigt.

Il s'interrompit pour boire une gorgée de café. Sa main tremblait légèrement.

— C'étaient des gamines. Elles avaient toute leur existence devant elles. J'ai beau essayer d'oublier, leurs visages me hantent. Je me souviens de leur nom comme si elles étaient encore mes patientes. Aucune n'avait plus de vingt ans, vous vous rendez compte ? D'abord il y a eu Anne Rouquier, c'était la première à disparaître. Ça s'est produit en décembre. Personne ne s'en est vraiment alarmé car elle avait déjà fugué à plusieurs reprises. Puis, en janvier, à deux semaines d'intervalle, ça a été au tour de Marine Lafont et de Sophie Lieber, qui, elles, n'avaient jamais eu le moindre problème auparavant. Et enfin, la dernière, c'était en mars. Elle s'appelait Christine Garnier. Mais, elle, on l'a bien retrouvée, comme vous le savez. Elle a été assassinée. Un meurtre d'une violence inouïe. On n'avait jamais connu quoi que ce soit de semblable dans la région.

— On a accusé son petit ami, évoqua Leroy. Mario Dupuy.

— Ce pauvre garçon avait de sérieux problèmes de drogue. Sa cure était un échec complet. Mais, si vous voulez mon avis de spécialiste, il n'était pour rien dans le meurtre de sa compagne.

— Comment pouvez-vous en être certain ? demanda Vauvert.

Le regard du docteur se chargea d'une lueur étrange.

— Je ne peux pas l'être. Mais il était persuadé que Christine courait un danger. Que quelqu'un allait lui faire du mal. Il me l'avait dit.

— Il vous en avait parlé ? *Avant* que cela se produise ?

Fabre Renault soupira, entrelaça ses mains sur le bureau devant lui, puis se résolut à expliquer, d'une voix lente :

— J'étais son médecin. Notre dernier rendez-vous a eu lieu la veille du meurtre de sa petite amie. Jusque-là, Mario avait toujours été un garçon replié sur lui-même, avec des tendances paranoïaques. C'est la raison pour laquelle je n'ai pas cru un mot de son délire.

Le vieil homme ne cessait d'entortiller ses doigts avec une nervosité croissante.

— Je n'ai jamais pu lui faire décrocher plus de dix mots de suite. Ce que je comprends tout à fait. On ne déballe pas aussi facilement sa vie à un psy, et croyez-moi, la sienne n'avait jamais été une partie de plaisir. Ses parents l'avaient jeté dehors à quinze ans, il n'avait connu que la marginalité. Toujours est-il que, cette fois-là, il s'est mis à me parler, il m'a sorti tout ce qu'il avait sur le cœur. Il m'a avoué qu'il n'avait jamais suivi le traitement, et qu'il continuait à dealer. Il m'a raconté tout ça d'une traite, comme s'il avait besoin de se confesser.

Ce garçon était la proie d'une terreur absolue. Selon lui, le diable séjournait à Raynal, et Christine avait été choisie pour être l'objet d'un sacrifice.

Il y eut un silence gêné.

— Un sacrifice ? répéta Vauvert.

Ses pommettes se durcirent imperceptiblement, comme la ligne de ses mâchoires se dessinait en dessous.

— C'est le terme précis qu'il a employé, assura Fabre-Renault. Ce sacrifice était destiné à une divinité qui demandait un repas rouge. Non, *écarlate*. Un festin écarlate. C'est tout ce j'ai compris dans son discours. Cela n'avait pas vraiment de sens.

Vauvert échangea un rapide regard avec Leroy.

Puis le commandant se tourna de nouveau vers Fabre-Renault.

— Cela peut avoir beaucoup de sens, au contraire. Croyez-moi, docteur, tout ceci est extrêmement important. Qu'est-ce que Mario Dupuy vous a dit d'autre ?

— Eh bien, juste cela. Il pensait que sa petite amie était en danger, et… Vous savez que, normalement, je suis tenu au secret professionnel, n'est-ce pas ?

— Les deux personnes concernées sont décédées depuis trois ans, lui rappela Leroy d'un ton brusque. Il s'agit d'une enquête criminelle.

— Oui… Bien sûr…

Fabre-Renault ôta ses lunettes et entreprit de les essuyer maladroitement. Il semblait de plus en plus réticent à poursuivre son récit. Relevant les yeux, il murmura :

— Vous savez, j'ai commis bien des erreurs, dans ma carrière. Des erreurs de diagnostic, des erreurs de jugement. Des patients avec qui je n'ai pas su trouver les mots justes, et qui ont fini par avaler une boîte entière d'anxiolytiques avec une bouteille de whisky. C'est horrible à dire, mais on en fait tous, de telles fautes, parce qu'on sait que personne n'est infaillible, et on se le pardonne, n'est-ce pas ? Malgré tout, ce qui s'est produit à Raynal, la mort de cette pauvre gamine… je ne me trouve aucune excuse. Mario Dupuy m'avait fait part de toutes ses peurs, il m'avait appelé à l'aide, et, moi, je ne l'ai pas cru. Son discours était incohérent. Je suis resté sur mes préjugés, ce foutu prétexte du secret professionnel. Je n'ai prévenu personne.

Le passé amer défilait dans ses yeux.

— Pas plus tard que le lendemain, Christine Garnier est morte dans des circonstances atroces. *Exactement* comme Mario m'avait dit que cela se produirait. Et le même soir, c'est lui qui a mis fin à ses jours en se pendant dans sa cellule. Je vous avoue que je voulais croire, comme tout le monde, à sa culpabilité…

— Mais ?

— Mais je me mentais à moi-même, et je le savais bien, tout au fond.

— Docteur, nous manquons de temps, intervint Vauvert. Est-ce que Mario Dupuy vous a dit *qui* comptait sacrifier sa petite amie ?

— Bien sûr qu'il me l'a dit. Il était obsédé par une de mes patientes. Un cas très particulier. Mario était persuadé qu'il s'agissait d'une sorte de sorcière. Que c'était elle qui avait promis l'âme de Christine aux puissances infernales.

— Quel est son nom ? s'emporta Leroy. Assez tourné autour du pot. Il nous faut l'identité de cette personne !

— Malheureusement, cela ne vous avancera pas à grand-chose.

— Et pourquoi cela ? grommela Vauvert.

— Parce que cette personne est morte. Elle était atteinte d'une maladie incurable et elle était arrivée en phase terminale.

Fabre-Renault fit une pause. Il ferma les yeux quand il dit :

— Judith Saint-Clair. C'était son nom.

55

— Docteur, il faut que vous nous expliquiez, insista Vauvert.

Il avait posé ses mains bien à plat sur le bureau rose pâle devant lui. Son visage était tendu, sa peau tannée comme le cuir d'une tortue.

— Nous manquons de temps. C'est la vie d'une personne qui est en jeu.

— Je l'ai très bien saisi, commandant. C'est vous qui ne comprenez pas. Cette histoire n'a pas de sens. Judith Saint-Clair n'aurait pas pu s'en prendre à Christine Garnier, ni à aucune autre jeune femme. Elle était affaiblie par sa maladie au point de ne plus quitter son lit.

— Alors elle est morte ?

— Elle doit l'être, maintenant.

— Ce n'est pas du tout la même chose, reprit Leroy, de plus en plus agacé. Cette personne n'est pas décédée à Raynal ?

Fabre-Renault, machinalement, disposa les trois tasses côte à côte, à égale distance l'une de l'autre.

— Non. Elle n'est pas morte chez nous. Elle est repartie juste avant. Comme je vous l'ai dit, elle était en phase terminale. Sa famille a commandé une ambulance pour la ramener chez elle, afin qu'elle puisse y passer ses derniers jours.

— Donc, vous n'avez aucune *certitude* quant à son décès ?

Fabre-Renault eut un geste las.

— C'était il y a trois ans, commandant. Sa maladie ne lui laissait pas plus de six mois de sursis. Je l'avais moi-même examinée. Je vous assure qu'elle était mourante.

— Cette maladie dont vous parlez, c'était quoi exactement ? Un cancer ?

— Non. Elle était atteinte de progéria. Pour être précis, Judith Saint-Clair souffrait du syndrome de Mathusalem.

— Mathusalem ? Je n'ai jamais entendu parler de ce syndrome, avoua Vauvert.

— Je suis sûr que si. Les symptômes sont spectaculaires. Vous n'avez jamais vu ces photos d'enfants avec des visages de vieillards ?

Vauvert et Leroy hochèrent la tête.

— Voilà. Il s'agit de cette maladie, la progéria. Elle peut se manifester de plusieurs façons, et se déclarer à divers âges, mais toutes les personnes qui en sont atteintes ont le même problème de régénération de leurs cellules et de leurs protéines. Le syndrome de Mathusalem est sa forme la plus rare et aussi la plus terrible. Il est quasiment indétectable avant l'apparition des symptômes, et foudroyant une fois la maladie déclarée.

— Judith Saint-Clair vieillissait en accéléré ? essaya de comprendre Vauvert.

— C'est ça. Encore que, techniquement, il ne s'agisse pas de véritable vieillissement, juste une incapacité des cellules à se diviser correctement. Mais je conviens que le résultat est le même : la personne a l'air de vieillir dix fois plus vite qu'une personne saine. Dans le cas de Saint-Clair, les premiers signes de la maladie sont apparus vers l'âge de vingt-cinq ans.

— Il existe un traitement ?

— Aucun. Les cellules ne parviennent plus à coder les protéines correctement, c'est sans espoir. Les malades développent des complications cardio-vasculaires. Ils survivent rarement au-delà de quelques années. Judith Saint-Clair avait trente et un ans quand elle est arrivée à Raynal. La maladie était déjà arrivée à un stade avancé. Son visage…

Il chercha ses mots, et ne les trouva visiblement pas.

— Son visage était celui d'une personne âgée. Âgée, et en *très mauvaise santé*. Elle avait perdu la totalité de ses cheveux. Cela la mettait dans une rage folle, de se voir ainsi dépérir. Il faut que vous compreniez que Judith Saint-Clair avait été très belle. Dans sa jeunesse, elle avait gagné nombre de concours de beauté. Elle rêvait de devenir actrice.

— Alors, quand sa maladie s'est déclarée, elle n'a pas pu gérer le choc psychologique ?

— Exactement. Elle a fait un rejet total de son état. Elle ne supportait pas de voir son corps se déliter tandis que son cerveau restait parfaitement lucide. Cela la plongeait dans des crises d'hystérie. Régulièrement, elle chassait les infirmières en leur lançant tout objet à sa portée, et elle restait cloîtrée nuit et jour, stores baissés, à ruminer.

— C'est elle, dit Leroy. C'est forcément la femme qu'on cherche.

— Ça en a tout l'air, admit Vauvert.

— Vous ne comprenez pas, répéta le docteur. Elle ne peut *pas* être encore en vie.

— Même si elle avait trouvé une façon de guérir ? Ou simplement de ralentir la maladie ?

— C'est impossible, insista le docteur. La progéria est une maladie incurable.

— Toutefois vous conviendrez qu'il s'est produit des faits mystérieux, à Raynal.

Fabre-Renault ne sut que répondre. De nouveau, il se tordit les mains sur le bureau.

— Avez-vous l'adresse de cette femme ? le pressa Leroy. Docteur, c'est très important.

— J'ai conservé une partie des archives de Raynal. Je peux vous donner l'adresse dont je dispose. C'est celle où sa famille a fait rapatrier Saint-Clair.

Tout en parlant, Fabre-Renault avait relevé l'écran d'un ordinateur portable posé sur le bureau. L'écran s'alluma. Il pianota sur le clavier, puis nota quelques lignes sur un bloc.

— Voici la seule adresse que nous ayons jamais eue de Judith Saint-Clair.

Leroy se saisit de la feuille de papier et se leva.

— Je vous prie de bien vouloir m'excuser. Je dois passer quelques appels.

Il sortit dans le couloir pour s'isoler, et Vauvert comprit que le jeune lieutenant allait devoir, à son tour, mentir à ses collègues pour leur soutirer des renseignements sur cette femme.

Mais il fallait bien en passer par là.

Ils avaient besoin de ces informations. Aussi vite que possible.

Le temps continuait de filer à une vitesse folle.

Vauvert poussa un long soupir.

— Je vous remercie de votre collaboration, docteur.

— Il n'y a pas de quoi, lui répondit Fabre-Renault. Vous pensez vraiment que cette personne puisse être impliquée dans ce qui arrive aujourd'hui ?

— Quelqu'un est en train de reproduire un rituel très ancien. Je veux parler de sacrifices humains.

Il se peut que Judith Saint-Clair soit morte, comme vous le pensez. Mais il se peut aussi, même si cela paraît fou, qu'elle soit toujours en vie. Et qu'elle se soit mis en tête que ce rituel est capable de la guérir.

— Mon Dieu, murmura Fabre-Renault.

Il se perdit dans ses pensées quelques instants. Puis il dit, avec un sourire acide :

— Qui ne rêverait pas de guérir, même si c'est grâce à un pacte avec les forces de l'au-delà ? Saint-Clair était assez désespérée pour croire à ce genre de choses, je l'admets.

— Et le faire croire à d'autres personnes, également.

— Comme les Salaville ?

— N'est-ce pas logique ? Si elle était alitée, comme vous le dites, il lui fallait bien trouver des disciples pour accomplir les crimes.

— Je comprends votre raisonnement, commandant. Mais tout cela semble si démentiel.

— C'est pourtant la seule explication. N'aviez-vous pas remarqué une relation particulière entre les frères Salaville et cette Judith Saint-Clair ?

— Je n'aurais pas vraiment pu m'en rendre compte, je…

Fabre-Renault sembla peser le pour et le contre de ses paroles. Des gouttelettes de transpiration s'étaient formées sur son front, et il s'essuya distraitement du revers du poignet. Puis il planta son regard cerclé de plastique dans celui du policier.

— Je ne sais pas comment vous dire cela. J'évitais ces deux patients. J'avais peur d'eux. Voilà la vérité. Je faisais mon possible pour ne pas avoir à me pencher sur leur cas.

— Vous ne leur donniez pas de calmants ?

— Bien sûr que si. La première semaine, ces hommes ont brisé le nez à une infirmière parce qu'elle refusait de leur apporter des cigarettes. Je peux vous assurer qu'on les farcissait de drogues. Cela ne suffisait jamais. Ils parvenaient à terroriser tout le personnel. Des animaux. Voilà ce qu'étaient les Salaville. Je sais qu'un psy ne devrait jamais tenir de tels propos, mais c'est la pure vérité. Claude et Roman étaient des bêtes sauvages. Impossibles à contrôler. Impossibles à raisonner. Alors, si vous pensez qu'une femme mourante a pu réussir à les dompter…

Le docteur fit une pause, avant d'achever :

— Je ne dis pas que c'est impossible, après tout. Mais ce que je peux vous assurer, c'est que, si *c'est* arrivé, alors c'est que cette personne possédait un don hors du commun.

Vauvert essaya de s'imaginer une femme gravement malade cloîtrée dans une chambre d'hôpital, parlant à voix basse aux deux attardés pour les convertir à ses pratiques barbares.

Peut-être que cette femme avait un don, en effet. Un don extraordinaire. Irrationnel, peut-être. Mais un don qui lui permettait de…

Manipuler les esprits ?

Faire apparaître des choses qui n'étaient pas réelles ?

Comme… des loups ?

— Docteur, une dernière chose. Est-ce que Judith Saint-Clair était présente, quand vos pensionnaires étaient victimes d'hallucinations ?

— Eh bien, si vous me posez la question…

Fabre-Renault s'humecta les lèvres.

— Les hallucinations ont dû commencer peu de temps après son admission à Raynal.

Pendant que Vauvert et le docteur Fabre-Renault discutaient, Leroy avait passé une série de coups de fil. Il revint dans le bureau, le visage grave.

— Voilà, j'ai pu obtenir des informations.

— Alors ? demanda Vauvert.

— Il y a bien une Judith Saint-Clair à cette adresse, et le relevé électrique indique une consommation régulière de courant, durant les deux dernières années.

— C'est peut-être sa famille qui y habite aujourd'hui, hasarda Fabre-Renault.

— Je ne crois pas, dit Leroy. Mon collègue de l'identité judiciaire a bien vérifié sa situation familiale. Ses parents sont décédés il y a cinq ans. Elle n'a plus le moindre proche. Elle, en revanche, n'a jamais été déclarée morte.

Le docteur fronça les sourcils.

— C'est impossible. C'est sa famille qui l'a fait rapatrier. J'ai eu les courriers signés entre mes mains.

— Les avez-vous rencontrés ? Un seul de ses parents ?

— Non, bien sûr. Rien ne le justifiait. Tous les documents étaient en règle.

— Alors croyez-moi, docteur, ce n'est pas sa famille qui vous a écrit ces lettres. Judith Saint-Clair a dû les rédiger elle-même, ou avec l'aide de complices.

56

Dans la rue pavillonnaire déserte, la pluie tombe en lignes obliques. Le petit caniveau est déjà submergé.

À l'étage de la maison voisine, la dernière lumière s'éteint.

Les arbres plantés le long du trottoir se plient sous le vent glacé, en hululant.

Personne ne risque de la voir traverser le jardin, ombre noire parmi les buissons noirs.

La clé s'enfonce dans la serrure, une nouvelle fois. La porte pivote sans un bruit. Elle se glisse dans le hall et referme la porte, sans allumer la lumière.

Tout est parfait.

Elle sent l'énergie qui monte. Tout autour d'elle. Elle entend un murmure qui augmente. Les dieux appellent. Ils hument le sang. Ils en veulent davantage.

Elle sait qu'elle est près du but.

Dans le salon, à la lueur du lampadaire qui traverse la baie vitrée, elle retire ses gants et observe ses mains aux doigts fins. Les rides se sont accentuées sur sa peau. Chaque jour, ces rides se creusent davantage.

La raison en est simple. La cérémonie a été perturbée.

Mais elle sait que tout va rentrer dans l'ordre à présent.

Dès qu'elle aura achevé ce qu'elle doit faire avec la femme flic. Oui. Tout rentrera dans l'ordre.

Les dieux assoiffés susurrent avec plus d'insistance.

Ils réclament le banquet écarlate.

Elle ne les fera pas attendre plus longtemps.

Délicatement, elle déplie le tissu de velours posé sur la table. Ses mains ridées se referment autour du masque en porcelaine qui attendait dans cet écrin.

57

Dans le noir. Dans les souvenirs. Eva halète.

Elle ne sait plus où elle se trouve.

Elle ne sait plus quel âge elle a. Six ans, ou trente. Comme s'il y avait la moindre différence. Les monstres sont dans notre tête, qu'on soit enfant ou vieillard.

Tout ce qu'elle voit, tout ce qu'elle découvre avec une angoisse sans bornes, c'est qu'elle est revenue dans cet endroit de son esprit qu'elle a fui toutes ces années. Dans cette zone rouge de souvenirs qu'elle a entourée de barrières et de murs, pour ne plus jamais avoir à prétendre que cet endroit a même existé.

Plongée à nouveau au cœur de son enfance.

Elle voudrait bouger. Elle ne peut pas. Elle est toujours solidement attachée.

— Il faut que tu te souviennes, l'encourage sa sœur dans le creux de son oreille.

Eva penche la tête. Elle sent le petit corps de Justyna blotti contre elle. Cette fillette de six ans qui est morte pour qu'elle puisse vivre.

— Justyna, souffle-t-elle.

— Il suffit que tu l'acceptes, lui dit Justyna.

— Je ne vois pas… de quoi tu parles…

— Cela fait vingt-quatre ans. Il est temps, Eva. Il faut que tu le fasses.

— Que je fasse quoi ?

— Que tu te souviennes.

— Non. Je ne veux pas.

— Il le faut.

— *Non*, répète Eva, d'une voix qui est comme un pleur.

La fillette se blottit plus près d'elle. Elle pose ses lèvres sur les paupières tremblantes d'Eva et doucement embrasse ses larmes.

— Maintenant, murmure-t-elle. Avant qu'il ne soit trop tard.

Eva sanglote.

— J'ai si peur. Si tu savais comme j'ai peur, Justyna…

Elle n'a jamais eu peur à ce point.

Et ne sachant quoi faire d'autre, elle se serre contre sa sœur, dans un recoin du salon.

Elles sont deux proies si totalement vulnérables. Qui attendent, le souffle court, que le monstre apparaisse.

Elles ne l'ont pas *vu* tuer Madame Rieux, mais elles savent très bien que c'est ce qui vient de se produire. Elles l'ont *entendu*. Le cri, bref et aigu, qu'a poussé leur nounou. Le vacarme de son corps s'écroulant en travers de la cuisine, dispersant dans sa chute des verres et des casseroles.

Eva et Justyna se lèvent, tremblantes. Elles ne se regardent pas. Elles fixent l'entrée. Elles savent que cette porte seule les sépare de la rue, et de tous les gens qui s'y trouvent. Si près – et pourtant si loin, inatteignable. Elles repensent à tout ce que maman leur a appris. Ne pas chercher à se défendre, jamais. Juste fuir. Sans attendre. Sans se poser de questions. En faisant autant de bruit que possible pour attirer l'attention.

Et c'est précisément ce que font, d'un même élan, les deux fillettes. Elles se précipitent en hurlant vers la porte.

Elles l'ont presque atteinte.

Quand le monstre sort de la cuisine et se plante devant elles, leur barrant le passage.

Le monstre est un homme. Grand et mince, tout entier vêtu de noir.

Elles voient que ses cheveux sont comme les leurs : entièrement blancs, couleur de lait.

Et ses yeux. Ses yeux également sont comme les leurs. Des iris ardents comme un dégradé de crépuscule, des pupilles démesurément dilatées qui semblent vouloir les dévorer.

Les deux filles crient. Hurlent à pleins poumons. Elles cherchent à s'enfuir mais l'homme est sur elles. Ses mains gantées les saisissent sans le moindre mal. Elles se défendent comme elles le peuvent. Comme des fillettes de six ans. En essayant de le griffer, de le mordre. Les mains de l'homme agrippent leurs petits cous et les serrent. Puis il plaque les deux sœurs contre son torse. Elles sentent son cœur qui bat à tout rompre.

— Mes braves petites, s'extasie-t-il. Vous ne vous imaginiez tout de même pas pouvoir m'échapper ?

Justyna essaie de lui donner un coup de talon. L'homme chancelle. Il se plaque dos au mur et comprime les filles contre lui, ses mains sur leurs petites bouches, alors que dans la rue un policier passe sans se presser.

Il suffirait que ce policier tourne la tête dans leur direction.

Il suffirait qu'il jette un regard par la fenêtre du salon. Il les apercevrait.

L'homme les empoigne et, faisant un pas en arrière, les tire vers lui.

Le policier jette un regard au passage.

Il ne voit rien. Rien du tout. A-t-il seulement, vraiment regardé ? Il fait encore quelques pas avant d'être interpellé par un voisin, avec qui il commence à discuter, à moins de dix mètres de la porte de Madame Rieux.

Dans le hall d'entrée, l'homme recule, emportant avec lui ses victimes impuissantes, jusqu'à l'escalier de la cave.

— Votre salope de mère m'aura bien fait tourner en bourrique ! Mais cela n'a plus d'importance maintenant.

Les deux fillettes ne comprennent pas. Elles ont mal. Elles ont peur. Elles savent ce que les méchants hommes font à leurs victimes. Elles voient le sang sur le sol, qui suinte depuis la cuisine en lents serpents rouges.

L'homme pousse la porte de l'escalier et les jette. Elles sont propulsées, elles roulent en bas l'une sur l'autre.

Se tenant au-dessus des marches, la silhouette de l'homme les observe.

— Plus personne ne pourra m'arrêter. Plus jamais…

Il descend les marches vers les deux fillettes terrorisées.

— Il est temps de te réveiller, petit fauve.

Eva ouvre des yeux voilés de fièvre. La femme masquée se tient au-dessus d'elle.

— Tu sais que tu parles dans ton sommeil ?

Eva déglutit. Elle a du mal à respirer. Six ans, ou trente, cela ne change rien. Les monstres sont toujours après elle. Elle ne sait même plus depuis combien de temps elle se trouve dans cette cave. Seulement une heure ? Ou bien une journée entière ? Ou bien *davantage* ? Il lui est impossible de s'en souvenir. Elle se dit qu'elle a déjà commencé à perdre l'esprit. Elle ne va pas tarder à confondre ses fantasmes avec la réalité.

Elle essaie de tirer sur ses liens. Elle a passé tant de temps à élimer la corde. Fil après fil. Mais celle-ci résiste toujours. Peut-être qu'elle ne l'a pas érodée du tout. Elle n'a plus assez de forces pour continuer.

La femme masquée se penche sur elle.

— Qui est Justyna ?

Eva ne dit rien. Elle ne *dira* rien. Son cœur cogne comme un fou.

Si seulement elle pouvait se dégager. Juste une main. Elle est sûre qu'elle pourrait se défendre. Comme elle a toujours fait. Toute sa vie a été une lutte. Elle ne peut pas s'arrêter comme ça. Pas maintenant. Elle continue de mouvoir son poignet. Recommence à user la corde. Vers le haut. Vers le bas.

La femme pose une main sur son cou.

Doucement, elle serre.

— Tu parlais à une Justyna. Je t'ai entendue. Qui est-ce ?

— *Personne*, crache Eva.

Elle plonge son regard écarlate dans celui du masque de porcelaine. Elle n'a plus rien à perdre. Elle peut défier cette folle.

Les yeux dans le masque s'assombrissent.

La main relâche sa gorge. La femme prend de l'élan et la gifle, lui plaquant la tête sur le côté.

La douleur se diffuse dans ses cervicales.

— En fait… ne peut s'empêcher de soupirer Eva. T'es juste une pauvre malade, hein ?

La femme la regarde avec un intérêt accru, et un sourire se dessine lentement, sous son masque. Un grand sourire d'animal de proie, qui dévoile des dents acérées.

— Malade ? Tu ne peux pas imaginer à quel point tu as raison.

Elle lui assène une deuxième gifle.

— Pourquoi penses-tu que je fais tout ça ?

Puis une troisième, faisant voler les cheveux d'Eva. Un filet de sang s'écoule de son nez.

— Tu crois que cela me fait plaisir ? continue la femme.

Elle se penche sur Eva. Le souffle glacé de sa respiration parcourt sa peau.

— Encore que c'est plaisant, quand on y a pris goût.

Sa main s'approche de son visage. Eva tressaille, mais les doigts de la femme lui effleurent la joue. Lui caressent le front, doucement, repoussant ses mèches emmêlées.

Exactement comme il l'a fait.

Comme il a caressé le visage de la fillette.

Le même regard, entre étonnement et joie.

La lame du couteau enfoncée en plein milieu de sa poitrine.

Les mains de la fillette toujours nouées sur le manche, le poussant dans cette poitrine penchée sur elle.

Eva cligne des yeux.

Revient au présent.

Se force à rester lucide.

— Pourquoi est-ce que tu fais ça ?

— Pourquoi pas ?

— Ce n'est pas une réponse, énonce péniblement Eva. Si tu dois me tuer, dis-moi au moins pourquoi.

La femme l'observe.

Un sourire pervers étire le coin de ses lèvres.

— Je te l'ai dit. C'est au-delà de ce que tu peux comprendre.

— Quoi ? Le fait que tu te prennes…

Elle avale un filet de salive brûlante et salée.

— … pour Élisabeth Bathory ?

Le fait de prononcer ce nom a l'effet escompté.

La femme incline la tête.

— Peut-être que tu *peux* comprendre, en fin de compte.

Elle se redresse. Du revers de la main, elle écarte les boucles brunes de sa perruque, pour les passer derrière ses épaules. Eva songe qu'elle va ôter son masque, mais la femme n'en fait rien. Au lieu de cela, elle empoigne le décolleté de sa robe et écarte exagérément le tissu pour exposer sa poitrine. Ses deux seins, lourds et blancs, émergent. Elle pose les paumes de ses mains dessus et les presse l'un contre l'autre.

La vue d'Eva est brouillée, mais elle comprend qu'il y a quelque chose d'étrange sur cette poitrine dénudée. Quelque chose qui ne correspond pas à sa silhouette. Il ne s'agit pas de ses seins en eux-mêmes. Mais de sa peau. La peau de cette femme semble tachée d'hématomes sur toute sa surface.

58

Banlieue de Rodez,
2 heures

Cela faisait plus d'une demi-heure qu'ils n'avaient pas croisé le moindre véhicule.

Et pour cause, la route que suivait Vauvert n'en était plus une à proprement parler, mais un chemin caillouteux, guère plus large que le 4 × 4, bordé de profondes ornières, serpentant sur le plateau du Rouergue.

Il se cramponnait au volant pour se maintenir en place, tandis que Leroy, violemment secoué sur le siège du passager, s'agrippait comme il le pouvait à la poignée, n'osant plus faire le moindre commentaire sur la conduite du commandant.

La lumière des phares ne portait que sur quelques mètres, dévoilant la courbe perpétuelle du chemin sans jamais pouvoir anticiper le moindre obstacle.

Pourtant, Vauvert ne ralentissait pas. Le temps continuait de filer, minute après minute, et il était déjà plus de 2 heures du matin. Le GPS indiquait de rouler tout droit. C'était très précisément ce qu'il faisait, sans se poser de questions.

Tout autour, des hautes broussailles. Cela ressemblait à des champs, de grandes parcelles rectangulaires, mais l'absence totale de lumière empêchait de discerner quoi que ce soit de ce qui les entourait, si ce n'est les silhouettes des résineux.

L'adresse de Judith Saint-Clair était située à une petite dizaine de kilomètres de Rodez. Pourtant, elle ne se trouvait pas dans un village. Ni même dans un vague hameau digne de ce nom. Des hameaux, ils en avaient traversé, de petits regroupements de maisons au bord de la route, avec des toits en ardoise. Ils étaient même passés devant les ruines d'un château. C'était quand ils roulaient encore sur un semblant de route.

— Alexandre, sérieusement… finit par balbutier Leroy.

Il dut suspendre sa phrase, car un pont étroit était subitement apparu devant les roues du 4 × 4, qui s'y engagea en trombe. Leroy noua ses deux mains sur la poignée, jusqu'à ce que le véhicule bondisse de l'autre côté du petit cours d'eau, sur la piste rocailleuse à nouveau.

— Sérieusement, reprit-il, tu es certain… que c'est la bonne direction ?

— On y est *presque*, assura Vauvert.

En effet, quelques minutes plus tard, le chemin s'élargissait et débouchait devant une petite bâtisse solitaire. Vauvert stoppa net le véhicule et éteignit les phares.

— *Vous êtes arrivés*, déclara la voix synthétique et imperturbable du GPS.

Vauvert pressa le bouton d'arrêt de la machine. L'obscurité fut soudain totale, dans le véhicule comme à l'extérieur. Il leur fallut une bonne minute pour que leurs yeux s'habituent à la pénombre. La maison se dressait, bloc noir dans le noir, à une dizaine de mètres à peine. Aucune autre habitation n'était en vue.

— Prêt ? fit Vauvert.

Leroy tira son arme de service de son holster.

— Prêt.

Ils ouvrirent leurs portières ensemble.

59

— Tu vois ? lui dit la femme en s'approchant.

Elle plisse les yeux. Et elle voit. Sa poitrine, débarrassée du soutien-gorge qui la maintenait en place, revêt une couleur cendreuse de cadavre, molle et fripée. Eva distingue le réseau des veines gonflées, bleues et vertes, sous la peau abîmée. Elle devine la chair meurtrie en dessous.

— Quel âge as-tu ? demande Eva.

— Presque le même que le tien.

— Non. Ce n'est pas possible.

— Que ferais-tu si une telle chose t'arrivait ? Si soudain ta vie se mettait à défiler trop vite ? Si le destin avait décidé de te flouer ? Te contenterais-tu d'accepter ton sort sans réagir ?

Pour la première fois, Eva remarque les rides qui marquent les commissures de ses lèvres, sous son masque. Et elle comprend soudain pourquoi cette femme ne veut pas dévoiler son visage.

— Que serais-tu prête à faire ? Que serais-tu prête à donner ? siffle-t-elle.

Elle se penche vers son oreille, et Eva sent le masque de porcelaine, glacé, qui effleure sa tempe.

— Moi, j'ai trouvé. Il existe des moyens de prendre sa revanche sur le destin. Des rituels très anciens.

La femme souffle tout doucement sur sa joue.

— La *magie*, tu comprends ? Jadis, elle faisait partie de la vie comme de la mort. Elle est encore présente, même après des millénaires. Les dieux sont restés là, juste à la lisière de nos sens. Les dieux qu'on a oubliés. Les dieux qu'on a reniés. Ils attendent toujours qu'on les serve.

Eva s'efforce de rester lucide.

— Tu sacrifies des vies innocentes.

— Il le faut.

— Il n'y a aucun dieu à ton écoute. Tu es juste une psychopathe qui se cherche des excuses pour assassiner des gens, crache Eva.

La femme pose la main sur sa hanche, là où une plaie à peine refermée se rouvre, humide et pulsante, ravivant un afflux de douleur intense.

Eva comprend ce qui va suivre. Elle se raidit, ne pouvant l'empêcher.

La femme enfonce lentement ses doigts dans la plaie.

La souffrance, atroce, brouille tout.

Le visage de porcelaine se colle contre le sien. Eva sent la respiration de la femme se mêler à la sienne.

— Le sang. C'est ça qui les attire. Leur banquet écarlate. Ils aimeraient s'en nourrir mais ils ne le peuvent pas. Pas directement, en tout cas. C'est pour ça qu'ils réclament de la douleur. De la douleur et des larmes.

Elle vrille ses doigts.

Eva hurle, se tord, se met à pleurer à grosses larmes, oui.

— Les anciens peuples le savaient, continue la femme dans le creux de son oreille. Ils côtoyaient les dieux au quotidien. Ils connaissaient leurs exigences, et ils les acceptaient. Tu ne sens pas cette énergie ? Tu n'entends pas le murmure des dieux ?

Tout ce que peut ressentir Eva, c'est cette torture qui la transperce. Ces rivières de lave qui ruissellent partout en elle.

Enfin les doigts se retirent. La douleur reflue. Les volumes tourbillonnent. Le sang s'est remis à couler le long de sa cuisse.

Devant elle, la femme porte ses doigts ensanglantés à sa bouche, avant de poser ses deux mains sur sa poitrine nue, y étalant des traces gluantes. Elle pince les mamelons qui se dressent, et renverse la tête en arrière. Maintenant, Eva remarque bien que la peau sous sa gorge est grise et tachée. La peau d'une momie voulant ressembler à une jeune fille.

— Tu es jolie, petit fauve, susurre la femme en se penchant à nouveau. Si jolie, pour une personne si fragile. Je suppose que tu utilises une multitude de médicaments ? Et de produits de beauté ?

Eva hoquette. Elle écoute à moitié. Elle ne sait quoi répondre. La moindre inspiration est un supplice.

— Je sais bien que oui, chuchote la folle penchée sur elle. Tout le monde les utilise. Ces crèmes. Ces produits que les publicitaires nous vendent en nous promettant que cela nous fera rester plus jeunes, plus belles, toujours plus longtemps. En quoi est-ce différent de ce que je fais ?

Eva secoue la tête.

Essaie de chasser la douleur.

Elle arrive à murmurer :

— Ça n'a… rien à voir…

La femme masquée ricane.

— Tu ne sais donc pas d'où viennent ces produits ? Réfléchis un peu. Ils sont fabriqués avec des matières animales. À partir d'animaux morts. Il y a toujours une vie inférieure à prendre pour pouvoir améliorer la sienne. Pour essayer d'effacer des rides inévitables, pour raffermir la peau vieillissante, régénérer nos organes malades. C'est *exactement* ce que je fais.

Le cœur d'Eva cogne dans sa poitrine, pulse dans ses membres tétanisés.

Elle aimerait faire quelque chose. Elle est impuissante.

— Comme Bathory, souffle-t-elle.

La femme masquée sourit.

— Oui. Comme elle. Tout ce que j'ai pu faire, c'est grâce à elle. Les secrets étaient perdus. C'est la comtesse Élisabeth qui a retrouvé les manières du passé. Elle a exhumé les secrets et les rituels. Elle a dédié sa vie à cela. À offrir du sang et des larmes aux dieux.

Elle s'interrompt pour glousser, et lèche à nouveau ses doigts rougis.

— Car c'est la source de tout, n'est-ce pas ? Ce qui coule dans nos veines. Ce qui nous donne la vie. Ce qui rend les dieux avides.

— Bathory a fini jugée et emmurée dans sa chambre…

Eva tousse, avant d'ajouter, la voix brisée :

— Et puis elle est morte, comme la pauvre folle qu'elle était.

La femme se redresse. Sur son visage se lit la déception. Elle referme sa robe.

— En fin de compte, tu ne comprends rien.

Quand elle s'approche à nouveau, c'est avec un scalpel à la main. Une petite lame triangulaire qui scintille dans l'ombre.

Dans le masque, les yeux tournent à l'envers, dévoilant les globes oculaires, blanchâtres et injectés de vaisseaux sanguins. La femme lève les paumes vers le haut, tête chavirée en arrière, expulsant un son de gorge, un chant monocorde et litanique.

— Esprits enclos dans les plus sombres des ténèbres, entendez ma voix ! Zalmoxis ! Abandonne ta sombre habitation ! Isten ! Abbadon ! Venez, accourez, pour le banquet écarlate !

Eva ferme les yeux, impuissante.

Le chant de la démente au-dessus d'elle devient aigu, animal.

— Diseebeh ! Zabh ! Faites entendre vos voix ! Ashtharoth ! Gebeleizis ! Venez à moi avec votre amour, votre souffrance et votre sacrifice ! Que votre ancienne douleur entre en moi et parle par ma bouche ! Montrez-moi votre réalité, afin que je puisse croire à la puissance de la volonté sur la mort !

Eva sent la lame qui s'enfonce de nouveau dans sa chair. Qui glisse jusqu'à la garde, alors que la femme masquée pousse des cris de jouissance.

Mais le cri que pousse Eva est plus fort encore.

60

La maison n'était pas très grande, et certainement pas très belle. Un bloc grossier, d'une centaine de mètres carrés de superficie, haut d'un étage. Les rayons de leurs lampes torches éclairaient des murs en pierre schisteuse recouverte de mousse.

Vauvert s'approcha de la porte d'entrée.

De son côté, Leroy se glissa le long de la façade, inspectant les fenêtres. Toutes sans exception étaient fermées par de lourds volets en bois. Il essaya d'en faire pivoter un, puis le suivant, sans succès.

Il n'y avait aucune source de lumière à l'intérieur, ni le moindre bruit perceptible.

Vauvert posa la main sur la poignée, pour la forme. Comme il s'y attendait, l'entrée était fermée à clé.

— Bon…

Il recula d'un pas et, sans autre forme de procès, donna un coup de pied dans la porte. Celle-ci ne bougea pas.

Alors il dirigea le canon de son Smith & Wesson vers la serrure, et tira. Une fois, puis deux. Le tonnerre des détonations fut assourdissant.

— Alexandre ! Mais qu'est-ce que tu fais ? s'écria Leroy.

À nouveau, le commandant toulousain s'élança contre la porte. Et, cette fois, l'enfonça sans mal.

— Je gagne du temps. Si c'est bien cette personne qui a enlevé Eva à Paris, je doute qu'elle soit revenue à l'autre bout du pays.

Il fit un pas à l'intérieur, braquant le rayon de sa torche en même temps que son imposant pistolet, éclairant une entrée au sol carrelé et jaunâtre.

Leroy le rejoignit au pas de course. À son tour, il dirigea sa Maglite à l'intérieur. Ils pouvaient distinguer un portemanteau vide, sur le côté, ainsi qu'une photo sous verre accrochée au mur, qui représentait une très jeune fille en tenue de ballerine. L'interrupteur se trouvait sur le mur droit. Vauvert tendit la main pour l'actionner.

Rien ne se produisit.

Il fit basculer l'interrupteur dans les deux sens, plusieurs fois, avant de lever le rayon de sa torche vers le lustre. Celui-ci était pourvu de trois ampoules rondes qui semblaient pourtant en parfait état.

— Le courant est peut-être coupé, dit Leroy.

— Ouais. À partir de maintenant on fait *très* attention, lui intima Vauvert.

Il ramena le rayon de sa lampe sur la photo.

— Tu crois que c'est elle, enfant ?

— On peut l'imaginer, approuva Leroy.

Ensuite, leurs torches entamèrent un ballet saccadé, dessinant deux lignes qui se croisaient et se fuyaient, explorant les murs, le plafond et le sol, à mesure qu'ils remontaient le corridor. Dans la première pièce, il y avait des meubles anciens, une table entourée de chaises en bois, ainsi qu'un énorme téléviseur à tube d'un autre temps qui trônait sur une commode.

La poussière flottait dans leurs rayons, dessinant des constellations de petits points tourbillonnants.

Le silence, total, régnait.

Leroy essaya les interrupteurs de cette pièce, sans le moindre résultat.

Circonspects, ils passèrent dans la cuisine.

Des casseroles pendaient, accrochées au mur. Quelques couverts étaient posés sur un égouttoir en bois, à côté de l'évier.

— Il y a un truc que je pige pas, grogna Vauvert.

Au fond de lui, son instinct décelait une anomalie.

Il comprit pourquoi en s'approchant de l'évier. Les trois assiettes glissées entre les lattes de l'égouttoir avaient été investies par des toiles d'araignée. Personne n'avait touché à ces couverts depuis des années. Même l'émail de l'évier était couvert d'une épaisse couche de poussière.

— On dirait que l'endroit est inhabité. Ça ne colle pas.

— C'est exactement mon impression, approuva Leroy. Il doit bien y avoir une explication. Le collègue que j'ai eu au téléphone, tout à l'heure, m'a assuré qu'il y avait une consommation électrique modérée mais continue à cette adresse.

Il ouvrit le frigo. Celui-ci était bien hors service, et depuis longtemps. Sur les grilles s'alignaient une demi-douzaine de pots de confiture, à présent auréolés de moisissures, tels des cactus bleus. Leroy s'empressa de refermer la porte.

— Je confirme. Cette foutue cuisine est à l'abandon.

Vauvert s'engagea dans l'escalier. L'étage consistait en un étroit couloir séparant deux chambres.

Vauvert pénétra dans la première. Il y avait un petit lit, soigneusement fait, surmonté d'un édredon aux bords de dentelle brodée. Quand Vauvert l'effleura, un nuage de poussière s'éleva.

— Si quelqu'un était passé ici, il y aurait des traces partout. Tu en vois, toi ?

— Nulle part, confirma Leroy.

Il ouvrit une armoire et éclaira des piles de draps moisis.

Puis il inspecta la chaise située dans le coin, sur laquelle était posée une jupe grisâtre.

Partout la poussière faisait office de scellés.

Sur la table de nuit se trouvaient deux photos encadrées. L'une représentait un couple de personnes âgées, tandis que, sur l'autre, on voyait une jeune fille au regard brillant assise sur un banc.

Le lieutenant se saisit de ce cadre-là. C'était la même jeune fille qui figurait dans l'entrée, pas de doute. Cette photo devait avoir été prise quelques années plus tard. Une adolescente de quinze ou seize ans. Son visage formait un ovale parfait, mis en valeur par d'épais cheveux ondulés. Elle affichait un sourire radieux.

— C'est encore elle, mais toujours avant que la maladie ne se déclare.

— Elle ne serait jamais revenue ici depuis ? grogna Vauvert.

— C'est tout de même l'adresse qu'elle a donnée à l'hôpital.

Leroy reposa le cadre sur la table de nuit.

Un rapide tour d'horizon de la deuxième chambre, puis de la salle de bains, dans un même état d'abandon, ne leur dévoila rien de plus.

— Non, rien à faire, lâcha Vauvert. On n'est pas au bon endroit.

Il envoya son poing dans une porte, soulevant des tourbillons de poussière.

— On perd du temps !

Il s'élança dans l'escalier.

De retour au rez-de-chaussée, ils se plantèrent devant la porte d'entrée. Le froid, au-dehors, était mordant et leurs souffles dessinaient des volutes dans les rayons de leurs torches. Il fallait qu'ils comprennent ce qui se tramait ici. Et il fallait qu'ils le comprennent *vite*. Vauvert se hâta le long du chemin de cailloux et arriva devant la boîte aux lettres. Du faisceau de sa torche il illumina le nom inscrit dessus :

SAINT-CLAIR

— C'est bien ici, dit Leroy.

— Mais on passe à côté de quelque chose, répliqua Vauvert.

Il éclaira les poteaux de bois, un peu en retrait. Ceux-ci étaient chargés de fils électriques.

— On reprend depuis le début. Tu es sûr qu'il y a une consommation électrique ?

— C'est ce que mon collègue m'a affirmé.

— D'accord.

Vauvert dirigea le rayon de sa torche le long des fils. Il n'y avait pas de doute, ceux-ci étaient bien reliés à la maison.

Il illumina de nouveau les poteaux.

La ligne électrique continuait dans une autre direction, menant dans les ténèbres. Vauvert essaya de discerner un quelconque chemin, mais il ne semblait y avoir que des broussailles, de grands châtaigniers, et davantage de broussailles.

— Quel bordel. On n'y voit rien de rien.

— On pourrait y voir davantage en se servant des phares de la voiture, suggéra Leroy.

— Bonne idée.

Ils marchèrent vers le 4 × 4, garé à quelques mètres de là.

Mais se figèrent.

À l'horizon, des phares crevaient la nuit, et se dirigeaient dans leur direction, à vive allure.

Un bruit de moteur leur parvint, dans le silence nocturne.

— Qu'est-ce que c'est que ça, maintenant, grommela Vauvert.

Il éteignit sa torche, aussitôt imité par Leroy, et dégaina de nouveau son Smith & Wesson, prêt à toute éventualité.

Ils n'eurent même pas le temps de battre en retraite.

Les phares débouchèrent au détour du chemin.

Deux soleils, aveuglants, les épinglant comme des insectes.

Le véhicule stoppa face à eux.

Les phares ne s'éteignirent pas.

Leroy et Vauvert plissaient les yeux, les mains en visière.

Ils entendirent une portière s'ouvrir.

Une voix leur cria :

— Lâchez vos armes ! Gendarmerie nationale !

Vauvert abaissa les mains.

— Et merde.

— Lâchez vos armes ! répéta le gendarme. Ou on tire, vous entendez ?

— C'est bon ! On est de la maison ! s'écria Leroy. brigade criminelle ! Tout va bien !

Plusieurs hommes sortirent du véhicule. Deux d'entre eux dirigèrent des lampes sur eux, les éblouissant encore plus.

Le troisième, de toute évidence le chef de groupe, fit un pas dans leur direction. Il braquait son arme à deux mains, les jambes légèrement arquées.

— Je sais très bien qui vous êtes. On a suivi la position de votre GPS. Vous faites l'objet d'un mandat d'arrêt, tous les deux. Vous allez nous suivre sans opposer de résistance.

61

Vauvert sut immédiatement qu'ils étaient dans la merde.

Dans chaque commissariat, il y avait un cow-boy totalement idiot, toujours sur la brèche pour se faire mousser.

Il commençait à se demander s'il n'avait pas une sorte de radar qui attirait ce genre de tocards.

— Allez, mains en l'air ! Sur la nuque ! Tout de suite ! beuglait le bonhomme.

Yeux à moitié fermés, en raison des phares qui l'éblouissaient, Vauvert leva lentement les mains, paumes bien en évidence, pour éviter que le type interprète mal ses mouvements.

— Je vais vous expliquer. Nous sommes entre collègues, ici…

— Tu vas juste la fermer ! aboya le gendarme, sans cesser de le menacer de son arme. Je veux voir vos mains sur la nuque, tous les deux !

Exactement ce qu'il craignait.

L'urgence battait dans ses tempes. Ils ne pouvaient pas se permettre de perdre le moindre instant. Plus maintenant.

— Mais écoutez-nous, essaya à son tour Erwan, en écartant les mains.

— Je crois que tu perds ton temps, soupira Vauvert.

— Nous avons besoin de votre aide, continuait Leroy. Nous sommes sur la piste de…

— *La ferme !* répéta le gendarme. On sait ce que vous avez fait, alors pas d'embrouille avec nous, c'est bien compris ? Pierre, Arnaud, menottez-moi ces trous du cul !

Les deux autres hommes en treillis avancèrent vers eux. Ils semblaient très jeunes et très mal à l'aise. Des bleus, sans le moindre doute.

— Est-ce que vous connaissez Judith Saint-Clair, la personne qui habite ici ? insista Leroy. Nous la suspectons d'enlèvement. On a très peu de temps avant que…

— Le chef a dit de mettre les mains *sur la nuque* ! ordonna un des jeunes officiers, qui fit le tour du lieutenant et lui boucla une paire de menottes autour des poignets. Et maintenant, avance !

— Vous ne croyez pas qu'on va vous agresser, quand même ? s'emporta Vauvert. Tout ce qu'on vous demande…

Il reçut un violent coup de crosse sur la nuque, qui le fit chanceler.

— Silence ! s'écria le gendarme derrière lui.

À sa voix aigrelette, et au peu qu'il avait deviné de son physique, il s'agissait d'un jeune officier, la vingtaine, tout juste sorti d'une quelconque école militaire et n'ayant encore aucune expérience du terrain. Si cet âne faisait une fausse manipulation ou perdait son sang-froid, il était capable de laisser partir un coup de feu.

— Toi, tu ne refais *jamais* ça, grogna Vauvert entre ses dents.

— Tes mains ! lui intima le gendarme, tout en baissant son arme et en se saisissant de la paire de menottes à sa ceinture. Plus vite que ça !

— Vous faites une erreur monumentale, les gars.

Il se retourna vers le jeune homme.

Il allait lui offrir ses poignets, lorsqu'il s'arrêta net.

Ainsi tourné, dos aux phares de la voiture, il devinait le chemin qui s'ouvrait dans les buissons. Le flot de lumière dévoilait un vague champ d'herbes hautes, au-delà. C'était une piste. Non entretenue, mais une piste. Et c'était dans cette direction que courait la ligne électrique.

— Attendez, fit subitement Vauvert. Est-ce qu'il y a un autre bâtiment, en bas de ce champ ?

— Tes mains ! répéta le gendarme en avançant vers lui.

Vauvert se retint de réagir par réflexe. Il n'aurait qu'à empoigner le bras du garçon pour lui briser le poignet sans le moindre mal. Ce qui serait stupide, bien sûr.

Aussi, il ne fit rien. Ce gosse n'y pouvait rien si son chef était un tocard.

— Attendez, répéta-t-il. Je vous en prie.

En réponse, la crosse lui heurta la nuque une deuxième fois.

Il se raidit.

— Putain d'imbécile, souffla-t-il.

— Et il nous insulte, en plus, ricana le chef de groupe. On va pas être potes, toi et moi, tu sais ?

— En effet, grommela Vauvert. Je crois qu'on va pas être potes.

— Ce ne serait pas une menace, ça ?

Vauvert ne répondit rien.

— Attends voir, dit le gendarme en s'approchant.

Il porta une main à sa ceinture pour se saisir de ses propres menottes.

— C'est moi qui vais les lui passer. Pierre, si ce forcené s'avise de bouger, tu tires à vue, c'est bien compris ?

Vauvert sentit le canon de l'arme du jeune homme contre sa nuque.

L'arme tremblait légèrement.

Il laissa approcher le chef d'équipe sans réagir.

— Tes mains, ducon, lui dit le gendarme, une fois arrivé devant lui.

Vauvert prit une grande inspiration.

Et se déroba. D'un coup. Comme si son corps s'effondrait. Son pied se détendit et entra en collision avec le tibia du gendarme, qui poussa un cri de surprise et de douleur. Tout se déroula trop vite pour qu'il puisse se défendre, il se plia seulement en avant, déstabilisé, sans pouvoir empêcher Vauvert de le contourner, de lui saisir le poignet et de lui imprimer un mouvement de torsion qui faillit lui déboîter le bras tout entier.

— Non ! *Merde !* s'écria-t-il. *Merde ! Merde !*

En l'espace d'une seconde à peine, il s'était retrouvé face à son jeune équipier, qui continuait de pointer son arme, droit sur son visage, deux mains sur la crosse, le visage livide.

Il s'écria à nouveau :

— Mais baisse cette arme, connard ! Bon sang de merde ! Baisse moi ça, je te dis !

Le gendarme s'exécuta.

— Ne me faites pas de mal, supplia l'homme d'une voix brisée.

Pour toute réponse, Vauvert le débarrassa de son pistolet et appuya un peu plus fort son avant-bras contre sa gorge.

Le larynx ainsi comprimé, l'homme cessa aussitôt de se plaindre.

— Lâchez-le ! C'est un ordre ! cria le troisième gendarme.

Il écrasa le canon de son arme contre la nuque de Leroy.

— Tout de suite !

62

2 h 20

Le lieutenant Erwan Leroy avait levé les mains, livide.

Le pistolet était pressé contre sa tête.

— Vous m'avez entendu ? Lâchez-le ! répéta le jeune gendarme.

Sa voix tremblait de panique. On ne l'avait jamais formé pour affronter ce genre de problème.

Vauvert, de son côté, s'efforça de jauger la situation au mieux.

Il se résolut à jouer quitte ou double.

Il se courba un peu en arrière. Son otage décolla, sur la pointe des pieds, suffoquant.

Il le maintint ainsi et braqua son arme vers les deux officiers médusés.

— Lâchez-moi, balbutia le gendarme qu'il gardait contre lui. S'il vous plaît. *Ne me faites pas de mal.*

Vauvert approcha sa bouche de son oreille.

— Écoute-moi très attentivement. On ne veut pas de dérapage, d'accord ? On est tous du même côté. Si on est venus jusqu'ici, c'est pour essayer de sauver la vie d'une collègue. Est-ce que tu comprends ce que je te dis ?

L'homme, tremblant, hocha la tête.

— Tout ce que je demande, c'est d'aller voir s'il y a un autre bâtiment, situé là-bas. On va y aller tous ensemble.

Nouvel hochement fébrile de la tête.

— Si on n'y trouve rien, je te jure qu'on se laisse embarquer. Est-ce que c'est d'accord ?

— Lâchez-le ! insista le jeune officier qui tenait Leroy en joue.

— S'il vous plaît, fit écho son collègue, les mains toujours levées.

Leroy, lui, ne disait rien mais son visage était d'une pâleur mortelle.

Vauvert comprima un peu plus la gorge de son otage.

— Alors ?

Le gendarme s'asphyxiait. Ses pieds battaient dans l'air.

— Attendez ! *Attendez !* s'écria-t-il. Baissez vos armes. Par pitié, baissez… vos armes…

Les deux garçons échangèrent un regard d'impuissance, et se résignèrent à obtempérer.

— Ôtez-lui ses menottes ! cria Vauvert.

L'un d'eux leva la clé d'une main indécise et, sans geste brusque, la glissa dans la minuscule serrure. Leroy s'empressa de se débarrasser de ses liens de métal.

— Donnez-lui vos armes ! Allez !

Ils s'exécutèrent, tenant leurs pistolets par le canon. Mais Leroy ne s'en saisit pas. Au lieu de cela, il se tourna vers Vauvert :

— Attends, on est entre collègues, là.

— C'est ce que je me tue à leur expliquer.

Les deux jeunes gendarmes avaient pourtant leurs mains bien levées et tremblaient comme des feuilles.

— C'est bon, baissez les bras, maintenant, leur signifia Leroy. On ne vous veut pas de mal. On a besoin de votre collaboration.

Vauvert, de son côté, reposa son otage sur le sol, et le poussa vers eux. Le gendarme fut pris d'une quinte de toux.

— Espèces de malades ! Vous vous rendez compte de ce que vous faites ?

— Mon boulot, trancha Vauvert. Et je vous demande juste de faire le vôtre.

Il rengaina son arme et leva les paumes de ses mains bien en évidence, en signe d'apaisement.

— Je vous promets qu'on se constitue prisonniers dès qu'on a fini ce pour quoi on est venus ici. Est-ce que ça va comme ça ?

L'homme resta silencieux. Il l'observait attentivement, les yeux brillant de colère. Vauvert comprit qu'il devrait se méfier de ce type, quoi qu'il arrive.

— Quel est votre nom ? lui demanda-t-il pour tenter de briser la glace.

Le gendarme le fusilla du regard, avant de se résoudre à lui répondre.

— Je suis le capitaine Ludovic Nadal. Mes hommes s'appellent Pierre Lascrosse et Arnaud Puech.

Vauvert indiqua le chemin entre les broussailles.

— Alors, Ludovic, si vous le voulez bien, on va avancer par là. On y va ensemble, d'accord ?

Pourtant, une dizaine de mètres plus loin, le chemin s'arrêtait.

Une clôture se dressait au milieu des herbes hautes. Elle ressemblait à toutes celles qui étaient utilisées pour séparer les parcelles, dans la région, à la différence près qu'elle était couverte de fils de fer barbelés soigneusement entrelacés.

— Vous voyez bien que c'est condamné, maugréa le gendarme dénommé Lascrosse. C'est juste un champ à l'abandon.

Vauvert braqua le rayon de sa Maglite sur l'obstacle. Il avait déjà vu ce genre de fils de fer barbelés.

La ferme des Salaville était protégée *exactement* de la même manière.

— On continue, leur annonça-t-il. Vous m'enjambez ça. Allez.

Les gendarmes s'exécutèrent, en le maudissant à voix basse, mais en franchissant tout de même la barrière de barbelés.

— Il n'y a plus rien ici, déclara l'un d'eux, une fois passé de l'autre côté.

— On va vite être fixés, lui répondit Vauvert, en escaladant à son tour l'obstacle.

Son pantalon se déchira dans la manœuvre. Le froid glacé de l'air pénétra sous ses vêtements, mais c'était le dernier de ses soucis.

S'il y avait bien quelque chose à découvrir ici, ils en étaient tout près.

Ils avancèrent, donc. Ils descendirent une sorte de vieux chemin à présent envahi par les ronces. Un peu plus loin, leurs lampes illuminèrent la silhouette carrée d'un bâtiment en rocailles, tapi sous les résineux.

— C'est quoi, ça ?

— Une bergerie, indiqua Lascrosse. C'est très courant, dans le coin. La plupart sont abandonnées, personne ne se soucie de les retaper.

Vauvert s'approcha du bâtiment. Il n'aperçut aucune fenêtre, mais une grande porte en bois se découpait sur le devant. Elle était fermée à clé.

— Vous êtes déjà venus ici ? leur demanda-t-il.

— Pour quoi faire ? s'impatienta le capitaine Nadal. Il n'y a personne ici. Les Saint-Clair sont morts depuis belle lurette.

— Est-ce que vous connaissez leur fille ? Judith ?

— La folle ? Oui, bien sûr…

Nadal haussa les épaules.

— Mais ça remonte à loin, tout ça. Que voulez-vous que je vous dise ? Elle a dû hériter du terrain, à l'époque. Elle doit être morte depuis des années, elle aussi. Elle avait une sorte de maladie.

Vauvert indiqua la petite bâtisse.

— Très bien. On va voir ce qu'il y a à l'intérieur.

— Vous êtes complètement barjot, lui dit Nadal.

— C'est une propriété privée, ajouta Lascrosse. Vous n'avez pas le droit de…

— Écoutez, nous pensons que Judith Saint-Clair est encore en vie, le coupa Vauvert. Et nous la suspectons d'avoir assassiné des dizaines de jeunes filles.

— Qu'est-ce que c'est que ces conneries ? répliqua Nadal d'un air alarmé.

— C'est la stricte vérité. En ce moment même, elle se trouve quelque part en région parisienne. Elle retient prisonnière une de nos collègues, et nous avons de bonnes raisons de penser qu'elle va la tuer si on n'arrive pas à la localiser. Il est possible qu'elle vive ici, le reste du temps. On va entrer là-dedans et on sera fixé là-dessus une fois pour toutes.

Les gendarmes se regardèrent, nullement convaincus.

— Bon, écartez-vous.

Il leva son Smith & Wesson et tira dans la serrure à deux reprises.

Leroy s'avança vers la porte. Il donna un coup de pied en plein milieu. Les débris du loquet tombèrent à l'intérieur, et le battant s'entrouvrit.

Dévoilant une entrée plongée dans les ténèbres.

— Alors ? demanda Vauvert.

— On n'y voit rien, dit Leroy. Je vais entrer.

Tout se joua en une fraction de seconde. Vauvert anticipa avant même d'entendre le déclic du mécanisme, à l'instant où le lieutenant posait un pied à l'intérieur de la bâtisse.

Il lui hurla :

— Erwan !

Un claquement sec retentit.

— Attention !

La lame avait jailli, comme un souffle mortel, et Leroy, qui avait pourtant commencé à se replier, ne put s'écarter assez vite. Le projectile lui frôla l'épaule au passage.

Il poussa un cri de douleur.

— À terre ! Tout le monde ! vociféra Vauvert.

Il y eut un deuxième claquement. Puis un troisième.

Les lames s'envolèrent, frôlant le crâne de Leroy.

Elles filèrent droit sur Lascrosse, qui se tenait derrière. Le garçon, lui, n'eut pas le réflexe de s'écarter.

Il ouvrit des yeux ronds de surprise quand la première lame le frappa à la gorge.

Moins d'une seconde plus tard, l'autre se ficha dans son crâne.

Son sang jaillit. Le projectile avait à moitié sectionné la tête du gendarme. Il leva les bras pour la remettre en place, mais ses vertèbres cervicales achevèrent de se briser avec un craquement net. Sa tête s'affaissa sur le côté, son cou tranché libérant un geyser écarlate.

Ils étaient tous allongés dans la boue quand une quatrième et une cinquième lame furent projetées.

— Pierre ! Merde ! gémit le capitaine Nadal. Non ! Mon Dieu, non ! Merde ! Merde !

Lascrosse demeura encore debout l'espace de quelques secondes, ses artères tranchées giclant en tous sens.

Puis une sixième – et dernière – lame jaillit en tourbillonnant de la bergerie, et s'enfonça dans son cou, achevant de détacher sa tête.

Le corps de Lascrosse tomba dans les herbes.

Sa tête roula un peu plus loin.

63

Eva a cessé de hurler.

Elle n'a plus assez de forces.

Elle n'a plus aucune chance.

Elle est bien trop petite.

Quand l'homme a fini de découper la gorge de Justyna, quand le sang de sa sœur a fini de jaillir dans tous les sens, il forme un rond avec la bouche, fait « Ohh… » comme si c'était la chose la plus belle au monde, et il ouvre les mains, laissant retomber le corps désarticulé de la fillette. Justyna s'écroule sur le sol de la cave avec un terrible bruit mat.

La petite dépouille inanimée continue de saigner. Un flot rouge qui s'approche tout doucement d'Eva.

L'homme écarte les bras, comme traversé par un frisson intense.

— Tu n'as aucune idée de ce que ça fait d'être un dieu, ma petite. Tu ne peux pas t'imaginer…

Ses yeux se posent sur la fillette terrorisée face à lui.

— C'est normal, d'avoir peur de la mort, tu sais.

Eva ne l'écoute pas. Elle pleure, elle sanglote, tout en plongeant la main dans un carton. Là où Madame Rieux range d'anciens couverts. Elle a refermé la main sur ce qui ressemble à un couteau de cuisine. Il a l'air très tranchant. Elle resserre ses petits doigts sur le manche.

Elle tire le couteau du carton et se redresse.

— Pitié, implore-t-elle dans un souffle à peine audible.

L'homme la contemple. Ils sont dans la cave, il n'y a presque pas de lumière, mais les yeux d'Eva sont parfaitement adaptés à l'obscurité. Exactement comme ceux de cet homme. Elle n'a jamais rencontré personne qui ait les cheveux blancs, à part Justyna et elle. Elle sait que c'est une maladie. Qu'il lui faut éviter de trop s'exposer au soleil. Maman a toujours dit que c'est un gène qui vient de leur père.

L'homme s'approche. C'est un ogre qui la surplombe.

— Ma fille, murmure-t-il. Le moment est venu. Enfin…

Eva est pétrifiée de peur, oui. Mais pour une raison étrange, elle ne peut s'empêcher de grimacer, malgré elle.

Plus elle serre le couteau, plus elle sourit.

Et elle frappe.

Elle le poignarde, l'ogre penché sur elle, dans le fantasme fou de le tuer. De l'empêcher de lui faire du mal. La lame affûtée s'enfonce dans la poitrine de l'homme. Surpris, il stoppe sa minuscule main de fillette dans sa vieille et grande main d'adulte. Il la regarde comme maman le fait parfois. Avec un immense amour dans les yeux.

— Oh, dit-il.

Juste ça. Une onomatopée.

Il est à genoux, l'homme méchant, tandis qu'elle reste debout face à lui. Il se vide de son sang tout en la dévorant du regard. Et dans ses iris couleur crépuscule, cette lueur d'admiration brille plus fort qu'un incendie.

Il tend la main vers elle. Il la saisit. Elle le mord. Jusqu'au sang. Le goût salé emplit sa bouche.

Mais il est plus fort. Elle ne peut pas se débattre. Quand il la prend contre lui, pourtant, elle enfonce un peu plus le couteau dans le milieu de sa poitrine. Cela ne semble pas gêner l'homme. Un peu de sang s'échappe de ses lèvres, quand il les approche de son oreille et qu'il lui dit :

— Eva…

L'homme pose ses lèvres étonnamment livides sur son front, elle sent son odeur étrange. Une odeur de reptile. Eva ne sait pas pourquoi cette image lui vient en tête. Les vieux crocodiles du zoo. Qui restent à vous observer de leurs yeux vitreux, comme s'ils faisaient partie du décor. Et qui sont pourtant mortels, quand ils décident d'ouvrir leur gueule.

— Alors tu n'as pas peur. C'est dans ton sang, à toi aussi. Si frêle et déjà si forte… Tu t'imagines que tu peux plier le destin ?

Elle ne comprend pas ce qu'il veut dire. Elle essaie à nouveau de se dégager, et à nouveau il l'étreint.

— Eva, mon enfant, susurre l'homme dans son oreille. Si tu savais comme je suis fier de toi.

Et tout au fond d'elle, subitement, quelque chose se dénoue. Quelque chose qui attendait, à l'insu de sa propre conscience. Une partie sombre en elle qui aime cet instant et qui ne veut pas qu'il s'éteigne, jamais.

En même temps que tout le reste de son être hurle de rage et de dégoût.

Eva parvient enfin à le repousser.

Elle ouvre la bouche et retrouve assez d'énergie pour pousser un hurlement.

C'est son hurlement qui la réveille.

Elle ouvre les yeux.

Elle voit sa tortionnaire au-dessus d'elle, aspergée de son sang.

— Mon… père… souffle Eva.

La femme la regarde, se plie en deux sur elle pour venir lécher le sang sur sa joue.

— Que dis-tu, petit fauve ?

— *C'était*…

Eva n'arrive pas à finir sa phrase.

Elle tousse du sang.

Au fond de son être, les sentiments se battent. Comment a-t-elle fait pour oublier une telle chose ? Elle veut le crier, le hurler.

— *C'était mon père*, s'exclame-t-elle en crachant davantage de sang.

64

La femme masquée s'approche plus près.

— Ton père ne viendra pas te sauver, tu sais.

Eva tire sur ses liens, de plus en plus violemment, incapable de se contrôler, malgré la douleur, malgré l'épuisement, chaque fibre de son corps embrasée par la fureur, ou simplement la honte, peut-être.

— *Mon... putain... de... père...* halète-t-elle, incapable de se ressaisir.

Son bourreau penche la tête, intriguée, amusée, et cette vision appelle une nouvelle vague de colère aveugle chez Eva.

— Je te *tuerai,* balbutie-t-elle encore, s'adressant autant à sa tortionnaire qu'au souvenir de cet homme aux cheveux blancs.

Qui est encore en vie. Quelque part. Forcément.

— Oh, vraiment ? Tu penses pouvoir me tuer ?

— De mes propres mains, achève Eva, avec un rictus sauvage.

La femme lève ses mains au-dessus de son visage.

— Écoute. Tu n'entends pas leur murmure ?

Eva écoute. Et elle entend.

Un son sourd, continu, une pulsation peut-être, qui monte du sol, fait vibrer les murs de pierre.

— Ils sont là. Ils nous regardent. Ils attendent. Ohh, oui.

C'est irréel. C'est tout simplement impossible. Et pourtant, la plainte se rapproche, prend du volume. Les dieux, comme le dit cette femme. Quoi qu'ils puissent être, ils sont là, avec elles, dans cette cave. À présent Eva n'a plus de doute, elle sent leurs regards affamés posés sur elle.

— Zalmoxis ! Isten ! recommence à psalmodier la femme. Seigneur redoutable de la mort et de la résurrection ! Descends dans ta servante qui célèbre ton culte ! Toi qui désires le sang et qui apportes aux mortels l'épouvante ! Réponds à mon appel et reçois à nouveau le sang qui donne la vie ! Viens au banquet écarlate !

Sa voix se déforme, devient une série de plaintes incompréhensibles, et son corps vibre au rythme de ses cris. Seul le masque de porcelaine demeure en place, net, réel, et le regard dans ce masque, immobile, braqué sur elle, tandis que le reste de cette femme devient un magma de soupirs et de grognements.

Tourbillonnant.

Se rapprochant.

Jusqu'à ce que même ce masque de porcelaine ne soit plus un masque.

Ou en tout cas, plus fait de porcelaine.

Mais de reflets et d'images.

Le masque est devenu miroir.

Eva aperçoit les yeux de cette femme, mais tout autour le masque reflète sa propre image, de victime crucifiée, de victime ensanglantée, aux cheveux épars, au regard empli de désespoir.

Elle ouvre la bouche, cherche à respirer, ne trouve plus d'air.

Dans la surface réfléchissante du masque, son reflet se déforme.

Elle aperçoit un autre lieu, dans cet improbable miroir.

L'image est d'abord grouillante, puis deux ombres apparaissent. Elle reconnaît les silhouettes d'Erwan Leroy et du commandant Vauvert.

Eva revient subitement au présent.

La femme se tient toujours au-dessus d'elle, couverte de son sang, mais son sourire de démente s'est fané.

L'éclat dans son regard s'est éteint.

— Que…

Serrant les poings, elle recule, pas à pas.

— Que… répète-t-elle.

Prise d'un accès de joie, Eva fouille la cave des yeux.

Mais ni Vauvert, ni Leroy, qu'elle a pourtant aperçus, ne s'y trouvent.

Elle ne comprend plus rien.

Que s'est-il produit ?

Il est bien arrivé quelque chose.

La femme masquée se tient au centre de la cave, pliée en deux.

Elle paraît plus vieille.

— Ils sont entrés chez moi, crache-t-elle d'une voix vibrante de colère.

Eva ne saisit pas de quoi elle parle.

Mais elle se sent subitement traversée d'un regain de force.

Dans son esprit, les souvenirs sont de nouveau présents. Tout ce qu'elle avait soigneusement effacé de sa mémoire.

La certitude que son père est encore en vie.

La rage de le retrouver, coûte que coûte.

Ne pouvant penser à autre chose, elle se concentre du mieux qu'elle peut, et fait glisser sa main droite du haut vers le bas, dans l'espoir de ronger la corde qui la maintient crucifiée.

Millimètre après millimètre.
Malgré la douleur dans son épaule.
Elle imprime le mouvement.
Vers le haut.
Elle imagine la main de sa sœur sur la sienne.
Vers le bas.
L'aidant dans son mouvement.
Vers le haut.
Et encore.
Vers le bas.
Fil après fil.

65

2 h 30

Le corps décapité de Pierre Lascrosse se vidait lentement de son sang, noyé dans les hautes herbes.

À plat ventre dans la boue, à un mètre de lui, le capitaine Nadal sanglotait.

— Ce n'est pas possible. Ce n'est pas *possible*, répétait-il en boucle.

— Tout le monde reste à terre ! cria à nouveau Vauvert, qui rampait sur ses coudes et ses genoux pour s'approcher de l'entrée.

Mais il semblait que le piège avait libéré la totalité de ses cadeaux mortels.

— Erwan ! Tu tiens le choc ?

Leroy se mit à genoux, une main sur son épaule.

— Le cuir de mon manteau a amorti. Ça ira.

Il tâtonna devant lui pour retrouver le projectile qui l'avait blessé, et ne tarda pas à brandir une plaque de métal effilée comme un rasoir.

— C'est une lame de tondeuse à gazon. On a dû l'aiguiser avec une meuleuse.

Nadal et Puech se regroupèrent autour du corps de leur collègue. Les deux hommes tremblaient.

— Merde, gémit Puech. Putain de merde.

— Ce n'est pas possible, répéta encore Nadal.

— Ressaisissez-vous, leur ordonna Vauvert.

Nadal leva vers lui des yeux emplis d'une colère sans bornes.

— C'était un gosse !

— Je le sais bien.

Ce qui venait de se produire lui retournait l'estomac tout autant qu'à cet homme. Mais il ne lui montrerait pas le moindre signe de panique.

Fuir maintenant ne ramènerait pas à la vie le jeune officier.

— Je suis sincèrement désolé, ajouta-t-il.

Nadal le fusilla du regard. Des larmes scintillaient sur ses joues.

— Qu'est-ce qui se passe ici ? finit-il par demander, son timbre vibrant d'une colère mal contenue.

— Judith Saint-Clair, dit Vauvert en parlant le plus lentement possible. C'est elle qui a placé ce piège. Elle a déjà fait de nombreuses victimes. Si nous ne l'arrêtons pas, elle va encore tuer des innocents, croyez-moi.

— Que…

Le capitaine regarda son homme à terre. Avec nervosité, il essuya ses mains mouillées de sang dans les herbes, sans grand succès.

— Putain, oh putain, reprit-il, entre deux sanglots.

— Vous m'entendez, capitaine ? insista Vauvert.

— Oui, dit-il d'une voix d'outre-tombe. Mais ce que vous me dites n'a pas le moindre sens. J'ai connu Judith Saint-Clair, il y a des années. C'était une pauvre femme malade. Elle doit être morte depuis longtemps.

— C'est ce que nous allons vérifier, déclara Vauvert.

Nadal se releva. Il était livide, maculé de sang, et dans l'éclairage cru des lampes torches, au milieu des volutes de sa respiration, il avait l'air d'un dément.

— Laissez-moi appeler à l'aide, au moins. Qu'ils envoient une ambulance.

— Allez-y, dit Vauvert.

Nadal sortit son téléphone et, d'une main tremblante, pressa une touche préenregistrée. Rien ne se produisit.

— Ça ne passe pas. Aucun réseau.

Le gendarme dénommé Puech poussa un cri.

Ils se tournèrent dans sa direction.

— Arnaud ! appela Nadal. Ça va ?

— J'ai vu… J'ai vu… balbutia le jeune homme.

— Quoi ? Qu'est-ce que tu as vu ?

— Une sorte de bête. Avec des yeux rouges.

Vauvert sentit son sang affluer à ses tempes.

Tout allait dégénérer très vite s'il ne reprenait pas le contrôle.

Il se redressa.

Un mouvement le fit se retourner.

Tout ce qu'il vit, ce fut les deux billes rouges dans les broussailles.

Deux flammes dansantes.

Il leva son arme et tira à plusieurs reprises.

— Qu'est-ce que c'est que ça ? s'écria Nadal.

Tout autour d'eux, à présent, des déplacements faisaient se coucher les herbes.

Vauvert sut que le contrôle lui échappait totalement.

— Il faut qu'on passe à couvert, leur commanda-t-il, d'une voix qu'il espérait assurée. *Vite !*

— Et s'il y a d'autres pièges ? geignit Nadal.

— On a pas le choix.

Les buissons bruissèrent, tout près de lui. Il leva son arme, prêt à faire feu au jugé.

Il ne voyait rien. Que le noir. Les herbes ondulaient dans le faisceau de sa lampe.

Là. Une silhouette.

Et une autre.

Il tira.

Au hasard.

Provoquant des mouvements de tous côtés.

— Dépêchez-vous ! Entrez dans…

Avant que Vauvert achève sa phrase, une chose indistincte jaillit des buissons et s'abattit sur le jeune gendarme. Celui-ci poussa un hurlement terrible quand la créature referma sa gueule noire sur son visage. Un horrible craquement retentit.

— Arnaud ! hurla Nadal.

La bête, d'une simple torsion de ses mâchoires, déchira la gorge du garçon. Des fontaines de sang jaillirent en tous sens.

— Faites quelque chose !

L'animal se regroupa sur sa victime. Il y eut d'autres bruits de tissus en train de se fendre et d'os qui se disloquaient.

Puis une deuxième bête bondit, et à deux les monstres tirèrent la silhouette désarticulée du gendarme parmi les broussailles.

L'attaque n'avait pas duré plus de dix secondes.

Le silence retomba.

— Suivez-moi ! s'écria Leroy en se précipitant dans la bâtisse.

Nadal et Vauvert s'engouffrèrent à sa suite et ils claquèrent la porte.

Leroy actionna l'interrupteur. Ils se trouvaient dans une pièce de grandes dimensions, tout en longueur, qui avait dû faire office à la fois de salon et de cuisine, à en juger par l'évier et les plans de travail installés au fond. Le reste de l'espace était occupé par une table et un canapé défoncé.

Le sol était uniformément tapissé de gros carrelage jaune maculé de taches brunes.

— Aidez-moi ! ordonna Vauvert en empoignant une commode.

La poussant aussi vite qu'ils le pouvaient, ils la déplacèrent de manière à bloquer l'issue.

Leroy se posta à l'unique fenêtre et scruta la nuit au-dehors. Il ne vit tout d'abord rien d'anormal. Puis, çà et là, des yeux rouges apparurent et disparurent.

— On dirait qu'ils sont de plus en plus nombreux.

— C'est quoi, ces choses, putain ? s'écria Nadal.

— Des loups, dit Vauvert.

— Vous voulez rire ? Ces putains de trucs ne sont pas des loups !

— Alors je ne sais pas, avoua Vauvert.

— En tout cas, dit Leroy, nous sommes cernés.

Il se tourna vers eux, et les trois hommes se regardèrent. Dans leurs regards se lisait la détresse la plus totale.

66

Fil après fil.

Eva sent la corde qui perd de sa rigidité.

Ou bien elle s'imagine cela aussi.

Mais elle continue.

Il faut qu'elle continue.

La femme masquée est maintenant à quatre pattes sur le sol. Elle la devine en train de vibrer, de grogner et de psalmodier.

(*Oriens ! Paymon ! Ariton ! Amaymon !*)

Elle n'y pense pas.

Reste concentrée sur le mouvement de son poignet.

(*Gebeleizis ! Diseebeh ! Fils sombres d'Isten ! Venez goûter la vie derrière la mort, car la mort vient de libérer la vie !*)

Vers le haut.

Vers le bas.

67

— Qu'est-ce que c'est que *ça* ?

Nadal s'approcha, hésitant, de la table dc bois noueux. La surface était couverte d'épaisses taches, qui allaient du rouge sombre au noir grumeleux.

Le carrelage, en dessous, était maculé de cette même substance. De nombreuses traces en forme de cercles suggéraient qu'on avait placé des récipients à cet endroit.

— Est-ce que c'est vraiment ce que ça a l'air d'être ? ajouta-t-il d'une voix blanche.

— J'en ai bien peur, fit Vauvert en s'accroupissant au-dessus des taches sur le sol.

Il les effleura de l'index, ôtant la pellicule de sang séché.

— Nous sommes chez une tueuse en série, capitaine. Elle a dû torturer des gens ici même, sur cette table.

Nadal ferma les yeux.

— Mon Dieu.

Vauvert se redressa.

— Au moins, nous savons que Saint-Clair n'habitait pas sa maison. C'était *ici* qu'elle vivait. Ces choses à l'extérieur…

Il fit une pause, avant de reprendre, soupesant chacun de ses mots.

— Quoi qu'elles puissent être, on dirait qu'elles protègent Saint-Clair.

Il sortit son téléphone de sa poche.

— Quelqu'un capte un réseau ?

Leroy et Nadal vérifièrent leurs propres mobiles.

— Rien du tout, dit Leroy.

— Toujours rien, dit Nadal, tremblant comme une feuille.

— On va devoir se débrouiller tout seuls, alors. Qu'est-ce qu'on a ?

Ils inspectèrent la pièce. Ici, contrairement à l'autre maison, les signes de vie étaient visibles partout. Des placards pleins. Des verres encore englués d'alcool. Il y avait même un ordinateur portable posé sur une étagère, entouré de quelques volumineux ouvrages de mythologie européenne.

— Ça continue par là, dit Leroy en se dirigeant vers le fond de la pièce.

En effet, une volée de marches descendait jusqu'à une porte fermée.

— Jusqu'ici, je ne vois pas de trace de piège.

Le jeune homme se plaqua contre le mur.

Il posa la main sur la poignée.

— Mais sait-on jamais. Écartez-vous…

Il attendit que Vauvert et Nadal se soient repliés derrière le canapé.

Puis il fit pivoter la poignée.

La porte s'ouvrit sans le moindre grincement.

Ils prirent conscience de deux choses, à peu près simultanément.

La première, c'était le relent de puanteur atroce qui jaillit aussitôt de cette pièce.

La deuxième, ce fut le grognement de la bête.

Deux yeux rouges s'allumèrent dans l'ombre.

68

À quatre pattes, la femme masquée continue de réciter des suites de syllabes sans queue ni tête.

(*Iosua ! Orilu ! Sisis ! Uliro ! Ausoï !*)

Ses yeux flambent dans le noir.

(*Venez ! Depuis la montagne du Plus Lointain Minuit !*)

Son corps est encore présent dans cette cave, sur le sol dur et poussiéreux.

Mais son esprit s'est envolé.

(*Abandonnez votre habitation et venez !*)

Le masque qui lui couvre le visage n'est plus fait de porcelaine.

C'est le miroir des âmes qui l'a remplacé.

Son reflet renvoie l'image d'une pièce fermée aux murs couverts de regards vides.

Ce lieu où elle a tout bâti, et qui s'apprête à être profané par ces policiers qu'elle voit à travers le regard des dieux.

Elle veut savoir.

Empêcher l'irrémédiable, peut-être.

Autour d'elle le murmure des morts s'est tu.

(*Vous qui portez le trouble dans tout l'univers !*)

À présent les dieux observent, curieux.

Leurs crocs dénudés. Leur salive immatérielle retenue entre les mondes.

(*Venez !*)

69

— Attention ! cria Vauvert en se redressant, les deux mains nouées sur son Smith & Wesson.

La bête bondit. Un monstre de ténèbres, ouvrant une mâchoire faite pour broyer.

Il visa l'espace entre les deux flammes rouges qui tenaient lieu de regard à cette chose.

Et tira. Une unique balle.

La détonation se répercuta entre les murs, étourdissante.

La bête avait disparu.

Leroy, toujours adossé au mur, haletant, scruta les ténèbres.

Il n'y avait plus la moindre trace de la créature qui se tenait face à eux un instant plus tôt.

— Où… où est-il passé ?

Vauvert s'avança, aux aguets.

— Je commence à croire que ces choses ne sont pas réelles. Pas dans le sens où un animal est réel, en tout cas.

— Je ne comprends pas, dit Leroy. Ces bêtes ont emporté l'officier, dehors. Elles lui ont dévoré le visage. On les a tous vues faire !

— Peut-être que leur forme physique est mouvante, avança Vauvert. Que veux-tu que j'en sache ? C'est la première fois que je suis confronté à un truc pareil !

Il passa la main devant sa bouche.

— D'où vient cette puanteur ?

Non sans précaution, Leroy fit un pas dans la nouvelle pièce et actionna l'interrupteur, dévoilant un couloir aux murs carrelés.

Le sol était couvert de sang à moitié coagulé. Des traces indiquaient que la bête qui venait de les agresser s'y était roulée plus d'une fois.

— Ces choses se nourrissent peut-être de sang ? Comme des vampires ? suggéra Leroy.

Vauvert ne dit rien.

Nadal, en retrait, fut pris d'une quinte de toux.

— Mon père travaillait dans un abattoir, à Laissac. C'est exactement ce à quoi ressemble cet endroit. Un foutu abattoir. Et cette odeur… Oh mon Dieu…

— Odeur de charogne, ouais, dit Vauvert.

Il longea le couloir et déboucha dans une autre salle. Quand il pressa l'interrupteur, des néons se mirent à clignoter, au plafond. Puis ils baignèrent de lumière l'ensemble des lieux.

La pièce était dépourvue de mobilier. Ne s'y trouvait qu'une petite table, entourée de trois chaises en assez mauvais état.

Les murs étaient recouverts de photos.

On en avait affiché des dizaines et des dizaines, de tous types de formats. Il y avait des photos traditionnelles comme des impressions numériques, sur de grandes feuilles de papier. Certaines avaient été découpées dans des pages de magazines.

— Putain de merde, s'étrangla Nadal.

Il s'agissait, sans exception, de portraits de jeunes femmes.

Vauvert s'approcha d'un des murs et observa les photos avec une grande attention. Il reconnaissait ces visages. Une grande partie d'entre eux, en tout cas.

Il avait passé des mois à les répertorier, quand il avait établi le dossier des vampires de la montagne Noire. Ces filles souriantes étaient celles retrouvées en morceaux dans la grange des Salaville.

Le plus angoissant, c'était que ces victimes ne constituaient qu'une infime partie des photos affichées sur ces murs.

L'évidence traversa Vauvert, et il se sentit défaillir.

Il essaya de se représenter toutes ces filles mortes, le visage arraché. Combien cela faisait-il de victimes en tout ? Une quarantaine ? Une cinquantaine ? Davantage ?

Un des murs ne comportait qu'un tableau encadré, représentant une femme à l'air digne et austère.

— Vous avez vu ça ? indiqua Leroy.

Vauvert s'en approcha. Il reconnaissait ce tableau.

— Ouais.

— C'est un des membres de la famille Saint-Clair ? demanda Nadal. Comme dans les films de cannibales ?

— Non, lui dit Vauvert. C'est le portrait d'une comtesse hongroise, qui était aussi une tueuse en série. On pense que Judith Saint-Clair a kidnappé ces filles parce qu'elle reproduit l'œuvre de cette femme. Son nom est Élisabeth Bathory.

— Sans déconner.

Le policier tournait sur lui-même, n'arrivant pas à se calmer.

— Mais pourquoi elle fait une chose pareille ?

— Pour plaire au dieu de la mort, expliqua Leroy à son tour. Pour lui demander de lui accorder ses faveurs. Regardez.

Il désigna le sol sur lequel ils se tenaient.

Il y avait un immense cercle dessiné avec du sang.

Et, écrit en son centre :

ZALMOXIS

Leroy fit le tour du cercle, à pas mesurés.

Sur le mur opposé se trouvait une simple porte entrebâillée.

— C'est de là que vient l'odeur. Alexandre, couvre-moi.

Tandis que Vauvert levait son arme pour parer à toute éventualité, il poussa la porte du bout du pied.

Elle pivota.

70

La lumière dans cette salle était éteinte, pourtant plusieurs énormes miroirs installés face à face renvoyaient des myriades de reflets. Quand Vauvert et Leroy braquèrent leurs torches, les rayons furent aussitôt renvoyés par les surfaces réfléchissantes, multipliés, entrecroisés, évoquant des dizaines de lignes de feu traversant la pièce en tous sens.

— Merde, fit Vauvert, ébloui.

Ces constructions de lumière suspendues dans les airs évoquaient un mandala virtuel, un pentacle en trois dimensions.

Ils écartèrent les lampes – les rayons démultipliés dessinant de nouvelles formes géométriques – et Leroy tendit la main vers l'interrupteur. Sans le moindre résultat.

— Pas d'ampoule, nota Vauvert, apercevant la douille qui pendait au bout de fils dénudés.

Il plissa alors les yeux pour distinguer quelque chose dans les fractales des reflets. Chaque mouvement de sa torche changeait la configuration des traits de lumière, remodelant cette improbable cathédrale géométrique. Il compta sept miroirs en tout, disposés sur les quatre murs.

Il aperçut également une auge en pierre, installée en plein centre de la pièce.

L'image d'une baignoire sordide lui traversa l'esprit.

La question de son contenu ne se posait pas. La puanteur qui s'en élevait était épouvantable. C'était l'odeur de la charogne, de la mort, une pestilence âcre et puissante qui paralysait le corps car elle évoquait tout ce que l'homme est programmé pour fuir, depuis l'aube des temps. Le parfum de sa propre corruption, de son anéantissement total, ni plus ni moins.

L'inscription de sang sur le mur opposé proclamait :

BANQUET
ÉCARLATE

— Quelle horreur, grommela Leroy.

Le rayon de sa torche balaya la surface rouge et coagulée, qui semblait presque noire par endroits, réveillant un essaim de mouches qui se mirent à tourbillonner furieusement.

Nadal pressa la main devant sa bouche. Il recula précipitamment et ils l'entendirent vomir dans la pièce voisine.

Vauvert, lui aussi, masquait sa bouche d'une main en s'approchant du récipient en pierre. Le bourdonnement des mouches à lui seul lui donnait la nausée.

— Combien de litres de sang il peut y avoir là-dedans ?

— Beaucoup trop pour mes nerfs, fit Leroy entre ses dents. Regarde donc là-bas !

Il désignait plusieurs formes noirâtres et longilignes, entassées le long du mur. Vauvert eut besoin de quelques instants pour identifier ce dont il s'agissait. C'est quand il reconnut les ossements d'une main humaine qu'il comprit. *Des cadavres.* On les avait découpés en morceaux et jetés pêle-mêle à cet endroit, où la putréfaction les avait lentement liés, avait soudé leurs chairs à la manière d'un groupe d'amants emmêlés, dans un enchevêtrement de cuisses, de bras et de bustes tordus. Dans l'éclairage mouvant des torches électriques, il n'aurait su dire combien de corps se trouvaient là. Peut-être cinq, ou bien six. Peut-être même davantage, en fait. En s'approchant, au milieu du foisonnement d'insectes dérangés dans leur festin, il distingua deux silhouettes plus ou moins complètes, le reste n'étant que des tronçons de cadavres, des os de fémurs jaillissant de bouillonnements de chairs. Un petit monticule constitué de chevelures avait été soigneusement regroupé un peu plus loin.

L'estomac noué, Vauvert avança jusqu'au fond de la pièce, cherchant à comprendre quelles autres horreurs les attendaient.

Ici, un dernier corps était suspendu au plafond par un croc de boucher qui lui traversait le pubis. Les deux bras avaient été sectionnés.

— Bordel, ça ne finira donc jamais ?

Le mur était recouvert d'une sorte de tapisserie grossière.

Il l'éclaira de haut en bas.

Ce n'était pas une tapisserie. Pas du tout.

Des dizaines de visages jaunis et cornés avaient été accrochés les uns à côté des autres. Du sol au plafond, ils recouvraient la totalité du mur. Certains étaient encore vaguement reconnaissables, mais la plupart étaient dévorés par la décomposition.

— On a trouvé ses trophées.

C'est alors qu'il entendit le feulement.

Une plainte rauque jaillit de tous les côtés à la fois.

— Qu'est-ce que c'est que ça ? hurla Leroy.

71

Écartelée sur l'établi, Eva gémit.

Chaque fibre de son corps est un foyer de souffrance.

Pourtant, elle continue de soulever ses épaules, vers le haut, vers le bas.

Sans plus penser à quoi que ce soit d'autre que ce mouvement.

Se concentrant sur son poignet droit.

Appuyant bien la corde contre le rebord de bois, la frottant un coup vers le haut, un coup vers le bas.

Se répétant que la corde finira par céder.

Qu'il le *faut*.

La femme, elle, est ramassée sur le sol, à quatre pattes, traversée d'une effervescence de plus en plus violente. Ses yeux sont retournés. Ses lèvres se retroussent. De la bave suinte aux commissures de sa bouche.

Son corps se convulse et vibre de plus en plus vite, tandis qu'un grognement inhumain monte des profondeurs de sa poitrine. Ses bras se plient dans des positions impossibles, évoquant des pattes animales.

Quand elle redresse la tête, son masque a viré au noir, un miroir à l'envers. Ses traits, derrière, bouillonnent et débordent.

Eva, affolée, se tourne vers elle et voit les reflets de Vauvert et Leroy apparaître dans cette surface d'encre.

Le grognement se transforme en rugissement.

72

— Les miroirs !

Vauvert mit quelques instants à comprendre que Leroy s'adressait à lui.

— Quoi ?

— Ça bouge dans les miroirs ! répéta Leroy en dirigeant sa torche sur l'un d'eux.

Cette fois, le miroir ne renvoya pas la moindre lumière.

Il était devenu noir. Une surface de goudron agitée de spasmes et de frémissements.

Le son inhumain surgissait de ses profondeurs. Il montait de l'intérieur même des sept miroirs disposés dans cette pièce, se faisant plus proche à chaque seconde.

— Quelque chose est en train d'arriver jusqu'à nous, s'écria Vauvert, tétanisé. Ça va traverser les miroirs !

— Alors il faut l'empêcher de passer !

Leroy leva son arme en direction du miroir le plus proche.

Vauvert l'imita, visant un autre.

Ils tirèrent dans les flots de néant.

Pourtant ce fut bel et bien du verre qui explosa. Des éclats noirs voltigèrent en tous sens avec des jets de sang surgis de l'intérieur des miroirs de ténèbres. Le hurlement monstrueux, déchaîné, doubla de volume, écrasant leurs tympans.

Instinctivement, Leroy et Vauvert se jetèrent dos à dos, et bras tendus ils visèrent les autres miroirs, et continuèrent de tirer, sans réfléchir, dans chacun des rectangles noirs liquides et tourmentés, les brisant l'un après l'autre, et à chaque détonation, à chaque éclat de verre qui volait, davantage d'éclaboussures de sang se déversaient.

Le sol se mit à trembler.

73

Le hurlement que pousse la femme déchire les tympans d'Eva comme un larsen suraigu. Sur le sol de la cave, la sorcière s'est mise à rouler sur elle-même, se vrillant et se torsadant à s'en déboîter les membres.

Telle une bête blessée, elle finit par s'immobiliser, sa chair toujours traversée d'ondes et de secousses.

Sa peau a commencé à se rider, tout d'un coup. Un vieillissement accéléré a repris ses droits, remontant ses mains squelettiques, puis le long de ses bras grisâtres. Ses ongles s'allongent en crissant et labourent le sol de la cave.

Son hurlement devient agonie.

Eva n'a plus beaucoup de temps.

Il faut qu'elle se libère.

Tout de suite.

Elle continue de tirer, vers le haut, vers le bas.

Une énergie nouvelle pulse dans son cœur affolé.

Elle s'imagine les petites mains de sa sœur posées sur ses poignets, invisibles mais bel et bien présentes, l'aidant autant que le fantôme d'un souvenir peut aider une personne de chair et de sang. Un mirage d'espoir qui accompagne ses gestes, lui permet de pousser un peu plus fort à chaque soubresaut. Une dernière fois vers le haut. Une dernière fois vers le bas.

Faisant râper la corde.

Jusqu'à ce que, d'un claquement sec, le lien enfin se brise.

Son bras droit est libre.

Une vague d'espoir se répand dans ses veines.

À deux mètres d'elle, la femme masquée se recroqueville sur le sol.

74

Le dernier des miroirs vola en éclats sous les tirs fournis des deux policiers.

Ils cessèrent de tirer. Le silence retomba, à peine brisé par le bourdonnement incessant des mouches.

Le capitaine Nadal passa la tête par l'encadrement de la porte.

— Putain de merde, murmura-t-il.

Vauvert braqua sa torche par terre.

Au milieu des débris de verre.

Il constata que les miroirs saignaient.

Comme s'ils régurgitaient le sang de plusieurs personnes, le déversant sur le sol de cette pièce.

— Qu'est-ce que ça veut dire ? s'écria Leroy.

— Quoi que ça puisse être, on a déclenché quelque chose, constata Vauvert.

La flaque rouge se rapprochait d'eux.

Les deux hommes reculèrent prudemment vers la porte.

— Est-ce que tu as vu quelque chose, dans les miroirs ? demanda Vauvert.

— Qu'est-ce que j'aurais pu voir ? Ils étaient noirs.

— Eva. J'aurais juré l'apercevoir…

Il éclaira le reste de la salle. Sur le mur, la tapisserie de visages luisait. Tous ces scalps alignés et immobiles le dévisageaient de leurs orbites rondes, leurs bouches ouvertes en rictus silencieux.

Un bruit humide s'éleva de l'auge, au milieu de la pièce – *pac* –, les faisant sursauter.

Ils braquèrent leurs torches sur la surface de sang.

— Il faut se replier ! supplia Nadal.

Mais Vauvert et Leroy restaient pétrifiés, yeux rivés sur le contenu coagulé. Une énorme bulle était en train de se former à la surface.

Elle gonfla jusqu'au point de rupture. *Pac*.

— Dépêchez-vous, bon Dieu ! répéta Nadal.

De nouvelles bulles apparurent.

Comme si le sang se mettait à *bouillir*.

L'auge, qui vibrait sous le phénomène, se fissura net, expulsant un jet de sang noir sur le sol.

Cette fois, Vauvert et Leroy battirent en retraite le plus vite possible.

75

— Ils ont brisé les portes. Ces chiens ont brisé les portes…

La femme s'est mise à genoux. Elle plie son dos pour former un arc rond, sur lequel son épine dorsale appuie par intermittence contre sa peau fine. Sa perruque, qui a résisté à toutes ses contorsions, se détache alors et glisse, dévoilant son crâne fripé et marbré.

Quand elle lève la tête vers Eva, ses yeux brûlent comme des flammes. Son masque a repris la couleur blanche et immaculée de la porcelaine.

— Mais cela ne fait rien. La cérémonie…

La femme tousse, crache du sang.

— … peut être achevée. Les dieux auront leur dernier sacrifice. Ils l'ont retrouvée. Ils me l'ont montrée.

Elle se redresse. Elle considère la perruque dans sa main devenue griffe, puis la dépose de nouveau sur son crâne, où elle pend, de travers.

— Maintenant, oui.

Elle se met à rire, un rire de démente.

Quelque part dans l'ombre de la cave, dans les murs et dans le sol, le murmure reprend, et se met à grandir et à vibrer de plus en plus vite.

Eva a tellement tiré sur l'articulation de son épaule qu'elle a l'impression que c'est son corps tout entier qui s'est disloqué. Mais son bras droit est libre à présent. C'est tout ce qui compte à ses yeux. Elle se contorsionne, grimaçant sous la douleur, pour essayer d'atteindre son bras gauche.

Mais, au comble de la terreur, elle se rend compte que c'est impossible.

— Que crois-tu faire ? lui lance sa tortionnaire.

Eva ne répond rien.

Elle s'efforce de rassembler ses pensées.

La femme monstrueuse, difforme, brandit le scalpel au-dessus de sa tête.

Elle l'abat.

Eva l'intercepte de sa main libre.

Le regard, allumé dans le masque, s'emplit de surprise.

Et, pour la première fois, de *doute*.

De toutes ses forces, Eva retourne la lame et pousse. Comme elle avait poussé une autre lame dans la poitrine d'un autre monstre. Elle n'est plus une fillette. Elle sait où frapper. Elle sait qu'elle a touché le cœur.

La femme masquée pousse un cri bref.

Le manche en métal émerge de sa poitrine, où la pointe du scalpel s'est enfoncée en entier, entre les côtes.

Quand Eva retire la lame de son fourreau de chair, un flot de sang jaillit des veines sectionnées de la femme.

Elle recule, se tenant le cœur.

Eva la voit tomber à genoux, ouvrant et fermant la bouche plusieurs fois sans parvenir à prononcer le moindre son. Puis, enfin, formant le mot :

— Non…

Eva, serrant le scalpel dans son poing, se contorsionne à nouveau sur la gauche, cherchant à atteindre son poignet encore attaché.

La douleur dans son dos est atroce.

Mais elle tend tout de même son bras droit, et au bout de ce bras la lame triangulaire.

Elle fait glisser le fil sur la corde, et dérape, s'entaillant le bras. Elle déplace la lame. Cette fois, elle atteint le lien. Le scalpel tranche avec efficacité. Eva entame peu à peu la corde. Elle se blesse plusieurs fois dans la manœuvre, mais ne s'arrête pas une seule seconde.

— Je t'interdis… hoquette la femme masquée, en se relevant.

Elle fait un pas, avant de retomber à genoux.

Les dernières fibres de la corde cèdent.

Eva pousse un cri au moment où son poignet gauche se libère.

Elle parvient à s'asseoir. Trop vite sans doute. Son dos, longtemps immobilisé, est parcouru d'une vive douleur. Mais elle s'en moque, elle fait glisser ses fesses et replie ses genoux, cherchant à atteindre les cordes à ses chevilles. Elle les cisaille, non sans se blesser les mollets au passage.

Les cordes cèdent.

Eva sent une vague d'euphorie irrépressible monter en elle. Elle est libre. Elle est vraiment libre. Enfin !

À partir de là, tout se déroule très vite, dans un enchaînement confus. Elle lutte pour retrouver son équilibre dans un univers en perpétuel vertige, et pour reprendre le contrôle de ses mouvements. Pourtant, quand elle glisse de l'établi, elle ne parvient pas à réunir assez de forces pour se maintenir debout. Elle tombe à genoux, dans une flaque de sang, le monde recommence à tanguer en tous sens. Le vrombissement surgi des murs augmente, s'insinue en elle.

La femme masquée se tient toujours le cœur de la main droite, la main gauche posée sur le sol de la cave. Un filet de sang suinte de sa bouche. Sa perruque a de nouveau glissé de son crâne et gît sur le sol, devant elle.

— Que crois-tu faire ?

Ses lèvres gercées esquissent un sourire, dévoilant le jaune de ses dents.

Le même genre de sourire qu'avait eu son père quand, vingt-quatre ans plus tôt, il avait vu sa propre fille brandir ce couteau et lui porter un coup.

La femme se recroqueville, telle une bête blessée se préparant à mordre une dernière fois. Ses griffes s'enfoncent dans le sol.

Levant les yeux vers l'escalier, Eva aperçoit sa sœur qui l'attend en haut des marches, droite et silencieuse. Mirage ou réalité, c'est dans cette direction qu'elle se dirige, avançant sur ses coudes et ses genoux.

— Non ! hurle la femme dans son dos. Reviens !

Eva se hisse sur les marches.

Quand elle avait six ans, elle avait rampé de la même manière.

Les marches étaient si hautes.

Mais elle les avait gravies.

Vers la sortie.

Vers la vie.

C'est ce qu'elle fait de nouveau.

Et les marches sont toujours aussi hautes.

Et elle les monte pourtant, de la même manière.

Une nouvelle fois.

Une marche.

Après l'autre.

Jusqu'en haut.

Entourée du bourdonnement sourd qui ne veut pas la lâcher.

Derrière elle, les cris de la femme se muent en hurlements de bête.

76

La porte d'entrée. La clé est dans la serrure. Eva s'en saisit avec fébrilité, la tourne. La porte s'ouvre sur la nuit. Un petit jardin aux arbres soigneusement entretenus s'offre à sa vue. Derrière la haie, une allée bordée de résidences, inondée par la lumière des réverbères.

Eva s'élance dans ce jardin, hagarde, nue, engourdie par le froid ambiant. Elle se cramponne au portillon, tâtonne pour l'ouvrir, et quand cela se produit manque de tomber. Elle oscille, le temps de quelques pas sur le trottoir. Un réverbère se dresse à un mètre d'elle. Peut-être moins. Elle tend les bras pour y prendre appui.

Ses doigts glissent, elle a mal calculé la distance.

Incapable de se retenir, elle s'écroule sur le goudron, dans une flaque glacée.

La douleur fuse dans tout son corps.

Elle sait qu'il faut qu'elle se ressaisisse. *Tout de suite.*

Tétanisée, secouée de tremblements sous l'effet du froid, elle appelle à l'aide, mais comme dans un rêve il lui semble que seul un souffle s'échappe de sa gorge nouée. Elle essaie d'appeler plus fort, d'expulser un son de sa poitrine grelottante. Peu à peu, son murmure se mue en plainte plus rauque, plus puissante.

— *Au secours.*

Un bruit provient de la maison, dans son dos. Elle ne peut pas se retourner. Elle ne peut que continuer à puiser dans ses dernières forces.

— *AU SECOURS !*

Enfin, une lumière s'allume, dans la maison voisine. Elle voit les rideaux qui s'écartent, et un homme colle son visage à la baie vitrée.

— AIDEZ-MOI ! hurle-t-elle à cet homme. AU SECOURS !

Elle a si peu de forces qu'elle ne parvient même pas à lever un bras vers lui.

Elle est saisie d'une quinte de toux.

C'est à cet instant qu'elle entend le grognement.

Le son d'une bête surnaturelle.

Jetant un regard en arrière, elle le voit. *Le loup*. Dans l'allée de la maison qu'elle vient de quitter. L'animal se tient là, légèrement courbé en avant, pattes fléchies, prêt à bondir vers elle. Un loup noir qui n'est pas un loup. Son regard de flammes rouges n'est pas le regard d'une créature de ce monde.

Et, subitement, elle le reconnaît. Dans cette forme d'animal impossible. Dans ce regard chargé de cruauté pure.

— Claude ?

Eva déglutit. La bête noire baisse la tête. Son regard affamé la dévisage. Dans les flammes de ces yeux dansent les images du passé. Un an plus tôt. Le forcené avait posé ce même regard sur elle.

— *Claude Salaville ?*

La bête découvre ses crocs énormes, une parodie de sourire.

Tu ne peux rien contre nous, grognasse.

Ses pattes s'arquent. Son poitrail frôle le sol. L'animal s'apprête à bondir sur elle.

— Laisse-la, ordonne une voix de fillette.

Eva sent la petite main posée sur sa nuque.

— Fuis. Vite.

— Mais…

— Tu as vu. Maintenant, tu sais. Les âmes doivent être libérées, ajoute Justyna.

Eva ne peut rien répliquer. Tout devient brumeux autour d'elle. Elle a la sensation que d'autres fenêtres se sont éclairées, dans la rue. Une porte s'ouvre. Un homme est sorti sur un perron. Peut-être.

La fillette aux cheveux blancs, quant à elle, l'abandonne, allongée dans sa flaque glacée. Elle marche lentement vers la bête noire aux yeux de lave rouge.

— Non, arrête, balbutie Eva. Tu ne peux rien lui faire…

Mais Justyna continue d'avancer.

Et le monstrueux animal se déplie, gueule ouverte, bondit sur la fillette, la recouvre de sa masse de poils.

Eva se met à hurler.

La mâchoire de la créature happe la fillette. La brise en deux. Fille et bête se fondent, enlacées, le contour des choses s'efface.

— *Madame ? Madame ? OH, MON DIEU !* s'écrie quelqu'un.

— *Appelez à l'aide ! Vite !* hurle une autre personne.

Eva sent à quel point son corps se vide de son sang.

Il n'y a plus la moindre trace de sa sœur fantôme, ni du loup qui n'était pas un loup, dans ce jardin. Elle reste, nue, ensanglantée, sur ce trottoir mouillé. Et à mesure que des gens sortis des maisons environnantes se rassemblent autour d'elle, elle sombre dans l'inconscience.

77

Mardi, à l'aube

Alors que les premières lueurs du jour illuminaient la campagne nappée de givre, dans des filaments de brume bleutée, une dizaine de véhicules officiels stationnaient tout autour de la maison de Saint-Clair. La quasi-totalité des effectifs de la gendarmerie de Rodez semblait s'être déplacée, et à présent, tous ces hommes se retrouvaient là, bouche bée, le visage rougi par le froid et les yeux écarquillés, ne sachant que faire. L'un d'entre eux, n'y pouvant plus, avait jeté des couvertures sur les dépouilles mutilées de ses collègues, le temps que l'équipe des pompes funèbres arrive sur les lieux, tandis que certains autres, se ressaisissant enfin, commençaient à se déployer pour un semblant de sécurisation du périmètre. Un autre gendarme se décida à sortir les chevalets de marquage jaunes, ne sachant pas encore par quel côté commencer le relevé. Une jeune procédurière alluma un appareil pour réaliser une vidéo de la scène de crime. La danse habituelle se mettait en place, de manière engourdie encore, mais cela ne durerait pas. Déjà, les mouvements s'accéléraient. Pas après pas, cherchant leur équilibre au milieu des cailloux et des broussailles, les danseurs prenaient de l'assurance. Ils ne tarderaient pas à retrouver la cadence habituelle, le rythme effréné et rassurant de fourmilière, Vauvert n'en doutait pas.

La seule différence, cette fois, c'était qu'il n'y participait pas.

Cette fois, il était assis à l'arrière d'un fourgon.

On l'avait confiné en compagnie de Leroy, avec la stricte interdiction d'en bouger. Il n'était pas vraiment considéré comme criminel – pas encore, du moins – mais, aux yeux des agents du coin, il n'était certainement pas un collègue.

C'était la première fois qu'il vivait une telle situation, et celle-ci se révélait tout sauf agréable.

Il avisa un jeune officier qui passait devant lui.

— Excusez-moi. Est-ce que vous savez où est le capitaine…

Le gendarme continua son chemin sans lui adresser la parole, ni même lui accorder le moindre regard.

— … Nadal, acheva Vauvert, en serrant les poings.

L'envie de crier des injures le démangeait, mais il avait déjà assez joué avec sa chance. Il ne doutait pas que ces hommes finiraient par lui coller quelque chose sur le dos s'il la ramenait. Au lieu de cela, il fouilla dans sa poche pour récupérer son paquet de Marlboro et s'en alluma une. Il aspira une grande bouffée brûlante, qui le réchauffa un peu, puis souffla la fumée par les narines.

À côté de lui, Leroy patientait, son téléphone contre son oreille.

— Tu as eu du réseau, finalement ?

— Oui. La communication est mauvaise, mais si je ne bouge pas, ça passe… (Il changea brutalement de ton.) Ah, commissaire ? Oui, oui, c'est Erwan à l'appareil !

Même à un mètre de lui, Vauvert entendit les cris que poussait Ô, dans le téléphone.

— Oui, commissaire, je sais… Je vais tout vous expliquer… Le commandant Vauvert avait raison… Nous avons trouvé l'identité de la tueuse… nous sommes à son domicile, dans l'Aveyron…

Vauvert préféra laisser le jeune lieutenant expliquer la situation à son supérieur.

Il glissa hors du fourgon et fit quelques pas dans l'herbe scintillant de rosée. À présent que le soleil se levait, le décor de montagnes bleues et de sapins était idyllique. Un fin brouillard s'effilochait entre les feuilles des fougères.

Pourtant, même en plein jour, l'ancienne bergerie en rocaille volcanique noire était tassée sur elle-même, une vague ombre au creux d'un champ.

Des gendarmes au visage hébété sortaient, l'un après l'autre, de la petite bâtisse. Ils transportaient des sacs en plastique noir.

— Je vous avais ordonné de ne pas bouger ! éclata la voix de Nadal.

Le capitaine s'approchait. Son teint était blanchâtre et ses yeux injectés de sang.

— Ne vous en faites pas. Je ne vais nulle part, lui assura Vauvert, pour calmer le jeu.

Il indiqua du menton les sacs, que les hommes étaient en train de déposer en rang d'oignons, en pleine lumière.

— C'est quoi, ça ?

— Dans la pièce du fond… On a trouvé…

Nadal se ressaisit.

— Bon sang, il y avait encore une pièce, dans laquelle on a trouvé davantage de restes humains coupés en morceaux. Il doit y avoir une vingtaine de cadavres, jetés comme des ordures au fond de cette baraque. J'ai *jamais* vu un truc aussi dégueulasse de ma vie.

Il avait l'air perdu. Il releva un regard noir vers Vauvert.

— Je ne sais pas comment ça s'est produit, mais on a été victimes d'une hallucination collective. Les ombres, le noir… On a cru voir des choses.

Vauvert haussa les épaules.

— Ce doit être ça.

Nadal se racla la gorge.

— Je sais que vous me prenez pour un plouc, Vauvert. Mais c'est ce qu'on écrira dans le rapport, et rien d'autre, vous entendez ?

Le gendarme regardait ses hommes aller et venir, prendre des relevés. Au bout de l'allée, le fourgon des pompes funèbres arrivait enfin en cahotant. Il ajouta :

— Vous pensiez bien faire, hein ? Maintenant, vous voyez le putain de résultat ? Deux de mes hommes sont morts parce que vous nous avez forcés à venir ici au lieu de passer par la voie hiérarchique. Personne ne pourra vous couvrir pour une chose pareille.

Ça, Vauvert le savait. Il était conscient de ce qu'il avait fait, et des risques qu'il courait à présent. Mais il savait aussi que les hommes du coin n'auraient pas bougé le petit doigt pour vérifier ses dires, s'il s'était constitué prisonnier immédiatement. Pas plus que ces mêmes hommes n'avaient essayé d'enquêter sur les disparitions, trois ans auparavant.

Il fut heureusement sauvé par Leroy, qui appela depuis le fourgon.

— Capitaine Nadal ! J'ai le commissaire Ô, du quai des Orfèvres, en ligne. Il souhaite vous parler. Mais, si je bouge, je risque de perdre le réseau.

— J'arrive, bougonna Nadal en s'approchant.

Leroy lui passa le téléphone et en profita pour rejoindre Vauvert. Celui-ci balança son mégot et s'alluma une nouvelle cigarette.

— Il réagit comment ?

— Le commissaire ? Il est de notre côté, l'informa Leroy. Il va s'occuper de tout. On ne coupera pas à la sanction, mais dans l'immédiat il est en train d'ordonner à notre ami de nous laisser repartir à Paris.

— J'aime mieux ça.

Vauvert indiqua les officiers qui se croisaient et s'affairaient, et qui de loin en loin leur jetaient des regards brillant de colère.

— Je souhaiterais éviter de rester trop longtemps entre les mains de ces gars. S'ils pouvaient nous lyncher sur place, ils le feraient.

— Mais il y a autre chose, ajouta Leroy, d'une voix hésitante. Eva…

Vauvert tourna vers lui un regard décomposé.

— *Quoi, Eva ?*

— Elle est en vie, s'empressa de finir Leroy. Elle s'est battue avec Saint-Clair et elle a réussi à s'échapper. Elle s'en est sortie.

Vauvert bascula la tête en arrière et poussa un long soupir.

— Nom de nom. Merci.

— Les collègues viennent de la transférer à l'hôpital, précisa Leroy. Elle a perdu beaucoup de sang, mais elle va bien.

Vauvert braqua un regard noir dans les yeux de Leroy.

— Et Saint-Clair ?

— Aucune trace. On pense qu'Eva l'a sévèrement blessée, mais elle est encore dans la nature.

VI

LE BANQUET ÉCARLATE

78

Eva ?

La voix lui parvenait de très loin.

— Tu m'entends ?

Eva ouvrit les yeux.

La lumière était trop vive et trop blanche. Le monde s'alignait peu à peu. Eva était allongée dans des draps raides. Elle reconnaissait l'odeur des désinfectants, typique des hôpitaux.

Péniblement, elle chercha à se faufiler dans les trous de sa mémoire.

Elle ne conservait pas le moindre souvenir d'avoir été amenée ici.

Battant des paupières, elle s'efforça de discerner quelque chose dans l'éclairage aveuglant. Elle finit par reconnaître la silhouette imposante assise à côté de son lit. Mal rasé, cheveux en bataille, yeux anxieux.

— Eva ? répéta Vauvert.

Il tenait sa main serrée entre les siennes. Il tremblait imperceptiblement. Alors que sa vue se précisait enfin, Eva put distinguer le visage couturé de son collègue avec plus de netteté. Celui-ci lui souriait. La ligne de ses maxillaires saillait, dessinant l'angle carré de sa mâchoire. Dans le regard de Vauvert brillait une indéniable lueur de soulagement.

— Je suis *si heureux* de te revoir, murmura-t-il d'une voix peu assurée.

— Et tu me broies la main, grogna Eva.

Il lâcha aussitôt ses doigts, penaud.

— Je suis désolé.

— Ne le sois pas. Je suis ravie de te voir, moi aussi. Même… dans ces circonstances…

Elle fut prise d'une quinte de toux. Le monde trembla un peu, avant de se stabiliser à nouveau.

Elle aperçut Leroy seulement à ce moment. Il devait avoir attendu sur l'autre chaise, et venait de se lever, l'air hésitant. Il s'approcha avec un petit geste de la main. Lui aussi avait des yeux cernés, et un sourire qui dissimulait mal son inquiétude.

— Bon retour parmi nous, championne.

— Tu en doutais ? plaisanta Eva d'une voix faible. Toi, tu as une sale gueule, mon petit.

— Après trois jours sans dormir, je me trouve plutôt pas mal, répliqua-t-il avec son aplomb habituel.

Il se passa la main dans ses mèches couleur miel pour les hérisser à nouveau.

— C'est mieux ?

Cela eut le don de faire sourire Eva.

— Au moins, toi, tu n'as pas été charcuté par une tarée.

Elle observa la chambre autour d'elle. Étroite, baignée de lumière. Tout ce qu'elle détestait. Par la fenêtre, elle ne pouvait voir que de la brume grisâtre.

— Je suis où ? Salpêtrière ?

— Oui.

— On est quel jour ?

— Mercredi. Ils t'ont amenée ici hier matin. Tu avais perdu beaucoup de sang mais ils t'ont bien recousue.

— Je me sens bizarre.

— C'est la morphine, lui indiqua Leroy. Tu es farcie de drogues.

Eva lui décocha un sourire en coin.

— Enfin une bonne nouvelle.

Pourtant, les événements de ces derniers jours étaient encore flous dans sa tête.

Elle se souvenait de certaines choses, bien sûr. Ses poignets portaient les marques des liens qui l'avaient maintenue allongée pendant presque deux jours. Elle se souvenait de l'atroce douleur, quand le scalpel avait plongé dans sa chair.

Mais ensuite…

Impossible de se remémorer les détails. Son esprit avait dressé une nouvelle muraille, cherchant à l'épargner… mais de quoi ?

Elle préféra changer de sujet.

— Et vous deux ? Vous êtes là depuis longtemps ?

— On est arrivés il y a tout juste une heure, dit Leroy. On était…

Il préféra éluder.

— Des petits soucis administratifs à régler dans le Sud. Les dernières quarante-huit heures n'ont pas été de tout repos, pour nous non plus. Heureusement, le chef a fait le nécessaire pour qu'on soit rapatriés tout de suite, et je t'assure qu'il nous a tirés d'un sacré pétrin.

— Rudy a toujours fait ça, dit Eva. Il se donne des airs, mais il nous aime.

Elle fit une pause, avant d'ajouter :

— C'est vous deux qui m'avez sauvée. Merci.

— On n'a rien fait, assura Leroy. Tu t'es débrouillée comme une grande.

Eva savait que c'était faux.

Cela lui revenait, peu à peu.

Elle revit le masque penché au-dessus d'elle.

Ce visage de porcelaine qui était devenu comme un miroir. Elle s'en souvenait très bien, à présent. Sa tortionnaire était entrée dans une sorte de transe. Et c'était précisément ce qui l'avait sauvée.

— Je vous ai vus, tous les deux. C'est grâce à vous que j'ai pu m'en sortir.

— On était dans l'Aveyron, lui rappela Vauvert.

— Peut-être, mais je vous ai vus quand même. Votre reflet était dans le masque de cette sorcière…

Vauvert et Leroy froncèrent les sourcils.

— Vous avez pénétré dans sa demeure, poursuivit-elle, puisant dans ses souvenirs. N'est-ce pas ce qui s'est produit ?

— Eh bien, oui, c'est vrai, fut forcé d'avouer Leroy. Mais c'était…

— Il y avait des miroirs. Vous avez tiré dessus. C'est ça qui l'a blessée. J'ignore par quelle magie ça peut s'être produit, mais Saint-Clair était reliée à ces objets. En les détruisant, c'est elle que vous avez touchée.

Aucun des deux hommes n'osa la contredire.

Eva, quant à elle, chercha à se souvenir du reste. Des images lui revenaient, peu à peu, dans le désordre. Tout était encore confus, mais elle se rappelait avoir atteint la porte. Elle se rappelait un jardin. Elle se rappelait l'avoir traversé en direction de la barrière.

— Qui est-ce qui…

Elle déglutit. Oui, elle l'avait atteint, ce portillon, et elle l'avait poussé. Elle s'en souvenait. Elle revoyait la fillette à ses côtés, sa sœur fantôme qui veillait sur elle. Et, subitement, elle se rappela le loup noir qui était apparu dans l'entrée de la maison.

Le loup qui broyait dans ses crocs la petite fille.

Elle fut traversée par un immense frisson.

— Ça va ? s'inquiéta Leroy.

Eva hocha péniblement la tête.

— Très bien, Erwan. Je voulais juste savoir… Qui m'a trouvée ?

— Tu appelais à l'aide dans la rue. Les habitants du quartier sont tous sortis. Tu ne t'en souviens pas ? Tu étais couverte de sang, et pas que le tien. Tu lui as fait passer un sale quart d'heure, à cette tarée.

Cette tarée. Oui. Cette foutue psychopathe avec son masque, qui l'avait retenue prisonnière dans la cave. Elle l'avait attachée sur un établi pour la découper, comme elle avait fait avec les précédentes victimes.

Cette femme qui avait fini agitée de spasmes sur le sol de cette cave. Telle une bête.

Elle s'en souvenait très bien à présent.

— Elle était si vieille…

Les images revenaient. Un flot d'images. Le monde se mit à tourner.

— Elle est atteinte du syndrome de Mathusalem, lui dit Leroy. C'est une maladie très rare, qui accélère le vieillissement.

— Non, ce n'est pas ça. Elle était malade, c'est pour ça qu'elle portait un masque, mais… elle n'était pas si vieille. Pas au début. C'est quand vous avez tiré sur les miroirs qu'elle s'est mise à vieillir. D'un coup.

Elle leva ses mains.

— Ses ongles ont poussé. Comme des griffes.

Davantage d'images.

— Je l'ai tuée.

Leroy se pencha vers elle.

— Tu peux répéter ça ?

— Je l'ai *tuée*, souffla Eva.

La scène était claire dans sa tête à nouveau.

— Je l'ai tuée de mes propres mains. Je m'en souviens très bien. Votre irruption chez elle l'a rendue totalement hystérique. Elle ne contrôlait plus son corps. J'ai pu en profiter pour me libérer. Je l'ai poignardée.

— Tu en es bien sûre ? fit Leroy, les sourcils froncés.

— Tu ne peux pas avoir rêvé ? suggéra Vauvert. Tu étais entre la vie et la mort.

Eva se mordit le coin de la lèvre.

— Écoutez, les mecs, qui croyez-vous avoir en face de vous ? J'étais délirante, mais pas à ce point. J'ai assez étudié l'anatomie. Je vous assure que j'ai enfoncé une lame entre les côtes de cette dingo. Je lui ai transpercé le cœur.

Elle les observa à tour de rôle.

— Vous n'avez pas retrouvé son corps ?

Vauvert fit un bruit de gorge, mal à l'aise.

— Eh bien…

— Non, trancha Leroy. Pas encore.

Eva resta interdite.

— Je vous jure que c'est la vérité, insista-t-elle.

— On te croit…

— Je lui ai perforé le cœur !

— *On te croit*, répéta Vauvert. Elle a dû se terrer quelque part. On ne va pas tarder à retrouver sa dépouille. Il y a trois équipes sur place qui fouillent tout, de fond en comble. Tout le monde est sur le coup.

Eva ne chercha pas à débattre. Dans sa tête, les souvenirs tournaient en boucle. Il ne pouvait y avoir d'erreur. Elle avait visé avec précision. Elle se revoyait en train de pousser. Elle avait senti l'os des côtes qui craquait. La lame s'était fichée dans l'organe vital de cette femme. Elle avait été éclaboussée par son sang.

Des flots…

Des flots noirs.

Un frisson la traversa. Eva se rappelait tout cela, pourtant une partie de ses souvenirs lui semblait floue.

Elle avait plongé le couteau dans le cœur de la femme masquée, mais… avant cela ?

Pourquoi ne se souvenait-elle de rien ?

C'est ce que tu as fait toute ta vie, lui murmura une petite voix dans sa tête.

Vas-tu continuer ? Vas-tu prétendre que rien ne s'est produit ?

Elle ne comprenait pas d'où venait cette voix.

Elle chercha plus profondément dans sa mémoire.

Cette fois, elle se souvint.

Elle se souvint de sa sœur jumelle penchée sur elle. Du réconfort de ses bras de fillette qui ne vieillissait plus.

Et elle se souvint de cette autre cave. Vingt-quatre ans plus tôt. Elle se souvint de cet homme qui les avait jetées au bas des marches, sa sœur et elle, et son cœur se mit à tambouriner dans sa poitrine.

— Oh, fit-elle, en tordant les draps.

Elle se souvint de cet homme qui empoignait la chevelure de Justyna et qui la pressait contre sa poitrine, sans cesser de dévisager Eva de son regard rouge sang.

Elle se souvint des cris de Justyna, tandis que la lame du couteau entaillait sa chair de petite fille.

Des larmes se mirent à couler à flots sur ses joues.

Aucun des deux hommes présents ne pouvait comprendre la véritable raison de cet accès de larmes.

C'était très bien ainsi.

Eva balaya une chose invisible devant elle du revers de la main, et rassembla tout son courage pour dire, d'une voix renfrognée :

— Dites, vous deux, vous ne pourriez pas me trouver des lunettes de soleil ? Cette lumière me rend absolument dingue.

79

Mercredi après-midi

Station Havre-Caumartin. L'escalator du métro expulse son torrent d'usagers dans la grisaille de l'après-midi. Parmi eux, entre les parapluies, les manteaux et les capuches anonymes, elle aussi émerge, elle aussi drapée dans son manteau qui dissimule son corps difforme. Personne ne fait attention aux rides et aux gerçures qui apparaissent sous sa capuche. En fait, personne ne lui adresse une seconde d'attention. Une vieille femme, sans doute. Elles sont nombreuses, parmi les piétons, entrant et sortant des magasins. La foule patiente quelques instants au feu rouge avant de se remettre en mouvement et de se répandre le long des boulevards, et elle se laisse porter en son sein.

Elle avance à petits pas, le dos courbé, inexorable.

Une voiture, passant en trombe, roule dans une flaque et éclabousse à la ronde. Une femme, à ses côtés, plantée dans des escarpins et serrant contre elle un sac de luxe, couvre l'automobiliste d'injures. Mais elle se contente de marcher, droit vers son but, économisant la moindre de ses forces. Elle va en avoir besoin.

Elle est parfaitement confiante.

Elle sait qu'elle y est presque.

Les dieux la regardent. Les dieux sont impatients, maintenant.

Elle quitte la rue Caumartin et remonte la rue adjacente, plus étroite, moins peuplée, observant un à un les numéros des immeubles.

Celui qu'elle cherche se dresse tout au bout. C'est un bloc haut de six étages, la façade noircie par la pollution.

Juste avant qu'elle n'atteigne les portes de l'immeuble, deux jeunes filles l'ont dépassée en discutant avec des voix très aiguës et très fortes. Elles n'ont pas plus de treize ans. Elles montent les marches à la hâte et l'une d'elles colle sa clé sur la plaque magnétique.

— Attends, Rebecca, tu es sûre que tes vieux ne sont pas là, hein ?

La dénommée Rebecca pousse la porte en soufflant.

— Je te l'ai déjà dit trente mille fois ! Mon père bosse et ma mère est à la gym. Pas de risque de croiser les vieux oiseaux ! Il faut absolument que je te raconte ce qu'a encore fait cette salope de Nadya ! Tu vas halluciner !

Son amie la suit à l'intérieur et, sans même y penser, elle retient la porte le temps que la vieille femme l'atteigne à son tour.

— Pas longtemps, hein ? Après, mes darons me font des scènes pas possibles. Tu sais pas la dernière ? Ils sont persuadés que je me drogue ! Juste parce qu'ils sont tombés sur ma photo de profil où je fais semblant de boire du whisky à la bouteille, tu te rends compte ?

— Ils comprennent rien aux réseaux sociaux, comme tous les vieux, c'est sûr !

La porte du petit ascenseur coulisse. Les deux gamines s'y engouffrent et elles attendent que la vieille femme les rejoigne.

— Vous êtes bien gentilles, leur dit celle-ci d'une voix qui évoque un chuintement.

Elle dégage une odeur étrange. Les filles froncent les sourcils mais ne font pas de commentaire. Rebecca presse le bouton du sixième étage.

— Vous allez à quel étage, madame ?

— Comme vous.

Les filles la dévisagent de biais. Elles n'ont jamais vu cette femme dans l'immeuble. Elle a l'air si vieille. La porte de l'ascenseur se referme en silence.

Le mécanisme les emporte vers le haut.

Les deux filles regardent leurs pieds, quelque peu mal à l'aise.

L'ascenseur arrive à destination. Il achève sa course avec un léger bond.

— Alors, Nadya, cette garce…

Mais Rebecca laisse sa phrase en suspens. La porte de l'ascenseur ne s'est pas ouverte.

— Qu'est-ce que c'est que ces conneries, maintenant.

Puis, comme la lumière s'éteint d'un coup, les deux filles poussent des piaillements de surprise.

— Merde !

— C'est pas vrai !

Elles se mettent à tambouriner sur la porte.

— Holà ! Ouvrez-nous ! Quelqu'un nous entend ?

Cela ne semble pas être le cas.

Dans le noir, elles ne voient pas la lame de scalpel, dans la main de la vieille femme.

80

Ils prirent bientôt congé d'Eva car les visites s'enchaînaient. Divers collègues, qu'ils soient de son équipe ou des autres services de la PJ, s'étaient libérés pour venir lui dire un mot, à tour de rôle, et Leroy et Vauvert préféraient ne pas encombrer inutilement son espace.

— Café ? annonça Vauvert en remontant un couloir qui empestait la javel.

— Plutôt deux fois qu'une, approuva Leroy en lui emboîtant le pas.

La salle de repos se trouvait au bout du corridor. Au moment où ils arrivaient devant la porte à double battant, celle-ci s'ouvrit sur Jean-Luc Deveraux, un gobelet de café à la main. L'homme avait un énorme bandage sur le nez qui, par contraste avec ses vêtements stricts, lui conférait un air quelque peu comique.

Vauvert, soucieux d'apaiser les choses, le salua d'un petit mouvement du menton, mais Deveraux fit comme s'il n'avait rien vu. Il se contenta de poursuivre son chemin sans ouvrir la bouche, le regard fixe devant lui, en direction de la chambre d'Eva.

— *Tocard*, fit Vauvert d'une voix sourde, en poussant à son tour les portes de la salle de repos.

— Je te l'ai dit, ce n'est pas un mauvais bougre, souffla Leroy. On est tous perturbés par cette histoire.

Vauvert préféra ne rien répondre et sélectionna deux cafés crème à la machine. La petite salle était déserte, ce qui était un soulagement pour lui. Il s'imaginait mal entretenir une conversation avec les collègues d'Eva, tant il était écrasé de fatigue. Son œil gauche papillonnait à intervalles réguliers, et les muscles de son dos gémissaient de douleur. Il s'abîma dans la contemplation du café coulant dans le gobelet.

De son côté, Leroy s'effondra directement sur une banquette face à la baie vitrée. Au travers de la vitre, on apercevait la gare d'Austerlitz qui émergeait du brouillard tenace.

Il attendit que Vauvert le rejoigne avec les gobelets.

— Qu'est-ce que tu en penses ?

— Qu'est-ce que tu veux que j'en pense ? Je suis aussi paumé que toi, Erwan.

Vauvert prit place sur la banquette à côté de lui, soupirant de bonheur de pouvoir caler son dos douloureux contre une surface dure.

Il fallait pourtant qu'ils abordent le sujet. Ils allaient être amenés à remplir une suite de rapports, et il était urgent qu'ils se mettent d'accord sur leur version des faits. Une seule chose était certaine : ils ne pouvaient *en aucun cas* raconter ce qu'ils avaient vu. Cela les plongerait dans des ennuis sans fin.

— Selon Nadal, on a juste traversé une confusion momentanée. Il s'est persuadé qu'on a été victimes d'une sorte d'hallucination collective, et entre nous il trouvera bien une explication ou une autre. Des émanations de gaz, des jeux de lumière dans les miroirs qui nous auront abusés, ou qu'on aura simplement été pris d'hystérie. Il étayera tout ça de manière très scientifique, et tout ira bien dans le meilleur des mondes.

— Comment tu peux être aussi cynique ? grinça Leroy. On était là. On a bien vu ce qui s'est produit.

— Parce que j'ai quinze ans de métier, répliqua Vauvert en trempant ses lèvres dans son café. Ce ne sera pas la première fois qu'on sera forcés de trouver des explications rationnelles à quelque chose qui nous dépasse, crois-moi. Avec le temps, on finira même par se convaincre qu'on a rêvé.

Mais Leroy ne décolérait pas.

— Le sang qui se met à bouillir dans cette auge ? Des putains de miroirs qui saignent ? On a rêvé tout ça, hein ? Et puis quoi encore ?

Il avait parfaitement raison. Pourtant, cela ne changeait rien à la situation. Vauvert eut un sourire las.

— Que veux-tu que je te dise ? On paye des professionnels pour ça. On va nous obliger à voir un psy bien rodé à l'exercice. Tu serais surpris de voir comment ces mecs te retournent la tête.

Il but une gorgée de café avant d'ajouter :

— Et franchement, je m'en balance. Eva est saine et sauve. C'est le principal. Quant à nous, on s'en est tirés à bon compte, vu les circonstances.

Leroy hocha la tête. Ils avaient eu chaud aux fesses. Leur retour à Paris ne s'était pas déroulé aussi simplement qu'ils l'avaient laissé entendre à Eva. À Rodez, Nadal et sa hiérarchie s'étaient fermement opposés à ce qu'ils soient rapatriés. Ils avaient essayé de les retenir en garde à vue, le temps de tirer les événements bien au clair. Il était évident que ces hommes espéraient un dérapage, une excuse quelconque pour passer leurs nerfs. Leroy et Vauvert n'avaient dû leur salut qu'à une intervention musclée du préfet lui-même, qui était un ami de longue date de Ô, et qui avait débarqué en personne à la gendarmerie pour signer les papiers et menacer le colonel de poursuites s'il faisait obstruction à la procédure.

Au loin, une lueur illumina la voûte couleur plomb des nuages. L'orage couvait encore.

Ce fut de nouveau Leroy qui rompit le silence.

— Son rituel… il a vraiment marché, n'est-ce pas ? Cette femme a réussi à invoquer des choses qui dormaient dans l'autre monde.

— Quand bien même, on ne peut rien prouver.

— Alors tout ce qu'on a vécu, on le garde pour nous, c'est ça ? Tu crois qu'Eva ne dira pas qu'elle nous a vus dans le masque de Saint-Clair ?

— Non, je ne le crois pas. Pas plus que, moi, je ne dirai que je l'ai vue dans le miroir de cette baraque. On se trouvait à six cents kilomètres d'elle. Personne ne croira ça.

— Mais c'était *réel* ! s'emporta Leroy. Le capitaine Nadal a vu la même chose que nous ! On était encerclés par ces choses, ces bêtes noires !

— Je sais. Calme-toi, s'il te plaît.

Ils se regardèrent. Leroy pesta et avala le fond de son gobelet d'une traite. De son côté, Vauvert observa son café, le faisant tournoyer.

— C'est ce genre de bêtes que j'ai vues à la ferme des Salaville. On dirait qu'elles restent là où Saint-Clair est passée.

— Et, selon toi, qu'est-ce que…

Leroy fit un geste vague.

— Qu'est-ce qu'elles peuvent être, ces choses ?

— Je n'en ai aucune idée, soupira Vauvert. D'une certaine manière, je me demande si ces animaux n'ont pas été des êtres humains.

— Des êtres humains ayant pris la forme de loups ?

— On raconte bien que les loups viennent chercher les âmes des morts, non ?

— Dans certains mythes, oui.

— Alors, peut-être que c'est ça, continua Vauvert. Peut-être que ces choses sont vraiment des passeurs d'âmes. Peut-être qu'elles sont des esprits qui restent dans notre monde sous cette apparence.

— Nom de Dieu, c'est complètement dingue.

Il y eut un silence. Vauvert aurait aimé le rassurer, mais il ne voyait pas quoi dire.

— Il y a quelque chose qui me perturbe, ajouta Leroy.

— Quoi ?

— Et si…

Leroy chassa du revers de la main des toiles d'araignée imaginaires.

— C'est idiot, mais… si ce n'était pas fini ?

— Selon Eva, elle a blessé Saint-Clair à mort.

— Elle aurait blessé à mort une personne ordinaire. Mais quelqu'un comme cette femme ?

— Si Saint-Clair est morte, on finira par trouver son corps, dit Vauvert. Là, on sera fixés.

Il observa la ville.

— Et je ne serai rassuré qu'à ce moment-là, acheva-t-il.

Une voix s'éleva dans leur dos :

— Pour le moment, en tout cas, elle est introuvable.

Tous deux sursautèrent. Se retournant d'un bloc, ils découvrirent le commissaire Ô, planté devant la machine à café. Il leur tournait le dos et pressait la touche *Cappuccino*, comme si de rien n'était.

On raconte [illegible] bourgeoises chez
chez les [illegible] non.

— Dans [illegible] nombre... [illegible]

— [illegible] que [illegible] Vau[illegible]
[illegible] les [illegible]
[illegible] qu'on [illegible]
[illegible] apparence.

— [illegible] de [illegible] dirigée.

Il y eut un silence [illegible] avant [illegible]
[illegible] il est [illegible].

— [illegible] quelque [illegible] perdu [illegible]
[illegible]

— Quoi ?

— [illegible]

Leroy [illegible] de [illegible] de la [illegible] des [illegible]
[illegible]

— [illegible] n'était pas [illegible]
[illegible]

— Le [illegible] n'[illegible]
[illegible] qui me semble [illegible]

[illegible]

[illegible]

— La jeune [illegible] de [illegible]
[illegible]

Une [illegible] dans [illegible]

— [illegible] elle [illegible]

[illegible]

[illegible]

[illegible]

[illegible]

81

— Euh, bonjour, commissaire, bredouilla Leroy.

— Bonjour, ajouta Vauvert.

Le commissaire se tourna vers eux, son cappuccino en main. Il avait les traits aussi tirés que les leurs. Lui non plus ne devait pas avoir eu l'occasion de fermer l'œil durant ces derniers jours.

— Bonjour messieurs. De grâce, ne faites pas ces têtes-là. Vous êtes revenus en un seul morceau, non ?

Il prit place à côté d'eux. Hormis son air de profonde fatigue, son visage demeurait impassible.

— On ne peut pas en dire autant de nos deux camarades de Rodez, déclara-t-il en les dévisageant à tour de rôle.

— Il y a du nouveau, dans l'Aveyron ? s'enquit Leroy.

— Tout dépend de ce que vous entendez par nouveau. Ils ont retrouvé des morceaux de seize corps différents, à divers états de décomposition. L'identité judiciaire a réquisitionné la totalité de ses effectifs. Ils ont déjà identifié une cinquantaine de filles sur la soixantaine de photos. Les seize corps en font partie. Ils épluchent minutieusement toutes les disparitions répertoriées ces dernières années.

Il s'interrompit, le temps de porter son cappuccino à ses lèvres. Puis il reprit :

— Le corps du brigadier Arnaud Puech vient d'être autopsié. Le garçon a été dévoré par des bêtes qui semblent être des chiens ou des loups. Le problème, c'est qu'aucun animal n'a été trouvé dans les environs. Les collègues s'arrachent les cheveux pour apporter une explication plausible.

Il leur jeta un regard curieux, et, l'espace d'un instant, Vauvert se demanda si le commissaire avait pu entendre une partie de leur discussion.

Si c'était le cas, il n'y fit pas allusion.

— Les équipes continuent de faire des prélèvements sur place. C'est le labo de Bordeaux qui se charge des analyses, c'est le plus performant. Jusqu'à nouvel ordre, on est tous mobilisés sur cette affaire.

Vauvert se racla la gorge.

— Je suis sincèrement désolé pour ce qui s'est produit là-bas.

— Vous pouvez l'être, lui dit Ô d'un ton sec. Il va y avoir une enquête interne, les bœufs-carottes vont vous suspendre de vos fonctions, et je ne pourrai vous être d'aucune aide.

— J'en ai parfaitement conscience, commissaire.

— Je vais faire le nécessaire pour que vous restiez ici, mais en échange j'exige votre entière coopération.

— Vous l'avez, assura Vauvert.

Il marqua un temps, avant de poser la seule véritable question qui lui brûlait les lèvres :

— Est-ce que vous avez pu discuter avec les médecins… au sujet d'Eva ?

Ô vrilla son regard dans le sien.

— Elle se rétablira vite. Elle a perdu beaucoup de sang, mais les médecins l'ont transfusée à temps. Il lui faut simplement du repos, à présent.

Leroy intervint :

— Elle nous a dit qu'elle a poignardé Judith Saint-Clair. Elle pense l'avoir tuée.

— J'espère qu'elle ne se trompe pas, et que la garce est bien mourante quelque part, leur confia le commissaire. On est en train de quadriller toute la zone. Ce serait bien le diable si on ne la retrouve pas terrée dans un coin.

— Le diable, ouais, ironisa Vauvert.

— Où est-ce qu'elle la retenait ? voulut savoir Leroy.

— On ne vous l'a pas dit ? fit Ô, l'air étonné.

Les deux hommes secouèrent la tête.

— Eh bien, elle s'était installée dans la résidence secondaire d'Audrey Desiderio, en Seine-et-Marne.

Vauvert explosa :

— Comment on a pu laisser passer ça ? On n'avait pas *vérifié* ?

— Pas cette résidence-là, admit le commissaire. Saint-Clair avait dérobé les clés à Desiderio quand elle l'a massacrée. Il se trouve que c'était l'endroit où Desiderio et Meyer devaient passer le week-end.

— Vous pensez qu'elle a appris l'existence de cette maison quand elle torturait Barbara Meyer ? demanda Leroy.

— C'est la supposition la plus logique. Elle a dû faire parler Meyer, et elle est ensuite allée trouver Desiderio à son bureau.

Vauvert comprenait mieux le déroulement des faits. Cela cadrait avec la logique de Saint-Clair.

— Elle a toujours fait ça. Elle se trouve des endroits pour commettre ses meurtres à l'abri des regards et entreposer ses victimes pendant un temps. Comme la ferme des Salaville.

— C'est la conclusion à laquelle nous sommes arrivés, confirma Ô.

Il se leva et épousseta son costume.

— Je dois vous laisser, on m'attend au 36. Le temps que tout ça se calme, je veux connaître vos moindres faits et gestes. Et cela vaut pour toi également, Erwan.

Juste avant de franchir la porte à double battant, il leur annonça :

— Au fait, je vais vous arranger un rendez-vous avec un psychologue. Vous avez subi des événements plus que traumatisants. Il vous aidera à y voir plus clair.

82

Le sang.

Ohh, le sang.

Qui coule à nouveau librement sur sa peau. Le fluide délicieux jaillit entre ses doigts, ruisselle sur son visage. Son odeur monte, puissante, affolante. Son goût emplit sa bouche de saveurs salées et métalliques.

Elle tord le corps inanimé de la fille, sur le sol, la brise davantage.

La lame de scalpel incise, tout doucement, autour de son charmant petit visage. Elle enfonce ses doigts dans la rigole, et elle tire. La peau se décolle du muscle, avec un soupir baveux, un bruit de feuille qui se déchire.

Elle lève cette pellicule de peau et elle la dépose sur son propre visage. Ses rides s'agitent. Un masque de sang. Un masque d'innocence.

— Que mon sang soit le tien. Que ton sang soit le mien, scande-t-elle.

À chaque syllabe qu'elle prononce, sa voix change, roule, rajeunit de seconde en seconde.

La foudre embrase le ciel.

La rumeur du tonnerre déferle au-dessus de la ville.

Les dieux exultent. Les dieux sont impatients, eux aussi.

Le moment approche. Le moment va venir. D'un instant à l'autre, maintenant.

La dernière victime va bientôt arriver. C'est écrit. Cela a toujours été écrit de cette manière. Les dieux l'ont choisie depuis longtemps. C'est ainsi que cela doit se passer. Pas autrement.

Et alors. Ohh, alors, oui. Le cycle sera bouclé.

Les soixante-dix seront sacrifiées.

Les dieux seront abreuvés.

Frémissante, elle dépose la peau qui a été un visage sur la table, et se débarrasse de sa robe trop grande pour elle. Le vêtement se déroule et s'étale sur le sol.

Elle se tient nue, le corps traversé de palpitations, et lentement replace le masque de porcelaine sur son visage.

Les pleurs de la deuxième adolescente la tirent de son extase.

Celle-ci, celle qui s'appelle Rebecca, est recroquevillée dans l'angle de la pièce, où elle perd son sang par diverses blessures. Elle a réussi à ramper un peu, s'est vautrée contre la baie vitrée du balcon et n'arrive plus à bouger. Mais la vie n'a pas encore quitté son petit corps frissonnant. Ce qui est très, très bien. Davantage de larmes pour les dieux.

La fille essaie d'ouvrir la bouche, la referme. Elle lève une main qu'elle fait glisser le long de la vitre, sans doute en espérant atteindre la poignée ? Sa silhouette de poupée brisée se découpe en contre-jour sur les lueurs bleutées du crépuscule, au-dehors.

Elle lui sourit tendrement.

Fière de sentir la peau de son visage se tendre à nouveau. La maladie reculer, une nouvelle fois, apaisée par le sang.

Se retournant, elle fait face au grand miroir accroché sur le mur du salon.

Elle s'avance. Son reflet effrayant apparaît. Son apparence qui lui fait honte. Elle peut voir le mal qui pulse dans ses veines. Les marques sombres de sa chair corrompue. Mais la magie passe par les miroirs, et cette fois ne fait pas exception. Les miroirs sont des portes. Les miroirs sont des yeux. Il suffit de savoir les ouvrir, les uns comme les autres.

Elle approche sa main dégoulinante de sang et elle dessine une ligne, sur la surface du miroir, en partant du haut et en descendant jusqu'en bas.

— Diseebeh. Mes yeux sont ouverts.

Là où elle a tracé l'ouverture, la surface du miroir se tord, comme une cicatrice.

— Seigneurs redoutables qui avez le pouvoir sur la vie et sur la mort, recevez ce sacrifice. Quittez votre solitude et venez goûter les larmes et le sang ! Accourez au banquet écarlate ! Que les portes soient ouvertes à nouveau !

Des pattes griffues crèvent la surface du miroir, comme on jaillit de l'eau d'un lac.

Une bête noire, d'un mouvement saccadé, s'extirpe de l'autre monde.

Elle a l'apparence d'un loup, le poil galeux, les babines retroussées sur des crocs jaunes. Pourtant, comme la femme au-dessus d'elle, cette bête tremble, chaque molécule de son corps est en perpétuel combat pour rester tangible dans ce monde.

— Oui, soupire la femme. Que la vie abreuve la mort.

L'animal lui adresse un regard de connivence, où brille une infinie méchanceté, et s'avance pour aller laper à même les plaies de la fille qui se vide sur le sol.

Derrière elle, le miroir est à présent fendu en deux.

Contre la baie vitrée, Rebecca retrouve un regain de force, et de sa gorge s'élève un gémissement d'impuissance et de terreur infinie.

— Oui, répète la femme. Enfin. *Enfin*.

Elle vient la prendre dans ses bras. La fille n'a plus assez de forces pour se mouvoir. Des rivières de larmes coulent de ses yeux.

Elle l'installe sur le canapé, à côté du cadavre de son amie.

— N… non… gémit Rebecca d'une voix presque inaudible.

La femme prend place à son tour, entre les deux corps, celle qui n'est déjà plus vivante et celle qui est presque morte. Elle embrasse la blessure béante à son cou, et lui arrache ses vêtements avec un empressement grandissant.

— Tu ne sens pas ? Les dieux nous regardent. Les dieux sont si proches maintenant. Ils sont venus pour toi. Les dieux te désirent, tu comprends ?

Le loup, à leurs pieds, relève la tête et retrousse ses babines.

La fille, yeux révulsés, continue de pleurer, continue de sangloter.

La femme, elle, rit.

Le scalpel est relevé. Posé sous l'œil gauche de la fille.

Enfoncé, tout doucement, dans le fourreau humide.

83

17 h 30

Après que l'infirmière était passée pour récupérer son plateau-repas, une soupe de légumes qu'elle avait à peine touchée, et lui donner ses médicaments, qu'elle s'était empressée d'avaler, Eva était restée seule, allongée entre les draps raides, fixant le plafond à travers ses lunettes noires.

Des ondes de souffrance la traversaient sans relâche.

Tous ses collègues avaient cru qu'il s'agissait d'une douleur physique. Ils se trompaient. Ils croyaient aussi qu'elle ne cessait de penser à cette femme – et elle le faisait, un peu. Mais personne ne pouvait se douter de la réelle source de son agitation.

L'infirmière, s'inquiétant, lui avait conseillé de se reposer. Eva était épuisée, bien sûr, mais ses nerfs à vif l'empêchaient de dormir. Elle venait de le faire pendant plus de vingt-quatre heures. Le sommeil pourrait attendre un peu.

Les remous du passé la submergeaient, se mélangeaient et se reformaient. L'image de cet homme aux cheveux blancs penché sur elle ne voulait pas la quitter. Son regard empli de folie sans bornes et d'un amour tout aussi immense. Personne ne l'avait jamais regardée ainsi. Que cet homme qu'elle avait voulu tuer.

C'était pour cette raison, et uniquement pour cette raison, que le souvenir de Justyna était resté avec elle toutes ces années. Juste pour qu'elle ouvre les yeux. Elle avait été si idiote et elle s'en voulait tellement de n'avoir rien compris. De s'être murée dans sa forteresse d'oubli pour rester loin des flots noirs et de la douleur.

L'estomac noué, elle laissait les souvenirs affluer. Tous plus nets. Avec chacun d'eux, davantage de questions sans réponses.

Pourquoi son père traquait-il sa mère ainsi ? Que lui avait-elle fait ? Voulait-elle seulement sauver la vie de ses deux fillettes ? Comment les avait-il retrouvées ? En outre, par quel miracle son père avait-il pu échapper aux forces de police aussi facilement ? Avait-il des complices ? C'était impossible, n'est-ce pas ?

Parmi ces questions, celle qu'elle ne voulait pas se poser. Celle qu'elle refusait de formuler mentalement, et qui louvoyait avec insistance à la lisière de sa conscience.

Se pouvait-il qu'il soit encore en vie ?

Avait-elle ENVIE qu'il le soit ?

POURQUOI ?

Ces idées allumaient un incendie dans ses terminaisons nerveuses.

On toqua à la porte, la rappelant à la réalité. Vauvert passa la tête par la porte entrouverte.

— Je te dérange ?

Eva tripota nerveusement ses lunettes noires.

— Non, non. Entre, Alexandre.

Comme il poussait la porte, elle vit qu'il tenait un bouquet de fleurs, qu'il se passait d'une main à l'autre, comme s'il ne savait trop quoi faire d'un tel objet.

— Merci. Mais il ne fallait pas.

Vauvert déposa le bouquet sur la tablette, repoussant le magazine télé qui s'y trouvait. Il prit place sur la chaise et son regard chercha celui d'Eva, derrière les verres noirs.

— Ce n'est vraiment pas grand-chose. Quand je les ai vues dans la boutique du hall, eh bien…

Il ouvrit la bouche, la referma, ne trouva pas ses mots.

— J'ai pensé que tu aimerais un peu de couleur dans cette pièce.

— Elles sont superbes, dit Eva.

Elle détestait les fleurs. Ses collègues le savaient et personne n'en avait apporté.

Pourtant, cette attention du grand gaillard toulousain la touchait infiniment.

Il y eut un silence gêné. Vauvert gigota sur sa chaise.

— Je suis vraiment heureux que tu sois entière.

— Entière, je ne serais pas aussi affirmative, ricana Eva. Tu n'aimerais pas me voir nue. Je crois qu'il me manque quelques petits bouts ici et là.

Vauvert baissa les yeux. Eva devrait mieux choisir ses mots. Elle se mordit le coin des lèvres, hésita, et finalement tendit la main pour lui effleurer le bras.

— Merci, Alexandre.

Elle sentit le silence revenir. Elle s'empressa d'ajouter :

— Du nouveau ?

— Pas encore. Mais on finira bien par la trouver. Tout sera fini, une fois pour toutes.

— Tu y crois, toi ?

Vauvert posa sa main sur la sienne.

— On a son identité. Elle est blessée. Elle peut se traîner dans tous les trous de la ville, je doute qu'elle aille bien loin.

Eva guetta son regard pour déterminer s'il était sincère, et vit qu'il ne croyait pas lui-même à ses paroles. Cela lui faisait pourtant du bien de les entendre.

— Elle avait presque réussi, tu sais. Elle a appelé des choses d'un autre monde. Une puissance qui nous dépasse. Elle avait réellement rajeuni…

— Mais tu l'as stoppée.

— Je ne serai rassurée que lorsqu'on aura retrouvé son cadavre.

Elle réfléchit à ce qu'elle venait de dire, sous un assaut de souvenirs. Elle s'imagina un homme aux cheveux blancs penché au-dessus d'elle en train de la dévorer de son regard de crépuscule embrasé. Un homme débordant de fierté pour sa fille.

— Je suis un monstre, Alexandre.

— Pourquoi dis-tu une chose pareille ?

Parce que mon père est un tueur en série. Parce que, la fois où j'ai essayé de le tuer, il a été fier de moi.

Eva afficha un air absent.

— Parce que je souhaite la mort de cette femme. Pas simplement pour me venger ou par souci de justice. Juste pour qu'elle souffre. Chaque fibre de mon corps désire voir cette pourriture se vider de son sang jusqu'à ce que mort s'ensuive. Rien que de le *dire*, mon cœur s'accélère.

Vauvert la regardait en silence, ses yeux réduits à des fentes.

— Ce n'est pas à moi de décider de la sentence, murmura Eva. Tu sais quoi ? Avant aujourd'hui, je n'avais jamais totalement compris ça. Tout ce que j'ai pu faire, tous ces truands à qui j'ai fait sauter la tête, ceux que j'ai défenestrés sans le moindre état d'âme pour ne pas qu'ils passent six mois en prison avant d'être relâchés dans la nature… Chaque fois que j'ai un problème avec une personne, j'ai envie qu'elle meure, tu comprends ? J'ai ça en moi. Dans mes gènes.

— Non. Ce que tu as dans tes gènes…

Vauvert chercha ses mots. Il lui offrit un sourire attendri.

— Ce que tu as en toi, Eva, c'est une faculté hors du commun à te mettre dans la peau des autres, et cela même lorsque tu ne le souhaites pas. Tu peux ressentir leur colère comme nul autre, parce que, toi aussi, tu souffres, autant qu'elles. Tu ne contrôles pas ce don d'empathie autant que tu le voudrais, c'est tout.

Ce fut au tour d'Eva de le dévisager, et de répondre à son sourire.

— Tu devrais *vraiment* devenir profileur, Alexandre.

Du menton, elle indiqua le magazine télé déposé sur la tablette. En couverture s'étalait une starlette mince comme une crevette, au visage parfaitement symétrique, dans une robe qui dévoilait ses courbes parfaites juste là où il en fallait pour coller à la mode.

— Et toi ? Tu ne trouves pas normal qu'on devienne fous, tous autant qu'on est, à force d'être soumis à une telle dictature de l'apparence ? On dépense des fortunes en produits de beauté, dans l'espoir illusoire de repousser l'ouvrage du temps…

— Ouais. Heureusement que toi et moi on a des physiques de mannequins, hein ?

Eva ne put s'empêcher de rire. Cela raviva la douleur dans ses cervicales.

C'est alors que Vauvert passa la main dans ses mèches blanches. Elle se laissa faire. Du bout des doigts, il souleva ses lunettes, exposant son regard couleur cerise, et il la fixa intensément.

Eva lui rendit son regard, espérant qu'elle ne cillait pas trop.

Elle entrouvrit la bouche.

Vauvert observa ses lèvres humides.

Il la regarda de nouveau dans les yeux. Eva lui sourit.

Ce fut elle qui s'approcha la première.

Leurs lèvres s'effleurèrent.

L'évidence la frappa tout à coup.

Les dieux auront leur dernier sacrifice.

C'étaient les paroles mêmes de la femme masquée. Elle lui avait reproché de s'être mise en travers de son passage, d'avoir interrompu son sacrifice.

Ce n'était pourtant pas la raison qui l'avait poussée à venir à Paris.

Si Saint-Clair avait voulu s'en prendre à elle, elle aurait pu le faire bien avant. Pourtant, elle était restée dans le Sud. Elle n'était venue à Paris qu'un an plus tard.

Ils l'ont retrouvée. Ils me l'ont montrée.

Vauvert fronça les sourcils.

— Eva ? Tout va bien ?

— Éloïse Lombard, dit Eva dans un souffle.

Il écarquilla les yeux et leva les mains en signe d'incompréhension.

— La fille qu'on a sauvée, l'an dernier, chez les Salaville ! Est-ce que tu es resté en contact avec elle ?

— Eh bien…

Il fit un geste vague.

— Pas vraiment, non. J'ai eu son père au téléphone, à quelques reprises, l'an dernier. La gamine était en pleine dépression. Elle se croyait surveillée nuit et jour. Comme un idiot, j'espérais juste que ça lui passerait.

— C'est ce qu'on pensait tous. On se plantait, tous autant qu'on est.

Ils se dévisagèrent mutuellement.

Vauvert comprenait enfin où elle voulait en venir.

— Son père m'avait dit qu'ils finiraient par changer de ville, si la petite n'allait pas mieux. Je n'ai jamais cherché à savoir s'ils l'ont fait, ni où ils ont pu aller. Attends…

Il sortit son téléphone et composa le numéro de Damien Mira, à Toulouse.

Il fallut moins de deux minutes à son collègue pour lui confirmer que les Lombard avaient bien déménagé. Et une de plus pour lui annoncer qu'ils s'étaient installés à Paris trois mois plus tôt.

84

18 heures

Tandis que les nuages noirs se rassemblaient au-dessus de la Seine, la nuit prête à fondre sur la ville, Éloïse marchait en regardant ses pieds.

Cela faisait trois mois qu'elle habitait Paris, elle passait ici chaque jour. Elle avait cru que la peur cesserait de la saisir en permanence. Elle s'était trompée.

Elle rajusta le col de son manteau, tandis qu'à côté d'elle ses deux amies péroraient sur les cours de la journée écoulée.

— Alors, vous êtes prêtes ? lança Miriam, une petite brune à la poitrine contenue dans un minuscule tricot couleur crème. Je peux me charger du scénario si vous voulez !

Elle faisait allusion au devoir que leur avait donné le professeur de travaux pratiques, Lucas Bringer. Elles avaient trois mois pour réaliser un court-métrage, qui constituerait leur devoir principal du premier semestre.

« Faites-moi peur ! » avait annoncé Bringer à ses élèves, quelques heures plus tôt. « C'est votre sujet, à traiter comme bon vous semblera. Je veux des groupes de trois. » Une annonce qui avait déclenché une grande vague d'euphorie dans l'amphithéâtre. Les étudiants s'étaient mis à piailler, chacun dans leur coin. Tous étaient férus de films d'horreur, et ils ne tenaient déjà plus en place, chuchotant, avançant des idées, cherchant des partenaires.

Seule Éloïse n'avait pas manifesté de joie particulière.

Elle avait accepté de faire équipe avec Miriam et Charlotte parce que, tout simplement, c'étaient les deux seules personnes à qui elle avait un tant soit peu adressé la parole depuis la rentrée. Elle ne savait pas grand-chose d'elles, mais, ce qui était sûr, c'est que Miriam et Charlotte ignoraient *tout* d'elle. Ce qui était entièrement sa faute. Éloïse évitait les liens. Elle ne se sentait pas encore prête.

— On peut faire une histoire de vampire, suggéra Miriam, en s'allumant une cigarette et en soufflant la fumée. Vous en pensez quoi ? Un garçon qui viendrait pour tuer une jeune fille dans son sommeil, mais qui en tomberait amoureux ? Un truc bien sexe à la *True Blood* ?

— En fait, tu espères trouver un acteur mignon pour jouer le vampire, et comme ça tu pourrais te le taper ? ricana Charlotte.

— On ne sait jamais, figure-toi. Il y a Jérémy qui pourrait être un beau vampire. Vous savez, le mec avec les dreads, qui est avec nous en histoire de l'art ? Il paraît qu'il joue dans un groupe de metal.

— Alors c'est un sataniste.

— Et toi t'es rien qu'une jalouse, Charlotte. C'est moi qu'il reluque en douce pendant les cours.

— Dans tes rêves.

— C'est *vrai* ! insista Miriam. À chaque fois que je lève les yeux, nos regards se croisent !

Charlotte ricana de plus belle.

— En tout cas, il est putain de bon, on est d'accord ! Tu trouveras bien une autre occasion de te faire sauter. Ce que je propose, moi, c'est qu'on fasse un court-métrage avec un tueur en série.

— Quoi ? Comme un slasher ? C'est vu et revu !

— Mais ça marche toujours ! Et toi qui aimes tant les vampires, je te signale que le tueur en série, c'est l'image du vampire moderne, débarrassé des niaiseries à l'eau de rose !

Miriam éclata de rire.

— Toi, t'es trop allée en cours avec le professeur Dormesson. Un peu moins d'intellectualisation et un peu plus de sensualité ne te ferait pas de mal. J'aime les choses romantiques, moi ! Mais avec du sexe, hein !

Charlotte soupira.

Elles s'arrêtèrent. Elles jetèrent un regard à Éloïse, qui n'avait pas encore prononcé le moindre mot.

— Et toi, alors ? Tu as envie de faire quoi ? lui demanda Charlotte.

— Tu es mignonne, tu pourrais être l'actrice, suggéra Miriam.

Prise d'une inspiration subite, elle ajouta :

— Je sais ! Tu peux jouer la victime !

Éloïse regarda ses deux camarades à tour de rôle.

— Non, je ne peux pas.

— Écoute, c'est juste un devoir, lui dit Miriam.

Charlotte s'approcha d'elle et lui caressa le cou. Elle prit une voix d'outre-tombe pour susurrer :

— *Sois ma victime*.

— Non ! cria Éloïse en s'écartant.

— Oh, d'accord, soupira Charlotte. Désolée.

Le regard d'Éloïse demeurait glacé.

— Tu ne vas pas en faire tout un plat, si ? Je suis désolée. C'était pour rire.

— Je sais, finit par admettre Éloïse d'une voix essoufflée. Je sais, mais…

Incapable de finir sa phrase, elle se retourna et s'éloigna avec précipitation dans le flux de passants.

— Et merde, laissa tomber Miriam. Je sens qu'on va finir par le faire à deux, ce devoir !

— Qu'est-ce que je lui ai fait ? interrogea Charlotte.

— Rien du tout, ne t'en fais pas. Elle est juste bizarre comme tout, cette fille.

Autour d'elles, les piétons grouillaient en tous sens, fourmilière de corps anonymes qui se pressaient avant que la pluie ne recommence à tomber.

Une crise d'angoisse. Juste ça. Tous ses membres tétanisés et la sensation que son cœur allait se déchirer dans sa poitrine. Juste ça, oui. Comme toujours. Comme tous les jours.

Le psy lui avait bien expliqué qu'elle ne pourrait pas y couper. Qu'il faudrait faire avec. La guérison de son traumatisme prendrait des années, en supposant que la blessure dans son âme se referme jamais. Mais cela faisait déjà plus d'un an, et l'angoisse était restée intacte, la thérapie ne lui était d'aucune aide. Seuls les anxiolytiques lui apportaient une vague illusion de calme. Le reste du temps, elle sentait des yeux invisibles et avides braqués sur elle, à chaque instant de la journée comme de la nuit.

Éloïse s'arrêta en tremblant.

Inspira doucement.

Ce n'était pas tout à fait vrai. Depuis son arrivée à Paris, elle avait connu une sorte de répit dans ses terreurs irrationnelles. Ses cauchemars étaient restés dans le Sud. Les insomnies s'étaient faites moins sévères. Elle avait même commencé à réduire ses prises de médicaments.

Jusqu'aux horribles meurtres de ce week-end.

Depuis, elle était pendue aux infos. Les journalistes avaient parlé de deux filles assassinées et sauvagement mutilées. Sur le Net, des rumeurs prétendaient que ces femmes avaient été torturées pendant plusieurs jours, et que la police dissimulait les vrais éléments.

Cela ne pouvait *pas* être lié à sa propre histoire. C'est ce qu'elle se répétait en boucle. Impossible. Paranoïa.

Éloïse aurait aimé tout raconter à Miriam et à Charlotte. Si seulement elle n'était pas paralysée de terreur.

Ce soir, elle doublerait la dose d'anxiolytiques, voilà tout. Elle se faisait tout un cinéma pour rien. Les monstres n'existaient que dans son imagination. Pourtant, elle sursautait au moindre mouvement autour d'elle.

Elle observa le ciel noir et lourd.

— Tu délires, ma vieille. Personne n'est à tes trousses. Personne du tout.

Son téléphone se mit à sonner.

Elle observa le numéro. Il était masqué.

Elle laissa sonner et reprit son chemin vers son appartement.

85

Eva attendit le bip et déclara, en s'efforçant de conserver la voix la plus naturelle possible :

— Bonjour Éloïsc, c'cst Eva Svärta, dc la policc criminelle, à l'appareil. J'aimerais vous parler. Pouvez-vous me rappeler dès que vous aurez ce message ?

Elle reposa le téléphone sur la tablette à côté de son lit. C'était tout ce qu'elle pouvait faire dans l'immédiat.

— Au moins, elle n'a pas changé de numéro.

Vauvert s'appuyait d'une main contre le mur, figé comme statue massive, les traits crispés. Ils avaient prévenu Erwan Leroy, qui téléphonait dans le couloir, cherchant à obtenir l'adresse des Lombard.

Eva était furieuse contre elle-même.

— Quand je pense qu'elle me l'a dit, et que je n'ai pas compris sur le moment ! Elle tue ces filles pour les sacrifier aux anciens dieux. Elle est persuadée que chacune de ces victimes a été choisie par ces divinités, pour abreuver leur soif. À ses yeux, quand je l'ai empêchée de tuer Éloïse, j'ai stoppé sa cérémonie. Sans la mort de cette fille, son rituel ne peut être achevé.

— J'ai toujours pensé qu'il y avait une raison à ce changement de région, grommela Vauvert. C'était pourtant évident. Saint-Clair a suivi sa victime dans l'espoir de continuer son rituel. C'était *elle* qu'elle voulait, dès le début.

Il donna un coup de poing sur le mur.

— Tout était là, sous nos yeux, depuis le début. Comment n'y ai-je pas pensé plus tôt ?

Eva repoussa son drap et fit glisser ses jambes au bord du lit.

— À quoi tu joues ? s'alarma Vauvert.

Elle lui décocha un rictus.

— Je vais très bien, ne t'en fais pas.

Leroy revint dans la pièce. Lui aussi écarquilla les yeux.

— Qu'est-ce que tu fais ?

— Je m'assois, c'est tout, maugréa la jeune femme. Alors ? Tu as pu avoir le central ?

— Ils m'ont transmis l'adresse des Lombard. C'est dans le 9e arrondissement, quartier Caumartin. Je n'ai pas pu obtenir qu'on envoie une voiture, car à l'heure actuelle tous les hommes disponibles sont en Seine-et-Marne, à la recherche du corps de Saint-Clair.

— Tu ne leur as pas dit que c'était de la plus grande importance ?

— On n'a qu'une déduction purement théorique…

— Tu as vu de quoi Saint-Clair est capable, Erwan ! Éloïse Lombard a besoin de protection le temps qu'on soit certains qu'elle est hors de danger !

Leroy leva les mains.

— Pas de panique. Je les ai prévenus que j'allais y faire un saut moi-même pour m'assurer que tout se passe bien. Ils m'ont donné un numéro de téléphone, mais il y a un problème sur la ligne.

— Un problème sur la ligne ? fit Vauvert.

— Ça peut arriver.

Le grand flic bascula la tête en arrière, gardant ses réflexions pour lui.

Eva jeta un rapide coup d'œil à son mobile. Il était plus de 18 heures. La nuit était déjà totale.

Elle se leva, en chancelant un peu.

— Eva ! s'écria Vauvert. Tu nous fais quoi, là ?

— Si cette fille court un danger, je tiens à venir.

— Tu te moques de nous ?

Leroy fit rouler ses yeux dans ses orbites.

— Eva, tu n'es pas en état de bouger.

Elle fit quelques pas, au ralenti, en direction de l'armoire.

— Je me sens en pleine forme, au contraire.

Elle s'appuya au dossier de la chaise pour se plier en deux et toussa quelques instants. Vauvert lui saisit le bras.

— Ce n'est pas ouvert à la discussion. Il est hors de question que tu quittes cette chambre, c'est compris ?

Elle redressa ses lunettes noires du bout de l'index et lui fit face.

— Parce que tu es resté dans les clous, toi, dernièrement ?

— Qu'est-ce que tu veux dire par là ? grimaça Vauvert.

— Que tu ne tiens pas plus en place que moi. Alors, je t'en prie, ne te prends pas pour ma mère.

Il fit de grands gestes d'énervement.

— Ça n'a rien à voir. Tu étais en danger !

— Cette fille l'est aussi.

— Tu n'en sais rien.

— Je le *sens*. Au plus profond de moi.

Elle sortit un tailleur de l'armoire et étala les vêtements sur le lit défait.

— Il se produit quelque chose de terrible en ce moment même. Fais confiance à mon intuition.

Vauvert préféra ne rien ajouter. Il adressa un signe de la tête à l'attention de Leroy.

— On y va.

— Vous allez devoir m'attendre, insista Eva.

Mais les deux hommes s'éloignaient déjà en direction de l'ascenseur. Vauvert s'y engouffra et pressa le bouton. Alors que la porte se refermait, il constata avec soulagement qu'Eva n'était pas encore ressortie de sa chambre, à l'autre bout du couloir.

Il se rendit compte qu'il tremblait.

86

18 h 20

Quand Éloïse poussa la porte de l'immeuble et pénétra dans le hall, le concierge était planté devant le petit ascenseur. Il pressa le bouton plusieurs fois, avant de renoncer, marmonnant dans sa barbe.

— Une panne ? lui demanda Éloïse.

— Plus de courant. C'est dans tout l'immeuble, on dirait. Je ne comprends pas d'où ça vient, car les plombs n'ont pas sauté, et le reste du quartier semble avoir encore de l'électricité. Il faudra monter à pied, le temps que ce soit résolu.

Éloïse poussa la porte de l'escalier. Cela ne la dérangeait pas, même s'il s'agissait de six étages.

Elle monta les marches deux par deux.

Il lui tardait de s'engouffrer chez elle, dans son cocon, le temps que son père rentre du travail. Elle se pelotonnerait au creux du canapé, sous une montagne de couettes, comme elle l'avait l'habitude de le faire, et regarderait des séries à la télé en croquant du chocolat. C'était devenu son rituel pour calmer ses angoisses et, de fait, ça fonctionnait plutôt.

Elle arrivait au niveau du deuxième étage quand elle fut traversée par un curieux pressentiment.

L'impression d'être observée. De nouveau.

— Arrête tes bêtises, se morigéna-t-elle.

Pressant le pas, elle fut rapidement au niveau du troisième.

Cette fois, elle entendit un bruit étrange, juste derrière elle.

Elle se retourna.

Probablement un voisin qui monte l'escalier, lui aussi.

Aucune raison de paniquer.

Elle tendit l'oreille.

Pourtant, elle n'entendait plus aucun bruit dans l'escalier.

Elle avait dû percevoir une porte qui s'ouvrait, ou qui se refermait.

Le bruit reprit.

Quelque chose montait les marches.

Mais ce n'était pas des pas.

C'était un bruit de pattes.

Elle pouvait l'identifier sans erreur à présent.

Le bruit de pattes griffues sur les marches.

Éloïse pivota sur ses talons et reprit sa montée de l'escalier en pressant le pas.

Quand elle dépassa le quatrième étage, elle commençait à s'essouffler.

Elle ne ralentit pas sa progression pour autant.

Derrière elle, les pattes griffaient les marches plus vite.

Arrivée au cinquième, courbée sous l'effort, Éloïse se rua directement sur la porte du palier, car elle se sentait incapable de monter davantage de marches à ce rythme. Elle abaissa la poignée plusieurs fois. Elle tira, poussa, secoua la porte.

Qui resta obstinément fermée.

Elle entendit un halètement dans l'escalier.

Elle laissa choir son sac et se remit à courir.

Montant les marches deux par deux.

L'animal se rapprochait. Elle le sentait sur ses talons. Une créature sauvage et noire.

Comme celle qu'elle avait aperçue dans la ferme des Salaville.

Personne ne l'avait crue, quand elle avait essayé d'en parler.

Mais le loup était toujours là. Il l'avait retrouvée.

Il était revenu pour la MANGER.

Elle ne respirait même plus. Elle forçait sur ses jambes pour monter plus vite.

À ses trousses, le loup se rapprochait.

Éloïse ne sut comment, elle finit par atteindre le sixième étage. Elle écrasa la poignée de la porte, qui cette fois s'ouvrit sans mal, se faufila dans l'interstice, s'empressa de refermer derrière elle.

L'animal, de l'autre côté, bondit sur la porte, y donnant de furieux coups de pattes.

Éloïse se retourna.

Elle dérapa dans une flaque de sang.

87

Éloïse tomba à genoux, avec un cri de surprise. Ses mains, pour se retenir, se plaquèrent sur le parquet, l'éclaboussant de liquide visqueux et froid.

Oh, mon Dieu, songea-t-elle.

Il y avait du sang partout. Il avait giclé sur les murs. Il gouttait du plafond.

Elle se redressa en dérapant, se força à ne pas hurler, ne pas se comporter comme une victime.

Pas une nouvelle fois.

Elle s'accrocha à la porte de l'escalier. Derrière, la bête continuait d'assener des coups rageurs.

Puis un hurlement strident s'éleva. Un hurlement de loup qui était comme la somme de dizaines d'animaux hurlant en même temps.

Éloïse plaqua les mains sur ses oreilles.

Elle avança, titubant, dans la pénombre profonde qui baignait le couloir.

Il n'y avait que deux appartements sur le palier. La porte du sien se trouvait tout au bout. Sur sa droite, la porte de ses voisins était entrouverte.

Elle avança en tremblant, s'appuyant d'une main sur le mur pour ne pas tomber, son estomac serré. Lorsqu'elle passa devant, elle se rendit compte qu'elle pouvait voir à l'intérieur, par l'entrebâillement… et elle se figea, tout son sang glacé dans ses veines, pétrifiée par le spectacle qui s'offrait à elle et que son cerveau refusait de comprendre au premier abord.

Sur le fond bleu et ondoyant de la baie vitrée, elle voyait une grande pièce. Elle apercevait un canapé en cuir, au milieu, et les deux silhouettes féminines qu'on avait installées dessus, à l'envers, la tête en bas (*comme dans cette grange, comme toutes les autres*) et les genoux crochetés au-dessus du canapé, tandis que les bras ballants reposaient sur le sol, et que les deux corps se vidaient doucement (*leurs visages béants*) de leur sang qui coulait en rivières le long de leurs membres inanimés. Les deux filles étaient couvertes de plaies.

Et pourtant ce n'était pas le plus horrible de la scène.

La véritable abomination était accroupie sur le sol. Elle tenait dans ses bras les deux cadavres, cette femme nue, le dos courbé, le visage masqué de blanc, qui découvrit un sourire écarlate. Elle enlaçait les deux cadavres comme dans une sorte d'étreinte obscène, laissant leur sang couler sur sa peau, inonder ses courbes, maculer d'épaisses éclaboussures chaque pore de son propre corps et goutter au bout de ses tétons.

Cette femme, cette vision impossible, se redressa, d'un mouvement anormal, comme une poupée désarticulée, comme si sa colonne vertébrale était vrillée, et *continuait* de se vriller, à vue d'œil.

En se relevant, elle lâcha les corps, et celui de droite, mal assuré, dégringola en bas du canapé, projetant des éclats de sang en s'écrasant dans les flaques sur le sol.

Éloïse fit un pas en arrière. Son corps était tétanisé. Son cœur battait si fort qu'elle crut qu'il allait transpercer sa poitrine. Son estomac pesait des tonnes. Un bloc de béton qui refusait de se mouvoir. Elle aurait voulu crier, fuir, faire quelque chose, mais restait incapable de la moindre inspiration.

La femme monstrueuse, face à elle, était entièrement chauve mais portait un masque qui lui couvrait la partie supérieure du visage.

Elle souriait avec ses dents gluantes de sang et tendit ses mains vers elle.

— Te voilà !

Ce fut comme un déclic. Éloïse parvint à hurler.

Elle aperçut également le loup.

Il était couché au pied du canapé, à côté de la main du cadavre, et lapait la flaque de sang. Il redressa la tête dans la direction d'Éloïse. Ses yeux brillèrent dans le noir comme des bouts incandescents de cigarettes. Rouges et fixes.

Un deuxième animal sortit de derrière le canapé.

Celui-ci avait dû se rouler dans les flaques de sang, car son pelage était poisseux.

Subitement, tous les pieux mensonges que le psychiatre lui avait répétés volaient en éclats. La vérité s'étalait sous ses yeux. La preuve que ses peurs étaient réelles. Le *monstre* était bien réel. Le monstre était revenu. Il l'avait retrouvée, comme elle avait toujours su qu'il le ferait. Et le monstre était plus horrible que dans tous ses cauchemars.

Éloïse tourna les talons et se précipita vers la porte de son appartement.

— Tu ne peux pas t'enfuir. Tout doit se finir maintenant, lui lança la femme masquée. J'ai attendu ce moment bien trop longtemps.

Elle avançait sans se presser, son corps dégoulinant de liquide rouge. Chacun de ses pas dans les flaques de sang émettait un bruit humide.

À l'autre bout du palier, devant sa porte, Éloïse, noyée de terreur, luttant pour ne pas céder à la crise d'hystérie, fouillait désespérément dans ses poches à la recherche de ses clés. Elle les trouva enfin, les sortit d'un geste brusque. Dans sa précipitation, les clés échappèrent à ses doigts tremblants et tombèrent sur le sol. Éloïse s'empressa de s'accroupir pour les récupérer.

Par-dessus son épaule, elle vit que la femme couverte de sang avait ouvert en grand la porte de l'appartement. Elle avait tendu un bras pour s'accrocher à l'encadrement et s'y maintenir. Sa colonne vertébrale continuait d'osciller, comme si un changement rapide était à l'œuvre dans son corps.

— Cela ne sert à rien de lutter. Tout repose sur toi à présent. Il faut que tu l'acceptes.

Il y avait un timbre inhumain dans sa voix, et elle aussi, à l'image de tout le reste de son être, changeait à chaque syllabe, donnant l'impression que différentes personnes s'exprimaient à travers le même larynx. Mais ce n'était pas tout. La peau de cette femme était parcourue d'ondulations, comme un reflet dans les eaux déchaînées d'un fleuve.

— Les dieux t'ont choisie, poursuivit-elle de sa voix éraillée. Tu te souviens que les dieux t'ont choisie, n'est-ce pas, Éloïse ? Les seigneurs noirs veulent ton sang. Ils veulent tes larmes. Tes douces larmes. C'est moi qui vais les récupérer. Une par une.

Éloïse ne cherchait pas à répondre, elle tâtonnait, essayant d'insérer la clé dans la serrure de son appartement. Dans l'obscurité quasi totale, c'était une nouvelle torture.

Jetant un nouveau regard en arrière, elle distingua le corps de la femme avec plus de netteté. Elle avait une énorme blessure entre les seins, qui semblait encore à vif. Mais il se produisait quelque chose d'étrange. La plaie avait commencé à se refermer, comme si elle se résorbait en accéléré.

Éloïse ne tenait pas à en voir davantage. La clé s'enfonça dans la serrure. Elle la tourna avec précipitation, ouvrit la porte et s'engouffra dans son appartement.

88

Et ainsi, tout se déroule au mieux.

Car à présent la fille est prise au piège.

Judith Saint-Clair s'approche, pas à pas, se délectant de la folle énergie qui circule à nouveau dans son corps, sous sa peau habillée de sang. Le regard des dieux vibre, tout autour d'elle. Les dieux sont attentifs. Les dieux sont affamés.

Elle pose sa main sur la porte. Le sang suinte de ses doigts.

Tout doucement, elle trace un cercle.

Elle le barre de trois lignes horizontales.

— Je vais te raconter quelque chose, Éloïse.

— Laissez-moi ! hurle la fille repliée dans l'appartement.

Sourire. Elle approche son visage de la porte.

— Malheureusement, c'est impossible. Tu es la dernière. Ce sont les dieux qui m'ont menée à toi, tu comprends ? Tu as été choisie pour entrer dans un miracle.

Le monde vibre. Les murs se contractent. L'immeuble tout entier devient un énorme cœur de chair grise, qui se met à battre.

— Le miracle du sang. Tu verras. Je viens te libérer.

— Allez-vous-en ! s'égosille la fille. Par pitié, laissez-moi !

Quelle idiote.

Judith Saint-Clair sourit de nouveau, et les loups s'approchent d'elle.

89

18 h 30

Dans le hall de l'hôpital, Vauvert patientait tandis que Leroy faisait les cent pas, passant et repassant devant lui, son téléphone à l'oreille. Le jeune homme pestait et répéta à son interlocuteur plusieurs fois que c'était une question de priorité absolue.

Quand il raccrocha, son visage était marqué par l'inquiétude.

Vauvert lui adressa un regard anxieux.

— Alors ? Que se passe-t-il ?

— Le commissaire est en réunion. Je n'ai pu avoir que Deveraux, mais il refuse catégoriquement de le déranger. Je lui ai laissé le message. Le commissaire me rappellera dès que…

Leroy haussa les épaules.

— Dès que Deveraux le lui aura transmis, je suppose.

Vauvert se prit l'arête du nez entre le pouce et l'index.

— Tu crois que cet âne ne le passera pas ?

— Eh bien…

Le lieutenant passa une main nerveuse dans les mèches de ses cheveux qui retombaient sur son front.

— Je ne suis pas idiot, d'accord ? Je vois bien que Jean-Luc fait barrage. Ce crétin espère ramener sur sa petite personne tout le crédit de l'arrestation de Saint-Clair alors qu'il ne comprend pas la moitié de ce qui se passe ! Tu avais raison quand tu disais qu'un type aussi buté ne peut que poser des problèmes.

Vauvert balaya de la main une fumée imaginaire.

— Ce n'est pas grave. On sera sur place. On pourra avertir les collègues si cela se justifie. Est-ce qu'on a une voiture ?

— Donne-moi juste une minute.

Il y avait deux agents en uniforme plantés à l'entrée. Leroy se dirigea vers eux d'un pas décidé. La discussion ne se déroula pas aussi facilement qu'il l'espérait, et il se retrouva à gesticuler en haussant le ton, tandis qu'un des policiers secouait obstinément la tête. Ils palabrèrent néanmoins durant quelques minutes, au bout desquelles l'homme finit par tendre un porte-clés, visiblement à contrecœur.

— Avant la fin de notre vacation, hein !

— Vous ne remarquerez même pas qu'on l'a empruntée ! promit Leroy.

Quand il revint à grandes enjambées vers Vauvert, il agitait son index passé dans la boucle du porte-clés.

— On prend un véhicule officiel.

— Il est garé dans l'enceinte de l'hôpital ?

— Juste dehors.

Les allées de l'hôpital de la Salpêtrière constituaient un petit labyrinthe. Ils durent faire le tour de deux cours intérieures avant de localiser la Mégane blanche.

Et constatèrent qu'ils étaient attendus.

Eva Svärta se trouvait déjà là, dos calé contre le véhicule. Elle avait les bras croisés, se serrant dans son blouson en cuir.

Face à leurs mines sidérées, elle afficha un grand sourire, avant de partir dans une quinte de toux.

— Quand même. Vous en avez mis du temps.

90

Le téléphone fixe ne fonctionnait pas plus que son mobile. Éloïse laissa retomber le combiné et tourna sur elle-même, se heurtant à l'angle de la table dans la pénombre.

Ne panique pas. Ne panique surtout pas, se répétait-elle. *C'est ce qu'elle attend.*

Elle essaya de contrôler sa respiration, et s'aperçut qu'elle en était incapable. Son cœur tapait dans sa cage thoracique.

Elle hurla de toutes ses forces :

— Je suis armée ! Si vous entrez, je vous tire une balle dans la tête ! Je vous jure que je le ferai !

— Ne sois pas stupide. Ouvre-moi. Tu savais que cela finirait ainsi.

Éloïse ne se fatigua pas à répliquer. Elle se précipita dans la cuisine et ouvrit les tiroirs qui contenaient les couverts. Elle sélectionna le plus gros couteau à viande.

Cela suffirait-il à la protéger ?

Elle leva la lame qui renvoya les reflets de l'orage.

Un simple couteau contre ces créatures ? Bien sûr que non. Il ne lui servirait à rien.

Éloïse le conserva néanmoins dans sa main.

Elle observa de nouveau son téléphone mobile. Il ne captait toujours aucun réseau.

Subitement, l’écran s’éteignit. Puis une série de lettres se mit à défiler.

```
D I S E E B E H
I S A R T R I E
S A R G E I R B
E R B O N E T E
E T O N O G R E
B A R O B R A S
E R A T R A S I
H E B E E S I D
```

Éloïse poussa un cri et laissa échapper le téléphone, qui éclata sur le sol de la cuisine. Elle recula dans le salon, ne sachant plus que faire.

— Tu dois comprendre ce qui se passe, lui annonça la femme de l’autre côté de la porte. Les dieux te regardent. Ils ont faim de toi.

Éloïse ne l’écoutait pas.

Son regard était attiré par le miroir mural de l’entrée.

Il y avait une bête dans le reflet.

Éloïse s’écarta.

La bête était prête à bondir, derrière la surface du miroir.

— Tu es la dernière, insistait la femme derrière la porte. Autrefois, c’était un honneur que de mourir pour les dieux. Tu verras comme c’est agréable de sentir son âme s’envoler.

Éloïse fit coulisser la baie vitrée qui menait sur le balcon.

Elle sortit et referma la baie vitrée.

Au travers de la vitre, elle aperçut l'animal. Celui-ci n'était plus une simple image dans le miroir. Il se trouvait à quatre pattes au beau milieu du salon.

Le loup découvrit ses crocs et se mit à courir vers elle.

Éloïse recula comme les griffes de la bête heurtaient la baie vitrée.

— Au secours ! hurla-t-elle.

Elle se pencha au bord du balcon. Il y avait des immeubles de tous côtés, mais personne en vue.

— Aidez-moi ! Au secours !

Un éclair blanc aveuglant déchira le ciel.

Elle sursauta et recula.

L'averse reprit.

Derrière la baie vitrée se trouvaient deux animaux noirs, à présent. Leurs yeux rouges la dévisageaient avec une parfaite méchanceté.

— Est-ce que quelqu'un m'entend ? À moi ! À l'aide ! À L'AIDE !

La pluie tombait de plus en plus dru.

Plusieurs personnes se hâtaient, en bas, pour regagner le hall de l'immeuble. Elles ne portèrent aucune attention à ses cris.

Éloïse longea l'étroit balcon. À l'extrémité, une échelle en fer rouillé était vissée contre le mur.

Elle s'y cramponna et commença à escalader.

Elle était arrivée à mi-chemin quand elle entendit le fracas de verre de la baie qui cédait et les grognements des deux bêtes qui bondissaient sur le balcon.

Elle monta plus vite.

Sa main atteignit la bordure du toit.

Le couteau qu'elle avait tenu serré tout ce temps lui échappa et retomba en tourbillonnant.

— Merde !

Les bêtes bondirent vers elle. Leurs mâchoires claquèrent à quelques centimètres de ses mollets.

Éloïse Lombard se hissa sur la pente d'ardoise, s'écorchant les mains.

Elle disposait d'un répit.

Peut-être.

91

18 h 45

Leroy se gara sur le passage pour piétons situé devant le hall de l'immeuble tandis que les premières gouttes de pluie commençaient à tomber.

Un éclair zébra le ciel et le tonnerre roula sur la capitale. Un brusque rideau de pluie s'abattit avec rage sur le toit de la Mégane.

Vauvert, à la place du passager, n'avait pas desserré la mâchoire de tout le trajet. Il se retourna et fusilla Eva du regard.

— On va y aller tous les deux. Tu surveilles le véhicule.

Mais il savait bien qu'il était impossible de raisonner la policière. Elle se contenta de réajuster ses lunettes noires du bout de l'index.

— La voiture se surveillera très bien toute seule. Tu ne voudrais pas que je prenne froid ?

Vauvert préféra ne pas répondre et s'expulsa hors du véhicule.

Pris d'une vague intuition, il leva les yeux vers les étages. On ne pouvait apercevoir que les stries furieuses de la pluie.

— Un problème ? s'inquiéta Leroy.

— Juste un pressentiment. Vous n'avez rien entendu ? On aurait dit comme un cri.

— Moi aussi, je l'ai entendu, confirma Eva, d'une voix grave, en se dirigeant vers les marches.

Les portes d'entrée étaient maintenues ouvertes en grand. Le hall de l'immeuble, plongé dans une pénombre maigrement éclairée par deux blocs secours, était occupé par trois personnes qui se tenaient bras croisés.

Ces gens interrompirent leurs discussions et se tournèrent vers eux, braquant des regards interrogateurs sur ces nouveaux venus, et plus particulièrement sur l'étrange femme aux cheveux blancs, des lunettes noires sur son nez, agitée de tremblements dans son blouson de cuir.

— On peut vous aider ? Je suis le concierge.

L'homme qui venait de parler se détacha du petit groupe et s'approcha. Il était grand et sec, avec des yeux bleus et un visage couvert de rides. Sur son crâne, des cheveux gris très clairsemés étaient peignés en travers.

Leroy sortit sa carte tricolore et la présenta pour que les trois personnes la voient.

— Vous avez un souci électrique ?

— Oui, monsieur. Plus le moindre courant dans l'immeuble, mais je n'ai aucune idée d'où ça peut bien provenir. J'ai prévenu les techniciens. Ils ne devraient pas tarder à arriver.

Dans la rue, pourtant, les lampadaires étaient bien allumés. L'enseigne d'une pharmacie, juste en face de l'immeuble, clignotait fièrement, à côté d'un bar où on voyait, par la vitrine, un match de foot retransmis sur grand écran.

— Une panne sélective, releva Eva.

— C'est peut-être la foudre, avança le concierge. Elle est tombée tout près, plusieurs fois. Je crois qu'elle a touché le toit.

Il fit de grands gestes pour évoquer son ras-le-bol.

— C'est pas grave en soi, mais on est sans cesse en panne, ici, et la copropriété s'en moque totalement. C'est toujours à moi de résoudre ce genre de problèmes, sans qu'on m'en donne le moindre moyen. J'ai l'impression de passer mon temps à mettre des pansements sur une jambe cassée, si vous voyez ce que je veux dire.

Vauvert afficha une grimace.

— On est flics, monsieur. On comprend *exactement* ce que vous voulez dire.

Il observa les gens rassemblés dans le hall, et ne voyant pas de jeune fille, ajouta :

— Vous connaissez tous vos locataires ?

— La plupart, acquiesça le concierge.

— Éloïse Lombard, ça vous dit quelque chose ?

— Bien sûr. Une gamine charmante. Elle vit avec son père. Elle est arrivée au moment où s'est produite la panne, justement. Elle est montée chez elle à pied.

Il indiqua le plafond de l'index.

— Leur appartement se trouve au dernier étage. Ils ont rien fait de mal, tout de même ?

— Non, ne vous inquiétez pas, le rassura Eva. Mais nous devons les voir de toute urgence.

Leroy ouvrit la porte menant à l'escalier.

— C'est la seule issue pour accéder aux étages ?

— En effet, répondit le concierge.

— Parfait. Que personne ne monte. Nous n'en avons pas pour longtemps.

92

Ils gravirent les deux premiers étages le plus vite possible. Ils avançaient en file indienne, sans prononcer le moindre mot. Vauvert montait en premier, suivi de Leroy. Eva fermait la marche. Elle avait relevé ses lunettes noires. Ici, seules les ampoules des blocs secours dispensaient une maigre lueur.

À mi-chemin entre le deuxième et le troisième, pourtant, même les blocs secours étaient éteints.

— Qu'est-ce que ça veut dire, bordel ?

— Qu'on se fourre encore là où il ne faut pas, dit Leroy, le visage éclairé par l'écran de son téléphone portable. Figurez-vous qu'il n'y a pas de réseau ici.

Il rangea son portable et alluma sa torche électrique.

Le rayon balaya les marches.

— On continue quand même ?

— Et comment, qu'on continue, déclara Vauvert.

Ils atteignirent le quatrième étage. Leroy chercha le bloc secours du faisceau de la torche. Celui-ci ne fonctionnait pas non plus.

Derrière eux, Eva les héla subitement.

— Vous avez entendu ça ?

— Entendu quoi ?

Ils se figèrent et demeurèrent silencieux quelques instants.

— Je n'entends rien, finit par dire Leroy.

— Moi non plus, confirma Vauvert.

— J'aurais juré percevoir un grognement, suggéra Eva.

Leroy balaya l'escalier.

Il ne semblait y avoir rien de menaçant.

Ils reprirent leur progression, plus lentement.

Au palier du cinquième, ils trouvèrent un sac abandonné au sol. Il était ouvert, une partie de son contenu répandue dans l'escalier.

Vauvert se pencha et ramassa une carte d'identité au nom d'Éloïse Lombard.

Aucun des trois ne prononça la moindre parole.

Il ne leur restait plus qu'un étage et ils seraient fixés.

Tout en gravissant les marches, Eva vérifia son téléphone portable à son tour, mais, comme elle le craignait, il ne fonctionnait plus lui non plus.

Quoi qu'ils puissent trouver en haut de ces marches, ils seraient seuls pour l'affronter. Ils continuaient néanmoins leur chemin.

Leurs armes à la main, prêtes à l'emploi.

93

— On y est, dit Vauvert.

Il posa une main sur la poignée de la porte du sixième étage. Dans son autre main, il tenait fermement son Smith & Wesson.

— On te couvre, murmura Leroy.

Vauvert hocha la tête. Il ouvrit la porte d'une poussée, son arme brandie devant lui.

Le parquet luisait de sang.

— Oh, merde, laissa échapper Leroy. Qu'est-ce que c'est que ça ?

Vauvert scruta chaque coin d'ombre du palier. Ils se trouvaient dans un étroit corridor. Il n'y avait que deux appartements à cet étage. Leurs portes étaient ouvertes.

— On fait très attention, ordonna-t-il en collant son dos contre le mur.

Le commandant en tête, ils firent quelques pas hésitants. Leurs semelles émettaient des bruits de succion en écrasant les flaques.

Ils pointèrent leurs armes dans le premier appartement.

— Merde, répéta Leroy d'une voix décomposée.

Deux corps nus. Horriblement mutilés. Les chairs transpercées à de multiples reprises. L'un était encore installé à l'envers sur le canapé. Le deuxième était brisé sur le sol, dans des rivières de sang. Sur le sol, des empreintes de pas sanglantes menaient tout droit à la porte.

— On arrive trop tard, dit Vauvert. Elle a pris leurs visages.

Il scruta le sol, mais à cause du mauvais éclairage il ne voyait que cette grande mare de sang.

— Vous croyez que la petite Lombard est l'une des deux ?

— Non, elle est plus âgée, les avertit Eva. Je ne sais pas qui sont ces pauvres gosses, mais aucune des deux n'est Éloïse.

Ils se tournèrent vers la deuxième porte, ouverte elle aussi. La rumeur du tonnerre leur parvenait, comme si l'orage était entré à l'intérieur de l'immeuble.

— Là-bas, indiqua Vauvert.

— C'est l'appartement des Lombard, dit Leroy. Vous entendez ça ? Une fenêtre doit être ouverte.

Il braqua son faisceau lumineux, mais dans l'éclairage ondoyant cela ne servait plus à grand-chose. Il se résolut à éteindre la Maglite, la glissa à sa ceinture, empoigna son arme de service à deux mains. Il se positionna sur la droite, Eva prit place à gauche, et tous deux brandirent leurs pistolets à bout de bras tandis que Vauvert pénétrait, courbé en deux, dans le salon des Lombard.

Ici, pas de cadavres, mais tous les meubles avaient été renversés avec une rage sans limite. On avait jeté les vases sur le sol, balayé le contenu des étagères, démoli les chaises dont les morceaux gisaient dans un coin. De l'autre côté du salon, la baie vitrée menant sur le balcon n'était pas seulement ouverte. On avait brisé la vitre, et des éclats de verre étaient dispersés tout autour. La pluie pénétrait de biais dans l'appartement, crépitant avec fureur sur le lino du salon, et des bourrasques de vent faisaient voler et claquer les grands rideaux.

Vauvert traversa ce champ de ruines et posa un pied sur le balcon, pour s'assurer que personne ne s'y trouvait. Le balcon était désert. La foudre l'aveugla. Quand il rouvrit les yeux, il jeta également un bref regard aux toits de Paris, ce paysage gris de zinc, de tuiles et de cheminées, scintillant sous la pluie. Puis il s'empressa de revenir à l'intérieur.

— R.A.S., annonça-t-il à ses collègues.

Leroy, le dos collé contre le mur de l'entrée, inspectait la petite cuisine au sol jonché de vaisselle brisée.

— R.A.S. ici aussi.

— Il y a du sang sur le sol, fit remarquer Eva.

Elle s'accroupit et posa ses doigts dans une flaque rouge, qui passait presque inaperçue dans l'éclairage bleuté et sans cesse changeant de l'orage. Au fond d'elle, son estomac se serrait lentement. Malgré l'épuisement total de son corps, malgré la morphine dans ses veines qui anesthésiait ses muscles et ralentissait ses pensées, les réflexes de son esprit étaient toujours là. Et, avec eux, la sensation familière, qui remontait le long de sa colonne vertébrale. Elle s'efforça de respirer lentement, tandis que ses sens se brouillaient, changeaient, devenaient ceux d'une autre. De la victime prisonnière de cet appartement qui fuyait un terrible, impossible bourreau.

— Ce ne sont pas les empreintes d'Éloïse. C'est Saint-Clair qui marchait pieds nus. La fille, elle, cherchait à se cacher.

Elle suivit du regard le couloir de l'appartement, plongé dans une pénombre épaisse. Ce fut Leroy qui s'y avança, tandis que Vauvert le couvrait.

— Je ne vois rien du tout.

— Fais attention.

Leroy poussa la porte du pied.

Une odeur fétide s'échappa brutalement de cette pièce.

Ils reculèrent, prêts à tirer.

Aucun monstre ne leur sauta à la gorge, pourtant.

La pièce semblait tout aussi déserte que le reste de l'appartement.

— Mon Dieu, qu'est-ce que c'est que cette odeur ? fit Eva en couvrant sa bouche d'une main.

— Je n'en sais rien, dit Leroy.

Au travers de la lueur qui passait par la fenêtre, ils pouvaient voir des draps épars. Là aussi, la tablette de nuit avait été renversée, et les débris d'une lampe étaient éparpillés sur le sol.

— On jurerait que des bêtes se sont roulées entre les draps, ajouta Leroy.

— C'est ce qui s'est passé, dit Vauvert.

Sans s'approcher, il indiqua du bout de son arme les boules noires qui jonchaient les draps.

— J'ai déjà vu ça. Ce sont des excréments. C'est ça qui pue autant.

— Mais où sont les animaux qui ont fait ça ?

Les yeux de Vauvert brillèrent dans l'ombre.

— Je n'en ai pas la moindre idée.

Ils ouvrirent les autres portes, jetèrent un œil dans la deuxième chambre, la buanderie et les toilettes, sans rien découvrir de nouveau. Cet appartement était désert.

— Ce n'est pas possible ! s'emporta Vauvert. Elles n'ont pas pu se volatiliser comme ça.

Eva ne disait rien. Son estomac était noué par la terreur. La même terreur palpable, oppressante, qui avait habité Éloïse Lombard et qui flottait encore ici. La policière avança à tâtons dans le salon jonché d'objets, reproduisant la fuite de la jeune fille.

Elle posa une main sur le mur pour se retenir. Le monde se fissurait autour d'elle.

Face à elle, le grand miroir mural était brisé en deux. Elle rappela ses collègues.

— C'est comme ça qu'elles entrent. Les bêtes infernales.

— Quoi ?

Eva désigna le miroir brisé.

— Elles passent par les miroirs. Je n'ai pas cessé d'y penser. C'est une forme de magie très ancienne. Dans l'Antiquité, les devins se servaient de miroirs pour accomplir leurs rituels. Ces bêtes font la même chose. Elles utilisent les miroirs comme des portes pour passer d'un monde à l'autre.

— Tu penses que Saint-Clair, elle aussi, passe par les miroirs ?

Eva considéra la question, avant de chasser l'hypothèse du revers de la main.

— Non, je ne crois pas. Ces bêtes sont des esprits, elles viennent de l'autre monde. Saint-Clair est encore humaine.

Elle tourna sur elle-même. Son cœur battait la chamade. Comme Éloïse, elle sentait le danger proche. Si proche. Et pourtant invisible. Elle poussa un cri de rage.

— Elle ne peut pas être loin, bon sang ! Elle s'était réfugiée ici, juste avant que Saint-Clair ne parvienne à entrer. Elle cherchait une façon de fuir.

— Mais par où ? s'impatienta Leroy. Elle n'a pas pu sauter par le balcon, tout de même.

— Le *balcon*, dit Eva.

Vauvert comprit. Il se précipita vers la baie vitrée brisée, l'ouvrit en grand et passa de nouveau la tête sous la pluie. Une nouvelle fois, il observa le paysage des toits, composé de cheminées et de pentes. Certains immeubles plus récents avaient des toitures plates, comme de gros blocs de béton. D'autres étaient recouverts de tôles ondulées traversées de vasistas qui dessinaient une myriade de petits reflets scintillants.

À l'extrémité du balcon, une vieille échelle était fixée contre la façade. Elle devait permettre aux ramoneurs d'accéder au toit de l'immeuble.

— Attends ! lui cria Eva, une note de panique aiguë dans la voix. Si tu glisses…

Mais Vauvert avait déjà rengainé son pistolet et empoigné l'échelle. Ses vêtements plaqués contre son corps par la pluie, le regard décidé, il cala sa ranger droite sur le premier échelon.

Un éclair se déroula dans les nuages noirs. Le grondement du tonnerre fit trembler tout le quartier.

L'échelle oscilla. Un peu.

Vauvert monta sur le premier échelon.

Sous son poids, l'échelle se cala de nouveau.

Eva se faufila à son tour le long du balcon et appuya ses deux mains sur l'échelle pour la maintenir droite. Leroy ne tarda pas à la rejoindre pour l'aider.

Vauvert acheva de se hisser vers le haut.

Deux mètres plus haut, il déboucha au bord du toit. Les crêtes d'ardoise et de métal se déployaient à perte de vue, formant un relief vaste et tourmenté, creusé de pics et de coursives. Il se déplaça avec précaution le long de la gouttière, observant cette étrange chaîne montagneuse. Partout, des pentes grises, luisantes, ponctuées de cheminées noires de suie, de corniches abruptes et d'échelles fixées sur les façades. Les illuminations de la tour Eiffel dessinaient le monument à travers les hachures de la pluie, à l'horizon.

— Tu les vois quelque part ? lui cria Eva.

Vauvert ouvrit la bouche.

Et la garda ainsi.

— Oh mon Dieu, parvint-il à dire.

Il les voyait, en effet.

À une cinquantaine de mètres de là, Éloïse Lombard longeait une corniche à peine plus large qu'une main. La jeune fille avançait au ralenti, en équilibre instable, cherchant à gagner le toit voisin.

Sur la pente de zinc située juste au-dessus d'elle, une femme nue se tenait à quatre pattes. Dans sa main brillait l'éclat d'une petite lame, sans doute un scalpel. Vauvert la vit avancer cette lame aussi près que possible de la fille et donner des coups dans les airs, cherchant à la déstabiliser.

— Saint-Clair ! hurla Vauvert.

Elle était trop loin pour l'entendre.

Levant son arme, il la mit en joue.

La pluie l'aveuglait.

À cette distance il ne la toucherait certainement pas. Sans compter qu'une balle perdue pouvait traverser un vasistas et blesser quelqu'un à l'intérieur de l'immeuble.

Impuissant, il ne put que voir la femme agiter le scalpel à quelques centimètres de la fille suspendue, et celle-ci chercher à avancer plus vite le long de la corniche.

Ce qui devait fatalement arriver ne tarda pas. Éloïse Lombard se mit à vaciller. Un de ses pieds glissa, elle se rattrapa d'une main à un tuyau sur le mur.

— Non ! Bon sang, non ! gémit Vauvert.

Il vit le tuyau se plier sous le poids de la fille, s'écarter brutalement du mur.

Il cria, impuissant, voyant la silhouette perdre son équilibre une fois pour toutes et tomber dans le vide.

— Non ! Non ! Non ! Non !

La femme masquée se tourna vers lui, et malgré la distance il distingua son sourire de démente. Puis elle se retourna et bondit dans le vide elle aussi.

Il ne les voyait plus. Ni l'une ni l'autre.

La pluie redoubla de violence.

94

Un instant, Éloïse avait bien cru qu'elle réussirait à se rattraper.

Malheureusement, le tuyau en métal sur lequel elle s'était cramponnée se froissa comme un simple morceau de carton. Elle fut éjectée de la corniche, aspirée par le vide.

Elle heurta le toit voisin, un mètre cinquante en contrebas, et elle crut que son corps explosait. Elle fut emportée par la pente, se mit à rouler, cul par-dessus tête, griffant les ardoises dans un tourbillon de pure panique sans parvenir à s'accrocher à quoi que ce soit.

Ce ne fut qu'au tout dernier moment, arrivant au bord du toit, qu'elle saisit le rebord de la gouttière.

Sa chute fut brutalement stoppée.

Son ventre se plaqua contre un pan de mur, tandis que ses jambes jaillissaient dans le vide.

Elle s'agrippa à la gouttière. L'eau de pluie qu'elle charriait déborda et se mit à cascader sur elle, en flots glacés, l'empêchant de respirer. Si les rivets cédaient, alors elle serait morte. Elle tomberait d'une vingtaine de mètres avant de s'écraser sur le béton de la cour intérieure. Par miracle, le tube d'acier semblait tenir en place. Éloïse se mit à gesticuler en tous sens, à moitié étouffée par les torrents qui éclaboussaient son visage. Il aurait fallu qu'elle se hisse à la force de ses bras, mais elle s'apercevait, avec une terreur grandissante, qu'elle n'avait plus assez d'énergie pour y parvenir. Une crampe parcourut son biceps droit. Elle se rendit compte qu'elle s'était méchamment ouvert le bras au cours de sa dégringolade sur les ardoises acérées.

Fouillant le vide du bout des pieds, elle sentit qu'elle touchait la pente d'un autre toit, mais ses chaussures ne faisaient que glisser sur de la tôle, sans rencontrer la moindre aspérité à laquelle se retenir.

De nouveau, elle se balança dangereusement dans le vide.

Elle ne tiendrait pas bien longtemps à ce rythme.

Elle décida alors de jouer le tout pour le tout. Puisant dans ses ultimes forces, et lors d'un instant miraculeux, elle parvint à lancer un coude par-dessus la gouttière, dégageant son visage hors des flots furieux de l'évacuation. Cette fois, ses doigts se refermèrent autour d'une barre en fer, à laquelle elle se cramponna.

Elle y était presque.

Solidement maintenue par ses deux mains, elle se balança, une fois, puis deux, et passa un genou sur le rebord du toit.

Plus qu'un ultime effort.

Levant les yeux, elle vit la terrible femme s'approcher à travers la pluie furieuse.

Elle avançait à quatre pattes, tel un animal, et la progression le long du toit ne semblait pas la déranger le moins du monde, malgré sa nudité. La pluie avait lavé le sang qui la recouvrait, mais plus que jamais elle ressemblait à un monstre surgi des légendes, une divinité masquée et féroce. Son corps tout entier était en plein changement. Ses cheveux poussaient à vue d'œil, formant des boucles noires. Son masque étincelait, tel un miroir renvoyant la lueur de la foudre.

Entre ses doigts, la lame triangulaire brillait d'un éclat bleu, appelant son regard, promesse obscène.

Éloïse, en pleine panique, chercha à se déplacer sur le côté.

Elle prit appui une fois de trop sur le tuyau de la gouttière, qui céda net, et ses deux jambes furent à nouveau précipitées dans le vide, tandis qu'elle se retenait du mieux qu'elle le pouvait à la tige de fer.

Celle-ci tenait bon. C'était le principal.

Éloïse avança une main, puis l'autre, lentement. Elle parvint à se mouvoir le long de la barre. La pluie plaquait ses cheveux devant ses yeux, perturbant ses repères. Les gouttes, qui criblaient sans relâche sa peau, lui donnaient l'impression d'être attaquée par des milliers de minuscules épingles glacées. Ses mains glissaient dangereusement sur le métal mouillé. Éloïse se cramponna aussi fort qu'elle le pouvait. Si elle réussissait à parcourir un mètre de plus, peut-être un mètre cinquante, elle serait à l'abri sur le toit voisin. Elle ne pensait plus qu'à ça. Déplacer une main après l'autre, sur la barre. Ne surtout pas regarder en arrière.

Sa poursuivante n'avait pas perdu de temps. Elle se courba au-dessus d'elle une nouvelle fois. Éloïse chercha à avancer plus vite. Elle ne fut pas assez rapide. Le scalpel fondit sur sa main. La jeune fille lâcha prise en poussant un cri de terreur.

Elle se balança dans le vide, suspendue à la seule force de sa main gauche.

Submergée par la panique, elle hurla.

La femme, accroupie au bord du toit, leva à nouveau le scalpel.

Éloïse rattrapa la tige de métal au moment précis où la lame entaillait sa main gauche, et ce fut au tour de cette main-là de lâcher, meurtrie jusqu'à l'os. Brisée, perdue, Éloïse virevolta sur elle-même, pendue cette fois à sa main droite.

Le mouvement lui tordit l'épaule. Elle n'eut d'autre choix que de lâcher prise pour de bon.

En hurlant, elle tomba.

L'instant suivant, elle s'écrasa dans un fracas de tuiles brisées. Une onde de souffrance parcourut tout son corps, transperçant ses côtes, lui coupant la respiration.

Elle se sentit glisser le long de la pente du toit.

Elle s'accrocha, elle roula sur elle-même, pour ne pas passer une nouvelle fois par-dessus le parapet.

In extremis, elle s'agrippa à une cheminée.

Elle tira sur ses muscles endoloris, fit le tour du conduit, cala son dos contre la pierre. Elle haletait. Elle perdait son sang par plusieurs blessures.

Sa poursuivante bondit d'un toit sur l'autre et atterrit un peu plus loin en brisant des tuiles. Son rire hystérique s'éleva, doublé par le tonnerre.

Hoquetant, ignorant la douleur, Éloïse se remit à remonter la pente.

95

— Je les ai vues ! vociférait Vauvert pour couvrir le roulement du tonnerre. La fille est encore vivante ! Saint-Clair lui court après !

Leroy, qui achevait de grimper les échelons de fer, se hissa jusqu'à lui et s'appuya contre une cheminée. Son visage était proche du sien, pourtant la pluie glacée les isolait.

— Où ça ? Je ne vois rien !

— Là-bas ! beugla Vauvert en agitant le bras. Elles sont passées de l'autre côté du toit ! Il faut faire vite !

— On va se tuer si on s'aventure là-dessus ! On n'a aucun équipement !

Vauvert ne voulait rien entendre. Il avança prudemment, posant ses pieds sur les rebords des ardoises. Il put ainsi avancer sur une bonne dizaine de mètres, en s'accrochant aux créneaux des cheminées et des tuyaux rouillés qui couraient entre les toits comme des nervures sur le corps d'un monstre gigantesque. La crête de zinc glissant évoquait une étrange cordillère, secouée par la tempête, où le moindre faux pas pouvait s'avérer mortel. Vauvert passa au-dessus de plusieurs vasistas fermés, dans lesquels il n'y avait aucune lumière. La pluie s'acharnait, brouillant son sens des distances. Pourtant, il savait qu'il avait encore une chance. Si seulement il parvenait à les rattraper à temps…

— Tu les vois ? lança Leroy, resté en arrière.

— Pas encore.

Avec mille précautions, il atteignit l'angle de l'immeuble et se jucha sur le pignon qui se dressait à cet endroit. Il n'eut aucun mal à repérer la petite échelle, fixée le long d'un conduit de cheminée et qui permettait de descendre sur la façade adjacente. Il constata que toutes les bâtisses du quartier étaient ainsi reliées. Il avait sous les yeux un véritable labyrinthe de coursives, de corniches et d'échelles. Un peu plus loin, les bâches d'un échafaudage enjambaient la rue, joignant les toits l'un à l'autre. Mais, de tous côtés, il voyait aussi des gouffres rectangulaires, qui devaient être les cours intérieures des immeubles. Tomber dans l'un ou l'autre de ces abysses signifierait la mort instantanée. Pour le reste, le relief des toits était formé de terrasses de toutes tailles et à toutes les hauteurs imaginables, de dénivelés abrupts et de pentes grises martelées sans relâche par la pluie.

Au sein de l'orage, dans l'obscurité de la nuit, il n'apercevait plus la moindre trace de Saint-Clair et de sa victime. C'était pourtant le chemin qu'elles avaient emprunté, juste avant lui, il en était persuadé. S'il avançait jusqu'au bout de ce toit, il atteindrait la corniche par laquelle elles étaient passées. Il verrait où elles avaient atterri. Il n'hésita donc pas une seconde et s'engagea sur les échelons rouillés, lentement, en espérant que la structure résiste à son poids. L'échelle se balança un peu grinça, mais s'avéra fiable.

Quand il eut posé ses deux pieds sur le toit voisin, il put se tenir debout avec plus d'assurance. Cette partie était en tôle et la pente moins importante. Il lui faudrait tout de même avancer avec une infinie prudence pour ne pas glisser sur le zinc humide.

Un éclair l'aveugla de nouveau. Ce n'est qu'ensuite, après que le tonnerre eut fait vibrer tout l'immeuble, qu'il entendit les cris. Il leva de nouveau les yeux vers Leroy pour comprendre ce qui se produisait.

Il vit que le lieutenant était en train de gesticuler pour attirer son attention. Leroy vociférait, mais le vacarme de l'orage étouffait sa voix.

— Quoi ? Je n'entends rien, Erwan ! hurla-t-il.

— *Derrière... toi...*

Vauvert sentit son sang se glacer. Il se retourna aussi vite qu'il le put.

Un loup. Accourant vers lui.

Deux yeux de flammes rouges traversèrent la pluie et les ténèbres, fondant droit vers sa gorge.

Mû par un réflexe, il leva les bras au moment où la bête bondissait.

Le choc fut violent. La masse rugissante s'abattit sur lui et le projeta en arrière. Son dos heurta la pente raide du toit, tandis que les griffes déchiraient la manche de son blouson. Il sentit sa peau arrachée, en dessous. Son sang ruissela. Pourtant, il avait tout de même réussi à agripper le cou de l'animal et il le serrait de toutes ses forces, maintenant sa gueule noire hérissée de crocs à bout de bras, loin de sa propre vulnérable gorge. Plaqué contre les tôles de zinc, il sentit les pattes de la bête labourer son ventre, ses cuisses, avec une fureur accrue. La terrible mâchoire claqua devant son visage. Il banda tous ses muscles pour la maintenir à distance.

Pendant quelques instants, homme et animal tourbillonnèrent. Vauvert se rendait confusément compte qu'ils étaient en train de rouler le long de la pente, mais il ne pouvait rien faire pour l'empêcher. Son arme lui avait échappé lorsque la créature lui avait sauté dessus.

Ils heurtèrent une cheminée. La bête poussa un cri aigu. Avant de faire claquer ses crocs de plus belle, cherchant à se rapprocher de son visage.

Ils continuèrent de glisser le long du zinc.

Arrivés au bord du toit, ils basculèrent ensemble dans le vide.

96

La chute fut vertigineuse.

Vauvert sentit ses entrailles remonter dans sa poitrine.

Puis ce fut le choc, d'une brutalité inouïe. Son dos entra en collision avec des tuiles qui se brisèrent à son contact. Il s'enfonça dans la toiture et crut bien qu'il allait passer au travers. Cela n'arriva pas. Seul son dos avait traversé. Il se retrouvait coincé entre deux niveaux, ses jambes et ses bras émergeant à l'air libre, le corps prisonnier des débris aux arêtes tranchantes.

La bête écumante était toujours juchée sur lui, mais il la maintenait à bout de bras, mains nouées sur son cou pour l'empêcher d'approcher. La chose rugissait et se démenait sur lui, faisait claquer ses dents devant son visage, et elle devenait mouvante sous ses doigts. Elle avait l'apparence d'un loup, pourtant ses yeux rouges le dévisageaient avec une détermination palpable, un calcul et une cruauté qui n'avaient rien d'animal. En cet instant, Alexandre Vauvert eut la confirmation qu'il avait raison. Cette chose n'était autre que Roman Salaville, après qui il avait couru, et qu'il avait abattu une fois déjà. Roman Salaville réincarné dans cette chair qui n'était pas entièrement réelle. Son esprit dérangé en tout cas. Il avait suivi sa maîtresse jusqu'ici.

Tu vois, je suis revenu, jubilaient les yeux de la bête. *Exactement comme je te l'avais dit. Et maintenant je vais t'égorger et me repaître de tes tripes. Tu n'y échapperas pas.*

Vauvert gonfla ses muscles, serrant aussi fort qu'il le pouvait le cou de cet animal qui avait le regard de Roman Salaville.

Au prix d'un immense effort, il parvint à se redresser.

Il roula sur le flanc, puis passa à califourchon sur le loup, dans les débris du toit, sous les torrents de la pluie. Les yeux de la bête ne quittaient pas les siens. Leur éclat rouge rayonnait, l'éblouissant, l'aspirant peu à peu. Tout autour de lui, la réalité lui sembla s'estomper.

Vauvert ne pensa plus à rien. À la force de ses abdominaux, il se redressa jusqu'à se retrouver assis parmi les tuiles – ce qui eut pour effet d'en briser davantage – et dégagea un genou pour pouvoir pivoter.

C'était maintenant ou jamais.

D'une grande torsion, arrachant une douleur fulgurante dans tous les muscles de son corps, il amorça un mouvement giratoire, au terme duquel il projeta l'animal gesticulant dans le vide, par-dessus le rebord du toit.

L'espace de quelques secondes, Vauvert ne crut pas à sa chance. Il s'attendait à ce que la chose remonte. Elle ne le fit pas. Il s'en était bel et bien débarrassé. Du moins pour le moment. À genoux sur les tuiles, il cligna des yeux, aveuglé par la pluie qui crépitait sur son visage. Il était glacé. Il était blessé. Mais il était encore en vie. Il posa ses deux mains à plat sur le toit et laissa échapper un soupir qui était presque un pleur.

Ensuite, il se redressa, cherchant à reprendre sa respiration.

C'est à ce moment qu'il aperçut Leroy, adossé à la cheminée, sur l'autre toit.

Bras tendus, le jeune homme braquait son arme dans l'orage.

Vauvert comprit pourquoi.

Il y avait une deuxième bête.

Elle se tenait juchée sur le créneau, une ombre mince et noire, découpée par la lueur des éclairs. *Claude*. Il devait forcément s'agir de Claude Salaville. Si celui qu'il venait de balancer dans le vide était Roman, l'autre animal ne pouvait être que son frère.

Leroy fit feu sur la créature.

Celle-ci battit en retraite, à une vitesse hallucinante, naviguant sans le moindre mal entre les ardoises et les chéneaux. D'un bond, elle se percha en haut d'un pignon. Son regard rouge brûlait dans le noir.

Le loup releva la gueule et se mit à hurler.

De tous côtés, d'autres hurlements lui répondirent, remontant vers l'orage, couvrant le tonnerre et le bruit de la pluie.

Vauvert scruta les autres toits.

Il vit un autre loup traverser l'averse, et un autre encore. Près d'une dizaine de bêtes apparurent. Elles escaladaient les créneaux de zinc à vive allure. Leurs silhouettes d'encre bondissaient sur les cheminées. Leurs yeux formaient des essaims rouges au cœur de la pluie.

Non, rectifia-t-il. *Pas une dizaine*. Des dizaines et des dizaines, à présent.

Il chercha des yeux une quelconque trace de Saint-Clair et de la petite Lombard. Elles n'étaient visibles nulle part.

Pendant ce temps, les loups se multipliaient.

97

Éloïse, elle, fuyait toujours.

Elle franchit un parapet, se retrouva sur un toit plat en béton, encombré de tuyaux et de câbles et ruisselant de toutes parts, mais qui lui permettait enfin de se tenir debout et d'avancer, bien qu'en titubant, sans craindre de tomber. Un échafaudage bâché longeait la façade, de l'autre côté, enjambant la rue jusqu'au toit d'en face. Éloïse ne lui prêta pas attention. Elle n'avait d'yeux que pour les rectangles de verre de plusieurs vasistas qui luisaient devant elle. Elle se précipita sur le premier d'entre eux. Elle frappa dessus à coups de poing, sans le moindre effet.

— Allez, *allez* !

Elle frappa plus fort, avec son coude, jusqu'à ce que le verre enfin se brise.

— Oui !

Des éclairs se croisèrent en rugissant juste au-dessus d'elle. Elle sursauta, saisie de tremblements irrépressibles.

Quand, prise d'un brusque et terrible pressentiment, elle regarda en arrière, elle découvrit que la femme la suivait toujours de près.

La pluie redoubla de violence. Des milliers de pics minuscules frappaient sa peau.

Éloïse détourna le regard de sa monstrueuse poursuivante. Elle ne pensait qu'à survivre.

Elle frappa de nouveau la vitre du vasistas.

Elle se trancha la peau des poignets dans les éclats de verre.

Elle les arracha de ses doigts. Il suffisait qu'elle passe dans cet orifice. Elle pourrait sauver sa vie si elle le faisait.

Quelque chose s'abattit sur son dos, la projetant à quatre pattes sur le béton détrempé.

Elle eut à peine le temps de se retourner, pas assez pour comprendre ce qui lui arrivait. Ses deux jambes furent comme transpercées par des couteaux.

On la tira sur le sol, sans ménagement, ni le moindre effort.

Elle parvint au centre du toit, traversée par une vive douleur, comme si on lui cisaillait les mollets. Puis les choses invisibles s'en prirent également à ses poignets. Ses bras furent tirés en croix, de part et d'autre de son corps. Elle crut qu'on lui enfonçait des lames dans les avant-bras.

Ce qui, comme elle finit par le comprendre, n'était pas si éloigné de la réalité.

Ses membres étaient maintenus par quatre animaux. Quatre bêtes noires aux yeux rouges, qui la tenaient dans leurs gueules écumantes. Leurs crocs s'étaient enfoncés dans ses mollets et dans ses poignets, transperçant ses os, et à présent ces créatures la tiraient par secousses.

La femme masquée apparut au-dessus d'elle. Éloïse vit que le monstre jubilait sous son masque.

— Ohh, on dirait que les dieux sont impatients. Il est temps maintenant de les abreuver, comme ils le désirent.

98

La fille a beau se cambrer, gigoter autant qu'elle peut, les loups la maintiennent allongée, impuissante, offerte. Enfin.

Judith Saint-Clair se penche sur elle, se délectant de ses hurlements de terreur.

— C'est bien. Ohh, c'est très bien, lui dit-elle, sa voix noyée dans l'orage.

Ses doigts se crochètent à son pull, elle le tire vers elle. La lame de son scalpel déchire les mailles du vêtement, du bas vers le haut, arrachant les lambeaux de laine, la dénudant cran après cran.

— Laisse-toi faire. Tu verras.

La fille sanglote, tandis qu'elle découpe son chemisier, puis son tee-shirt. Maintenue par les bêtes, elle est incapable de bouger, quand Judith Saint-Clair lacère ce qui reste de ses vêtements, exposant sa poitrine haletante, ses côtes qui se soulèvent et s'affaissent de plus en plus vite.

— Maintenant, s'extasie-t-elle. *Oh, maintenant.*

L'apothéose de tout ce qu'elle a cherché, oui.

Le compte est atteint.

Le sacrifice honoré.

Enfin. Sous la danse furieuse des éclairs. Sous la pluie battante. L'ultime offrande est prête. Elle sent la vibration continue dans l'air, comme les dieux attendent, invisibles, et pourtant si proches.

Elle brandit le scalpel étincelant.

— Pour vous ! hurle-t-elle aux éléments déchaînés. Pour vous, ô seigneurs de la mort et la résurrection, qui portez le trouble dans tout l'univers ! Venez, accourez, car ce sacrifice est pour vous !

Comme en réponse, la foudre fulgure, un sourire de feu dans les ténèbres tourmentées des nuages. Yeux révulsés, tête chavirée, hanches en avant collées contre le corps de sa petite victime impuissante, Judith Saint-Clair se met à chanter, à exulter, des cris animaux plus qu'un chant, vibrant de la force de ce ciel déchaîné. Elle laisse entrer cette puissance en elle, parcourir chaque fibre de ses nerfs, cette énergie torrentueuse que les divinités lancent entre les mondes, juste pour elle, juste pour exaucer ses désirs.

— Dieux obscurs qui vivez au-delà de la mort ! Je vous adjure ! Que le sang coule jusqu'à vous et vous abreuve ! Venez, accourez pour le banquet écarlate !

D'un mouvement sec, une trajectoire courbe et nette, elle plonge le scalpel entre les côtes de la jeune fille.

Éloïse ouvre la bouche en un O rouge et désespéré.

La femme retire la lame et aussitôt une fontaine rouge, brûlante, l'asperge de son jet. Le sang gicle sur son visage, s'infiltre entre ses lèvres. Son goût délicieusement salé se dépose sur sa langue, emplit tout son être.

— Nourrissez-vous de sa vie, ô mes sœurs ! Et toi, Zalmoxis ! Dieu de la vie et de la mort, qui apporte l'épouvante aux mortels ! Que mon sang soit le sien, et que son sang soit le mien !

Dans le ciel, les éclairs s'entrecroisent. Le tonnerre secoue tout l'immeuble.

Elle répète en hurlant d'une voix faite de joie et de métamorphose :

— Que le banquet soit écarlate ! Que mon sang soit le sien et que son sang soit le mien !

Puis elle s'interrompt brusquement.

Un claquement a traversé la nuit. Plus sec que le tonnerre, et bien plus bref.

Une vive douleur traverse son épaule.

Une balle vient de déchirer sa peau avant de se perdre dans l'orage.

Judith Saint-Clair se retourne vers la personne qui vient de tirer.

Elle reconnaît la flic albinos, juchée en équilibrc instable sur la bâche de l'échafaudage, qui braque son arme vers elle.

Les quatre loups relâchent les membres de leur jeune victime et ouvrent leurs gueules emplies de sang, poussant des feulements.

Ils s'élancent vers l'intruse.

99

Quand Eva Svärta vit les bêtes noires fendre l'orage dans sa direction, elle fit feu, priant pour que cela ait un quelconque effet sur elles.

Tout au moins, ses balles les fauchèrent en plein vol, et les créatures furent dissoutes sous la pluie, dispersées comme de simples mirages de poussière.

Cela ne les avait pas tuées, si tant est que des choses pareilles *puissent* être tuées. Elles réapparurent aussitôt, se profilant en haut des toits, leurs yeux rouges traçant des lignes de feu à travers la pluie.

Eva leva son arme et tira à nouveau sur elles. Cette fois encore, les bêtes disparurent, avant de réapparaître, juste un peu plus loin.

Un coup de vent la déstabilisa. La policière se retint in extremis à un câble.

Elle était juchée en plein milieu de l'échafaudage surplombant la rue. Quand ses deux collègues s'étaient élancés sur la ligne des toits, elle avait pris la décision de passer de l'autre côté, longeant les façades opposées. Sa progression avait été lente, elle avait failli basculer dans le vide à plusieurs reprises et avait bien cru ne jamais arriver à temps. Elle avait finalement réussi à contourner le bloc.

Elle ne flancherait pas maintenant.

Cramponnée d'une main au câble, elle se retourna vers Saint-Clair.

La femme lui souriait, d'un sourire exagéré d'illuminée, comme si elle avait toujours attendu cet instant et savait qu'il serait à la hauteur de ses espérances. Eva constata à quel point elle avait *changé*. Ce n'était plus du tout une vieillarde, elle avait rajeuni, son corps s'était redressé. Ce qui était impossible, impensable. Et ce qui pourtant était vrai, d'une horrible manière.

Une rafale de vent souleva ses cheveux – ses véritables cheveux, à présent, et non plus une simple perruque –, dévoilant son masque étincelant. Elle se leva, d'un mouvement ondulant, anormal, comme si ses os n'étaient pas exactement à la place qu'ils auraient dû occuper. Elle souleva avec elle le corps meurtri de sa victime, qu'elle serra devant elle en écran.

— Saint-Clair ! Recule ! lui cria Eva, tout en cherchant à stabiliser son périlleux équilibre sur la bâche.

La femme pencha la tête sur le côté et appuya la lame sur la gorge de la fille.

— Les dieux sont là ! exulta-t-elle. Les dieux attendent !

— Relâche cette fille ! Ou je te descends !

Un pas après l'autre, le long de l'échafaudage, Eva approcha.

Elle savait que si elle glissait maintenant, si une brusque bourrasque la repoussait, elle serait précipitée six ou sept étages en contrebas.

Elle préférait ne pas y penser.

Judith Saint-Clair resserra son étreinte sur son otage. La lame du scalpel tira un filet de sang sous sa gorge. Les yeux d'Éloïse Lombard roulaient dans ses orbites.

— Je suis sérieuse ! s'emporta Eva. Lâche-la tout de suite !

Elle avait enfin atteint la corniche et sauta au bas de l'échafaudage, atterrissant dans une flaque, sur le toit. Elle leva son arme, ajusta son tir.

Saint-Clair, protégée par le corps de sa victime, rejeta la tête en arrière et éclata d'un rire hystérique qui se mêla au roulement du tonnerre.

— Quel sentiment de *déjà-vu*, tu ne trouves pas ?

En effet, la situation se répétait, et bien plus que cette cinglée pouvait l'imaginer. Cette fille retenue dans ses griffes, c'était Justyna, c'était chaque victime innocente que les monstres prennent dans leurs bras pour leur faire subir des outrages. C'était le même, toujours le même éternel schéma, qui se déroulait sous les yeux d'Eva. Toute sa vie semblait en revenir à cette scène identique, en fin de compte, et la panique qui grandissait en elle était décuplée. Pourtant, elle refusait de la montrer. Ne pas laisser apparaître la moindre faille. Plus maintenant. Plus jamais.

Elle fit un pas de plus sur le toit.

Elle se trouvait à moins de dix mètres. Son Beretta brandi à bout de bras, elle ne pouvait plus manquer sa cible.

— Je vais tirer !

— Tu arrives trop tard, petit fauve. Tu arrives *toujours* trop tard.

Judith Saint-Clair continuait de rire.

Alors qu'elle ajustait son tir, Eva devina son visage, sous le masque de porcelaine, et elle découvrit que, comme le reste de son corps, les traits de Saint-Clair aussi *changeaient* de seconde en seconde. L'évidence la traversa. Cette femme n'était même plus une femme, mais une multitude de personnes. Elle n'était plus constituée que des vies qu'elle avait volées, et qui étaient passées dans son corps pour prolonger son temps dans ce monde. Eva le comprit, du plus profond d'elle, de cette même manière qu'elle avait toujours su lire dans l'esprit des autres autour d'elle, et une terreur absolue monta en elle, car aucun être humain n'est fait pour contempler de telles choses sans en perdre la raison.

Elle n'osait toujours pas tirer.

Le corps de la petite Lombard était exposé devant son bourreau. Là où la lame avait perforé, entre ses côtes, le sang continuait de jaillir par à-coups et de ruisseler à ses pieds, se mêlant aux flots de la pluie. Si Eva faisait feu, elle risquait de manquer sa cible et de toucher la jeune fille.

— Les dieux vont être exaucés ! vociférait Saint-Clair. Quoi que tu fasses. Ils vont me donner ma récompense !

— C'est ta dernière chance ! Lâche cette gosse tout de suite !

— Sinon quoi ? Que penses-tu pouvoir faire ?

— Je vais te tuer, lui promit Eva. Saloperie de l'enfer, je te jure que je te ferai sauter la tête !

— Alors vas-y, gloussa Saint-Clair.

Et sans quitter Eva des yeux, d'un même et ample mouvement du scalpel, elle trancha le cou de la fille.

Son sang, projeté par la pression artérielle, fut recraché sous la pluie en un grand jet fumant.

Eva hurla de toute la force de ses poumons.

100

Le passé se reproduisait, encore et encore.

Eva cessa de formuler la moindre pensée cohérente.

Hurlant, de colère, d'impuissance, elle se mit à tirer, sans plus se soucier des conséquences. Elle se contenta de presser la détente du Beretta, à coups répétés, expulsant balle après balle, submergée par une vague glacée et implacable, un mélange de désespoir et de fureur absolue. Elle ne percevait plus rien du monde autour d'elle que le recul familier de chaque détonation envoyant des ondes de choc le long de ses bras, jusqu'à ses épaules.

À chacun de ses tirs, dix mètres devant elle, elle voyait le corps de Judith Saint-Clair ébranlé sous les impacts. La femme masquée avait laissé retomber le corps de sa victime, et reculait, pas à pas, luttant pour tenir debout. Les balles la transperçaient de part en part, ouvrant des œillets rouges sur sa poitrine et son ventre.

Quand Eva fut à court de munitions, elle continua pourtant d'appuyer sur la détente, dans le vide, par réflexe, ne comprenant pas pourquoi le monstre ne tombait toujours pas. *Pourquoi elle ne mourait toujours pas.*

Saint-Clair s'immobilisa au bord du toit.

Elle se tenait droite, bras écartés, paumes vers le haut.

Elle riait à gorge déployée.

Ses cheveux avaient encore poussé. Ils étaient à présent longs et durs, ils s'enroulaient en tous sens autour d'elle, semblables à des serpents noirs.

Tout le corps de cette femme était déformé par des pulsations sauvages.

Avec une totale horreur, Eva vit ses blessures se refermer. Chaque plaie qu'elle avait creusée dans sa chair bouillonnait tandis que la substance tumultueuse de cette femme se reconstituait par-dessus les gouffres béants.

— Zalmoxis ! hurla Saint-Clair. Toi qui règnes sur l'empire de la mort ! Abreuve-toi de ce sang et laisse-moi boire à la source noire de l'éternité !

Eva fouilla dans sa poche en quête de munitions, tout en sachant que son arme ne lui serait d'aucune aide. Quelque chose de terrifiant était en train de se produire et elle n'y pouvait rien. Plus personne n'y pouvait rien.

C'est alors qu'elle assista à un phénomène que ses yeux refusaient de croire.

Le corps d'Éloïse Lombard était soulevé du sol de béton, arraché aux tuyaux sur lesquels elle avait roulé. Sa silhouette sans vie se cambra d'un coup, comme si une main gigantesque l'avait saisie. Cette force invisible commença à aspirer le sang de son corps brisé. Des lignes rouges s'échappaient en ondulant de ses plaies, de sa bouche ouverte et de ses yeux, des fleuves à l'envers qui remontaient vers le ciel, au cœur de l'orage.

Cette fois, le cœur d'Eva manqua plusieurs battements, et elle perdit le contrôle de ses doigts. Le chargeur qu'elle venait de saisir tomba dans une flaque. Elle voulut faire un pas, le chercher, mais elle se rendit compte qu'elle était incapable du moindre mouvement. Son Beretta lui échappa à son tour.

La pression dans l'atmosphère augmentait de seconde en seconde.

Du coin de l'œil, elle aperçut des silhouettes élancées, bondissant sur les blocs de béton.

Les loups.

Ils se rassemblaient sur les pentes des toits.

Elle en voyait des dizaines et des dizaines.

Une meute silencieuse, qui formait un cercle, préparant l'assaut final.

Pliée en deux, Eva peinait à respirer. Une terreur pure l'envahit.

Si Saint-Clair avait raison… Si les dieux noirs étaient bel et bien là, au-dessus d'eux, entre les mondes…

Si la cérémonie était achevée, alors…

Que se passerait-il maintenant ?

Elle n'allait pas tarder à en être témoin, de ses propres yeux. L'ensemble des toits s'était mis à vibrer. Une échelle fixée à un conduit de cheminée se décrocha avec fracas et s'écrasa sur les tuiles. Le sol de béton sous ses pieds vibra, se fissura.

Eva tomba à genoux. La force invisible qui prenait possession de l'atmosphère la broyait de l'intérieur. Elle ne put s'empêcher de se demander s'il s'agissait de l'air d'un autre monde. Un air plus épais, inadapté à des poumons humains – et qui continuait de s'épaissir à chaque seconde.

Une porte était bel et bien ouverte. Le sang avait été la clé. Le sang de soixante-dix jeunes filles. Grâce à lui, Judith Saint-Clair avait invoqué les dieux, et les dieux étaient en train d'arriver dans ce monde.

Les bêtes noires aux yeux de flammes n'étaient que leurs messagers.

— Esprits de l'ombre qui jamais ne dormez ! Vous qui jamais ne rêvez ! Venez à moi avec tout votre amour, toute votre souffrance et tout votre sacrifice ! Abreuvez-vous de ce sang et de ces larmes ! Qu'ils coulent dans vos gorges invisibles et apaisent vos âmes assoiffées !

Eva hoqueta.

Elle vit Saint-Clair s'approcher d'elle, rayonnant d'une puissance nouvelle.

Son propre corps était écrasé par la pression dans l'atmosphère. Eva comprit que ses dernières forces étaient sur le point de l'abandonner.

Saint-Clair arriva devant elle, entourée des loups qui avançaient au pas.

Elle leva la lame maculée de sang au-dessus d'Eva.

À l'instant où le scalpel fondait sur elle, la policière se redressa, mue par une inspiration subite. Elle esquiva d'un brusque mouvement de hanches. La lame entailla son épaule, tout près de son cou. Eva sentit le sang qui jaillissait.

D'un geste rapide, elle saisit le masque de Saint-Clair.

Elle le lui arracha.

Découvrant alors ce qui se trouvait dessous, elle poussa un cri horrifié.

Judith Saint-Clair n'avait plus de visage.

Juste un crâne écorché.

Sur l'os à nu, pourtant, de la chair coulait sans relâche, faisant défiler une succession de traits nouveaux et fugaces. Eva reconnaissait ces visages. Il s'agissait de ceux de toutes les filles que Saint-Clair avait tuées, qui prenaient place sur sa tête, sans pouvoir s'y stabiliser plus d'un infime instant.

C'était la source du bourdonnement continu qui secouait le corps de cette femme et qui précipitait sa métamorphose.

— Tu vois ce que les dieux m'ont donné ? s'exclama Saint-Clair, des dizaines de voix se chevauchant dans sa gorge. Je suis elles ! Et elles sont moi !

— Pas encore tout à fait ! répliqua Eva.

Une pensée, une folle bouffée d'espoir, ne voulait pas la quitter. L'espoir que tout n'était pas encore joué. Après tout, les dieux invisibles étaient occupés à se nourrir du sang d'Éloïse Lombard, qu'ils aspiraient au travers des nuages. Leur attention n'était pas encore totalement focalisée sur Saint-Clair. Cela lui laissait sans doute un peu de temps – un tout petit peu de temps – pour agir.

Eva joua sa toute dernière carte.

101

Cela lui apparut, tout à coup, comme la seule réponse possible. Dépassant le vertige qui l'avait saisie, Eva décida de faire ce qu'elle savait faire – ce qu'elle avait toujours fait mieux que tous les autres. Elle laissa son talent d'empathie fleurir au fond d'elle, elle ouvrit ses sens, chercha à devenir l'autre, à se glisser sous sa peau. Le processus débuta aussitôt, de manière naturelle, organique, comme il s'était toujours effectué. Eva se laissa porter dans ses flots, vers la folie de cette femme, et l'accepta comme sienne, comme si cette femme était elle, comme si elle l'avait toujours été.

Il n'y avait plus de place en elle pour la peur. Pour la première fois, c'était de plein gré qu'elle plongeait au cœur des ténèbres, et, ironiquement, jamais transfert ne lui avait paru aussi aisé, aussi naturel. Mais peut-être avait-elle toujours eu, dans ses veines, cette goutte de mal à l'état pur, cette envie irrationnelle de pousser le vice à défier la mort une ultime fois.

La vie et la mort n'étaient qu'un jeu de miroirs. L'ensemble du tableau lui apparut subitement, dans toute son amplitude et sa cruelle ironie. Les dieux observaient le monde au travers de ces miroirs. Les mortels restaient à l'écart des abysses pour ne pas croiser leur regard dévorateur.

Eva, elle, *devait* regarder.

Elle souleva le masque qu'elle serrait dans sa main et le posa sur son propre visage. Pour voir comme elle. Se mettre à sa place. Comprendre cette sorcière afin de pouvoir la détruire, l'anéantir une fois pour toutes.

Au fond de son esprit, elle crut entendre le rire de son père. Un rire de fierté.

Le masque entra en contact avec sa peau.

La porcelaine était glacée. Eva sentit comme un squelette extérieur se verrouiller sur ses traits. Et elle sentit, oui, toute la détresse qui bouillonnait dans cette femme. Cette détresse qui s'était muée en haine, en aveuglante énergie de destruction.

Elle voyait le monde avec ses yeux. Le monde transfiguré.

— Que crois-tu faire ? rugirent les soixante-dix voix de Saint-Clair.

— Devenir toi, murmura Eva. *Être toi.*

— Tu vas l'être, ne t'en fais pas ! Toi aussi tu seras une partie de moi !

Le monstre se jeta sur elle.

Eva ne fit rien pour l'en empêcher, cette fois.

La lame du scalpel pénétra dans son ventre et s'y enfonça jusqu'à la garde.

Le monde trembla.

Une douleur intense la transperça de part en part.

En un instant d'abandon, elle avait tout perdu.

En ce même instant, elle avait tout gagné.

C'était la seule façon. La loi du monde des miroirs. La règle évidente du chaos.

Elle s'écroula dans les torrents de pluie.

Elle sentit comme dans un rêve l'onde de souffrance irradier de sa blessure, et, contre toute attente, remonter le long de ses veines, jusqu'à son visage.

Elle réalisa que le masque *absorbait* la douleur.

Un sourire se dessina sur sa bouche, sous la porcelaine devenue noire.

Judith Saint-Clair se pencha au-dessus d'elle, son horrible crâne bouillonnant traversé par des émotions contradictoires, des sourcils froncés qui se succédaient et se défaisaient.

— Pourquoi ris-tu ?

— Parce que les dieux te regardent, hoqueta Eva, la bouche emplie de sang. Tu viens de te tuer toi-même, devant eux.

— Je n'ai rien fait de tel.

— Bien sûr que si, tu l'as fait. Tu ne comprends donc pas ce que cela signifie ?

Saint-Clair découvrit des dents pointues. Les gouffres de ses yeux s'emplissaient de ténèbres. Non, le monstre ne comprenait pas.

Alors que le sang s'échappait à flots de son ventre transpercé, Eva se mit à espérer de toute son âme qu'elle avait bien eu raison.

Elle leva ses mains poisseuses vers le ciel tourmenté, et sentit que les multiples yeux rouges des loups, qui couvraient toutes les crêtes des toits à présent, l'observaient, avec le silence immobile et attentif des divinités. Alors elle sut que non, elle ne se trompait pas. Des zébrures de foudre traversèrent les nuages.

— Vous l'avez entendue, dieux de la mort, ou qui que vous soyez ! hurla Eva. Sombres fils de Zalmoxis, vous l'avez vue ! Exaucez la prière de cette cinglée ! Offrez-lui la mort éternelle qu'elle vous réclame !

— Non ! s'écria Saint-Clair. *NON !*

Sa voix changea brutalement, passant par toutes les notes jusqu'au plus haut des aigus.

Et pour cause, sa gorge s'était comprimée, brusquement enfoncée dans sa propre chair. Des rides apparurent à cet endroit, commençant par recouvrir la peau de son cou et glissant sur le reste de son corps, comme l'onde d'un ricochet sur la surface d'un lac.

Saint-Clair tressaillit de la tête jusqu'à ses pieds.

Elle leva les mains devant son visage et les observa tandis qu'elles se fripaient à nouveau, vieillissant à toute allure, se couvrant d'hématomes et de taches noirâtres. Ses cheveux tout neufs devinrent gris, depuis leurs racines jusqu'à leurs extrémités tourbillonnantes, avant de tomber par plaques entières.

— *Non…*

Sa bouche ouverte en grand essayait de hurler mais n'y parvenait plus. Un filet de sang noir d'encre suinta entre ses lèvres, tandis qu'elle reculait, mains pressées sur ses tempes où les dernières mèches de sa chevelure étaient encore plaquées par la pluie. La peau de Saint-Clair devenait plus translucide à chaque seconde. Le réseau de ses veines apparut sous sa peau, en folles nervures parcourant ses bras, ses jambes, revenant jusqu'à son cœur, au centre de sa poitrine agitée d'un ouragan intérieur.

— Eva ! tonna une voix au-dessus d'elle.

Elle leva les yeux et aperçut Vauvert, juché sur la pente du toit voisin. Il se laissa glisser le long des ardoises et atterrit dans des flots d'éclaboussures. Il vacilla, mais se reprit aussitôt et se redressa. Ses mouvements saccadés, sa bouche tordue par l'effort, tout indiquait qu'il luttait contre la pression inhabituelle et qu'il ne s'en sortait guère mieux que sa collègue. Cela ne l'empêcha pas de brandir son arme.

La silhouette déliquescente de Saint-Clair se tourna vers lui. Sa bouche d'os s'ouvrit démesurément, se muant en une véritable gueule.

Vauvert fit feu.

Les balles la frappèrent à la poitrine, et la femme recula à nouveau sous les coups, ses mains griffues levées devant elle.

— La tête ! hurla Eva. C'est son point faible ! Vise la tête !

Vauvert ne se fit pas prier.

Une balle pénétra dans l'œil de Saint-Clair. L'arrière de son crâne se dispersa sous la pluie.

Plusieurs autres balles suivirent le même chemin, faisant éclater les os de son nez, de ses arcades. Le crâne bouillonnant fut effacé, noyé dans un magma d'esquilles sanglantes.

Le monstre fit un ultime pas en arrière et s'écroula contre une cheminée.

Les éclairs se déroulèrent dans le ciel avec une rage accrue.

— Eva ! s'écria Vauvert en accourant vers elle.

Il la prit dans ses bras alors que la chose qui avait été Judith Saint-Clair, et qui ne ressemblait plus qu'à une créature contrefaite et liquide, poussait un hurlement strident.

Eva retira le masque de son visage. Le monde oscilla.

La douleur revint aussitôt dans son ventre.

Elle contempla la porcelaine, toujours noire entre ses doigts, et la lança au loin. Le masque éclata en morceaux sur le béton.

— Tu perds du sang, s'alarma Vauvert en pressant ses deux mains sur sa plaie béante.

— C'est moins grave que ça en a l'air, lui dit Eva. Le masque… il était chargé de son énergie. Il m'a sauvée. Enfin, je l'espère…

— Je vais te porter. Il faut partir d'ici tout de suite.

Il prit la plus grande inspiration dont il était capable dans l'air raréfié, grimaçant sous la douleur que cela causait à ses poumons, et passa ses bras autour de la jeune femme pour la redresser.

Sur les toits, tout autour, les silhouettes des bêtes s'approchèrent, en un foisonnement de points rouges. La meute resserrait son cercle.

— Elles vont attaquer, haleta Eva.

Son collègue, les traits déformés par l'effort, la transporta jusqu'au vasistas brisé.

— Ce sont les âmes de ses victimes, acheva-t-elle.

Les loups bondirent, tous en même temps, dans un seul rugissement.

102

Les créatures se déversèrent sur le toit en une grande vague de corps pelés, au milieu des trombes de pluie.

Vauvert laissa Eva se glisser au travers du vasistas la première. Puis il pivota et plongea ses jambes dans l'ouverture à son tour.

Les loups bondirent par-dessus lui.

C'était Saint-Clair l'unique objet de leur fureur.

C'était sur la sorcière qu'ils fondaient en masse.

Vauvert l'aperçut une ultime fois, contorsionnée à l'autre extrémité du toit, sa chair agitée de soubresauts, tandis que le premier des animaux parvenait jusqu'à elle et mordait sa main, emportant plusieurs doigts dans sa gueule.

Le hurlement que poussa Judith Saint-Clair fut déchirant. Elle n'eut même pas le temps de lever les bras pour se protéger, comme les bêtes noires se précipitaient sur elle. Ses jambes furent saisies, un de ses pieds et le mollet qui allait avec partirent en premier entre les crocs acérés. Les créatures se chevauchèrent, cherchant à atteindre la silhouette gesticulante. Les os craquèrent sous leurs mâchoires féroces.

Eva avait eu raison, comme toujours. Ces choses étaient bien les âmes que Saint-Clair avait arrachées à ses victimes. Soixante-dix âmes en tout – soixante-dix bêtes folles de rage à qui les puissances supérieures avaient finalement donné l'autorisation de revenir se venger. Ou même peut-être récupérer ce qui leur appartenait ? Ce devait être ce que ces monstruosités faisaient. Elles déchiraient la chair de Saint-Clair à la recherche de la part d'elles-mêmes qui était passée dans les fibres de cette femme. Elles dénudaient ses muscles et brisaient ses côtes. Leurs griffes firent jaillir ses entrailles, aussitôt déroulées et déchiquetées par les dizaines de gueules avides.

Vauvert ne tenait pas à en voir davantage. Il poussa sur ses coudes et se laissa retomber dans le vasistas, échouant sur un lit détrempé, aux côtés d'Eva.

Les cris de souffrance de Saint-Clair retentissaient sur le toit, plus fort que les rugissements de la meute.

103

Quand Vauvert déboucha dans l'entrée de l'immeuble, la silhouette inanimée d'Eva dans ses bras, une voiture de police venait d'arriver. Leroy se trouvait sur le trottoir d'en face, engagé dans une vigoureuse discussion avec Jean-Luc Deveraux. Il s'arrêta net en apercevant Vauvert descendre les marches et accourut vers lui.

— Je ne te retrouvais plus ! Oh, mon Dieu, Eva !

— Elle est en vie, dit Vauvert. Il faut l'allonger, vite !

Deveraux et un autre policier s'étaient précipités à leur tour, et les quatre hommes joignirent leurs forces pour transporter Eva jusqu'à leur voiture. Avec mille précautions, ils installèrent la jeune femme à l'abri de la pluie, sur la banquette arrière.

Elle hoqueta. Vauvert, s'installant contre elle, lui caressa doucement les cheveux.

— Tiens bon. On s'en est sortis. Tout va bien maintenant.

— L'ambulance ne va pas tarder, l'assura Deveraux, le visage cireux sous les pansements qui lui couvraient le nez. Ils auraient même dû être là avant nous.

Il observa tour à tour Leroy et Vauvert avant de poursuivre :

— Je vous *jure* que je les ai appelés immédiatement, et que j'ai fait aussi vite que j'ai pu, d'accord ? Il fallait passer par la voie hiérarchique. On ne pouvait pas savoir…

Il fut interrompu par un fracas assourdissant. Les rares passants dans la rue levèrent des regards sidérés vers le ciel. Des arcs de foudre semblaient pleuvoir avec rage au-dessus des toits.

Deveraux siffla entre ses dents.

— Il y a un sacré problème électrique, là-haut !

Ni Vauvert, ni Leroy ne cherchèrent à le contredire.

Eva émit une plainte étouffée. Elle cligna des yeux. Ses pupilles étaient tellement dilatées qu'elles occupaient presque tout l'espace de ses orbites.

— Tiens bon, répéta Vauvert, ses propres yeux étincelant de larmes qu'il n'arrivait pas à contenir. Bon sang, tiens bon, Eva.

Les éclairs fulminèrent encore quelques instants, puis le calme revint dans le ciel. Même la pluie commença à diminuer.

Comme si les dieux étaient rassasiés, ne put s'empêcher de songer Vauvert.

Au dernier étage de l'immeuble, ce fut la lueur rouge d'un incendie qui s'éleva derrière les fenêtres.

— Pourvu qu'ils fassent vite, gémit-il.

— Ne… t'en fais pas, parvint à articuler Eva.

— Je ne m'en fais pas, mentit Vauvert avec un rictus féroce.

— Dis-toi que… je n'aurai aucun problème. Souviens-toi que je suis… un monstre qui tue les monstres…

Il lui sourit avec tendresse.

— Tu n'es pas un monstre, idiote.

Eva sourit à son tour. Puis ses yeux roulèrent dans ses orbites.

Un camion de pompiers déboucha dans la rue, sirène hurlante, et Leroy se précipita à sa rencontre en faisant de grands signes.

La dernière chose dont Vauvert se souvint, cette nuit-là, fut d'être installé aux côtés d'Eva dans l'ambulance. Les infirmiers avaient mis la jeune femme sous respirateur et lui répétaient que tout irait bien, que c'était un miracle qu'elle s'en soit sortie avec une telle blessure, pourtant ses signes vitaux étaient stabilisés.

Puis c'était *lui* qu'ils avaient obligé à s'allonger sur le deuxième brancard.

— À vue de nez, vous avez au moins deux côtes cassées, commandant. Il faut vous laisser soigner.

— Je vais bien, déclara Vauvert entre ses dents.

Le monde devenait flou, pourtant. De plus en plus flou.

Il tendit une main et saisit celle d'Eva. Sa peau était brûlante de fièvre.

— Tiens bon, ma grande, murmura-t-il une nouvelle fois.

Il sentit une troisième main se poser sur les leurs.

Tournant la tête, il aperçut une fine silhouette, entre eux.

La fillette était jolie, avec son visage de craie marqué par un sourire en coin, et ses cheveux blancs légèrement frisés, en bataille sur ses joues rondes.

Son regard de rubis, d'une étonnante pureté, était planté dans celui de Vauvert.

— Que…

Il ouvrit la bouche et la laissa ainsi. Les infirmiers refermèrent les portes de l'ambulance. Personne ne semblait voir la fillette albinos.

La ressemblance avec Eva était telle qu'il comprit sans avoir besoin de lui demander.

— Prends soin d'elle, lui dit la fillette.

L'instant suivant, elle avait disparu.

Et comment, que je vais prendre soin d'elle.

Il serra plus fort la main d'Eva.

Il vit qu'elle aussi avait tourné la tête et lui souriait de son éternel sourire impénétrable.

Il lui rendit son sourire.

« Je suis à moitié malade d'ombres »,
dit la dame de Shalott.

Alfred Tennyson

Édité par Harper Collins France.
Composition et mise en pages
Nord Compo à Villeneuve-d'Ascq

Imprimé en avril 2025
par Grafica Veneta S.p.a (Padova)

Dépôt légal : mai 2025.

FSC
www.fsc.org
MIXTE
Papier | Pour une gestion forestière responsable
FSC® C021883

Imprimé en Italie.